Das Buch

Ägypten im dritten Jahrtausend vor Christus. Der jüngste Sohn des legendären Pharao Cheops lässt sich, noch bevor die Trauerfeierlichkeiten zu Ehren seines toten Vaters vorüber sind, zum König krönen. Er kommt damit seinem Halbbruder Chephren zuvor, der ebenfalls Anspruch auf den Thron erhebt. Der älteste Sohn, Djedefhor, hat aus Liebe zur schönen Tempeltänzerin Persenti auf den Thron verzichtet. Doch auch der neue König liebt Persenti und zerstört durch eine Intrige die Beziehung. Djedefhor kann einem Mordanschlag nur knapp entkommen und wird als Sklave verkauft. Kann die Schreckensherrschaft des Usurpators beendet werden? Chephren und seinen Getreuen steht ein harter Kampf um die Herrschaft Ägyptens bevor …

Der Autor

Guy Rachet interessierte sich schon von klein an für das Altertum. Der über die Grenzen Frankreichs hinaus anerkannte Historiker und Archäologe hat zahlreiche Werke über altägyptische Geschichte veröffentlicht. Im Wilhelm Heyne Verlag erschienen bereits *Die Sonnenpyramide* (01/13118) und *Traum aus Stein* (01/13267).

GUY RACHET

DIE UNVOLLENDETE PYRAMIDE

Aus dem Französischen
von Annette Lallemand

WILHELM HEYNE VERLAG
MÜNCHEN

HEYNE ALLGEMEINE REIHE
Nr. 01/13348

Titel der Originalausgabe
KEPHREN ET DIDOUFRI
LA PYRAMIDE INACHEVÉE

Umwelthinweis:
Das Buch wurde auf
chlor- und säurefreiem Papier gedruckt.

Redaktion: Birgit Groll

Deutsche Erstausgabe 07/2001

Printed in Germany 2001
Umschlaggestaltung: Nele Schütz Design, München
Satz: Pinkuin Satz und Datentechnik, Berlin
Druck und Bindung: Ebner Ulm

ISBN 3-453-18943-4

http://www.heyne.de

Stammbaum der IV. Dynastie

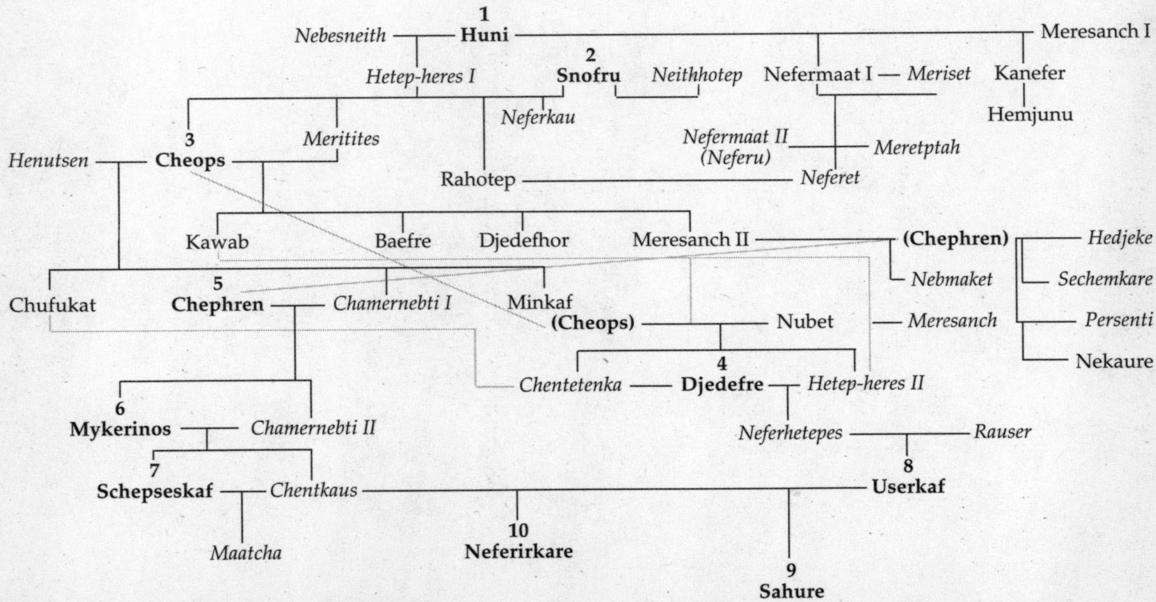

1

Cheops war eingegangen in seine Ewigkeit, doch das Bestattungsritual, das nun folgte, war völlig neuartig. Niemand hätte zu sagen vermocht, ob er mumifiziert worden war, aber einer mit Leinenstreifen umwickelten Mumie glich er nicht, wie er da in feierlichem Zuge zu ›Chufus Horizont‹, seiner Pyramide, geleitet wurde. Das Ganze glich eher einem Krönungsritual, denn der Leichnam des Königs trug einen weißen Mantel und auf dem Haupt die Pschent, die Doppelkrone mit hoher weißer Haube in roter Kappe. Die über der Brust gekreuzten Hände umklammerten Krummstab und Wedel. Aufrecht saß er, der verstorbene König, auf seinem mit Blattgold überzogenen Thron aus Zedernholz, den zwölf kräftige Männer, die je eine Maske der großen Gottheiten Ägyptens trugen, auf einem Traggestell hoch über ihren Köpfen abstützten. Dieser Zug hatte nichts Pompöses, er erinnerte in keiner Weise an die großartige Prozession beim Königsjubiläum oder den Beisetzungsfeierlichkeiten des Gottes Snofru oder der Großen Königlichen Gemahlin Hetep-heres. An der Spitze schritten die Oberpriester der Tempel: von Re-Atum in Heliopolis, von Thot in Hermopolis, von Osiris in Abydos, von Hathor in Dendera, von Horus in Behedet. Der Trage voraus gingen drei Söhne Seiner Majestät – Seite an Seite: Djedefhor, Minkaf und Djedefre. Die ältesten waren dem Vater auf den Wegen zur Amenti vorangegangen, doch der in seiner Provinz Elephantine ansässige Chephren hatte noch nicht einmal erfahren, dass sein Vater von der einen in die andere

Welt hinüber gegangen war und jetzt schon bestattet wurde, knapp zwei Tage nachdem man Seine Majestät in der Abgeschiedenheit seines Gartens versteinert in seinem Sessel gefunden hatte.

Die drei Königinnen folgten dem Gemahl zu Fuß, doch sie weinten nicht, sondern zeigten, wie Cheops es verordnet hatte, ein fröhliches Gesicht, wie es auch keinerlei Klageweiber gab in diesem Zug.

Denn dies war kein Begräbnis, sondern eine Apotheose, eine Vergötterung.

Hinter den Königinnen sah man die engsten Dienstboten des Königs und seine Freunde. Den Abschluss des Zuges bildeten musizierende Mädchen mit Flöten, Tamburins, Bogenharfen und Zimbeln, die, wie die Tänzerinnen, deren Sprünge und Drehungen sie mit Gesang und Instrumentenklang untermalten, alle aus der Tanzschule des Isis-Tempels stammten.

Die Zeremonie, wie auch alles Folgende, war von Cheops persönlich festgelegt worden, und um sicherzustellen, dass seinen Wünschen auch entsprochen wurde, hatte er Durchführung und Ausgestaltung Djedefhor übertragen, der sich seinerseits für die Umsetzung dieser Jenseitsverfügungen unter Eid vor dem Vater verbürgt hatte. Wenige Tage vor seiner Verwandlung hatte Cheops, als hätte er das nahe Ende geahnt, den Eingang zum unterirdischen Kanal verschließen lassen. Dort, wo er mit dem äußeren See verbunden war, hatte man den überstehenden Felsrand mitsamt dem oben aufgetürmten Erd- und Gesteinsaushub aus unterirdischen Gängen und Kanälen zum Einsturz gebracht, sodass ein gewaltiger Pfropf entstanden war, der den unterirdischen Kanal von jeder Verbindung mit den äußeren Gewässern und jedem möglichen Zugang abschnitt. Dadurch war der Kanal nur noch innerhalb der Pyramide, tief unten durch einen Schacht erreichbar. Auch die zwei großen Holzbarken, in denen der göttliche König an der Seite seines Vaters Re ins Jenseits fahren würde, hatte Cheops in die Becken am Fuße der Pyramide schaffen lassen.

Auf der Straße zwischen dem unteren Tempel und dem Empfangstempel bewegte sich der eher heiter wirkende Zug nun auf das Bauwerk zu. Damit man die an der Nordseite hoch oben gelegenen Gänge ins Innere der Pyramide leichter erreichen konnte, war eine Erdrampe aufgeschüttet worden, an deren unterem Ende man nun Halt machte. Das Traggestell wurde abgesetzt, und zwei kräftige Männer ergriffen den Thron mit dem unbeweglich starr sitzenden Cheops, um ihn hinter den Oberpriestern der Tempel und den drei Prinzen in seine Pyramide zu tragen. Ihm folgten noch die Königinnen, doch allen anderen aus dem Geleitzug wurde der Eintritt verwehrt, sodass man niemals erfuhr, was mit dem König weiter geschah. Einige wussten von dem unterirdischen See und dem Heiligtum auf der verborgenen Insel, und sie behaupteten natürlich, dorthin, in den Hauptsaal, habe man Seine Majestät gebracht, in das Becken der Einweihung gesetzt. Andere erklärten, der Leib des Gottes werde erst einmal im mittleren Saal mumifiziert und dann im oberen Saal in den Steinsarg gebettet. Doch in Wahrheit erfuhr kein Nichteingeweihter je, was dort geschah, denn kein Mitglied der königlichen Familie und keiner der Priester, die die sterbliche Hülle bis in die geheime Wohnstatt für die Ewigkeit begleitet hatten, verrieten oder enthüllten je das Geheimnis vom Ende des lebenden Gottes Cheops, geliebt von Chnum.

Und da niemand sich dem königlichen Befehl zu widersetzen wagte, wurde kurz darauf Djedefre unter dem Horusnamen Chepre inthronisiert, ohne Zeremonie, gleichsam insgeheim, am dritten Tag nach der Apotheose des zum unsterblichen Gott gewordenen Königs. Es hatte den Anschein, als fürchtete der Kronprinz durch längere Vorbereitung von Krönungszeremonien oder Prachtentfaltung, einen gefährlichen Rivalen auf den Plan zu rufen oder den Großen des Reiches Zeit zum Widerspruch, ja gar Widerstand gegen diese – wie einige es nannten – ›Machtanmaßung‹ einzuräumen. Vor allem aber fürchtete er seinen Bruder Chephren, denn sollte es dem plötzlich einfallen, die Doppelkrone zu fordern, dann – das konnte auch Djedefre sich nicht verhehlen – bekäme er nicht nur die Unterstützung der Mehrzahl der Mächtigen im Lande, sondern hätte mit seiner Armee auch das Mittel in Händen, seinen Willen durchzusetzen. Also musste er überrumpelt werden. Deshalb waren ihm auch keine Boten geschickt worden, um ihn vom Ableben des Königs in Kenntnis zu setzen. Djedefhor, den sein Missgeschick mit der Geliebten weit mehr beschäftigte als die Handlungen seines Bruders, hatte sich nur gewundert, dass er von der Krönungszeremonie nicht einmal verständigt worden war und sein Bruder so viele der alten Freunde des Königs, deren Widerstand er offenbar fürchtete, nicht eingeladen hatte. Nur diejenigen, deren Vertrauen er sich errungen hatte, waren anwesend, als Djedefre sich zweimal als neuer König auf dem Erscheinungsbalkon zeigte. So hatte er das ganze Land vor vollendete Tatsachen gestellt, und nun, da er die Doppelkrone trug, war er gewiss, dass niemand von den Großen des Reiches es wagen würde, dem neuen Herrscher Beider Länder Widerstand zu leisten.

Auch Henutsen war überrumpelt worden. Sie hielt sich gerade in ihrem Palast in Memphis auf, als ihr Sohn Minkaf erschien und ihr mitteilte, die Krönung sei vollzogen und er selbst gleich offiziell zum Wesir ernannt worden. Mit dieser Geste hatte Djedefre den geheimen Wünschen seines Halbbruders entsprochen und sich selbst, durch dessen Einbindung, noch eine zusätzliche Legitimität verschafft. Meritites war noch am selben

Abend nach Cheops' Einzug in seine geheimnisvolle Wohnstatt von einem Unwohlsein befallen worden und lag mit Fieber im Bett, als ihr letzter Sohn Djedefhor durch die Thronbesteigung von Djedefre seiner legitimen Rechte als Ältester beraubt wurde. Doch dieser hatte sich ja nicht einmal die Mühe gemacht, sein Recht, das der Vater ihm verweigert hatte, einzufordern. Ihm war etwas anderes viel wichtiger als ein Thron, all sein Denken und Empfinden hatte nur ein Ziel: Persenti wiederzufinden! Und obwohl er größtes Vertrauen zu Henutsen hatte, war er viel zu ungeduldig, deren Nachricht abzuwarten. Zuerst hatte er sein Glück bei Inkaf, Chedis Bruder und seinem angeblichen Vater versucht. »Inkaf, weißt du wirklich nicht, wo dein Bruder seine Tochter versteckt haben könnte? Fällt dir im gesamten Umfeld niemand ein, bei dem sie Unterschlupf hätte finden können?«

»Herr, ich wüsste nicht, was ich dir antworten könnte«, hatte Inkaf erwidert. »Der einzige Mensch, den ich wirklich kenne, ist unser Vater Ptahmaau. Du kannst mir glauben, dass ich schleunigst zu ihm geeilt bin und ihn befragt habe, aber seine Antwort war, er könne mir nichts mitteilen. Ich habe deine Ehrlichkeit beteuert, deinen Willen, seine Enkelin zu deiner Gemahlin zu machen. Das hat ihm natürlich geschmeichelt, und fast schien es mir, er bedaure es, nichts tun zu können. Auch bei meinem Bruder bin ich vorstellig geworden, oder besser gesagt, ich hab's versucht, doch er hat mich kurzerhand rausgeworfen, wie einen elenden Hund, wie einen Bettler, und mir vorgeworfen, bei solch einem trügerischen Spiel mitgemacht zu haben. Vergebens habe ich ihm zu erklären versucht, er habe keinen Grund, unzufrieden zu sein, du seist nämlich fest entschlossen, meine Nichte zu heiraten, aber er hat mir nicht einmal zugehört. Nur Henutsen hat genügend Einfluss auf ihn, allein ihr könnte es gelingen, ihn zu überreden, das Versteck seiner Tochter preiszugeben.«

Doch als Henutsen sich am Tag nach Djedefres Krönung zu Chedis Haus begab, fand sie die Tür verschlossen. Alles Klopfen war vergebens, und auch die Nachbarn vermochten ihr nichts zu sagen, denn am Abend zuvor war der Hausherr noch daheim gewesen, man hatte Licht gesehen.

»Sie dürften bei Tagesanbruch fortgegangen sein«, beteuerte einer der Nachbarn, »damit niemand sie sehen konnte.«

Überrascht von diesem überstürzten Aufbruch, lief Henutsen sofort zu Ptahmaau. Dieser hob die Arme, verneigte sich vor der Königin und bot ihr einen Stuhl und Bier an.

»Ptahmaau«, hob sie hastig an, »Persentis Verhalten erstaunt mich, und Chedis Benehmen verstört und verärgert mich. Was soll das? Der Gott hat es gewollt, dass seine Tochter sich in einen jungen Mann verliebt, der sich in der großen Flamme der Liebe zu ihr verzehrt, und zufällig ist dieser junge Mann nun nicht ein einfacher Schreiber oder gar Tänzer, sondern der Sohn des Königs, mein eigener Stiefsohn, ja sogar der legitime Erbe des Horusthrons. Und was tut diese streitsüchtige Gans von Persenti, als sie erfährt, der, den sie liebt, sei ein königlicher Prinz? Sie ergreift die Flucht, ist wütend, und ihr Vater macht sich diese Wut auch gleich zueigen, unterstützt sie und weigert sich, Hori zu sagen, wo sie sich versteckt. Nun bin ich zu dir gekommen und befehle dir, mir zu sagen, wo ich dieses törichte Ding finden kann.«

»Henutsen, göttliche Herrin, zürne nicht«, flehte Ptahmaau. »Wenn Persenti geflohen ist, wenn sie den Prinzen nicht wiedersehen wollte, wenn sie sich versteckt hält wie ein Frosch, der in den Sumpf hinabtaucht, um der lauernden Schlange zu entgehen, dann tat sie das alles doch nur, weil sie in ihrem Herzen zutiefst verletzt worden ist. Wisse, dass jemand aus ihrem Umfeld ihr nicht nur verraten hat, wer Hori tatsächlich ist, sondern vielmehr, dass er mit seinem Bruder, Seiner Majestät, die jetzt auf dem Thron der Beiden Länder sitzt, eine Wette abgeschlossen hatte: er würde sie in der Rolle eines armen Burschen verführen. So hat sie es ihrem Vater Chedi erklärt, und so hat Chedi es mir mitgeteilt, wobei er noch hinzufügte, Hori habe ja damit unsere ganze Familie entehrt, denn ein Prinz, in dessen Adern das Blut des Gottes fließt, würde natürlich niemals ein armes Mädchen wie Persenti heiraten, die Tochter eines einfachen Tischlers.«

Henutsen war empört. »Ptahmaau, mittlerweile hättest du begreifen müssen, dass ich, wenn es denn so gewesen wäre, bei einem solchen Spiel nie mitgemacht hätte und Djedefhor ein solches Handeln nie erlaubt hätte! Du musst mir jetzt sagen, wo ich Persenti finden kann. Es ist wichtig, dass ich diesen Irrtum aufkläre. Ich will wissen, wer solches zu ihr gesagt hat, unter Missachtung der Maat und ihres göttlichen Zorns, denn ich bin mächtig genug, diese Tochter Seths, die diese Lüge geschmiedet hat, bestrafen zu lassen. Sie war gewiss eifersüchtig auf Persenti.«

»Dazu kann ich nichts sagen, wie ich dir auch nicht verraten kann, wo mein Sohn und Persenti sich aufhalten. Sieh, vorhin kam ein mir unbekannter Knabe und übergab mir diese Scherbe mit einer schriftlichen Botschaft von Chedi.«

Noch während er sprach, holte er eine leicht gebogene Tonscherbe, auf die mit roter Tinte ein paar Wörter gekritzelt waren. So konnte Henutsen selbst lesen, dass Chedi, um nicht bedrängt oder gezwungen zu werden, seine Tochter zu verraten, der er geschworen hatte, niemandem ihren Zufluchtsort zu nennen, sich ein paar Tage Erholung gönnen wollte und zu Persenti gefahren war. Und er würde sie gegen alle, die sie entführen wollten, verteidigen.

»Wie du siehst«, brummelte Ptahmaau, als Henutsen ihm das Schreiben zurückgab, »verrät er auch mir nicht den Ort, wo sie sich aufhält. Ich weiß auch nicht, was ich davon halten soll, denn solche Winkelzüge kenne ich sonst gar nicht bei meinem Ältesten. Ich bin erstaunt, dass er so plötzlich abgereist ist und mir seine Abwesenheit nur in ein paar knappen Worten mitteilt und von einem mir unbekannten Knaben und nicht durch einen seiner Dienstboten überbringen lässt. Als sei er veranlasst worden, plötzlich zu fliehen, sich keine Zeit zu lassen, zu mir zu kommen und mir zu sagen, wohin er zu gehen gedachte.«

Auch Henutsen irritierte Chedis Verhalten. Inkaf war so etwas zuzutrauen, aber nicht seinem älteren Bruder. Sie schwieg ein Weilchen und fragte dann: »Kannst du dir nicht vorstellen, Ptahmaau, bei wem Persenti untergeschlüpft sein könnte? Bei einer Freundin oder bei jemandem aus ihrer Familie?«

»Was Letztere betrifft, kennst du ja von unserer Seite her ihre Familie: da gibt es nur Inkaf und mich. Ich weiß nicht, ob Persenti eine Freundin hat, und wenn es so ist, dann nur im Isis-Tempel. Dort muss man nachforschen, oder aber in der Familie ihrer Mutter. Da kenne ich niemanden. Meine Schwiegertochter Iu, Persentis Mutter, hat ja mal in den königlichen Werkstätten gearbeitet, aber nach ihrer Heirat dort aufgehört. Aber wer sind ihre Eltern eigentlich? Ich habe nie Näheres von ihnen erfahren und sie auch nie gesehen. Nur dass sie nicht in Memphis wohnen, das weiß ich. Das ist das Einzige, was ich dir sagen kann. Wenn ich recht verstanden habe, dann leben sie in Unterägypten, in einem kleinen Weiler in der Provinz Sebennytos.«

»Weißt du, ob Ius Vater noch lebt? Wie er heißt? Was

er machte? War er ein Handwerker wie du, oder ein Bauer?«

»Ich vermag keine deiner Fragen zu beantworten. Du weißt, dass ich gegen diese Heirat war. Daher wollte ich auch nichts wissen von Chedis Schwiegereltern. Das war ja der Grund, warum mein Sohn fortgegangen ist und seine eigene Werkstatt gegründet hat. Seitdem haben wir uns nur noch selten gesehen, und über diese Ehe haben wir erst recht kein Wort mehr verloren.«

»Ich werde meiner Schwester Meritites einen Besuch abstatten. Sie leitet jetzt die königlichen Werkstätten, vielleicht kann sie mir sagen, wo die Eltern leben.«

»Vielleicht.« Ptahmaaus Ton klang skeptisch, während er sich verneigte. »Wenn du glaubst, dass eine Große Königliche Gemahlin alle Frauen kennt, die in den königlichen Werkstätten arbeiten, und sich für deren Familien interessiert ...«

Auf dem Heimweg in ihre Residenz, die der ihrer Schwägerin benachbart war, überdachte Henutsen Ptahmaaus letzte Worte und kam ebenfalls zu dem Schluss, dass es verwunderlich wäre, wenn Meritites den Wohnort von Ius Eltern kennen würde, zumal diese ja die Werkstätten schon seit geraumer Zeit verlassen hatte. Dennoch ging sie zu Meritites, die bei weit geöffneten Fenstern, die zum Garten führten, noch immer zu Bett lag.

»Henutsen, welche Freude, dich zu sehen!«, rief die erste Gemahlin. »Ich, ich fühle mich noch immer so matt. Diese Krankheit hat mich umgeworfen ...«

»Merit, ich freue mich zu sehen, dass es dir besser geht, auch wenn du noch liegen musst«, beteuerte Henutsen, während sie sich auf der Bettkante niederließ.

»Heute bin ich schon einmal kurz aufgestanden. Erzähl mir ein bisschen, was sich in unserer Familie so tut. Djedefre hat sich ja wohl tatsächlich auf dem Horusthron breit gemacht, wie unser Bruder, der gerechtfertigte Gott, es verfügt hatte?«

»Er hatte solche Angst, auf den Stufen des Thrones zu stolpern, dass er alle Kulthandlungen so kurz fassen ließ, dass unsereinem nicht einmal Zeit zum Atmen blieb. Da hatte er schon die Krone auf dem Kopf! Die hat dein Sohn Djedefhor nun eingebüßt!«

»Pah! Hat Hori nicht schon immer gesagt, dass ihm der Thron nichts bedeute? Und ich hätte ihn auch nicht angestachelt, die Doppelkrone für sich zu fordern. Du hast doch selbst erlebt, wie unglücklich die Gemahlinnen eines Königs Beider Länder ihr Dasein fristen. Ich sprach kürzlich noch mit Meretptah darüber. Es vergeht nicht ein Tag, ohne dass sie den Göttern Dank sagt, Neferus Pläne, den Thron zu besteigen, vereitelt zu haben. So hatte sie ihn immer für sich, denn selbst als Statthalter von Elephantine entfernte er sich nur selten von ihr, verließ die gemeinsame Wohnstatt nur, um auf die Jagd zu gehen. Ihr Leben mit dem heißgeliebten Gatten war ein einziges Fest, und auch jetzt, da er nach Memphis zurückgekehrt und aller Verwaltungssorgen ledig ist, vergeht kein Tag ohne Vergnügungen in der Stadtresidenz, die Cheops ihnen zugewiesen hat. Ihrer Schwester Neferet wäre es ebenso ergangen, wäre sie nicht auf einen so ehrgeizigen und irrsinnigen Mann wie meinen Bruder Rahotep hereingefallen, dessen Dasein als geheimer Anwärter auf den Horusthron so früh geendet hat. Ich bin froh für meinen lieben Hori, und da ich weiß, dass du ihn ebenso, wenn nicht mehr liebst als deinen eigenen Sohn Chephren, müsstest du dich eigentlich mit mir freuen, dass Djedefre sich alle Lasten des Gottseins aufgehalst hat. Auch meiner kleinen Meresanch konnte nichts Besseres passieren, denn da sie ihren Gatten nicht ausstehen kann, muss sie doch entzückt sein, ihn im Großen Palast gefangen zu wissen, wo sie nicht mehr Bedeutung für ihn hat als eine Dattel.

Ihm wird es genügen, sie als Große Gemahlin zu haben, denn nur durch sie kann er seinen Anspruch auf die Doppelkrone legitimieren. Mir kam zu Ohren, er beabsichtige, seine beiden Schwestern Chentetenka und Hetep-heres, unsere Schwiegertöchter, gleichzeitig zu heiraten.«

»Davon ist tatsächlich die Rede. Aber dass Chentetenka ihn verabscheut, das weiß ich gewiss. Sie ist schon seit langem in Chephren verliebt, und wie du weißt, hat sie viel häufiger mit meinem jüngeren Sohn das Lager geteilt als mit meinem Ältesten ... Was verständlich ist, da mein guter Chufukaf nichts übrig hatte für unser Geschlecht. Aber lassen wir das. Du weißt doch, dass dein Sohn Hori sich in ein bezauberndes Mädchen verliebt hat ...«

»Du meinst die kleine Tänzerin?«

»Sie ist eine wundervolle Tänzerin ...«

»Reicht das aus für den einzigen Prinzen, in dessen Adern das Blut des Gottes fließt?«

»Es reicht aus, denn er hat sich wahnsinnig in sie verliebt. Alles Übrige hat kaum Bedeutung. Er ist so tief betrübt, dein armer Sohn, dass wir dieses Mädchen, das sich entzogen hat, unbedingt aufspüren müssen.«

»Sieh an! Wieso eigentlich? War ihr ein Prinz nicht gut genug? Vielleicht will sie einen König?«

»Du kennst dieses Mädchen nicht, Merit, darfst daher auch nicht urteilen. Dein Sohn liebt sie, das allein müsste wichtig sein für dich.«

»Ich will dich ja nicht beleidigen, Henutsen, aber wenn ich auch verstehen kann, dass dies für dich das Hauptmotiv ist, so muss ich meinerseits, die ich unseren Bruder nur aus Notwendigkeit geheiratet habe ...«

»Du beleidigst mich nicht, Merit, aber ich kann nicht glauben, was du da sagst. Es stimmt zwar, dass du von deinem Vater, dem Gott Snofru, mit Cheops verheiratet wurdest, aber du warst doch auch sehr in ihn verliebt, wie ich ja auch. Also musst du doch auch zugeben können, dass Liebe die erste, wenn nicht gar einzige Rechtfertigung für eine Verbindung ist, wie immer diese auch zustande kam. Und wenn du deinen Sohn wirklich liebst, dann musst du ihm jetzt helfen, diese Persenti wiederzufinden, damit er sie, wie er es sich so sehnlich wünscht, zur Herrin seines Hauses machen kann.«

Meritites seufzte und gab wortlos nach, vielleicht aus Mattigkeit, vielleicht auch aus Trägheit. »Viel kann ich nicht tun. Ich werde den Leiter der Webereien zu mir bestellen und ihm auftragen, sich bei den Arbeiterinnen zu erkundigen, ob eine von ihnen Iu und ihre Eltern gekannt hat.«

»Ich danke dir, Merit. Mehr verlange ich nicht von dir. Dass Hori dich nicht schon um Hilfe bei seinen Nachforschungen gebeten hat, wundert mich allerdings.«

»Du weißt doch selbst, Hori ist häufiger bei dir als bei mir. Aber keine Sorge, ich bin deswegen nicht eifersüchtig auf dich. Sieh, unsere Kinder vernachlässigen uns, und bald werden wir beide allein sein, in trauter Zweisamkeit.«

»Aber nein, Merit. Wir müssen die Distanz zu unseren Kindern nur akzeptieren, dann werden wir uns umso mehr freuen, wenn sie bei uns sind. Vor allem aber muss man entschlossen sein, aus seinem Leben ein Fest zu machen. Genau wie dein Bruder Neferu. Man muss hineinbeißen können wie in eine knusprige Waffel, es auskosten wie einen süffigen Wein. Du bleibst viel zu viel daheim, ganz auf dich selbst konzentriert. Und lass ab von den Datteln und Süßigkeiten, mit denen du dich voll stopfst! Dann wirst du dich gleich besser fühlen! Wohler in deiner Haut. Genieße die Freuden des Lebens in ihrer ganzen Vielfalt!«

»Henutsen, ich bewundere dich aufrichtig! Aber ich

fühle mich einfach nicht fähig, überall Fäden zu spinnen wie du, mit dem Leben zu spielen … Ich besitze nun einmal nicht deinen Mut und auch nicht deine Sorglosigkeit.«

»Du musst aufwachen, Merit. Du erwähnst das Intrigenspiel? Gerade jetzt, da dieser Djedefre wie Seth die Horuskrone an sich gerissen hat, gilt es, sämtliche Fäden zu spinnen. Und das werden wir tun, um ihn zu Fall zu bringen und unseren Söhnen die Krone Beider Länder zurückzugeben.«

2

Gleich am Morgen, nachdem er in der Pyramide ›Chufus Horizont‹ die täglichen Kulthandlungen für den verblichenen König, seinen Vater, geleitet hatte, lief Djedefhor eiligen Schrittes zum Isis-Tempel. Am Abend zuvor hatte er Henutsen getroffen und von all ihren Bemühungen erfahren. Zum Schluss hatte sie gesagt: »Geh nochmal zur Tanzschule. Unter Persentis Gefährtinnen findest du bestimmt dieses heimtückische Geschöpf, das deiner Geliebten eingeredet hat, sie sei nur der Spielball gewesen in jener Wette zwischen dir und deinem Bruder Djedefre. Persenti könnte ihr ja gesagt haben, wo sie sich zu verstecken gedachte. Gibt es unter all diesen Mädchen vielleicht eine, die ein Auge auf dich geworfen hat oder gar einmal durchblicken ließ, sie hätte ganz gerne ihren Spaß mit dir?«

Nach kurzem Schweigen hatte Djedefhor geantwortet: »Henutsen, wenn eine der Tänzerinnen aus Sebeknis Schule wirklich ein Auge auf mich geworfen haben sollte, so habe ich es jedenfalls nicht bemerkt, allein schon, weil ich nur Augen hatte für Persenti. Aber deine Worte wecken einen Verdacht in mir, erfuhr ich doch aus Persentis Mund, ein mächtiger Mann habe mit allen Mitteln versucht, sie zu verführen, und dieser Mann ist niemand anderer als Djedefre. Daher verdächtige ich ihn, jemanden geschickt zu haben. Er sollte Persenti eine solche Gemeinheit hinterbringen, damit sie mir endgültig den Rücken kehre.«

»Wenn das tatsächlich so wäre, dürften wir keinen Augenblick zögern«, hatte Henutsen geantwortet, »denn es ist doch zu befürchten, dass auch Djedefre Persenti suchen lässt, um sie zu entführen. Gleich morgen musst du zum Isis-Tempel gehen und herauszufinden versuchen, ob da was Wahres dran ist.«

Sebekni saß wie immer im Kreise seiner Schüler und Schülerinnen. Inzwischen wussten diese, wer ihr früherer Mitschüler tatsächlich war, nachdem er einmal mit seinen Brüdern im Geleitzug seines Vaters, des göttlichen Königs, erschienen war. Daher erstaunte es sie auch jetzt nicht, dass ihr Lehrer dem Prinzen entgegenging und ihn voller Hochachtung grüßte. Djedefhor erwiderte den Gruß und bat um ein Gespräch unter vier Augen. Sebekni führte ihn in einen geschlossenen Saal und hörte mit Empörung von dem Verdacht, der eine seiner Schülerinnen belastete. Sofort lief er wieder in den Hof hinaus, rief alle Schüler und Schülerinnen zusammen und verkündete in gebieterischem Ton: »Unter euch ist jemand, der die Maat geschmäht hat. Durch eine Lüge, derer sie sich schämen müsste, hat diese Person unserer lieben Persenti eingeredet, Hori, mit dem sie sich zu verbinden gedachte, habe ein übles Spiel mit ihr getrieben und sie sei nichts weiter als der Spielball in einer Wette. Dies war der Anlass für Persentis überstürzten Aufbruch und ihr Verschwinden, denn niemand weiß, wohin sie sich geflüchtet hat, um ihren Kummer und ihre Enttäuschung zu verwinden. Wenn der- oder eher diejenige sich mir gegenüber nicht zu dieser Niedertracht bekennt, um in Demut meine und des Prinzen Vergebung zu erbitten, dann soll diese Person heute schon wissen, dass ich sie aufspüren werde, spätestens nach Persentis Rückkehr, denn sie wird sie uns ja benennen können. Dann aber wird sie sich vor mir fürchten müssen, denn uns alle träfe der Zorn von Isis, wenn die Göttin gewahr würde, dass in ihrem Tempel eine Tochter Seths lebt und wir uns nicht darum scheren. Jetzt könnt ihr gehen, jeder in seine Zelle. Ich erwarte die Schuldige in meinem Zimmer, noch bevor die Sonne den Zenith erreicht. Wenn sie kommt und ihre Niedertracht bekennt, wird ihr vergeben werden, und niemand wird ihren Namen erfahren. Andernfalls wird sie, sobald ich sie aufgespürt habe, unter Schmach und Schande aus dem Tempel vertrieben, dem Zorn des Gottes ausgeliefert und öffentlich angeprangert werden.«

Gemurmel folgte auf diese Drohungen. Eine der Tänzerinnen trat vor, wandte sich um zu den Gefährten und erklärte: »Sollte eine von uns, von Seth verblendet, solcherart gesprochen haben, so trete sie hin vor unseren Herrn, denn die Rache der Maat könnte uns alle treffen. Aber vertrieben werden soll sie auf jeden Fall, denn bei Eintritt in diese Schule haben wir alle ein Gelöbnis abgelegt auf Isis und die Maat, und wer diesen Eid bricht, den können wir unter uns nicht dulden. Eine einzige Strafminderung nach der Selbstbezichtigung könnte sein, dass Schmach und Scham nicht unter unseren Blicken erduldet werden müssen. Der Name wird nicht genannt werden, und wir werden vergessen, wer diese Person war und was sie getan hat.«

Nachdem alle Schüler diese Worte gutgeheißen hatten, ging jeder in seine Zelle zurück. Doch vergeblich warteten Djedefhor und Sebekni auf das Erscheinen der Schuldigen. Würde man doch außerhalb der Schule suchen müssen?

»Das glaube ich nicht«, sagte Sebekni. »Ich will dir auch sagen, warum. Persenti hat die Schule überstürzt verlassen, hat vorher nichts davon gesagt und war auch schon mehrere Tage nicht aus dem Haus gegangen. Folglich hatte niemand von außen mit ihr sprechen können. Und hätte sie außer Haus von deinem angeblichen Betrug erfahren, wäre sie ja wohl nicht erst in den Tempel zurückgekehrt, um ein paar Tage später plötzlich davonzulaufen. Wenn ich mich nicht täusche und die Schuldige sich hier bei uns befindet, kannst du sicher sein, Herr, dass wir sie entlarven werden.«

Am folgenden Tag, zum Fest des Gottes Anu wurden die Tänzerinnen des Isis-Tempels nicht gebraucht, und so verließen mehrere von ihnen noch vor Tagesende die Schule, um das Fest im Familienkreis zu feiern. Auch Iaset gab vor, ihren Vater in einem Dorf nahe bei Memphis besuchen zu wollen, doch in Wirklichkeit schlug sie hastig den Weg zum Palast ein, nachdem sie sich vergewissert hatte, dass niemand ihr folgte. Am Eingang zum Palast stand wie immer der Offizier, der Weisung hatte, Personen, die zu geheimen Treffen mit dem neuen Herrscher kamen, unverzüglich einzulassen. So gelangte auch die junge Tänzerin sofort zu Djedefre, der es sich in Cheops' verschwiegenem Garten bequem gemacht hatte. Er genoss die milde Abendsonne in Gesellschaft musizierender Mädchen, doch im Verborgenen, im Halbschatten, stand wachsam ein hoch gewachsener, durch die animalische Kraft seines Körpers beeindruckender Mann in eng anliegendem Schurz. Es war Djedefres Leibwächter, dem er voll vertraute. Er hielt sich immer in unmittelbarer Nähe seines Herrn auf und schlief auch im Zimmer nebenan.

»Herr«, sagte Iaset und sank vor Djedefre auf die Knie, »wenn ich zu so später Stunde noch zu Deiner Majestät komme, dann ist der Grund der, dass ich bedroht bin. Prinz Djedefhor war heute Morgen im Tempel und hat mit unserem Lehrer Sebekni gesprochen. Der Meister vermutet, eine von uns habe mit Persenti geredet und sei Ursache für deren Abreise, für ihre Flucht vor Djedefhor, dem Bruder Deiner Majestät. Ich fürchte, Sebekni wird mich über kurz oder lang entlarven, spätestens, wenn Persenti zurückkehrt und mich seinem Zorn ausliefert. Was gedenkt Deine Majestät zu tun, um ihre Dienerin zu schützen, diejenige, die ihn liebt und die ihm völlig ergeben ist, die bereit ist, ihr Leben für Deine Majestät hinzugeben?«

Djedefre strich ihr über das Haar. »Kleine Gazelle,

was hast du denn zu fürchten? Du stehst doch unter dem Schutz Meiner Majestät. Diese Persenti wird dich nicht beschuldigen können, denn bald schon wird sie hier in diesem Palast bei mir sein und nie mehr in den Isis-Tempel zurückkehren.«

»Gedenkt Deine Majestät sie zu sich zu nehmen? Und was wird dann aus deiner getreuen Dienerin?«

»Auch du wirst bei mir sein. Wisse, Meine Majestät bedenkt deine Zukunft. Doch jetzt geh erst einmal heim, ins Haus deiner Eltern, und entferne jede Furcht aus deinem Herzen.«

»Wird Deine Majestät, da sie jetzt auf dem Horusthron sitzt, ihr Versprechen auch halten? Hattest du nicht die Absicht, Herr, deine Dienerin zu deiner zweiten Gemahlin zu machen, nach der Königin Meresanch? So hast du es mir doch neulich versprochen.«

»Ich meine dir gesagt zu haben, dass du bei mir sein wirst, dass ich über deine Zukunft nachdenke. Genügt dir das etwa nicht?«

»Diese Worte genügen, um die Dienerin Deiner Majestät zu beglücken, denn ich glaube zu verstehen, dass du deinem Versprechen gemäß mich zu deiner zweiten Gemahlin machen wirst.«

»Gut, gut. Aber jetzt geh nach Hause und vermeide, dass man dich aus dem Palast kommen sieht.«

Kaum war Iaset gegangen, klatschte Djedefre in die Hände. Der Diener trat aus dem Schatten vor den König hin.

»Upeti«, sagte dieser leise zu ihm, »wache über die Sicherheit der Dienerin Meiner Majestät, dieser Iaset, die mich zu belästigen beginnt.«

Wenige Tage später wurde der Körper der Tänzerin im Nil gefunden, wo er sich in Schilf- und Papyrusbüscheln verfangen hatte. Es hieß, sie müsse ausgerutscht, in den Fluss gefallen und ertrunken sein. Niemand bemerkte die tiefe Rille rund um den Hals, die zu dem

Schluss geführt hätte, sie müsse erwürgt und dann in die Tiefen des Flusses geworfen worden sein. Trotz dieses schrecklichen Schicksalsschlags war man in der Familie des jungen Mädchens froh, dass sich nicht Krokodile oder reißende Fische über sie hergemacht hatten und somit der unversehrte Körper nach dem üblichen Ritual bestattet werden konnte. Da niemand von Sebeknis Schülern Iaset den Verrat an Persenti zugetraut hätte, nahmen sie alle an der Bestattung teil, und die Mädchen tanzten für die Tote und beklagten ihr so trauriges Geschick.

Djedefhor erfuhr nichts von dem Vorgefallenen, denn zu diesem Zeitpunkt war er schon nicht mehr in Memphis.

Am Tag nach Djedefhors Besuch im Isis-Tempel waren nämlich Abgesandte des Großen Palasts in seiner Residenz erschienen, während er mit seiner Mutter und Henutsen im Garten weilte. Meritites hatte die Leiterin der königlichen Werkstätten kommen lassen und sie zu Persentis Mutter befragt. »Ich weiß nicht, wo ihre Eltern leben«, hatte die Leiterin geantwortet, »aber ich glaube jemanden finden zu können, der mir darüber Auskunft gibt. Es ist eine ehemalige Freundin von Iu, die manchmal mit ihr nach Hause fuhr, ins Dorf im Land des Nordens, wo sie geboren ist. Eine unserer Arbeiterinnen kennt sie, sie wird sie finden, und dann werde ich sie zu Eurer Herrschaft führen, damit sie Euch die gewünschten Auskünfte erteilt.« Daraufhin war Meritites in Begleitung von Henutsen zu ihrem Sohn geeilt, um ihm die erfreuliche Nachricht zu überbringen. Henutsen machte sich nach wie vor Sorgen wegen Chedis und der ganzen Familie Verschwinden.

Die Abgesandten des Palasts wurden zu Djedefhor und den beiden Königinnen geleitet. Sie verneigten sich, und ihr Sprecher sagte: »Herr, Seine Majestät schickt mich, denn unser Herr hat den Wunsch geäußert, seinen Bruder zu sehen.«

»Und wann soll ich, dem Wunsch meines Bruders gemäß, zum Großen Palast kommen?«, fragte Djedefhor.

»Jetzt sofort. Seine Majestät hält gerade Audienzen ab.«

»Weißt du, was mein Bruder von mir will?«

»Seine Majestät hat ihren Diener nicht in das Geheimnis ihrer Vorhaben eingeweiht.«

»Wie du siehst, bin ich gerade im Gespräch mit der Großen Königlichen Gemahlin, meiner Mutter, und mit Königin Henutsen. Wenn wir fertig sind, werde ich zum Großen Palast kommen.«

»Herr, vergib mir, aber der König hat uns befohlen, unverzüglich mit dir zurückzukommen.«

»Mein nachgeborener Bruder, Sohn einer Fremden, hat keinen Vorrang vor den Königinnen, den ersten Gemahlinnen des Gottes Cheops, meines Vaters«, erwiderte Djedefhor.

»Herr, wir wissen nur das eine: Der Gott, der auf dem Horusthron sitzt, ist Seine Majestät Horus Chepre, und der steht über den Königinnen.«

»Wie wagst du zu behaupten, dieser Sohn einer Fremden könnte Vorrang haben vor meiner Mutter, der Tochter des Gottes Snofru, die allein die Rechtmäßigkeit von der Mutter auf den Sohn überträgt!« Empört sprang Djedefhor auf, doch Meritites besänftigte seinen Zorn: »Mein Sohn, verwirf nicht in aufbrausendem Zorn die Weisheit, deren Milch du seit deiner Geburt gekostet hast. Djedefre wurde von meinem königlichen Bruder ernannt, im Augenblick ist er der König.«

»Meritites hat Recht«, mischte sich jetzt auch Henutsen ein. »Geh völlig gelassen zu Djedefre. Gib ihm keinen Anlass, durch seine Dummheit etwas heraufzubeschwören, das zu großen Unruhen im Land führen könnte. Es stimmt zwar, dass er wie ein Gauner den Horusthron erklommen hat, aber alle Großen dieses Landes, die er nicht zu bestechen vermochte, sind voller Ablehnung ihm gegenüber, und nur dein Bruder Chephren, der Herr über den Süden Ägyptens, verfügt über ein gut ausgebildetes und gut geführtes Heer.«

Diese Worte, in denen Drohungen mitschwangen, waren eigentlich an die Abgesandten des Königs gerichtet, erinnerten Djedefhor aber gleichzeitig daran, dass er nicht nur ein einfacher Privatmann ohne Rückendeckung war.

Der Prinz entschloss sich also, den Boten zu folgen. Sie bestiegen die am königlichen Landesteg im Hafen Peru-nefer festgemachte große königliche Barke und fuhren zum Hafen des Großen Palasts. Djedefhor schwieg während der Überfahrt und beobachtete die Abgesandten seines Bruders. Er kannte keinen von ihnen, es waren offensichtlich neu angeheuerte Burschen, die dem König wohl ausnahmslos zutiefst ergeben waren. Als sie an Land gingen, eilte der Wortführer ihnen voraus, um – wie er sagte – Seiner Majestät die Ankunft des Bruders zu melden. Djedefre saß im großen Audienzsaal auf Cheops' Thron, neben ihm Minkaf, sein Wesir, und im Saal verstreut standen seine Höflinge und Freunde. Der Wortführer der Boten warf sich vor dem König nieder, trat dann ganz nahe an ihn heran, um ihm, ohne dass die Höflinge es hören konnten, alles, was der Prinz und Henutsen gesagt hatten, ins Ohr zu flüstern.

»Wenn man's recht bedenkt«, sagte Djedefre zu Minkaf, »ist deine Mutter für uns eine Bedrohung. Sieh nur, selbst Meiner Majestät gegenüber gebärdet sie sich hochfahrend.«

»Mein Bruder und Herr«, entgegnete Minkaf, »es stimmt, dass meine Mutter von Natur aus nicht gerade umgänglich ist, aber sie genießt höchste Anerkennung in diesem Land und mein älterer Bruder ist in seiner Provinz geradezu allmächtig.«

»Das weiß ich sehr wohl, und gerade das macht mir Sorgen«, bekannte Djedefre.

»Deine Majestät wäre gut beraten, wollte sie sich nicht gekränkt zeigen und die aggressiven Äußerungen meiner Mutter überhören. Dass ein offener Krieg zwischen dir und ihr zu deinem Nachteil ausgehen könnte, weiß ich nur zu gut. Lass höchste Vorsicht walten, denn die Mehrheit der Großen Beider Länder ist dir, wie alle wissen, nicht gerade gewogen.«

Djedefre verzog das Gesicht, als er diese Ratschläge hörte, denn er wusste, dass sie berechtigt waren. Aber sie verletzten seinen Stolz.

»Man führe den Prinzen vor Meine Majestät!«, befahl er nun lautstark.

Hoch erhobenen Hauptes betrat Djedefhor den Saal und grüßte seinen Bruder. Doch dieser setzte eine gestrenge Miene auf und schleuderte ihm entgegen: »Diener, solltest du nicht wissen, dass man sich vor der Majestät des Gottes zu Boden wirft?«

Eisiges Schweigen breitete sich aus, jeder harrte Djedefhors Entgegnung.

»Djedefre«, hub der Prinz an, »ich bin nicht dein Diener, sondern sogar dein älterer Bruder. Nie hat unser Vater von seinen Söhnen verlangt, sich vor Seiner Majestät zu Boden zu werfen. Ich werde nicht anfangen, mich zu erniedrigen, indem ich es vor dir tue.«

Das Gesicht des Königs verkrampfte sich und wurde purpurrot vor Zorn.

»Der Gott Cheops tat, was er für richtig hielt. Und Meine Majestät hat beschlossen, die Regeln des Anstands zu ändern. Ich verlange von jedem, der vor Meiner Majestät erscheint, dass er sich vor meinem Thron zu Boden wirft.«

Djedefhor kehrte ihm den Rücken und entfernte sich,

ohne ihn einer Antwort zu würdigen, doch Djedefre sprang auf und befahl den Wachen, seinen Bruder festzunehmen und ihn erneut vorzuführen. Die Wachen zögerten, waren noch unentschlossen, als Nubet auftauchte. Sie hatte sich hinter der Tür, die von den königlichen Gemächern zum Audienzsaal führte, verborgen gehalten und ging nun leichten, doch bestimmten Schrittes auf den Thron zu, wandte sich zu Djedefre und erklärte: »Es steht dir nicht zu, mein Sohn, die Regeln bei Hofe zu ändern. Was dein Vater, der Gott Cheops, gewollt hat, war gerecht. Und dich, Djedefhor, bitte ich, die Worte deines Bruders zu vergessen und wieder zu uns zu kommen. Es ist richtig, dass einer von euch ausgewählt werden musste, um dem gerechtfertigten Gott auf dem Horusthron nachzufolgen. Die Wahl fiel auf Djedefre, aber ihr seid alle königliche Prinzen. Hab' ich nicht Recht, Djedefre?«

»Es stimmt«, gestand der König und verneigte sich vor seiner Mutter. »Ich … Meine Majestät war nur einen Augenblick lang verblüfft über die Selbstsicherheit von … meines Bruder …«

Nubet stellte sich hinter Djedefres Thron wie Isis hinter Horus und sagte: »Djedefhor, du bist der Leiter der königlichen Bauvorhaben und auch der, den der Gott Cheops zum Leiter der Priesterschaft seiner Pyramide auserkoren hat. Ich glaube, dass der König dich in dieser Funktion rufen ließ. Djedefre, erkläre nun, was du dem Prinzen, deinem Bruder, zu sagen hattest.«

Der König schien von seiner Mutter gefesselt. Er schwieg eine Weile, bevor er den Mund auftat: »Djedefhor, mein Bruder«, stammelte er schließlich, »es ist deine Aufgabe, die Arbeiten rings um die Pyramide von ›Chufus Horizont‹ einem Ende zuzuführen. Sieh, es ist an der Zeit, die drei Pyramiden der Königinnen fertig zu stellen, die der Großen Königlichen Gemahlin, die von Königin Henutsen und die meiner Mutter, der Königin Nubet. Der Sphinx, den mein Vater hat bildhauern lassen, sollte jetzt ebenfalls vor dem Tor des umfriedeten heiligen Raumes aufgerichtet werden. Doch Meiner Majestät kam zu Ohren, es fehle an Holz, um diese Arbeiten fortzusetzen. Daher ist es Meiner Majestät Wille, dass du mit einer Flotte das Holz holen fährst, wie es einst unser Vater Cheops tat. Gewiss, ich hätte meinen Onkel Ayinel dorthin schicken können, doch auch Steine und Kupfer müssen aus dem Land der aufgehenden Sonne, nahe der Wüste Atika geholt werden. Und diese Gegenden kennt er am besten, daher wird er diese Expedition leiten, die Meine Majestät dorthin zu entsenden gedenkt. Du, mein Bruder, wirst als Gesandter Meiner Majestät zum König von Byblos reisen. Wir wissen, dass Abischemu, der zurzeit unseres Vaters über diese Stadt herrschte, von seinem Sohn Elibaal abgelöst wurde. Ihm wirst du Meiner Majestät Bündnissiegel überbringen und ihm mitteilen, dass jetzt ein neuer König auf dem Thron Ägyptens sitzt. Ihm wirst du auch Grüße von Ayinel und meiner königlichen Mutter und Ibdadi überbringen, der infolge seiner Heirat mit unserer Tante Neferkau ebenfalls Prinz geworden ist.«

»Herr«, erwiderte Djedefhor, »dein Vertrauen, mir eine solche Mission zu übertragen, schmeichelt mir, aber mein Amt als Oberaufseher der Pyramide von ›Chufus Horizont‹ und die Pflicht, dort Kulthandlungen vollziehen zu lassen – beides Ämter, die der gerechtfertigte Gott, unser Vater, mir übertrug – widersetzen sich meinem Wunsch, deinem Begehr, mich zum König von Byblos zu entsenden, zu entsprechen.«

»Und worin besteht der Hinderungsgrund? Der Gott Cheops war doch auch Leiter der Baustellen der Nördlichen und der Südlichen Pyramide, als der Gott Snofru ihn nach Byblos sandte. Musst du nicht Meiner Majestät eher dankbar sein, eine Gelegenheit zu erhalten, endlich diese fernen Gestade kennen zu lernen, die du doch – wie Ayinel und Ibdadi mir erzählten – schon seit so langer Zeit zu sehen wünschst? Abgesehen von diesen beiden bist du ja auch der Einzige, der fließend die Sprache derer aus Charu spricht, ja sogar derer aus Sumer und der Nomaden jener Gegenden. So zumindest sagte Ibdadi, der dich diese und, wie es heißt, noch so manche andere Sprachen gelehrt hat.«

»Ich danke Deiner Majestät für das in mich gesetzte Vertrauen«, erwiderte Djedefhor. »Ich werde darüber nachdenken, wie ich dem Wunsch meines Bruders entsprechen kann, ohne gleichzeitig die geheiligten Befehle und die mir übertragenen Aufgaben zu missachten.«

Nach diesen Worten, durch die der Prinz gleichzeitig durchblicken ließ, dass er sich die Entscheidung vorbehalte, wandte er sich zum Gehen. Djedefre schickte ihm finstere Blicke nach, stand auf und begab sich in die königlichen Gemächer, wo seine Mutter, die ihm nachgelaufen war, ihn sofort zur Rede stellte: »Djedefre, du benimmst dich wie ein Dummkopf, wie ein wilder Stier, der blindwütig angreift, ohne zu wissen, wer sein Gegner ist. Dein Hochmut wäre dir längst zum Verhängnis geworden, stünde ich nicht ständig hinter dir. Hör endlich auf, unbedachte Entscheidungen zu treffen, und überlass deiner Mutter das Regieren!«

»Ich bewundere und achte dich, Mutter, doch vergiss nicht, dass ich der König dieses Landes bin …«

»Djedefre, hämmere es dir endlich ein in deinen Hohlkopf, dass dein Vater dich nur auf meinen Druck hin ernannte, nur wegen des Eids, den ich Cheops abtrotzte, als es dich noch gar nicht gab, als mein Leib dich noch gar nicht empfangen hatte. Du bestehst nur durch mich und regierst nur, weil ich es so wollte. Wäre ich vorhin nicht eingeschritten, hättest du dich deiner törichten Rachsucht gegenüber Djedefhor hingegeben und womöglich einen Zwischenfall ausgelöst, der schnell zu deinem Verhängnis hätte werden können. Hast du nicht bemerkt, dass die Wachen, von denen du blinden Gehorsam erwartetest, deutlich zögerten, als du ihnen befahlst, deinen Bruder vorzuführen? Vergiss nicht, dass Djedefhor der Ältere, in Wirklichkeit der legitime Erbe ist und von allen in diesem Reich geliebt wird, selbst von deinem Onkel Ayinel und Ibdadi. Vergiss nicht, dass viele unter den Großen des Reiches und viele der Provinzstatthalter deine Thronbesteigung unter Hintansetzung von Djedefhor und Chephren eindeutig missbilligen. Und mach dir klar, dass dieser ein Heer befehligt, das mächtig genug ist, dich zu Fall zu bringen.«

»Der wird nach Memphis zurückkehren und mir Ehrerbietung erweisen müssen.«

»Wie lange willst du noch solch alberne Pläne schmieden? Fordere ja nicht Chephren heraus, denn der könnte dich aufs Kreuz legen. Du hast doch nur deine Palastwachen. Einen Aufstand könntest du damit nicht niederschlagen.«

»Was Chephren anbetrifft, den kann ich in die Knie zwingen.«

»Ach so? Und womit?«

»Wenn ich Lust habe, mache ich mich zum Herrn über seine Mutter Henutsen.«

»Was meinst du damit?«

»Ich brauche sie nur festnehmen zu lassen. Es weiß doch jeder, welche Achtung Djedefhor und ihr Sohn Chephren dieser Frau entgegenbringen. Hochachtung und Liebe. Wenn ich sie als Faustpfand habe, werden sie nie wagen, sich mir zu widersetzen.«

»Du bist wirklich von Seth verblendet, mein Sohn! Rühr Henutsen nur an und schon erhebt sich das ganze Land gegen dich. Man könnte fast meinen, du setztest alles daran, dich verhasst zu machen im Schwarzen Land, dich von diesem Thron stürzen zu lassen, den ich mit so viel Mühe für dich erkämpft habe. Leg diesen Starrsinn ab, diese Eitelkeit, die eines Tages deinen Untergang besiegeln werden. Sieh, ich habe mit deiner älteren Schwester Chentetenka über deine Heiratsabsichten gesprochen: hohnlachend hat sie mir erklärt, du seist nur ein kleines Tier und sie verabscheue dein Benehmen. Mit größter Mühe habe ich sie überredet, aus dynastischen Gründen deine Gemahlin zu werden.«

»Chentetenka würde ich ja nur heiraten, um deinem Willen zu entsprechen. Ich weiß, dass sie mich verabscheut, aber sie ist ja ohnehin nur eine Metze. Kaum war sie mit Chufukaf verheiratet, stürzte sie sich in Chephrens Arme, das weiß doch jeder. Und jetzt, da er weit weg ist, würde es Meine Majestät nicht wundern zu erfahren, dass sie sich jedem hingibt, der sie begehrt. Meine Schwester Hetep-heres hingegen ist einer Heirat mit mir nicht abgeneigt. Ich weiß, dass sie mich liebt.«

»Sie ist die Einzige, die Zuneigung zu dir empfindet. Du bist ihr älterer Bruder, sie sah dich in einem Lichterkranz, obgleich dieser Glanz auch in ihren Augen zu verblassen beginnt. Wenn du dich weiterhin so wie bisher benimmst, wirst du selbst ihre Zuneigung verlieren. Und vergiss nicht, dass sie Kawab geliebt hat, der ihr dieses reizende Kind, die kleine Meret, geschenkt hat. Zeige dich ihr gegenüber so liebenswürdig und aufmerksam wie möglich, damit sie keinen Vergleich anstellt mit ihrem ersten Gemahl, denn dabei würdest du verlieren. Und was deine ältere Schwester anbelangt, so bestehe ich darauf, dass du sie heiratest, damit du ihr einerseits keine Gelegenheit lässt, Chephren in Elephantine aufzusuchen und andererseits ihr die Wahl beschneidest, je nach Lust und Laune Liebhaber zu nehmen.«

»Warum liegt dir eigentlich so viel daran, dass ich meine Schwestern heirate? Zumal ich mit Meresanch doch schon eine Gemahlin habe.«

»Reden wir besser nicht darüber ... Dass diese Tochter von Meritites nur noch Verachtung für dich übrig hat, ist dir ja schon bestens gelungen. Und dein Verhalten gegenüber ihrem Bruder Djedefhor dürfte nicht gerade zu einer Meinungsänderung beitragen. Ich will, dass du deine Schwestern heiratest, um unsere Familie noch enger zusammenzuschmieden. Wir müssen vereint sein, um dir diesen Thron zu erhalten. Der Gott hat es gefügt, dass deine zwei Schwestern schon in jugendlichem Alter zu Witwen wurden. Wen könnte man ihnen als neuen Gemahl geben? Ich weiß sehr wohl, dass Chentetenka sich mit Chephren vergnügt hat, und es steht zu befürchten, dass sie, wenn wir sie nicht bald wieder verheiraten, ihn in seiner Provinz aufsucht oder, wie du schon argwöhnst, sich jedem, der ihr gefällt, hingibt, denn sie ist eindeutig besessen von Hathors Feuer. Und mit wem sollte man Hetep-heres verheiraten? Es bleiben nur noch Minkaf und Djedefhor. Gäben wir sie einem von ihnen, würde das ihre Macht doch nur vergrößern.«

»Minkaf ist mir, so glaube ich, ergeben.«

»Minkaf ist Henutsens Sohn. Er ist dir ergeben, weil du König bist und ihn zu deinem Wesir gemacht hast. Mach dir endlich klar, Djedefre, dass du nur einen verlässlichen Verbündeten hast, und das ist deine Mutter. Von nun an versuch nie mehr, Maßnahmen zu ergreifen, die in meinen Augen immer falsch gewählt, wenn nicht gar gefährlich sind für deinen Thron. Beschränke dich darauf, auf dem Thron zu sitzen und in den Augen des Volkes dieses Schwarzen Landes auch zu regieren, aber alles Weitere überlass endlich mir.«

3

Als er den großen Palast verließ, war Djedefhor immer noch unentschlossen. Zu stark war der Wunsch, Persenti wiederzufinden, sie von der Ehrlichkeit seiner Liebe zu überzeugen und sie zu bitten, die Herrin seiner Güter zu werden. Sonst hätte er wohl begeistert Djedefres Angebot angenommen. Doch unter den gegebenen Umständen konnte er sich nicht recht entschließen, sich von Memphis zu entfernen. Andererseits dürfte es schwierig werden, sich den Befehlen seines Bruders zu entziehen, zumal es tatsächlich an Holz mangelte, um die Arbeiten an den Pyramiden der Königinnen zu einem Abschluss zu bringen. Den ganzen Tag über verharrte Djedefhor in der Erwartung einer Klärung der Dinge.

Zu früher Stunde am nächsten Tag erhielt er Besuch von Ibdadi und Ayinel.

»Hori«, sagte Ibdadi ohne Umschweife. »Djedefre wünscht, dass du dich an die Spitze einer Flotte setzt, um Holz aus Byblos zu holen. Wie wir gestern erfuhren und der König verstanden zu haben glaubt, gedenkst du ihm nicht zu gehorchen.«

»Ehrlich gesagt, Ibdadi«, erwiderte Djedefhor, »will ich mich nicht den Befehlen meines Bruders widersetzen, sondern was mich hier zurückhält, ist meine Liebe zu Persenti, zu diesem Mädchen, das mir ausweicht, viel zu lange schon. Wäre sie bei mir, würde ich nicht zögern, mich unverzüglich einzuschiffen.«

»Hori«, sagte nun Ayinel, »wir erfuhren von deinem Missgeschick. Gestern noch sprachen wir darüber mit Henutsen. Sieh: Noch weiß niemand, wo dieses Mädchen sich versteckt hält, aber vertraue doch der Königin. Sie wird sie finden und von der Aufrichtigkeit deiner Liebe überzeugen. Wir beide sind gekommen, um dich zu ersuchen, den Flottenbefehl zu übernehmen. Zum einen ist das eine sinnvolle Erfahrung, die deinen lang gehegten Wünschen, andere Menschen und die Welt kennen zu lernen, entgegenkommt, zum anderen lernst du dabei Menschenführung, kannst dir die Liebe und Achtung dieser Männer erwerben, sodass sie dir später treu ergeben sein werden. Doch da ist noch etwas: Djedefre liegt offenbar daran, dich aus Memphis zu entfernen, weil er fürchtet, du könntest dich auflehnen gegen ihn, die Doppelkrone fordern, deren rechtmäßiger Erbe du in doppelter Hinsicht bist – als älterer Bruder und vor allem als Sohn der ersten Königin Meritites. Es wäre daher für den Frieden im Reich dienlich, wenn du dich eine Zeit lang entferntest und nicht den Anschein erwecktest, dich dem Willen des gerechtfertigten Gottes, deines Vaters, der Nubets Sohn auf den Horusthron setzte, nicht unterordnen zu wollen. Daher bitten wir dich, vor deinen Bruder hinzutreten und ihm zu sagen, dass du einverstanden bist mit der Reise nach Byblos. Ruhmbeladen und an Weisheit noch reicher wirst du zurückkehren. Djedefres Eifersucht und Verdacht werden abgeflaut sein, und Henutsen wird, daran ist nicht zu zweifeln, bis dahin auch Persenti wiedergefunden haben, die nach so langer Wartezeit sich umso ungeduldiger in deine Arme stürzen wird.«

»Ihr beide, Ayinel und Ibdadi, scheint nicht zu wissen, dass auch Djedefre in dieses Mädchen verliebt ist, und mich würde es nicht wundern, wenn er sie entführen ließe und zu verführen trachtete. Bin ich erst einmal fort, hat er jede Handlungsfreiheit, ohne dass ich mich einmischen könnte oder auch nur Gelegenheit hätte, mich vor ihr zu rechtfertigen, damit sie frei wählen kann.«

»Frei wählen, das ist ja das Stichwort: Wenn dieses Mädchen dich liebt, hat Djedefre bei ihr keine Chance, dann wird sie dir treu bleiben. Liebt sie dich aber nicht oder nicht mehr, dann kannst du sie auch nicht an dich reißen, wenn sie sich für Djedefre entscheidet, und daran wirst du nichts ändern können, ob du nun in Memphis oder in Byblos bist.«

»Ayinel hat sehr weise gesprochen«, sagte nun Ibdadi. »Vertraue auf Henutsen, eine bessere Vermittlerin kannst du nicht haben. Sie wird besser als du selbst für dich eintreten können. Wenn es ihr nicht gelingt, das Mädchen zurückzubringen, dürfte es dir auch nicht gelingen.«

»Vertraue unserer Erfahrung«, sagte nun wieder Ayinel. »Reise nach Byblos, etwas Besseres kannst du jetzt nicht tun. Wir wissen, dass Djedefre den Oberbefehl für den Flottenverband Hetepni übertragen hat, einem sehr guten Seemann, der lange unter mir gedient hat. Ich bürge für seine Treue, du kannst ihm dein volles Vertrauen schenken, wenn auch mein Neffe ihn ernannt hat.«

Und so ließ Djedefhor sich bewegen, das ›Angebot‹ seines Bruders anzunehmen, das der junge König eher als Befehl gemeint hatte.

Während der ersten Tage, da sie auf dem östlichsten Arm des Nil dahinfuhren, dachte Djedefhor unaufhörlich an Persenti, rief sich ihr Bild vor Augen, träumte von glücklichen gemeinsamen Tagen. Doch die Zeit verstrich, und es kam ihm der Gedanke, sie müsse ihn weniger geliebt haben, als er dachte, denn sonst hätte sie ihn doch nicht so plötzlich verlassen, ohne eine Aussprache, ohne ihm Gelegenheit zu geben, sich zu rechtfertigen. Vielleicht war es also doch gut, dass er Memphis den Rücken gekehrt, seinem Geist einen neuen Horizont gesteckt, zumindest für gewisse Zeit ein allzu belastendes Bild verscheucht und jenen Kummer überwunden hatte, der stärker gewesen war als sein Streben nach Weisheit und Selbstbeherrschung.

Als das Führschiff in jenes Meer eintauchte, das er erstmalig entdeckte, in jene große Grüne, die sich bis jenseits aller Horizonte hin erstreckte, da hatte er die Gedanken, die auf ihn eingestürmt waren wie ein Wind, der einen schönen Baum umzureißen vermag, endgültig verscheucht und für seine Seele das frühere Gleichmaß zurückgewonnen. Er hatte Zeit gehabt, sich mit Hetepni, dem Flottenführer, anzufreunden, wie Ayinel ihm verheißen hatte. Mit Vergnügen hatte er dessen Erzählungen gelauscht, von all den Fahrten auf den Ägypten säumenden Meeren, gen Norden und zum Land Qedem, gen Süden und zum Lande Punt. Und immer deutlicher wurde ihm, dass ein Leben voller Reisen und Entdeckungen der Welt und ihrer riesigen Ausmaße und Vielfalt doch unendlich schöner und bereichernder war als das Leben des Königs, der sich ständig damit befassen musste, sein Land zu regieren, unter ständigem Verdacht und in ständiger Angst, seinen Thron einzubüßen. Dieser konnte immer nur in den Grenzen seines eigenen Reiches und selten darüber hinaus reisen und war noch dazu in Begleitung eines Heeres, das zu strafen oder zu erobern hatte.

Der Flottenverband, der aus dem Führschiff und sechs Frachtkähnen, den so genannten *Kebenits* bestand – die Ägypter nannten Byblos *Kebenj* – fuhr wie üblich an den sandigen Küsten Kanaans entlang. Nur noch ein Tag bis zum großen Hafen dieser Flachküste, wo man von Zeit zu Zeit schon Nomaden mit Eseln und Schafherden ziehen sah! Die Nacht war heiter und in das Licht des bestirnten Himmels getaucht, als Hetepni Djedefhor in seiner Kabine aufsuchte. Erst vor kurzem hatte er sich dorthin zurückgezogen. Er lag auf dem Rücken und harrte des Schlafs. Im Heck des Schiffes, wo er seinem Rang gemäß untergebracht war, war es eng.

Der unerwartete Besuch zu dieser Stunde verwunderte, beunruhigte ihn. Hetepni setzte sich zu ihm und flüsterte: »Herr, betrübten Herzens und befangenen Sinns komme ich zu dir, doch ich kann es nicht länger aufschieben.«

»Hetepni«, rief Hori verwundert, »was bedeuten diese Worte? Was willst du damit sagen?«

»Wisse, der König, dein Bruder, hat dich nicht nach Byblos gesandt, sondern in den Tod. Alle Männer auf diesem Schiff sind seine Spießgesellen, und um dir helfen zu können, musste auch ich mich ihm verdingen. Wir haben Befehl, dich noch vor Erreichen des ersten Hafens an dieser Küste zu töten und ins Meer zu werfen. Dann sollen wir nach Ägypten zurückkehren und erklären, du seist ertrunken, als du eines Abends, da du an Deck standest, von einer Welle mitgerissen wurdest. Jeder in dieser Mannschaft hat Gold bekommen, damit er dies beschwört, ich aber erhielt auch noch den Auftrag, das niederträchtige Ansinnen des Königs auszuführen. Ich soll dich diese Nacht erdolchen und deinen Leichnam ins Meer werfen, denn die Männer hier haben sich zwar bezahlen lassen für Verrat, doch keiner wollte es auf sich nehmen, einen Prinzen zu ermorden, den Sohn des Gottes Cheops und der Großen Königlichen Gemahlin.«

»Hetepni, willst du mir damit sagen, dass du entschlossen bist, mich zu ermorden?«

»Herr, wenn das meine Absicht wäre, hätte ich es dir doch nicht erzählt, sondern deinen Schlaf abgewartet, um dich zu erdolchen.«

»Dann sag mir, was du vorhast. Denn selbst wenn ich mich verteidigen würde, hätte ich wohl die gesamte Besatzung gegen mich, und damit wäre mein Schicksal ja auch besiegelt.«

»Herr, wir müssen Isis, die Mutter der Götter und Herrin über die Meere bitten, dich zu beschützen. Ich kann nur eines für dich tun, und dabei setze ich mein Leben aufs Spiel, denn wenn der König zufällig erführe, ich hätte meinen Auftrag nicht erfüllt, würde er mich kurzerhand töten lassen. Nun sieh her: In diesem Sack habe ich eine Maus mitgebracht. Ihr werde ich jetzt die Kehle durchschneiden und ihr Blut über deinem Schurz und deinem Lager ausbreiten. Du musst nur erstickte Schreie ausstoßen, dich tot stellen und an den Füßen herausziehen lassen, damit ich dich ins Meer werfen kann. Dann aber musst du dich von den Wellen davontragen lassen, denn die Männer am Ruder und auch die anderen müssen deinen Körper noch ein Weilchen im Wasser treiben sehen. Warte, bis das Schiff fort ist, dann aber schwimm ans Ufer und überlass dich deinem Schicksal.«

»Willst du damit sagen, dass ich mutterseelenallein, nackt und unbewaffnet in fremdem Land, an feindlichen Ufern, fern der geliebten Heimat mein Dasein fristen muss?«

»Mögen diese Gestade dir auch noch so feindlich erscheinen, so feindselig wie Ägypten können sie gar nicht sein, denn der König will deinen Tod, sein ganzes Trachten ist darauf gerichtet. Im Augenblick kann ich nicht mehr für dich tun. Wenn ich jetzt nicht handle, wenn ich zu feige erscheine, werden meine Männer, die alle Djedefre hörig sind, mir schleunigst das Heft aus der Hand nehmen, dich umlegen und mich gleich dazu, denn zurück können sie nicht mehr, auch wenn sie anfangs Gewissensbisse hatten. Wir haben keine andere Wahl, weder du noch ich. Jetzt müssen wir dieses Spiel spielen, denn die, die mich zu deiner Kabine schleichen sahen, dürften sich wundern, wenn ich nicht bald herauskomme. Sie könnten Argwohn schöpfen.«

»Eine Frage noch, Hetepni.«

»Sprich, aber mach schnell ...«

»Warum hast du mir nicht vor meiner Einschiffung von dieser Verschwörung erzählt? Ich hätte Vorkehrungen treffen, zu meinem Bruder nach Elephantine fliehen können.«

»Wisse, dass ich selbst von meinem Auftrag erst heute früh erfuhr. Der König hat einem seiner Getreuen einen versiegelten Befehl übergeben, den dieser mir gerade erst ausgehändigt hat: Darin stand, ich müsse dich töten, bevor wir den ersten Hafen Kanaans erreichten. Djedefre ist geschickt: seinen Gefolgsleuten hat er ein solches Verbrechen erspart, und mich zwingt er zu diesem ehrlosen und schmutzigen Mord. Doch nicht berücksichtigt hat er meine Schläue, meine Rechtschaffenheit und meine Treue gegenüber Ayinel, der mir aufgetragen hat, über deine Sicherheit zu wachen.«

Nach diesen Worten zog Hetepni die Maus aus dem Sack, schnitt ihr mit einem Hieb den Kopf ab und vergoss das Blut über die linke Hüfte des Prinzen und seine Lagerstatt. Dann packte er ihn an den Beinen und zog ihn aus der Kabine. Djedefhor, dem zunächst nichts anderes übrig blieb, als dieses Spiel, das ihm das Leben retten sollte, mitzuspielen, stellte sich tot, als habe die Seele seinen Körper bereits verlassen. Wie richtig das war, erfuhr er gleich, als er mit geschlossenen Lidern, aber gespitzten Ohren eine Stimme vernahm, die zu seinem vermeintlichen Mörder sagte: »Na endlich! Hast ganz schön lange gebraucht …«

»Ich habe in der Tat einen Augenblick lang gezögert, auf einen Schlafenden einzuschlagen.«

»Bist du sicher, dass er tot ist?«

»Wenn nicht jetzt schon, dann bald, wenn er erst mal im Meer treibt … Schnell … Hilf mir, ihn hochzuheben.«

Djedefhor wurde unter den Achseln und Fußknöcheln hochgehievt. Er hielt den Atem an, damit der neu Hinzugekommene, in dem er einen von Hetepnis Offizieren erkannt hatte, nicht plötzlich Bewegung in seinem Brustkasten sah. Sie stemmten ihn hoch, holten Schwung, und schon fiel er ins Leere und spürte, wie sein Körper an der Wasseroberfläche aufprallte. Er ließ sich absinken und öffnete, als er wieder auftauchte, die Augen. Die lang gestreckte dunkle Masse des Schiffsrumpfs glitt auf dem Wasser dahin und entfernte sich, da der Wind günstig stand, sehr schnell unter geblähten Segeln. Er wartete noch, bis er sicher war, dass man ihn nicht mehr sehen konnte, und schwamm dann auf das Ufer zu, das sich in der Ferne als sandgelbe Linie abzeichnete.

Weil er kräftig und ausdauernd war, erreichte Djedefhor das sandige Ufer ohne große Mühe, zumal das Meer ganz ruhig war. Er hätte Grund genug gehabt, sein Schicksal zu beklagen, fern der Heimat, an fremden Ufern, unbewaffnet, halb nackt. Doch hatte der Gott ihm diese Prüfung nicht auferlegt, um ihm Gelegenheit zu geben, seinen Scharfsinn zu erproben und zu stärken? Wollte er ihn vielleicht zwingen, endlich die Suche aufzunehmen nach jenem unbekannten Land, das ihn immer schon gefesselt und zugleich verstört hatte, vor dessen Geheimnis er bis heute zurückgeschreckt war und immer neue Ausreden erfunden hatte, um sich nicht auf den Weg zu machen? Seine Liebe zu Persenti war der willkommene, der letzte und beste Grund gewesen, diese Versuchung von sich fern zu halten. War es nicht vielleicht der Wille des Gottes gewesen, dass sie ihn so plötzlich verließ und sein Bruder Djedefre ihn durch diese Entsendung nach Byblos verschwinden lassen wollte? Das war immerhin das beste Mittel, einen beneideten und verhassten Widersacher loszuwerden, ohne Gefahr zu laufen, von denen, die sich seiner Herrschaft widersetzten, des Mordes angeklagt zu werden. Wollte der Gott durch diese Verkettung der Umstände ihn nicht vielleicht endgültig dazu zwingen, sich auf ein Abenteuer einzulassen, dem er sonst womöglich immer ausgewichen wäre?

Diese Überlegungen gaben ihm sein Selbstvertrauen zurück, aber auch das Vertrauen in die Gottheit, die ihn auf jenes Ziel zuführte, das er sich schon seit so langer Zeit gesteckt hatte: Er wollte es doch entdecken, das geheimnisvolle große Buch des Thot, wollte die Wege zu jener geheimnisvollen Pforte Hebes-bagis gehen, die Djedi, der Weise von Hermopolis, erwähnt hatte, und damit jene Suche vollenden, die seinem Vater Cheops nicht gelungen war. Das hatte er ihm doch eines Tages bekannt und hinzugefügt, dies sei eine Tat von weit höherer Bedeutung als die Besteigung des Horusthrons. Jetzt wusste er, dass alle Pein, die er erduldet hatte, alle Gefahren, die ihn bedroht hatten und denen er entkommen war, alle Feindseligkeiten, die ihm schon begegnet waren und noch bevorstanden, zu jenen Prüfungen seines Strebens nach Einweihung gehörten. Sie waren notwendige Hindernisse auf dem Weg der Erkenntnis, Opfer, die er bringen musste zur Verwandlung seiner Seele.

Wer sein Glück in Vergnügen, Macht, Reichtum, in materiellen Gütern sucht, wird niemals ein Weiser werden, niemals die Vollkommenheit der Seele erlangen, denn ein solches Glück ist der Feind der Weisheit. Das hatte er sich doch so oft gesagt, bevor er seine Liebe zu Persenti für sein Glück hielt. Doch das war eine Verblendung gewesen, ein zu bedauerndes Innehalten auf dem Weg zur Erkenntnis der höchsten Wahrheit. Er musste den Göttern vielmehr danken, ihn von dieser Liebe, die sein Herz hätte verbilden können, entfernt zu haben, auch wenn ihm das noch immer irgendwie bitter schien. In solcherlei Gedanken versunken, fiel er bald in einen tiefen Schlaf.

4

Persentis Großeltern, zu denen Iu mit ihrer Tochter geflüchtet war, lebten in einem großen Haus auf einer Anhöhe oberhalb des so genannten Sebennytos-Arms des Nils, unweit der Stadt gleichen Namens, der Hauptstadt vom ›Gau des göttlichen Kälbchens‹. Der Großvater Chenemu war nach seiner Ausbildung zum Schreiber einer der Aufseher der Herden des Onuris-Tempels geworden und verantwortlich für etliche Viehhüter, deren Tiere im Umkreis seines Hauses weideten. Mit seinem Lohn konnte seine Familie anständig leben. Als er noch Schreiber gewesen war, hatte er seine Tochter Iu in den königlichen Webereien unterbringen können, aber gerade weil sie Tochter eines Schreibers war, hatte Iu, die mit Chedi nicht verheiratet war, ihr Kind Persenti insgeheim großziehen müssen, bevor sie es, dank der Protektion der damaligen Großen Königlichen Gemahlin Hetep-heres, der Tochter Hunis, zur weiteren Ausbildung in den Isis-Tempel schicken durfte.

Nach der schändlichen Lüge, sie sei nur Spielball in einer Wette zwischen zwei Prinzen gewesen, hatte Persenti sofort beschlossen, vor Hori zu fliehen. Sie wollte ihn nicht mehr wiedersehen, teils aus Scham, teils aus Kummer, vor allem aber aus Angst, ihm gleich beim ersten Wiedersehen erneut zu verfallen, da sie ihn ja liebte. Womöglich wäre ja auch sie zu jedem Zugeständnis bereit, wenn er sie nur bei sich behielte, würde sich vielleicht gar ihm und seinem Bruder hingeben, wie Iaset zu tun vorgab. Daher hatte sie ihre Mutter angefleht, sie weit fortzubringen von Memphis und ihren Vater schwören zu lassen, ihren Aufenthaltsort niemandem zu verraten.

Nach knapp dreitägiger Schiffsreise war Iu mit Persenti und ihren beiden anderen Kindern bei ihren Eltern eingetroffen. Das Missgeschick ihrer Tochter bot ihr Gelegenheit, die Eltern mal wieder zu besuchen und ihre Kinder vorzuführen, was allen Freude gemacht hatte. Doch ihrem Vater den wahren Grund dieses Besuchs zu verraten, hatte Iu nicht für notwendig erachtet. Sollte er ruhig glauben, es ginge einzig und allein um ein Wiedersehen nach langer Trennung, denn Chenemu und seine Frau hatten die beiden Kleinen schon seit Jahren nicht mehr gesehen, und Persenti kannten sie überhaupt nicht. So hatte das junge Mädchen in den ersten Tagen genug zu tun, die Neugierde der Großeltern zu befriedigen. Sie waren stolz auf diese Enkelin, die es zur ersten Tänzerin des Isis-Tempels gebracht und beim Jubiläum des gerechtfertigten Königs Cheops getanzt hatte.

Persenti hatte sich bemüht, das Bild Djedefhors aus ihrem Kopf zu verbannen und ihren Gram zu vergessen, doch die Sehnsucht nach jenen Tagen des Glücks war immer wieder da. Träumerisch saß sie dann am Hang hoch über dem Nil und betrachtete sinnend all die Schiffe und Boote, die flussabwärts oder flussaufwärts zogen. Auch die königliche Flotte mit dem Ziel Byblos hatte sie vorbeifahren sehen, ohne zu ahnen, dass ihr Hori im Führschiff an der Spitze war. Und Djedefhor, der sich die meiste Zeit in seiner Kabine aufhielt, hatte diejenige, die er so sehnsuchtsvoll suchte und die so traurig am Ufer saß, auch nicht gesehen. In solchen Augenblicken bettelten Persentis Geschwister vergebens, sie solle doch mit ihnen Ball spielen oder ihnen Geschichten erzählen. Sie wurden wortlos abgewiesen.

Wieder einmal saß sie auf der Anhöhe, als eines jener schlanken und wendigen Boote mit viereckigem Segel, die ständig auf dem Nil zu sehen waren, unten am Steg anlegte. Sie erkannte ihren Vater. Er sprang an Land, schlüpfte in die Sandalen, die er über den Schultern getragen hatte, und ging den Pfad zum Haus hinauf. Warum klopfte ihr Herz plötzlich so heftig? Was war das für eine Erregung? Ihr Vater war doch vermutlich ihretwegen eigens aus Memphis gekommen ...

Sie lief ihm entgegen, teils aus Hochachtung, teils aus Neugier. Aber war er wirklich ihretwegen gekommen? Er sprach schier endlos mit seiner Frau und den Schwiegereltern, hatte den Kindern nur kurz übers Haar gestrichen und dann zum Bier gegriffen, das im Wind schön kühl geworden war. Nun wandte er sich aber doch an Persenti und lud sie zu einem Spaziergang am Flussufer ein.

»Mein Kind«, sagte er, als sie allein waren, »verscheuche diese Trauer und diese Tränen, die dein hübsches Gesicht entstellen.«

»Wie soll mir das gelingen, Vater«, seufzte sie, »mein Herz ist doch so krank! Ich habe diesen Hori so geliebt! Ich war so glücklich bei dem Gedanken, ihn zu heiraten, war schon fast bereit, meine Laufbahn als Tänzerin aufzugeben, um ihm Kinder zu schenken.«

»Das wäre sehr bedauerlich gewesen, denn im göttlichen Memphis dürfte es so bald keine Tänzerin geben, die so anmutig und gelenkig wäre wie du. Hör auf deinen Vater, aus ihm spricht Weisheit und Erfahrung. Dieser Hori war, wenn auch ein königlicher Sohn, deiner nicht würdig. Das kannst du schon daran ermessen, dass er, nachdem er dich verführt hatte, sich nicht weiter um dich scherte, denn angeblich ist er auf Befehl Seiner Majestät an der Spitze einer Flotte gen Byblos gereist.«

Diese Nachricht erschütterte Persenti, doch sie wandte nur den Kopf, damit ihr Vater nicht sehen konnte, welche Qual sie empfand. Er hatte sie also verlassen! Trotz ihrer Flucht vor dem Geliebten, der sie ja angeblich verraten hatte, und trotz ihrer Verweigerung aus gekränktem Stolz hatte sie doch immer noch gehofft, Hori würde nach ihr suchen, ihr Versteck herausfinden und zu ihr kommen und sie um Verzeihung bitten. Die hätte sie ihm mit größter Freude gewährt! Aber nichts Dergleichen! Anscheinend hatte er nicht einmal nach ihr gesucht, sich vielmehr schleunigst aus Memphis abgesetzt und war für lange Monate zu fernen Gestaden aufgebrochen.

»Darüber müsstest du dich eigentlich freuen«, fuhr Chedi fort, »denn ich glaube zu wissen, dass Seine Majestät persönlich, dass Djedefre wirklich in dich verliebt ist.«

»Kein Wort von diesem Mann, Vater! Ich verabscheue ihn!«

»Hör mal! Dieser Mann ist der König von Ägypten, unser aller Herr, der in Memphis regiert! Wie kannst du ihn hassen? Du müsstest ihn anbeten und auf die Knie fallen, da ich dir doch sage, er sei verliebt in dich.«

»Warum ich ihn hasse? Ich weiß es nicht. Vom ersten Augenblick an, von jenem Tag an, da er auf mich zukam und mir unverblümt sagte, er begehre mich, wolle sich mit mir vereinen, von da an habe ich ihn gehasst. Ich mag sein verschlagenes Gesicht nicht, seinen Schlangenblick, sein hochfahrendes Gehabe, nein, ich verabscheue, ich hasse ihn …«

»Beruhige dich, meine Tochter. Du wirst dein Urteil berichtigen und ihn lieben lernen müssen.«

»Niemals …«

»Höre, was dein Vater dir zu sagen hat, bevor du dich so störrisch gebärdest wie ein Esel. Neulich, noch vor Sonnenaufgang, klopften Männer der Palastwachen an unser Haus. Auf Befehl Seiner Majestät sollten sie mich und alle im Haus befindlichen Personen abholen. Ich selbst und unsere Diener mussten mitkommen. Ich gebe zu, mir war nicht wohl in meiner Haut, ich fürchtete um mein Leben. Die Wachen brachten uns zum Großen Palast, ließen uns durch ein Türchen hinein, das zu einem schönen Garten führt. Doch dort blieben wir nicht lange, ich wurde in eine dunkle Zelle gesperrt, wo ich wer weiß wie lange bleiben musste, mindestens einen Tag lang, ohne Nahrung, ohne Wasser. Ich war am Verzweifeln, glaubte sterben zu müssen. Schließlich erschien ein Wachmann und brachte mir einen Krug Wasser und ein Stück Brot. Ich fragte ihn, was man mir vorwerfe, warum man mich festgenommen und in diesen Kerker geworfen habe. Aber er – entweder war er stumm oder hatte Befehl, den Mund nicht aufzumachen – antwortete nicht und ging. So musste ich weiter ausharren, drei Tage dürften's noch gewesen sein, nur mit Wasser und Brot als einziger Nahrung. Und meine Notdurft musste ich an einem stinkenden Loch verrichten, gleich neben der Stelle, wo ich auf nacktem Boden schlief. Schließlich erschien ein Offizier, begleitet von dem Henkersknecht, der mir zu essen gebracht hatte. Ich fiel vor ihm auf die Knie, flehte ihn um eine Erklärung an, er solle mir doch sagen, was man mir vorwerfe, mich zum Wesir führen, damit der mir sage, aufgrund welchen Verbrechens ich festgenommen worden war. Doch der Offizier befahl mir nur, ihm zu folgen, was ich nur zu gern tat, um endlich aus diesem widerlichen Verließ herauszukommen.«

Während er erzählte, war Chedi stehen geblieben und hatte sich dann auf einen Baumstamm gesetzt. Persenti, entsetzt von diesem Bericht, hatte sich vor ihn hingehockt, sagte aber kein Wort, denn sie konnte nicht fassen, was ihrem Vater zugestoßen war.

Chedi strich ihr übers Haar und fuhr dann fort: »Zu meiner Verwunderung wurde ich in einen schönen Garten geführt. In dessen Mitte befand sich ein großes Becken mit schillerndem Wasser. Daneben sah ich drei junge Frauen, alle drei bildschön und bar jeder Kleidung. Lachend kamen sie auf mich zu und übernahmen mich aus den Händen des Offiziers, der sich sogleich zurückzog. Ich schwieg, da ich nicht wusste, was ich davon halten sollte. Sie nahmen mir meinen verdreckten Schurz ab, tauchten mich in das Becken und wuschen mich mit größter Sorgfalt. Dann hießen sie mich heraussteigen, schoren mir den Bart, rieben meinen Körper mit Salben und Düften ein und reichten mir einen frischen Schurz aus feinstem, anschmiegsamem Leinen. Auf den Kopf setzten sie mir eine schöne Perücke, um den Hals schlangen sie mir eine prachtvolle Kette aus Gold und Lapislazuli, dann hießen sie mich Platz nehmen auf einem herrlichen Stuhl mit samtweichen Kissen, vor einem Tisch, den ein paar junge Dienerinnen alsbald mit erlesenen Speisen und Meroe-Weinen füllten. Während ich mir genüsslich den Bauch voll stopfte, erschienen musizierende Mädchen und spielten hübsche Weisen, zu denen meine drei schönen Gehilfinnen für mich tanzten. Jetzt verstand ich gar nichts mehr, begriff nicht, wie mir geschah. Als es schließlich Abend wurde nach diesem ausgelassenen Tag, geleiteten die drei mich in ein kühles Gemach und wiesen mir ein Bett hinter duftigen Vorhängen zu, die Stechmücken und alle anderen gefährlichen Insekten abhielten. Die unverfrorenste von den dreien riet mir nun, jene zu wählen, mit der ich die Nacht über das Lager teilen wollte ... wenn ich es wünschte, könnten es auch zwei sein oder alle drei. Ich bitte dich, deiner Mutter nichts davon zu sagen, denn ich behielt sie alle drei bei mir, um nach den letzten Nächten in Angst angenehme Gesellschaft zu haben.

Tags darauf war wieder ein schöner Tag, wieder ein Festtag voller Freudentaumel. Und so ging es noch am nächsten Tag weiter, sodass ich mich schon fragte, was man von mir erwartete, denn auf meine Fragen, warum man mich so behandelte, lachten die Mädchen nur, gaben mir aber nie eine Antwort. Doch da erschien am nächsten Tag Seine Majestät höchstpersönlich. König Djedefre betrat den Garten. Die Musikerinnen, die Tänzerinnen, die jungen Mädchen, sie alle warfen sich zu Boden und ich schließlich auch. Doch der König hieß mich aufstehen und Platz nehmen neben sich. Dann öffnete er den Mund und ergriff das Wort: ›Sag mir jetzt, Chedi, was dir lieber ist: ein Leben in einem finsteren Loch mit einem Stück Brot und einem Schluck lauwarmen Wassers, oder für den Rest deiner Tage die Freuden in einem Garten wie diesem, im Kreise all dieser schönen Mädchen, die bereit sind, all deine Gelüste zu erfüllen?‹ Hastig erwiderte ich: ›Wie kann Deine Majestät ihrem Diener eine derartige Frage stellen? Gibt es denn unter dem Antlitz der Sonne auch nur einen Mann, der so verrückt wäre, seine Tage lieber in dem dunklen und stinkenden Loch zu verbringen, in dem ich beinahe verfault wäre, anstatt in diesem Garten mit all diesen jungen Schönheiten?‹ ›Das glaube ich eigentlich nicht‹, entgegnete der König. ›Doch hängt es allein von dir ab, ob du deine Tage im Kerker des Grauens oder im Garten der Lüste vollendest.‹

Du wirst verstehen, mein liebes Kind, dass ich den Garten vorzog. Wisse, dass anschließend der König mit mir über dich sprach. Er begehre dich und wolle mit dir sein Lager teilen. Ich solle dich überreden, nach Memphis zurückzukehren und dich dann zu ihm bringen, in seinen Palast. Dann wird er dich zu seiner Konkubine und mich zu einem Freund Seiner Majestät machen, mit Garten und Dienerinnen …«

Persenti seufzte auf. »So bist du, mein Vater, also schon bereit, deine Tochter zu verkaufen und sogar meine Mutter zu verlassen, denn in dem Garten, den du mir beschrieben hast, wirst du dich ja wohl kaum mit ihr niederlassen? Es würde mich wundern, wenn meine Mutter deinem Spiel mit diesen Freudenmädchen gelassen zusähe.«

»Wie du gleich aufbraust, mein Kind! Wie kannst du nur so reden? Du müsstest doch springen vor Freude, denn ich sagte dir doch, dass du in den Großen Palast einziehen und Seiner Majestät Liebste sein wirst!«

»Ich will nicht in den großen Palast, will nicht die Liebste dieses Djedefre werden!«

»Dann willst du also den Tod deines Vaters, mein Kind!«

»Keinesfalls! Was kann dir der König denn vorwerfen, du bist ja zu mir gekommen und hast mich ersucht, seine Gespielin zu werden! Du bist doch nicht Schuld, wenn ich mich weigere!«

»Und du glaubst, dass Seine Majestät das genauso sieht? Dass sie sagen wird: War eben Pech! Ich hatte mir Hoffnung gemacht, aber da es dir nicht gelungen ist, muss ich mich wohl damit abfinden?«

Beide schwiegen eine Zeit lang, denn auch Persenti konnte sich nicht vorstellen, dass Djedefre von seinem Plan, sich mit ihr zu vereinen, so leicht Abstand nehmen würde. Die Macht war auf seiner Seite, alle Kräfte des Landes waren in ihr gebündelt. Es war ihm ein Leichtes, sie wiederzufinden und auf sein Lager zu zwingen. Und wenn sie sich entzöge, würde sein Zorn auf ihren Vater, auf ihre Familie niedergehen. Wohin sollte sie auch fliehen? Er beherrschte das ganze Tal, er konnte sie hetzen lassen. Würde sie nachgeben, sich diesem Mann hingeben müssen, den sie nicht nur verabscheute, sondern inzwischen sogar verachtete ob seiner Schändlichkeit? Ihre ganze Schwäche und Ohnmacht wurden ihr bewusst, und sie brach in Tränen aus.

»Was ist denn nur, mein Kind?«, wunderte sich Chedi und zog sie an sich. »Warum brichst du plötzlich in Tränen aus?«

»Ach, nichts«, jammerte sie. »Lass mich ein wenig nachdenken, zu mir selber finden. Dann kehre ich mit dir nach Memphis zurück und du bringst mich zum König.«

»Das ist ein Wort! Ein vernünftiges! Mein Herz ist erfreut über deine Nachgiebigkeit. Komm, mein Kind, lass uns ins Haus zurückgehen.«

In den Tagen nach der Aussprache mit ihrem Vater zeigte Persenti ein fröhliches Gesicht und erzählte ausführlich von ihrem Leben im Isis-Tempel, von ihrer Freude am Tanzen, von tausenderlei Dingen, die die Großeltern wissen wollten und von denen sie bisher nichts erzählt hatte. Alle waren glücklich über diesen Stimmungsumschwung, endlich sah sie nicht mehr so traurig aus, endlich redete sie. Als Chedi den Eindruck gewann, seine Tochter habe sich schließlich für den Weg der Weisheit entschieden und freue sich darauf, des Königs Liebste zu werden, verkündete er diese Nachricht der gesamten Familie.

»Wisset«, erklärte er zum Erstaunen aller, »dass Seine Majestät uns eine große Ehre erweist: Euer Diener, der hier zu euch spricht, wird in Kürze ein Freund des Königs werden, und seine geliebte Tochter Persenti wird in den Großen Palast einziehen, als Geliebte Seiner Majestät.«

Persenti war stumm geblieben, doch Iu rief aus: »Was redest du da, mein Gemahl? Wie kommst du zu solchen Ungereimtheiten?«

»Wisse, meine Frau, dass ich nicht prahle. Auf Ansuchen Seiner Majestät kam ich hierher. Sie hat mich zum Großen Palast kommen lassen, mit mir gesprochen, und jetzt entströmt meinen Lippen die Wahrheit der Maat.«

»Was? Und erst heute erfahren wir diese Neuigkeit?«, empörte sich Iu. »Und du, Persenti, bist du einverstanden, hast du davon gewusst?«

»Ja, Mutter, Vater hat es mir am Tag seiner Ankunft

gesagt. Ich gab ihm inzwischen meine Zusage. Deswegen ist er so froh … Und ich auch.«

»Wenn das so ist, haben wir ja alle Grund zur Freude. Obwohl diese plötzliche Entscheidung Seiner Majestät mich verwundert.«

»In Wirklichkeit hat der König sich schon vor langer Zeit in mich verliebt, damals habe ich seine Liebe aber nicht erwidert.«

»Bei Isis!«, rief die Großmutter aus. »Zum Glück hast du der Liebe Seiner Majestät jetzt entsprochen. Von einem König geliebt zu werden, wird ja schließlich nicht jeder zuteil. Ich war schon froh, dass ein Schreiber mich liebte und mich zur Herrin seiner Güter machte. Aber ein König, ein lebendiger Gott!«

»Großmutter«, erwiderte Persenti, »er ist doch auch nur ein Mann, und dieser Djedefre war schon in mich verliebt, als er noch nichts weiter als Prinz war.«

»So steht nun alles zum Besten«, befand Chedi. »Morgen kehren wir nach Memphis zurück.«

Persenti wartete, bis die Sonne sich am westlichen Horizont neigte und stieg dann zum Fluss hinab. Als Schmuck um den Hals trug sie gewundene Blüten von Burzelkraut und Steinklee, und auf dem Kopf eine geflochtene Krone aus Lotus- und Clematisblüten. Wachsam blickte sie um sich, und als sie sicher war, dass niemand ihr zusah, stieg sie in das träge fließende Wasser hinab. Als sie den Boden unter den Füßen verlor, schwamm sie bis zur Mitte des Flusses, legte sich dann auf den Rücken und ließ sich von der Strömung treiben. Sie machte keine Bewegung mehr, blickte offenen Auges zum Himmel empor, dessen Blau plötzlich verschwamm, als eine Welle über ihr Gesicht schwappte und ihr die Sicht trübte. Sie wusste, dass in der Umgebung von Sebennytos, wohin die Strömung sie trug, heilige Krokodile gezüchtet wurden, die sich frei im Fluss tummeln durften. Sollte sie nicht vorher ertrinken, würde eines dieser Tiere des Gottes Sobek sie gewiss aufspüren und mit sich in die Tiefe nehmen, um ihr die Pforten zu einem unbekannten Jenseits zu öffnen. Bevor sie in den Tod ging, hatte sie auf ihrem Bett noch einen Papyrus hinterlassen, auf dem sie ihren Vater um Verzeihung bat und auch erklärte, warum sie, da Hori sie ja nicht mehr liebte, wie er vorgegeben hatte und es ihr widerstrebe, in Djedefres Arme zu sinken, den einzigen Ausweg gewählt hatte: den Fluss.

5

Als Djedefhor die Augen öffnete, sah er über sich einen tief hängenden Himmel mit dunklen Wolken, die ein heftiger Wind vor sich hertrieb. Er richtete sich auf und fragte sich kurz, wieso er eigentlich hier an diesem einsamen Strand war. Der von dem Wirbelwind aufgewühlte Sand peitschte ihm Körper und Gesicht. Diese unangenehmen Stiche hatten ihn wohl aus dem Schlaf gerissen. Die Sonne, die die Wolken verhüllten, war sicher längst aufgegangen, wenn auch alles grau in grau schien. Er war froh über das trübe Wetter, bis zum Horizont breitete das Meer seine graue Fläche, ein paar Wellen klatschten ans Ufer, und ringsum war nur der sandige Strand, so weit das Auge reichte. Er war durstig und sagte sich, ohne Sonne könnte er noch ein Weilchen durchhalten ohne Brunnen, Fluss oder Quelle. Die Luft war warm und feucht. Er tauchte ins Meer, um den an der Haut klebenden Sand abzuwaschen und sich zu erfrischen. Dann suchte er den Horizont ab, aber nirgends war ein Segel zu sehen. Das Schiff war tagelang an öden Ufern entlanggefahren, folglich wäre es Irrsinn, nach Süden zu gehen, da ihn offensichtlich eine riesige Wüste von dem fruchtbaren Mündungsgebiet des Nils trennte. Das Beste war wohl, ins Landesinnere zu gehen, weg vom Gestade. Dort würde er bestimmt auf Bauern treffen, ein Dorf finden oder ein Nomadenlager. Wie die Leute dreinschauen würden, wenn da vom Meer her ein nackter Mann auftauchte, wollte er sich lieber nicht vorstellen. Hoffentlich würde er ihre Sprache verstehen, um ihnen erklären zu können, dass er ein ägyptischer Seemann und bei Nacht vom Schiff, das Byblos ansteuerte, gerutscht und ins Wasser gefallen sei.

Er brauchte nicht lange nach einer Wasserstelle oder hilfreichen Geistern zu suchen. Vom Sandstrand aus war er in eine Steppe mit struppigen Grasbüscheln vorgedrungen, die völlig flach war und sich nur ab und zu wellte. Auf einem dieser Hügel entdeckte er Bewegung. Eine Linie. Er beeilte sich, sie zu erreichen. Die farbigen Punkte wurden größer, je näher er kam: Es war eine Eselskarawane, geführt von Männern und Frauen. Einige dieser Frauen in schmalen, mit Blumen oder geometrischen Zeichen farbenfroh bestickten Gewändern trugen in einem tiefen Korb aus geflochtenen Binsen ein Kind auf dem Rücken. Die Schurze der Männer waren lang, fielen bis über die Knie herab, und in der Hand trugen sie eine Lanze oder eine Keule. Ein paar liefen voraus und gaben mit Harfenspiel und Gesang den Takt für den Schrittrhythmus an. Auf den Rücken der Esel waren Waffen festgezurrt, aber auch pralle Säcke und Schläuche voller Getränke. Den Schluss des Zuges bildeten rund zwanzig Männer und Frauen, die völlig nackt waren und denen man die Arme an den Ellenbogen auf den Rücken gebunden hatte, wie die Ägypter es mit den Kriegsgefangenen zu tun pflegten. Aber diese hier waren auch noch durch ein langes Seil, das man jedem um den Hals geschlungen hatte, miteinander verbunden. Neben diesen Gefangenen gingen Männer mit langen, dünnen Wurfspeeren und biegsamen Rohrstöcken, die eindeutig dazu dienten, aufbegehrende Sklaven zu schlagen.

Ihr Anblick hätte Djedefhor misstrauisch machen, zur Vorsicht und Abstand mahnen sollen. Doch da er die Gefangenen für Kriegsbeute hielt, kam ihm gar nicht in den Sinn, dass die Männer der Karawane, die ja Nomaden zu sein schienen, ihn als Feind betrachten könnten. Anstatt sich also zu verstecken oder davonzulaufen, ging er der Karawane entgegen, die im rechten Winkel zu ihm zügig voranschritt. Die Männer an der

Spitze machten plötzlich Halt, weil sie ihn herbeieilen sahen. Als er sie erreicht hatte, hob Djedefhor die Arme, um nach Art der Ägypter zu grüßen. Vor dem Mann, der ihm ein paar Schritte entgegengekommen war, blieb er stehen. Es war ein kräftiger, hoch gewachsener Kerl mit einem von Sonne und Wüstensturm gegerbten Gesicht. Den dunklen, dichten Backen- und Lippenbart durchzogen ein paar weiße Fäden, die seinem Gesicht mit den strengen Zügen etwas Edles verliehen.

Völlig unbefangenen sprach Djedefhor in seiner Muttersprache zu ihm. Aber der Mann sah ihn nur schweigend an. Nun versuchte Djedefhor es in all den anderen Sprachen, die er kannte: in der Sprache der Bewohner von Byblos und der anderen Städte entlang der Küste Qedems, in der aus dem Inland von Kanaan, die eng verwandt war mit der von Byblos, in der Mundart der Einwohner von Sumer und in noch so manch anderer, von der er nicht wusste, wer sie sprach, die Ibdadi ihm aber beigebracht hatte, obwohl er selbst nicht recht wusste, wo die Völker dieser Sprache beheimatet waren. Doch der Anführer der Nomaden hörte nur kopfschüttelnd zu und erwiderte kein Wort. Offensichtlich beherrschte er keine dieser Sprachen, die Djedefhor benutzt hatte. Ermattet gab er auf, öffnete den Mund, hob den Kopf und zeigte mit dem Daumen zu den Lippen, um verständlich zu machen, dass er Durst hatte. Diese Botschaft in der allseits verständlichen Gebärdensprache kam an, denn der Nomade wandte sich an einen der Männer aus der Karawane, der sich mit seinen Gefährten dem Fremden genähert hatte, und sagte etwas zu ihm in einer für Djedefhor völlig unverständlichen Sprache. Der Mann ging auf einen der Esel zu, löste einen Wasserschlauch und reichte ihn Djedefhor, der ausgiebig trank und ihn dann dankend zurückgab. Djedefhor empfand das Wasser als Gastgeschenk, es stärkte sein Vertrauen. Er wies zum Meer hinunter, um verständlich zu machen, dass er von dort kam, versuchte zu erklären, er sei ein Ägypter edler Abstammung und bitte um Gastfreundschaft.

Der Anführer hörte ihm geduldig zu, wandte sich abermals um und sprach mit seinen Leuten. Djedefhor freute sich, denn er nahm an, der andere habe ihn nun doch irgendwie verstanden und veranlasse seine Leute, ihm Beistand zu leisten. Nicht nur einer, sondern gleich drei Männer kamen auf ihn zu, und noch bevor er begriff, was sie beabsichtigten, hatten sie ihn auch schon gepackt, ihm die Arme auf dem Rücken verschnürt, um die Fesseln einen kurzen, festen Strick geknotet, sodass er nur noch kleine Schritte machen konnte und an Flucht nicht mehr zu denken war. Er versuchte sich zu verteidigen, begehrte auf, schrie und beschimpfte seine Angreifer, doch da das alles nichts fruchtete, gab er allmählich auf. Er ließ sich ans Ende der Karawane schleifen, zu den anderen Gefangenen, und sich das Ende des Führseils um den Hals schlingen. Einer der Kerle stellte sich hinter ihn und erteilte ihm mit der biegsamen Gerte drei kurze Schläge. Nun wusste er, in welcher Lage er sich befand und was ihm drohte, sollte er sich störrisch zeigen. Gleich danach setzte sich die Karawane wieder in Bewegung, und ihm blieb nichts anderes übrig, als hinterher zu trotten.

Was hatten diese Wüstenkerle, die sich zu seinen Herren aufgeschwungen hatten, mit ihm vor, fragte sich Djedefhor beim Gehen. Im Niltal kannte man keine Sklaverei, diesen Handel mit Männern und Frauen, aus deren Knechtschaft ihre Käufer Gewinn erwirtschafteten. Auf Feldzügen, die mittlerweile auch eher selten geworden waren, wurden weder Frauen noch Kinder gefangengenommen und häufig auch die Krieger wieder freigelassen. Wenn die Anführer nicht getötet wurden, war man darauf bedacht, sie mitsamt ihren besten Kämpfern in die *medjaj*, die Wüstenpolizei, einzugliedern. Von Ibdadi wusste Djedefhor, dass Menschenhandel in den östlichen Ländern weit verbreitet war. Doch er ahnte noch nicht, dass ihm das Schlimmste bevorstand, seit es ihn hier an Land gespült hatte. Aber eines war ihm bereits eine Lehre geworden: keiner Zufallsbekanntschaft Vertrauen schenken!

Anstatt sein Elend zu beklagen, in dem er sich seit einem Tag befand, wollte er sich doch lieber freuen, dass er dank Hetepnis Kameradschaft und Treue nicht schon ins Dunkel hatte blicken müssen und nun ohne eigenes Zutun in dieses Abenteuer gestürzt war, zu dem er sich bisher noch nicht hatte entschließen können: dies war doch der Weg zu dem Land der Sonne und des Lichts, dem Land des Gottes. Und wäre die Wahl ihm überlassen geblieben, so hätte er diese Entdeckung einer anderen Welt gewiss nicht auf diese Weise vorgenommen und sie somit nie wirklich kennen gelernt. Durch diese Prüfung wollte der Gott ihn gewiss Demut lehren, ihn das harte Los der Ärmsten spüren lassen, damit er sich bewusst werde, in welche Lage ein Mensch durch sein Schicksal plötzlich geraten konnte. Sein Schicksal hatte ihn allen Reichtums und des berechtigten Anspruchs auf die Krone plötzlich beraubt und in völlige Mittellosigkeit gestürzt, sodass er wie ein Haustier nur noch zum Nutzen eines anderen auf der Welt zu sein schien.

Diese Überlegungen, die er den ganzen Tag beim Marsch über die windgepeitschten Hügel in seinem Kopf bewegte, besänftigten seine Ängste und ließen ihn gelassen in die Zukunft blicken.

Auf einer kleinen Anhöhe wurde Halt gemacht und das Nachtlager aufgeschlagen. Die Landschaft war jetzt zwar hügeliger, aber noch genauso unwirtlich. Von hier aus konnten die Wachen die ganze weite Ebene überblicken, sodass man vor unliebsamen Überraschungen gefeit war. Da sich der Himmel im Laufe des Tages aufgeklart hatte und der Wind gefallen war, verzichtete man auf notdürftige Unterkünfte. Während die Männer Holz sammelten und mit Hilfe von Feuerstein Kochstellen herrichteten, legten die Frauen Häute und Lammfelle aus, die als Schlafstatt dienten. Die Gefangenen wurden losgebunden, und so sammelte auch Djedefhor bald schon wie die anderen Blätter und Büschel von hohem Gras, um sich ein Bett für die Nacht zu richten. Zum Abendessen brachten die Frauen ihnen Datteln, Fladenbrot aus Hartweizen, getrockneten Hartkäse und Wasser. Unter Bewachung einiger Bewaffneter durften sie ein Weilchen essen und trinken, doch dann wurden sie von neuem gefesselt und für die Nacht aneinander gebunden.

Djedefhor hatte sich auf die Seite gelegt und beobachtete schweigend, wie seine neuen Herren sich labten, als plötzlich die Nacht hereinbrach.

»Ich glaube verstanden zu haben, dass du unsere Sprache sprichst«, sagte plötzlich eine Stimme in seinem Rücken in der Mundart der Kanaanäer.

Er drehte sich auf die andere Seite und sah dicht neben sich einen noch jungen Mann mit dunklem, dichtem Bart, wie es üblich war bei den Männern seiner Heimat. Ibdadi hatte ihm oft genug erzählt, dass die Männer in den Ländern des Ostens, anders als die Ägypter, Haupt- und Körperhaar wachsen ließen. Die Ägypter waren allerdings von Natur aus wenig behaart, sowohl am Körper, als auch im Gesicht. Wer sich das Kinn von einem Barbier scheren lassen musste, empfand das als Makel, ließ sich aber aus Eitelkeit dann doch manchmal einen Lippenbart stehen, wie Djedefhors Onkel Rahotep es getan hatte.

»Du hast Recht, ich kenne deine Sprache«, sagte Djedefhor zu dem Fremden, »und freue mich, mit jemandem reden zu können.«

»Du scheinst aus Ägypten zu stammen.«

»Ich bin Ägypter. Ich befand mich auf einem Schiff in Richtung Byblos, verlor aber plötzlich das Gleichgewicht und stürzte ins Meer. Nachdem ich ans Ufer geschwommen war, war ich mutterseelenallein, das Schiff war schon weit fort. Doch sag mir, woher du kommst und wer diese Männer sind, die uns gefesselt haben als wären wir gefährliche Feinde.«

»Ich heiße Simri. Mein Haus steht in einem Städtchen in der Nähe von Gasa, im Landesinneren. Es heißt Anaki. Ich war mit einigen Gefährten auf dem Weg zum Hafen Askalon, um Ware abzuliefern, als diese plündernden Nomaden über uns herfielen und uns trafen wie der Blitz des mörderischen Wettergottes Hadad. Diese Kerle sind waschechte Gauner. Sie belasten sich nicht mit Herden, deren Tiere man pflegen und für die man Weideflächen suchen und die man bewachen muss, damit sie einem nicht geklaut werden. Sie leben nur von Raub. Sie durchkämmen das Land und die üblichen Wege und überfallen Einzelreisende oder kleine, schlecht bewaffnete Gruppen von Händlern. Wie du selbst sehen wirst, berauben sie ihre Opfer nicht nur all ihrer Habe, ja sogar ihrer Kleidung, sondern schleifen sie mit sich zu weit entfernten Märkten, wo sie sie dann gegen Nahrungsmittel und andere Güter eintauschen.«

»Gibt es denn keine Bewaffneten zum Schutz der Karawanen, die gleichzeitig für Sicherheit auf den Straßen sorgen?«

»Die gibt es zwar, aber sie können ja nicht überall gleichzeitig sein. Diese Gauner hier sind schlau: mal sind sie bei Gasa, dann wieder weit weg; aber immer dort, wo man sie nicht erwartet. Und wenn sie genügend Sklaven und eine große Menge Waren beisammen haben, verschwinden sie nach Verkauf ihrer Beute wieder für längere Zeit in den Wüsten des Südens.«

»Weißt du, wer unsere Mitgefangenen sind?«

»Vier von ihnen sind meine Gefährten, die mit mir unterwegs waren zum Markt von Askalon. Die anderen kenne ich erst seit ihrer beziehungsweise unserer Festnahme. Männer und Frauen, die sie wie uns irgendwo im Land entführt haben.«

»Weißt du, wohin sie uns bringen? Und was sie mit uns vorhaben?«

»Wohin, weiß ich nicht so genau, doch ich kann's mir denken. Da gibt es eine Stadt, noch weiter gen Osten, am Saum der Wüste, die sich bis zum Niltal hin erstreckt. Die Stadt heißt Arad. Dort gibt es einen Sklavenmarkt, wo sie uns vermutlich abliefern werden. Dann liegt unser Schicksal in den Händen unserer Käufer, unserer neuen Herren.«

»Sag mir noch, Simri, wieso lassen all diese Männer und Frauen alles schweigend mit sich geschehen, wieso beklagen sie sich nicht? Man hat sie doch ihren Familien entrissen, ihrem Heim.«

»Anfangs haben sie schon gejammert, aber schließlich haben sie sich gefügt, wie ich und wie du ja inzwischen wohl auch schon. Gegen so etwas ist man machtlos, wir müssen uns eben dem Willen der Götter fügen. Was nutzt es, zu klagen, zu jammern? Es bringt nichts, macht die Seele nur noch niedergeschlagener.«

»An Flucht habt ihr noch nie gedacht?«

»Wenn wir die Möglichkeit hätten, wären wir schon fort. Aber mit diesen Fesseln? Was können wir tun? Losbinden geht nicht, außerdem sind wir ja ständig bewacht, selbst nachts. Und jetzt, mein Freund, solltest du schlafen und ausruhen, solange es dir vergönnt ist, denn morgen liegt noch ein steiniger Weg vor uns.«

Simri hatte sich nicht getäuscht in seinen Voraussagen. Es war noch eine Tagesreise Fußmarsch durch hügeliges Gelände, wo Felder mit Weideflächen für Schafe und Ziegen und mit Olivenhainen abwechselten. Tags darauf hatten sie endlich die von halbkreisförmigen Festungstürmen überragten Steinmauern des zinnenbewehrten Städtchens Arad vor Augen.

Zu Füßen der Mauern machte man Halt, lud das Gepäck ab und überließ die Frauen und Kinder dem Schutz einiger Männer, die Zelte aus Ziegenhäuten aufschlugen. Die Gefangenen wurden zum Tor in der westlichen Zwingmauer geführt. Dort standen Wachen, die Lederhelme trugen und mit kleinen Wurfspeeren und Beilen bewaffnet waren. Ihr Anführer kannte die Neuankömmlinge ganz offensichtlich, denn er begrüßte ihren Sprecher und wechselte ein paar freundliche Worte mit ihm. Dann übergab ihm dieser einen in feinstes Leder gewickelten Gegenstand, doch was es war, konnte Djedefhor nicht erkennen. Vermutlich ein Geschenk, um die Beziehungen zu pflegen.

Ein paar Schritte hinter dem Tor gelangte man sofort auf einen großen Platz, von dem strahlenförmig Straßen ausgingen, die sich zwischen den Steinhäusern, die alle eine Dachterrasse hatten, hindurchschlängelten. Am Ende dieses weiten Platzes sah man ein riesiges rundes Becken, aus dem die Frauen der Stadt Wasser holten, das sie in Krügen auf den Schultern nach Hause trugen. Djedefhor fiel die Kleidung der Frauen auf: farbenfrohe Stoffe bedeckten die eine Schulter und ließen die andere frei. Die kurzen, gefältelten, vorne gekreuzten Schurze der Männer ähnelten denen der Ägypter. Die schweren, fransenbesetzten Mäntel der Küstenbewohner und der Bybliter, wie er sie bei Ibdadi gesehen hatte, schien man hier nicht zu kennen. Befriedigt stellte er fest, dass man hier dieselbe Sprache sprach wie sein Mitgefangener Simri. Mittlerweile hatte er auch herausgefunden, dass der Anführer der Karawane diese Sprache ebenfalls verstand, nur nicht antworten wollte, als er als Gast vor ihn hintrat, um nicht womöglich davon Abstand nehmen zu müssen, ihn zum Sklaven zu machen.

Die Gefangenen wurden in ein großes Gebäude gebracht, am hintersten Ende des Platzes, das etwas abgelegen an eine Straßenecke angrenzte. Den großen Hof umschloss ein Mäuerchen mit klobigen Bauten auf drei Seiten. Links vom Eingang gab es einen tiefen Steintrog voll Wasser, den ein paar Ziegen und Schafe, die unter Bewachung eines großen fuchsroten Hundes frei im Hof herumliefen, als Tränke benutzten. Vor den Mauern der Gebäude verlief eine Reihe von Steinsockeln mit Gipsbeschichtung, auf denen die Frauen des Hauses sich zu schaffen machten. Hier war wohl etwas weniger Staub als im Hof. Die einen knieten vor glatten Mühlsteinen und mahlten Weizen- oder Gerstenkörner, andere kneteten Teig, um in Asche Brot zu backen, wieder andere schufen mit geschickten Händen Gefäße aus Ton oder saßen vor Webstühlen und stellten Teppiche und Stoffe her.

Ein Mann, dessen Leibesfülle Djedefhor an gewisse Schreiber im Schwarzen Land erinnerte, trat aus dem Haupthaus, an dessen linker Seite der Nomadenführer seine Menschenware aufgereiht hatte.

»Sei willkommen, Milkuru«, sagte er und ging auf den Anführer zu. »Wie ich sehe, bringst du mir gute Ware.«

»Sieh sie dir ruhig genauer an, Schabilu«, erwiderte Milkuru. »Kräftige Männer und geschickte und fleißige Frauen.«

Der Herr des Hauses unterzog jeden einer genauen Betrachtung, prüfte die Muskeln der Männer, verweilte vor den Brüsten und Hüften der Frauen, stellte aber keine Fragen. Woher sie kamen, wollte er offensichtlich gar nicht wissen, denn wie Milkuru sich seine Ware verschaffte, war ihm bekannt. Ihn bat er nach abgeschlossener Überprüfung in sein Haus, aus dem beide erst nach längerer Zeit wieder heraustraten, nachdem sie sich über's Geschäft geeinigt hatten. Auf Befehl von

Milkuru wurden den Gefangenen die Stricke um Hals und Ellenbogen gelöst, doch die Fußfesseln blieben. Schabilu hieß sie in seine Lagerhäuser gehen, wo sie mit Stoffen, Teppichen, Gefäßen, Säcken voller Mehl, Krügen voller Wein und Öl beladen wurden, die sie ins Lager außerhalb der Stadtmauern zu tragen hatten.

Dann wurden die Sklaven wieder zum Haus ihres neuen Herrn zurückgetrieben, wo sie abzuwarten hatten, welches Los sie traf.

Jeden ließ Schabilu einzeln zu sich kommen. Als Erstes waren die Frauen dran. Die meisten von ihnen kamen gekleidet und von einer anderen Frau begleitet wieder heraus, die ihnen eine Arbeit zuwies: am Webstuhl, am Brennofen, am Mühlstein oder in der Küche. Von den Männern war Djedefhor der Erste, der gerufen wurde. Man führte ihn ins Haus, in einen hellen Saal, in dessen Mitte eine Holzsäule das Dachgebälk stützte. Der Hausherr saß auf einem Kissen, während ein Knabe ihm mit einem ausladenden Wedel aus Straußenfedern Kühlung zufächelte.

»Es heißt, du seist Ägypter«, sagte Schabilu.

»Das stimmt. Wisse, dass ich Prinz bin in meinem Heimatland, Sohn des gerechtfertigten Gottes Cheops.«

»Das schert mich nicht. Im Augenblick bist du mein Sklave, gehörst du mir!«

»Gib mir meine Freiheit zurück. Ich werde bezahlen, was immer du auch verlangst.«

»Und womit willst du mich bezahlen? Denn im Augenblick bist du ja weit weg von Ägypten, stehst splitternackt vor mir.«

»Vertraue meinem Wort. Hilf mir, nach Hause zurückzukehren. Lass mich von deinen Wachen begleiten, reich beschenkt werden sie zu dir zurückkehren.«

»Ein schönes Geschäft für mich«, erwiderte Schabilu mit verschmitztem Lächeln. »Doch ich bin leider kein Prinz, der über Wachen verfügt. Und selbst wenn ich welche hätte, ist es doch recht weit von hier bis Ägypten. Und wenn du ein Lügner bist, fändest du leicht Gelegenheit zur Flucht. Aber selbst wenn du die Wahrheit sagst, wäre es dir ein Leichtes, diese Wachen in Ägypten ins Gefängnis zu werfen. Nein, siehst du, auf einen solchen Handel lasse ich mich nicht ein. Ich verdiene lieber weniger und bin mir dessen gewiss, anstatt auf mehr zu hoffen, das dem Zufall zu verdanken wäre. Jetzt habe ich dich, und ich behalte dich auch. Ich sehe, dass du kräftig und gut gebaut bist und höre, dass du unsere Sprache recht ordentlich sprichst. Kannst du lesen und schreiben? Denn das musst du können, wenn du wirklich bist, was du vorgibst.«

»Ich kenne sowohl die Schriftzeichen meines Landes wie auch die der Menschen aus Kanaan und Sumer.«

»Wenn du nicht lügst, ist mir das mehr wert als kräftige Muskeln, denn damit erziele ich mehr Gewinn. Man wird dir alles Notwendige geben, Tontafeln, Gipsplättchen, Griffel, Pinsel und Tinte, und dann wirst du schreiben, was der Mann, dem ich dich übergebe, dir diktiert. Und zwar in allen Sprachen, die du zu kennen vorgibst. Dann sehen wir weiter.«

Ein Diener führte Djedefhor in einen Nebenraum, wo ihm alles Notwendige ausgehändigt wurde: glatte Täfelchen für die ägyptischen Hieroglyphen sowie feuchter Ton und die schräg zugeschnittene Rohrgriffel für die Schriftzeichen aus Sumer und Kanaan. Der Diener diktierte zunächst einen kurzen Text, in dem der Schreiber – in diesem Falle Djedefhor – betonte, er sei nur ein elender Sklave und unterstehe dem Befehl seines Herrn. Dann ließ er ihm Zeit, dies auch in anderen Sprachen niederzuschreiben, und nahm dann das Geschriebene, um es seinem Herrn vorzulegen. Kurz danach erschien ein bewaffneter Mann, holte Djedefhor und führte ihn in einen flachen Steinbau mit dicken Wänden. Es war ein einziger großer Raum mit einer großen Tür mit Sehschlitzen zwischen Holzstäben, in dem bereits die meisten der anderen Gefangenen eingesperrt waren.

Mehrere Tage wurden sie hier festgehalten, aber anständig ernährt. Dann holte man sie heraus, versammelte sie im Hof und fesselte ihnen erneut die Arme. Kurz darauf erschien der Hausherr, schwang sich auf einen Esel, wobei ein Waffenträger ihm half, und ritt dem Zug der von Bewaffneten begleiteten Sklaven voraus. Djedefhor erkühnte sich, ein paar Worte an Schabilu zu richten: »Herr, selbst wenn ich – was jeder Gerechtigkeit widerspricht – zum Sklavendasein verurteilt wurde, so bin ich doch ein Mensch. Sage mir bitte, wohin du uns zu führen beabsichtigst.«

»Hast du dich über schlechte Behandlung zu beklagen?«, fragte Schabilu, über die Kühnheit seines Sklaven offensichtlich nicht empört. »Gewiss, du warst auf beengtem Raum mit deinen Schicksalsgenossen eingesperrt, und auch die Arme hat man dir jetzt wieder gefesselt. Das ist üblich. Ich habe dich deinen früheren Herren abgekauft und will meinen Einsatz jetzt nicht einbüßen. Aber ihr wurdet gut ernährt, ohne irgendeine Arbeit zu verrichten. Wisse also, dass ich euch nur ein kurzes Wegstück zumute und euch dann verkaufen werde an Kunden aus dem Tal Siddim. Es ist nur ein Tagesmarsch gen Sonnenaufgang. Was dich anbetrifft, so habe ich bereits verhandelt mit einem reichen Mann aus einer der Städte jener Gegend. Du darfst dich freuen, denn du hast mich nicht belogen, als du behauptetest, mehrere Sprachen lesen und schreiben zu können. Ich denke, er wird dich zu seinem Schreiber machen, denn er ist ein reicher Kaufmann, der alles genau auflisten und mit fremden Ländern Schriftverkehr halten muss. Du wirst gut behandelt werden, kein Zweifel, und wenn du ihm ehrlich dienst, wird dein Herr dich sicher frei lassen und dich wahrscheinlich sogar mit einer Freien verheiraten, damit du eine Familie gründen kannst.

6

Persenti wiederzufinden, war für Henutsen eine angenehme Abwechslung und Ehrensache zugleich. Sie liebte Djedefhor wie einen Sohn und seine Verzweiflung ging ihr zu Herzen. Aber auch Persenti hatte sie lieb gewonnen, daher war deren Schicksal ihr nicht gleichgültig. Doch das stärkste Motiv war ihr Hass auf Djedefre. Sie musste ihm die Braut abjagen, er durfte sie nicht bekommen, das hatte sie sich geschworen! Höchsteigen hatte sie die königlichen Spinnereien und Webereien aufgesucht und deren Leiter zur Beschleunigung seiner Nachforschungen angestachelt. Doch es schien niemanden mehr zu geben, der Persentis Mutter gut gekannt hatte. Fast zwei Tage lang befragte sie jede Einzelne, durchkämmte sie alle Werkstätten, bis eine plötzlich sagte: »Iu? Die habe ich flüchtig gekannt. Eng befreundet war sie mit keiner von uns, sie war eine Einzelgängerin, die von sich nicht viel erzählte. Woher sie stammte? Genaues kann ich dazu nicht sagen. Doch dass ihr Vater Schreiber war und ein Amt in der Provinz Sebennytos bekleidete, das weiß ich bestimmt. Dort wohnte er auch.«

»Glaubst du, dass er noch lebt?«

»Wie sollte ich das wissen?«

»Weißt du, wie er heißt?«

»Iu hat seinen Namen vor mir nie ausgesprochen.«

Mit diesen dürftigen Auskünften, die sich mit denen von Ptahmaau weitgehend deckten, musste Henutsen sich begnügen. Sie entschloss sich, nach Sebennytos zu reisen.

Kaum war sie wieder in ihrer Residenz, ließ sie ihren Palastvorsteher kommen, wies ihn an, ein paar bewaffnete Diener bereitzustellen und einen Boten zum Hafen zu schicken, damit man unverzüglich ihr Schiff startklar mache. Cheops hatte für jede seiner Königinnen ein großes Schiff mit Besatzung in Auftrag gegeben, damit sie sich nach Lust und Laune auf dem Fluss bewegen konnten. Sie musste schnell und unauffällig handeln, damit Dejedefre von dieser überstürzten Abreise nichts erfuhr und gar nicht erst versuchen konnte, sie davon abzuhalten oder beschatten zu lassen. Daher ließ sie sich auch nicht in der Sänfte zum Hafen tragen, sondern lief – ganz allein – zu Fuß. Das Schiff war startbereit, als sie die Kais im Hafen Peru-nefer erreichte. Kaum war sie an Bord, wurde das Segel aufgezogen, und mit der gleichmäßigen Bewegung der Ruder glich es einem riesigen Tausendfüßler, der auf dem ruhigen Wasser im Cheops-Kanal dahinglitt. Henutsen hatte die Kabinenvorhänge zugezogen, damit die Gaffer an den Ufern sie nicht sahen. Auch als die Nacht hereinbrach, gab sie den Befehl, weiterzufahren.

»Die Schifffahrt auf dem Fluss ist nachts aber gefährlich«, wandte Nechebu, der Kapitän, besorgt ein.

»Dieser Gefahr müssen wir uns stellen«, erwiderte sie.

»Unser Lotse kennt den Fluss zwar gut, aber bei diesem niedrigen Wasserstand könnten wir leicht auf einer Sandbank stranden.«

»Wir haben genug Männer an Bord, um das Schiff wieder ins Wasser zu ziehen.«

»Es könnte aber auch kentern.«

»Ich vermute, dass jeder Mann hier an Bord schwimmen kann.«

»Gewiss Herrin, ich denke dabei eher an dich.«

»Ich kann auch schwimmen. Und ich übernehme die volle Verantwortung.«

Nechebu verneigte sich. Er beorderte einen Mann in den Bug, der mit einem langen Stab die Wassertiefe zu messen hatte, und mit aufgegeitem Segel und halber Geschwindigkeit setzte das Schiff seine Fahrt fort, wobei die Männer an den Rudern alle vier Stunden abgelöst wurden. Und so waren sie, als die Sonne aufging, schon weit fort von Memphis. Kaum in Sebennytos angekommen, hastete Henutsen zum Provinzvorsteher. Als man diesem den Besuch der Königin meldete, eilte er ihr entgegen. Er gehörte zu den geheimen Widersachern des neuen Königs und wusste sehr wohl, dass zurzeit Henutsens Sohn Chephren alle Trümpfe in der Hand hatte, um Djedefre vom Thron zu stürzen und den Platz einzunehmen, der ihm von Rechts wegen gebührte. Er lief auf Henutsen zu, verneigte sich ehrerbietig, geleitete sie in seine Privatgemächer und beteuerte – ohne Beisein von Zeugen, die es dem ›Thronräuber‹ hätten hinterbringen können – er sei ihr und ihres Sohnes, des rechtmäßigen Horusthronerben ergebener Diener. Henutsen dankte für diese Treue und ließ durchblicken, dass Chephren, sobald er Herr Beider Länder sei, einen getreuen Diener gewiss nicht vergessen werde, doch jetzt sei sie erst einmal aus einem anderen Grunde gekommen.

»Meine Königin, im Augenblick sehe ich nicht, um wen es sich aufgrund deiner Beschreibung handeln könnte. Aber ich werde alle Oberschreiber der Provinz zu mir bestellen, um Nachforschungen einzuleiten. Es könnte sich allerdings um den Schreiber am Onuris-Tempel handeln. Ich will den Oberpriester gleich einmal herbestellen. Vielleicht hat er eine dich befriedigende Antwort. Du kannst ihm voll vertrauen, denn auch er ist ein Gegner dieses Seth auf dem Horusthron.«

Der Priester wurde schleunigst herbeigeschafft, und auch er erwies der Königin seine Hochachtung. Auf ihre Fragen antwortete er sofort: »Ich glaube zu wissen, vom wem du sprichst. Dein Diener denkt, es könnte sich um den Aufseher der göttlichen Herden im Norden dieser Provinz handeln. Sein Name ist Chenemu. Ich weiß, dass er eine Tochter namens Iu hat, die mit einem Handwerksmeister aus Memphis verheiratet ist.«

»Das muss er sein! Wo wohnt er? Wo kann ich ihn finden?«

»Lass dein Schiff noch ein Stück gen Süden fahren. In geringer Entfernung wirst du hoch über dem Fluss, gegen Überschwemmung geschützt, auf einer Anhöhe ein schönes Haus sehen. Du kannst dich nicht irren, denn es ist das erste große Gebäude. Dort wirst du Chenemu finden.«

Henutsen dankte ihm ehrerbietig, lief dann unverzüglich zu ihrem Schiff und gab Befehl, unter kräftigen Ruderschlägen den Flussarm hinaufzufahren. Seit sie in den Gewässern um Sebennytos waren, hatten die Ruderer bereits etliche Krokodile gesichtet, die im Uferschlamm schliefen oder sich im Wasser tummelten, wobei sie nur den Brauenbogen sehen ließen, unter denen die Glupschaugen saßen. Aber bedrohlich waren sie nicht für das Schiff, in dessen Kielwasser einige von ihnen über Bord gefallene Nahrung zu erhaschen hofften. Da sie geheiligte Tiere waren, wurden sie nicht gejagt, und häufig warf man ihnen Nahrung zu. Henutsen stand vorne im Bug und beobachtete den Fluss und das Ufer, um das gesuchte Haus nicht zu verpassen.

So war sie auch die Erste, die im Schimmer der Sonnenstrahlen auf der silbrig glänzenden Wasseroberfläche etwas Weißes und Schwarzes erkannte, das zwischen zwei Wellen dahintrieb. Sie hielt die Hand an die Stirn, um den Blick abzuschirmen vor dem hellen Sonnenlicht und starrte auf diesen Gegenstand, den die langsame Strömung dahintrug. Bald bestand kein Zweifel mehr: es war ein Körper, der Leib einer Frau in einem langen weißen Kleid, das die Brust umspannte, während das dunkle Haar sich hinter dem Kopf wie ein

Fächer ausbreitete. Sie rief nach Nechebu, er solle schneller rudern lassen, ergriff selbst einen Wurfspeer und befahl den Männern, mit Bögen und Lanzen die Krokodile zu verscheuchen, denn die würden diese unerwartete Beute sofort wittern. Nach kurzer Einschätzung der Lage erteilte der Kapitän den Befehl, so kraftvoll zu rudern wie möglich, um Vorsprung zu gewinnen vor den Krokodilen. Mit mehreren Lanzen bewaffnet eilte er dann selbst vor zum Bug, damit keine der Riesenechsen die Chance hätte, das auf schlankem Kiel dahinjagende Schiff zu überholen. Um die Tiere im Kielwasser aufzuhalten und zu beschäftigen, ließ Henutsen sich alle Körbe mit Nahrungsmitteln herbeischaffen und kippte sie in den Fluss. Wie erwartet blieben die Tiere zurück und verschlangen alles, was ihnen da zuflog, Fleisch, Brot, Trockenfisch, Gemüse. Nur eines, das vor dem Schiff schwamm, ließ sich nicht ködern und aufhalten. Wurfspeere hagelten nieder auf seinen Panzer, denn dieses Tier hatte den im Wasser treibenden Körper offensichtlich entdeckt und schwamm auf ihn zu. Die Wurfspeere prallten ab am harten Rückenschild, und das Schiff hatte Mühe, das Tier zu überholen. Als es auf seiner Höhe war, lagen sie Seite an Seite. Nechebu ließ auf das Tier zuhalten, um ihm den Weg zu versperren und es nach rechts abzudrängen. Aber das Krokodil tauchte ab und verschwand in den grauen Fluten.

Die Schreie der Seeleute hatten die mit der Strömung dahintreibende Frau wohl aufgeschreckt, denn was man vorher für den Leib einer Ertrunkenen gehalten hatte, drehte sich langsam um und begann zu schwimmen. Da erkannte Henutsen Persenti. Sie rief ihren Namen. Das junge Mädchen hob den Kopf und schwamm dann geradewegs auf das Schiff zu. Doch mit Entsetzen sahen die Bootsleute, wie das Krokodil hinter dem Schiff wieder auftauchte und auf das Mädchen zuschwamm. Ohne zu zögern ergriff Nechebu einen Speer und sprang genau vor dem Krokodil ins Wasser. Starr vor Bewunderung stand Henutsen da. Als das Krokodil der neuen Beute ansichtig wurde, änderte es sein Ziel, steuerte mit wogenden Schwanzbewegungen auf den Mann zu und riss den Rachen mit den spitzen Zähnen weit auf. Nechebu ließ es herankommen, blieb unbeirrt, und als es ganz nah vor ihm den Rachen noch weiter aufriss, rammte er ihm den Speer tief in den Schlund. Das Krokodil tauchte ab in die Tiefen des Flusses, und die Seeleute, die zu rudern aufgehört hatten, klatschten Beifall. Mit ein paar schnellen Schwimmzügen hatte Nechebu Persenti eingeholt. Sie flüchtete sich in seine Arme, während das Schiff aufholte. Die Männer brauchten nicht lange, um das Mädchen aus dem Wasser zu ziehen und Nechebu an Bord zu helfen. Als die anderen Krokodile das Schiff eingeholt hatten, gab es für sie kein Festmahl mehr.

Henutsen ließ Persenti in die Kabine tragen, zog ihr das Kleid aus und half ihr, sich abzutrocknen.

»Beim Leben! Erklär mir, Persenti, was du da mitten im Fluss zu suchen hattest! Gehört es zu deinen Gewohnheiten, in Krokodilsgewässern zu schwimmen?«

»Ich wollte nicht schwimmen, Henutsen. Ich überließ mich dem Wasserlauf, weil ich sterben wollte.«

»Sterben? Welcher Gott hat dich so verblendet und dich dumm gemacht wie eine Gans? Und warum wolltest du sterben?«

»Wie kannst du mich so etwas fragen? Ich weiß jetzt, wer du bist. Die Zweite Große Königliche Gemahlin, die Königin Henutsen. Und ich weiß auch, dass Hori Prinz ist, der Sohn der Ersten Großen Königlichen Gemahlin, der meiner gespottet hat.«

»Du wirst mir jetzt sagen, wer dir das eingeredet hat.« Henutsen wurde heftig. »Es ist richtig, dass er sich im Isis-Tempel unter falschem Namen eingeschrieben hat, weil er sich in dich verliebt hatte, als er dich zum ersten Mal sah, als du tanztest beim Jubiläum Seiner Majestät, des lebendigen Gottes, meines Gatten Cheops. Du solltest ihn um seiner selbst willen lieben, nicht aufgrund seines Standes. Daher wollte er nicht mit seinem wirklichen Namen in Erscheinung treten.«

»Das deckt sich aber nicht mit dem, was Iaset mir sagte.«

»Wer ist diese Iaset?«

»Eine Tänzerin aus unserer Schule. Sie hat mir versichert, Hori habe mit seinem Bruder Djedefre gewettet, dass es ihm gelingen werde, mich zu verführen, er in Wirklichkeit aber keinerlei Liebe zu mir empfinde, mich nur begehre, und dass ein königlicher Prinz ja ohnehin nie ein Mädchen unbekannter Herkunft heiraten würde.«

»Diese Iaset musst du mir zeigen. Die wird was zu hören kriegen! Alles, was sie dir gesagt hat, ist erlogen. Hori liebt seinen Bruder Djedefre nicht, und der widerum hasst ihn. Nie haben die beiden gewettet. Ich habe den Verdacht, dass dieser Djedefre dieses Mädchen auf dich angesetzt hat, damit du dich durch ihr Geschwätz von Hori abwendest. Und das ist ihm ja offensichtlich gelungen. Und nun höre: Hori liebt dich und will dich zur Herrin seiner Güter machen.«

»Ist das wirklich wahr?«

»Wenn ich es dir sage.«

»Aber er wird doch nie ein Mädchen niederen Standes heiraten dürfen.«

»Wer sollte ihn daran hindern? Seine Mutter? Ihr ist das gleichgültig. Die einzige Person, die seit dem Tod seines Vaters eine gewisse Autorität über Hori hat, bin ich. Und ich will, dass er dich heiratet, und so wird es geschehen. Bin ich nicht Königin, bin ich nicht Chephrens Mutter, der sich in Bälde erheben wird gegen diesen Thronräuber Djedefre und ihn – wie Horus einst

Seth – vom Thron stürzen und sich selbst die Doppelkrone aufsetzen wird.«

»Möge Maat deine Worte Wirklichkeit werden lassen, mögen sie der Wahrheit angemessen sein«, erwiderte Persenti seufzend. »Du hast mich also gesucht? Bist eigens gekommen? Bis zu meines Großvaters Haus? Wie ist es dir gelungen, uns zu finden?«

»Wenn man etwas unbedingt will, dann erreicht man es auch. Vor allem, wenn man über die entsprechenden Mittel verfügt, wie ich.«

»Aber sag mir jetzt, wo ist Hori denn? Er soll doch nicht mehr in Memphis sein. Ich war ihm nicht mehr wichtig genug, deswegen ist er doch wohl nach Byblos gereist.«

»Es ist richtig, dass er Abstand gewinnen musste. Djedefre, der im Augenblick noch wie ein Frosch auf dem Horusthron hockt, hat ihn an der Spitze einer Flotte gen Byblos geschickt, um Holz zu holen.«

»Und er hat gehorcht, ohne an mich zu denken ...«

»Er hat unaufhörlich an dich gedacht und nach dir gesucht. Aber er sah, dass du vor ihm wegliefst, und so glaubte er, du liebtest ihn nicht mehr, hasstest ihn gar, ohne dass er es sich erklären konnte. Er hat deinen Vater aufgesucht und der hat ihm diesen Eindruck vermittelt. Wärest du nicht geflohen und hätte er dich gefunden und mit dir sprechen können, so hätte er dir seine Liebe erklärt und all deine Zweifel an der Aufrichtigkeit seines Gefühls zerstreut. Dann wäre er auch nicht abgereist.«

»Dennoch hätte er dem König gehorchen müssen. Sieh, mein Vater hat mir gesagt, Seine Majestät wolle mich zu Seiner Nebenfrau machen, und war selbst schon bereit, mich nach Memphis zurückzubringen und mich zu diesem Djedefre ins Bett zu stecken. Aber ich hasse diesen Mann, daher wollte ich lieber sterben, als mich ihm hinzugeben. Aber jetzt? Was sollen wir jetzt tun? Denn dem König ist es ein Leichtes, mich zu finden, wohin ich auch gehe, und außerdem könnte sein Zorn meine gesamte Familie treffen, meinen Vater, den er schon einbestellt hat, und sogar meine Mutter, meine Schwester und meinen Bruder.«

»Das lass nur meine Sorge sein. Es gibt einen Ort, wo der König dich niemals einfangen kann, wo du mit deiner Familie Zuflucht finden wirst: In Elephantine, unter dem Schutz meines Sohnes Chephren.«

»Ist das der, dem ich in Horis angeblichem Elternhaus schon einmal begegnet bin, der sich als sein Bruder ausgab?«

»Der ist es. Aber ist er nicht wirklich Horis Bruder, und bin ich etwa nicht seine Mutter? Du siehst, wir haben dich nur ein klein wenig getäuscht. Und jetzt sag mir noch: Wenn Djedefhor plötzlich vor dich hingetreten wäre und dir gesagt hätte, wer er ist und dass er dich zu seiner Schwester, zu seiner Geliebten machen wolle, was hättest du dann getan? Wärest du ihm gefolgt?«

Persenti senkte den Kopf, seufzte und gestand schließlich: »Gewiss nicht. Ich hatte mich nicht von Anfang an in Hori verliebt. Ich wollte keinen Gatten, ich wollte meine Unabhängigkeit behalten, um die beste Tänzerin des Schwarzen Landes zu werden. Als Djedefre an mich herantrat, hat er gleich seine Herkunft und seine Titel ins Feld geführt und ständig wiederholt, bald säße er auf dem Horusthron. Damit wollte er mich ködern. Er hat nicht begriffen, dass er dadurch das Gegenteil dessen erreichte, was er erhoffte, dass er in meinen Augen ekelhaft wurde und mein Herz ihn immer heftiger ablehnte. Hätte Hori sich genauso benommen, wäre auch er auf meine Ablehnung, meine Verachtung gestoßen. Im täglichen Umgang mit ihm wuchs die Liebe in mir heran, entfachte Hathor in meinem Herzen ihre große goldene Flamme. Und brennt sie erst einmal, kann diese Flamme nie mehr erlöschen. Sei er Tänzer oder Prinz, mir ist's gleichgültig: ihn liebe ich.«

»Das ist ein Geständnis, das mich freut. So musst du also zugeben, dass seine List nötig war, damit du ihn liebtest, denn sonst hättest du ihn ja – selbst als Prinz – nur verschmäht.«

»Das gebe ich gerne zu.«

»Dann kannst du ihm sein Handeln auch nicht vorwerfen und musst dich sogar freuen, dass er seine wahre Identität in den Schatten gestellt hat, denn nur so konnte eure Liebe heranreifen.«

Persenti seufzte und schmiegte sich weinend an Henutsen. Doch diesmal waren es Freudentränen, vielleicht auch ein paar Tränen der Reue, weil sie dem Gerede der Gefährtin so leichtfertig geglaubt hatte und so überstürzt weggelaufen war, ohne sich Zeit zu nehmen, die Treue des Herzens ihres Geliebten erst einmal auszuloten.

In Chenemus Haus herrschte indessen Bestürzung und fieberhafte Geschäftigkeit. Iu hatte anstelle ihrer Tochter den Papyrus auf dem Bett gefunden und war zu ihrem Gatten geeilt, um ihn vorlesen zu lassen, da sie ihn nicht zu entschlüsseln vermochte. Als Chedi las, stieß er einen Schrei aus und rannte zum Fluss hinunter. Doch die Strömung hatte Persenti schon fortgetragen, seinen Blicken entzogen, sodass er fast schon glaubte, sie läge, von dem wirbelnden Wasser verschlungen, bereits auf dem tiefsten Grund des Flusses. Doch Chenemu wollte so schnell nicht aufgeben. Er hatte sich bei einem Nachbarn ein Boot geliehen und war hinausgefahren. Und so kam es, dass man Freudenschreie hörte, als das königliche Schiff anlegte und Persenti ihm entstieg, mit einem Kleid, das immer noch verdächtig feucht war. Hinter ihr kamen Henutsen und Nechebu, den die Königin zum Held des Tages ausrief, der durch seine Unerschrockenheit dem jungen Mädchen das Leben gerettet habe. Iu brach in Tränen aus, als sie Persenti an sich drückte, doch Chedi machte ein mürrisches Gesicht und erklärte, ein Mädchen, das seine Eltern liebe und achte habe nicht das Recht, sich so zu benehmen und der Familie so viel Angst und Kummer zu bereiten. Persenti kniete vor dem Vater nieder, um seine Verzeihung zu erlangen, doch Henutsen zerrte sie gleich wieder hoch und herrschte Chedi an: »Wie wagst du so zu reden, Chedi, deinetwegen wäre dieses Kind doch beinahe gestorben?!«

»Wieso meinetwegen?« Chedi trotzte und richtete den Daumen gegen seine Brust.

»Ja, deinetwegen!«, betonte Henutsen und richtete nun ihrerseits einen drohenden Finger gegen ihn. »Erstens hättest du mir sofort sagen müssen, wohin deine Tochter geflohen war. Dann hätte ich sie nämlich mit Hori abgeholt, der sie unbedingt zur Herrin seiner Güter machen will. Wodurch du übrigens zum Schwiegervater eines Prinzen aufsteigen würdest ... Zweitens bist du hierher gekommen, um sie abzuholen und ins Bett dieser Schlange von Djedefre zu stecken. Deswegen wollte sie sterben, was jetzt schon geschehen wäre, wenn eine Gottheit – vermutlich Hathor – mir nicht nach langen Nachforschungen die Gunst erwiesen hätte, den Wohnort deines Schwiegervaters herauszufinden und genau in dem Augenblick auf dem Fluss zu sein, als die Krokodile sich schon anschickten, sich dieses Kind als Festmahl einzuverleiben. Und nun sag Nechebu, dem Kapitän meines Schiffes Dank, denn er sprang vor den Augen eines Krokodils ins Wasser und tötete es, bevor es deine Tochter verschlingen konnte.«

»Ja, mein Gemahl«, ließ sich nun Iu vernehmen, »danke diesem Mann und wirf dich der Königin zu Füßen, die uns unser Kind gesund und unversehrt zurückgebracht hat.«

»Was sagst du, Frau? Ich soll mich vor Henutsen zu

Boden werfen, die doch mit uns gespielt hat, als wir Kinder waren ...«

»Du sollst dich niederwerfen, nicht, weil sie jetzt Königin ist, sondern weil sie unserem geliebten Kind ein zweites Leben geschenkt hat. Und ich werde dasselbe tun.«

»Ich bitte dich, Iu, das ist wirklich nicht nötig«, erklärte Henutsen lachend und zog Iu, die sich schon niederknien wollte, sofort wieder hoch. »Wichtig ist, dass wir jetzt schnell Vorkehrungen treffen. Der König hat überall seine Spione, und es würde mich nicht wundern, wenn er schon jetzt weiß, dass ich mit meinem eigenen Schiff losgefahren bin, vielleicht hat er uns eines von den seinen bereits hinterhergeschickt. Wir dürfen uns hier nicht aufhalten. Packt schnell eure Sachen, du, Chedi, deine Gattin und deine Kinder und dann kommt sofort aufs Schiff. Ich kenne Djedefre zu gut, um nicht zu befürchten, dass er an euch Rache nimmt, wenn Persenti ihm entwischt.«

»Was können wir tun? Wohin sollen wir fliehen?«, jammerte Chedi.

»Ihr werdet tun, was ich euch sage. Wir fahren flussaufwärts, und machen nur kurz in Memphis Halt. Ich beabsichtige, euch bis nach Elephantine zu bringen, wo mein Sohn Chephren allmächtig ist. Dort seid ihr in Sicherheit, ihr werdet ein schönes Haus bekommen und alles, was man für ein behagliches Leben braucht.«

»Aber meine Werkstatt? Mein Tischlerhandwerk, das ich doch so liebe!«, jammerte Chedi von neuem.

»Mein Sohn wird dir eine Werkstatt mit allem nötigen Zubehör geben. Du wirst Gehilfen bekommen und bestes nubisches Holz, bestimmt auch Ebenholz und Elfenbein, diese für Künstler deiner Art so kostbaren Dinge.«

»Wenn das so ist, freue ich mich auf den Umzug nach Elephantine.«

Als alle an Bord waren, wurde das Segel gehisst und die Ruderer legten sich in die Riemen.

In Memphis machten sie nur kurz Halt, fuhren aber nicht in den Kanal und den Hafen Peru-nefer, sondern legten an der anderen Seite, vom Nil her an, um kein Aufsehen zu erregen. Während die Mannschaft Lebensmittel, Waffen und Schläuche mit Bier, Wein und Wasser an Bord hievte, lief Henutsen schnell zu ihrer Residenz, holte Kleidung und lief dann sofort weiter zu Sabis ehemaligem Haus, das Inkaf nach wie vor bewohnte. Sie schrieb eine Botschaft, griff sich eine Taube, band ihr den umwickelten Papyrus ans Füßchen und warf sie hoch in Richtung Süden. In drei oder vier Tagen müsste Chephren diese Botschaft eigentlich in Händen halten.

»Inkaf, du wirst das Haus nicht verlassen und auf Nachricht warten. Wenn hier etwas Wichtiges geschieht, schickst du meinem Sohn Chephren eine Botschaft. Ich selbst verreise für ein Weilchen, für zwei oder drei Monate, genau weiß ich das noch nicht.«

»Aber wohin fährst du, meine Königin?«

»Es ist besser, wenn du es nicht weißt. Sollten Männer des Königs dich ausfragen, wirst du ihnen nichts anderes sagen können, als dass ich weg bin, da du mein Ziel ja nicht kennst.«

»Aber wenn du zu Inkaf sagst, er solle Nachricht an deinen Sohn schicken, und wenn du für zwei oder drei Monate verreist, dann kann er sich doch leicht vorstellen, dass du zu Chephren nach Elephantine fährst.«

»Möglich, aber nicht mit Gewissheit.«

Bevor es erneut Nacht wurde, hatte das Schiff die Leinen losgemacht und wieder Kurs gen Süden genommen. Abermals reiste man nachts, aber am nächsten Morgen redete Henutsen sich ein, Djedefre hätte von ihrer Flucht offenbar doch nicht Wind bekommen und könne erst recht nicht ahnen, dass das königliche Schiff bereits unterwegs war nach Elephantine. Daraufhin beschloss sie, die Geschwindigkeit zu verringern und Nachtruhe zu gewähren. Der Wasserstand war niedrig, und die Überschwemmungszeit nahte. Es war zwar ratsam, Elephantine zu erreichen noch vor Anstieg der Flut, denn danach wurde die Strömung immer stärker und die Schifffahrt beschwerlicher. Andererseits war es unklug, den Ruderern zu viel Kraft abzuverlangen, denn wenn sie erschöpft wären, käme man noch langsamer voran.

7

Um sein Reich zu regieren, stützte sich Djedefre zunächst einmal auf die von seinen beiden Vorgängern geschaffene und bewährte Beamtenschaft der Schreiber und überließ alles andere seinem Wesir, obgleich der auch keinerlei Erfahrung besaß. Ihn beschäftigten vorerst nur drei Dinge. Erstens, und daran lag ihm am meisten, weil es nicht völlig von seinem Willen abhing: Persenti in sein Bett zu locken. Zweitens: die Heirat mit seinen beiden Schwestern. Drittens, und darum sorgte sich jeder neue Herrscher: sein Haus für die Ewigkeit. Er hatte Minkaf rufen lassen und zu ihm gesagt: »Minkaf, du bist mein Minister und dürftest wissen, dass jeder gute Wesir unter anderem auch die Aufgabe hat, seinem Herrscher einen Tempel für die Ewigkeit zu errichten. Hast du darüber schon nachgedacht?«

Minkaf war überrumpelt. Seinem Bruder eine Grabstätte zu errichten, war ihm bisher noch nicht in den Sinn gekommen. Aber wie sein leiblicher Vater Sabi war er schlagfertig und nie um eine Antwort verlegen. Daher antwortete er ohne zu zögern: »Wie Deine Majestät sich denken kann, ist dies eines meiner wichtigsten Anliegen, über das ich mit Deiner Majestät längst zu sprechen gedachte. Ich habe nur gewartet, weil du von vielen Dingen, die mir vordringlicher erschienen, so stark in Anspruch genommen warst.«

»Deine Rücksichtnahme ehrt dich. Du hast Recht, die Frauen machen mir arg zu schaffen, meine Schwestern ebenso wie diese Tänzerin, die mir ausweicht. Aber je mehr sie mir ausweicht, desto unerträglicher wird mein Begehr, sie in mein Bett zu holen. Doch von dieser Aufgabe, die mich persönlich betrifft, entbinde ich dich. Mein guter Upeti scheint mir in diesem Falle mehr ausrichten zu können als du. Du weißt, dass Meine Majestät völlig anders ist als unser Vater, der gerechtfertigte Gott. Dessen einziges Ziel bestand darin, der Nachwelt ein grandioses und geheimnisvolles Bauwerk zu hinterlassen, das die Welt und alle künftigen Generationen über Jahrtausende hinweg in Erstaunen versetzen sollte. Ich will gewiss nicht mit dem Gott in Wettstreit treten, aber meine eigene Pyramide will ich auch haben. Sieh, ich habe den geheimen Schatz, den unser Vater in der südlichen Pyramide angehäuft hat, kürzlich besichtigt. Die Säle quellen über von Reichtümern, doch man sagte mir, das Volk sei müde und es sei Irrsinn, es jetzt schon wieder für ein neues Großvorhaben zusammenzutrommeln. Und dennoch will auch ich eine große Pyramide haben, die die Erinnerung an Meine Majestät wachhält und die an meinen Namen gebunden ist. Der Name Djedefre Chepre soll schließlich auch Jahrtausende lang auf aller Welt Lippen erblühen.«

»Herr, wir können doch zu deinem Ruhme ein schönes Bauwerk errichten, ohne das Volk völlig auszuzehren. Was unser Vater gebaut hat, ist unvergleichlich, kein menschliches Wesen, und sei es auch ein Gott wie all unsere Ahnen, wird je eines errichten können, das es auch nur annähernd zu übertrumpfen vermöchte. Ganz zu schweigen von den unterirdischen Anlagen, die aus der Pyramide von Cheops ein einzigartiges Ganzes machen.«

»Allein schon deswegen will ich meine Pyramide nicht in der Nähe von der des Gottes errichten lassen.«

»Das ist auch meine Meinung. Es wäre eher angebracht …«

»Zu einem Bauplatz in der Nähe der beiden Pyramiden unseres Ahns Snofru oder im Schatten derer des Gottes Djoser brauchst du mir auch nicht zu raten«, unterbrach ihn Djedefre.

»Ich würde mich hüten, Deiner Majestät einen derartigen Vorschlag zu unterbreiten«, sagte Minkaf hastig, obwohl er gerade vorgehabt hatte, eine Grabstätte zwischen der von Snofru und der von Djoser vorzuschlagen. »Nein, Deiner glorreichen Majestät Tempel für die Ewigkeit muss ein einmaliges Bauwerk an einem einmaligen Ort sein, noch gänzlich unbewohnt, weder von Lebenden, noch von Toten.«

»Das will ich hoffen. Doch an welchen Ort hast du gedacht, wenn du dich damit bereits befasst hast?«

»Ich habe lange nachgedacht«, erklärte Minkaf unverfroren und ließ seiner Phantasie freien Lauf. »Zunächst einmal habe ich ausgemustert, was nicht in Frage kam. Ich sagte mir, man dürfe den Ruhm meines göttlichen Bruders Djedefre nicht schmälern, indem man ihm eine Pyramide zwischen der unseres Großvaters Snofru und der unseres Ahns Djoser errichtet. Man darf sie aber auch nicht weit im Süden bauen, im Umkreis der unseres Ahns Huni, die ja eingestürzt ist, obwohl in ihrem Schatten mehrere Königinnen und auch unser Onkel Rahotep beigesetzt sind.«

»Ich folge deinen Überlegungen und Meine Majestät gibt dir Recht.«

»So musste ich auch das Gräberfeld beim Isis-Tempel aussondern, wo unser Vater seinen Traum aus Stein verwirklicht hat. Daher gedachte ich, da wir Schrittchen für Schrittchen uns gen Norden wenden, dir einen Platz vorzuschlagen, der großartig und Deiner Majestät würdig ist: etwas nördlicher von der Pyramide von Cheops, am Rande der Wüste. Dort, zu Füßen des Felsens, auf dem Deiner Majestät Denkmal sich erheben wird, liegt Ackerland, sodass das Arbeiterdorf und die neue Residenz Deiner Majestät, der Palast, den wir für dich und deinen Hofstaat dort bauen müssen, eine angenehme …«

Djedefre schnitt ihm das Wort ab: »Nein, ich will diesen Palast, in dem ich aufgewachsen bin und der mir sehr behagt, keinesfalls verlassen. Du kannst dort ruhig ein Dorf für die Arbeiter erbauen lassen, aber eigentlich könnten sie doch auch in den bereits bestehenden Häusern untergebracht werden, denn mit den Bauarbeiten müssen wir bald beginnen.«

»Weil dein Diener das auch bedacht hat, habe ich diesen Ort in der Nähe eines Dorfes ausgewählt. Was das Übrige anbetrifft, so hat Deine Majestät Recht: Dieser Palast, in dem du residierst und wo auch ich in Deiner Majestät Nähe mein Heim habe, ist wirklich, was Lage und Aufteilung anbetrifft, viel zu angenehm, als dass es sinnvoll wäre, aus Achtung vor einem Brauch, den man aber doch nicht blind zu befolgen hat, einen neuen Palast zu errichten, der große Anstrengungen und gewaltige Kosten erfordern würde und diesem hier dennoch nicht ebenbürtig sein könnte. Dein Diener wird also jetzt die sachkundigen Baumeister und Schreiber versammeln, um schleunigst den geheiligten Raum abzustecken, wo dein Denkmal für die Ewigkeit errichtet werden soll.«

»Das würde Meine Majestät freuen. Such den Bauplatz aus und zeige ihn dann Meiner Majestät. Was nun meine Heirat mit meinen Schwestern anbetrifft, so ist da eine, die mir das Leben schwer macht. Hetep-heres hat mich immer schon bewundert, und sie hat sich auch gefreut, als sie erfuhr, ich wolle sie zu meiner Königin machen. Doch Chentetenka verabscheut mich. Ihre Schwester ist sanft, verständnisvoll, voller Bewunderung für mich, doch sie ist herrisch, missbilligt, ja verachtet mich, und das alles unter dem Vorwand, sie sei schließlich älter als ich. Doch ich werde sie in die Knie zwingen. Sie wird meine Gemahlin werden. Meine

Mutter ist einverstanden, und dem Willen der Königin kann auch meine Schwester sich nicht widersetzen. Doch, siehst du, diese Närrin ist verliebt in deinen Bruder Chephren. Hätte sie nur das Bett mit ihrem ersten Gemahl Chufukaf geteilt, wäre sie heute noch Jungfrau. Doch das ist sie längst nicht mehr, und sie wird nicht einmal rot, wenn sie erklärt, in Chephrens Armen sei sie Frau geworden.«

»Es stimmt leider, Chentetenka ist …«

Djedefre schnitt ihm wieder das Wort ab. »Sag jetzt bloß nichts Schlechtes über sie, sie sei eine Hure oder ähnliches, davon ist Meine Majestät ohnehin überzeugt. Meine Mutter ist vernarrt in sie, denn sie findet, dass sie ihr ähnelt und dass alles, was sie tut, richtig ist …«

»Ich hatte nicht vor, irgend etwas Schlechtes über unsere Schwester zu sagen. Es ist richtig, dass sie sehr viel Ähnlichkeit hat mit der Königin, ihrer Mutter, und auch deren Neigungen besitzt. Doch unklar ist mir, wieso sie nicht stolz und glücklich ist, Deine Majestät heiraten zu dürfen, denn wenn sie sich auch mit Chephren vergnügt hat, so bist du doch nicht weniger wert als unser Bruder und im Umgang angenehmer als er.«

»Darin werde ich dir nicht widersprechen. Jetzt geh und kümmere dich um den Bau meiner Pyramide …«

Kaum war Minkaf gegangen, erschien Upeti, des Königs rechte Hand. Er verneigte sich vor Djedefre.

»Na, was gibt's Neues, Upeti? Haben wir Nachrichten von diesem Chedi? Es war schon dumm, ihn nach seiner Freilassung aus den Augen zu verlieren.«

»Die beiden Männer, die ich an seine Schritte geheftet hatte, haben auf mir unerklärliche Weise seine Spur verloren … Doch sei gewiss, Herr, sie wurden ausgepeitscht, wie sie es verdienten. Aber vernimm nun, Herr, dass dein Diener diese Schlappe längst wettgemacht hat. Die Männer, die meine Augen sind in diesem Land, haben bemerkt, dass das königliche Schiff von Königin Henutsen nicht in seinem Heimathafen liegt. Daraufhin verteilte ich meine Getreuen über sämtliche Ufer des Kanals und des Flusses, überall im Raum Memphis! Und nun bin ich gekommen, um Deiner Majestät mitzuteilen, dass wir das Schiff der Königin ausfindig gemacht haben. Gestern am Spätnachmittag hat es bei den alten Kais von Memphis festgemacht und fuhr einige Zeit später wieder los in Richtung Süden. An Bord befanden sich das von Deiner Majestät gesuchte Mädchen, wie auch ihr Vater Chedi und die übrige Familie. Königin Henutsen war bei ihnen. Ganz offensichtlich wollen sie Zuflucht finden in jenen Gegenden, die der Bruder Deiner Majestät beherrscht.«

»Wie ich diesen Chephren hasse! Ich muss ihm durch einen Boten den Befehl erteilen, hierherzukommen und Meiner Majestät Ehrerbietung zu erweisen.«

»Das böte gleichzeitig die Gelegenheit, Herr, dich dieses lästigen und aufmüpfigen Bruders zu entledigen.«

»Warum sollte ich ihn sonst kommen lassen?«

»Er muss nur auch geneigt sein, den Befehlen Deiner Majestät zu gehorchen ... Doch jetzt sag mir, Herr, was mit dem Schiff von Königin Henutsen geschehen soll.«

»So etwas kann nur ein Esel fragen!«, fauchte Djedefre. »Du wirst dich beeilen, das Schiff abzufangen, bevor es Chephrens Provinz erreicht.«

»Auf dem Schiff wurden mehrere bewaffnete Männer gesichtet«, warf Upeti ein.

»Die bekommen erst einmal den Befehl, die Waffen abzuliefern und das Schiff zu übergeben. Wenn sie sich weigern, werden sie niedergemacht. Achte vor allem darauf, dass weder die Tochter dieses Chedi, noch Königin Henutsen verletzt werden. Ich sähe es gerne, wenn du sie beide Meiner Majestät als Gefangene vorführtest.«

»Deine Diener werden ihr Möglichstes tun, um diese Frauen lebend zu Deiner Majestät zu bringen«, beteuerte Upeti.

»Achte auch darauf, dass dieser Chedi, der uns betrogen hat, am Leben bleibt, ebenso seine Familie. Sie werden für mich ein wirksames Druckmittel sein, um den Starrsinn dieser Persenti zu brechen und die Ablehnung, die dieses Mädchen ihrem Herrscher gegenüber zur Schau trägt, in Begierde zu verwandeln.«

Kaum war Upeti draußen und Djedefre allein im offenen Saal, wo er seine Vertrauensleute zu empfangen pflegte, kam seine Mutter Nubet herein.

»Mein Sohn«, herrschte sie ihn ohne Umschweife an, »willst du noch lange hinter diesem Mädchen herlaufen und damit womöglich deinen Thron gefährden?«

»Mutter, du hast also wieder gelauscht …«, seufzte er.

»Sag lieber, dass ich dich überwache, vor allem, wenn du unter vier Augen mit deinem Wesir und diesem Upeti sprichst. So kann ich dich wenigstens hindern, dich in Machenschaften zu verstricken, die deines Thrones unwürdig sind oder völlig unsinnige Befehle zu erteilen. Hüte dich erst einmal vor diesem Minkaf.«

»Er ist ein getreuer Diener«.

»Ein Schwätzer, der seinem Herrn nach dem Mund redet.«

»Macht das nicht die guten und treuen Diener aus? Ein König könnte doch nicht auf Dauer einen Diener neben sich ertragen, der ihn nur kritisiert und ihm widerspricht. Mein Bruder kommt zumindest meinen Wünschen stets entgegen und ist daher immer in Übereinstimmung mit mir.«

»Er ist ein Dummkopf, aber es ist nützlich, dass einer von Henutsens Söhnen dir zur Seite steht und ein hohes

Amt innehat, das höchste nach dem des Königs. Aber ich bin eigentlich wegen der Befehle gekommen, die du Upeti erteiltest. Hast du noch immer nicht begriffen, dass du nichts Wichtigeres zu tun hast, als mit allen Mitteln zu vermeiden, deinen Bruder Chephren herauszufordern, sofern du noch lange auf diesem Thron sitzen willst? Zumindest so lange, wie du über kein schlagkräftiges Heer und zuverlässige Höflinge verfügst. Fang an, deinen Thron von unten her abzustützen, etwas Besseres kannst du nicht tun. Du erwähntest ja den Schatz des Königs, deines Vaters. Nutze ihn sinnvoll, um die Provinzherrscher als Verbündete zu gewinnen, vor allem die im Süden. Sollte es Chephren einmal einfallen, gegen dich zu Felde zu ziehen, sähe er sich einem Bündnis von Gleichrangigen gegenüber, die ihn zumindest erheblich schwächen würden, bevor er Memphis erreicht. Und halte Chephren vor allem nicht für so unbedacht, dir in deinem Palast seine Aufwartung zu machen. Lass folglich diese dumme Idee fallen, Persenti zu deiner Gespielin zu machen und begnüge dich mit deinen beiden Schwestern und denen, die freiwillig in deinen Harem einziehen. Ruf also jetzt gleich Upeti zurück und befiel ihm, Henutsen reisen zu lassen, wohin es ihr beliebt. Denn sollte sie in einem Handgemenge zu Tode kommen, wird Chephren – und dessen kannst du sicher sein – gleich am nächsten Tag gen Memphis marschieren, und die Mehrheit der Provinzherrscher hinter ihm.«

»Es wird nichts geschehen, Mutter, und so bekomme ich Henutsen in die Hand.«

»Mein Sohn, deine Diener sind Söldner, dumme und tölpelhafte Kerle, in die du keinerlei Vertrauen setzen kannst. Und dieser Unsinn mit Henutsen wäre eine unverhohlene Kriegserklärung an Chephren und würde die Ereignisse nur überstürzen. Vermeide es mit allen Mitteln, deinen Gegnern Gelegenheit zu geben, sich gegen die Rechtmäßigkeit der von deinem Vater getroffenen Wahl aufzulehnen oder gar deinen Feinden einen Vorwand zu liefern, das Volk gegen dich aufzuwiegeln.«

»Es ist zu spät, um alles abzublasen. Upeti ist bereits unterwegs.«

»Du irrst, er ist noch nicht über die Schwelle dieses Palasts hinaus. Ich ließ ihn durch meine Wachen aufhalten und zu dir zurückbringen, damit du die Verfügungen, die du im Falle Henutsen trafst, änderst.«

Djedefre spürte, wie ihm vor Scham und Zorn die Röte ins Gesicht stieg, als Upeti von zwei Wachmännern der Königin wieder vorgeführt wurde.

»Herr«, fragte er, während er sich verneigte, »ist es richtig, dass du deinen Diener zurückrufen ließest, um ihm anderslautende Befehle zu erteilen?«

»Hm … in der Tat«, erwiderte Djedefre mit tonloser Stimme und verkrampftem Gesicht. »Meine Majestät hat seine Meinung geändert. Lass das Schiff von Königin Henutsen ziehen, wohin es ihr beliebt. Schick ihr nur ein paar Männer nach, um die Sicherheit des Schiffes zu gewährleisten … Man weiß ja nie, der Flusslauf soll ja nicht immer allzu sicher sein, und je weiter man gen Süden fährt, desto größer ist die Gefahr, von Seeräubern überfallen zu werden.«

»Es soll geschehen, wie Deine Majestät befiehlt«, entgegnete Upeti, sich abermals verneigend.

Befriedigt verschwand Nubet durch die Tür, durch die sie gekommen war und die direkt in ihre Gemächer führte. Sie wusste nur nicht, dass Djedefre, dem die Bewachung durch seine Mutter bekannt war, mit Upeti eine Geheimsprache führte, sodass beide Männer sich auch mit Andeutungen verstanden. Als er ihn ersucht hatte, Henutsen eine Eskorte hinterherzuschicken, bedeutete das für den getreuen Diener, dass er genau so handeln sollte wie vorher vereinbart, und die Anspielung auf die Unsicherheit des Flusses machte ihm verständlich, dass dem König ein Überfall mit Gemetzel aller Reisenden nicht unlieb wäre, Persenti natürlich ausgenommen, die man dann nur unbemerkt in ein geheimes königliches Anwesen zu schaffen hätte.

8

Schabilus Sklavenkarawane stapfte über struppige Weideflächen mit ein paar Ziegen und Schafen, kurzhaarige gelbe Hunde bewachten sie, knurrten und zeigten die Zähne, sobald Menschen nahten. Bald zeichneten sich in der Ferne die Umrisse von Häusern ab, deren gedrungene braune Form auf Lehmbauweise schließen ließ. Ein Bauwerk aus Stein war höher als sie alle. Beim Näherkommen erkannte Djedefhor, dass dort Männer zwischen Grüppchen von Eseln hin und her gingen. Das aufragende Bauwerk aus schlecht in einander gefügten Steinen, deren Kalkverputz sich grau verfärbt hatte, stellenweise abgeblättert und hier und da schon auf breiter Fläche abgefallen war und die Steinverfugung erkennen ließ, schien ein Heiligtum zu sein. Die spärlichen Lehmhütten daneben entpuppten sich überwiegend als Schuppen, wo wohl die Waren gelagert waren, die Nomaden und Bauern aus der Gegend hier einzutauschen pflegten. Zwischen diesen Schuppen lag ein freier Platz, wo Hirten ihre Schafe vorführten, um im Austausch andere Handelswaren und Metalle einzukaufen.

Schabilu kam offensichtlich regelmäßig hierher, denn er grüßte diesen und jenen, während er auf das Heiligtum zuritt, in dessen Umfriedung man durch ein gewaltiges Tor in Form eines Viereckturms gelangte. Schabilu stieg von seinem Reittier und ging, seine von den Dienern gezogene Sklavenkette im Gefolge, durch die offene Vorhalle mit Bänken an jeder Seite. Dann durchschritt er das zweite Tor, durch das man in einen Hof mit einem runden Wasserbecken in der Mitte gelangte. Ein Mann, offensichtlich ein Priester dieses Tempels, trat aus einem Nebengebäude auf der rechten Seite des Hofes und begrüßte Schabilu.

»Sind das die Sklaven, die geweiht und eingetragen werden sollen?«, fragte er.

»Ja. Ich habe auch eine Ziege mitgebracht für die Opferhandlung.«

Die Stricke wurden gelöst, und dann wurde jeder einzelne Sklave einem Schreiber-Priester vorgeführt, der auf einem Tontäfelchen Name und Herkunft jedes Gefangenen vermerkte. Nachdem alle eingetragen waren, durften sie sich in der Vorhalle des Eingangsturms auf die Steinbänkchen setzen, während Schabilu mit dem Priester den Tempel betrat, dessen lange Fassade hinten im Hof beeindruckte. Ein Diener führte die Ziege, die geopfert werden sollte, hinter den beiden her. Nach einiger Zeit kamen sie wieder heraus, der Priester mit einem Kupfergefäß in der Hand, auf dessen Rändern sich Steinbock- und Vogelfigürchen reckten. Als der Priester vor die Sklaven hintrat, konnte Djedefhor sehen, dass das Gefäß das Blut der geopferten Ziege enthielt, in das der Priester nun zwei Finger tauchte und jedem der vor ihm sitzenden Sklaven ein Zeichen auf die Stirn malte.

Nun forderte Schabilu die Gefangenen auf, ihm auf den Hauptplatz außerhalb des Tempels zu folgen. Unter einem Baldachin weit hinten saßen, vor der Sonne geschützt, die reichen Kaufleute, die hier nun ihre Handelsgeschäfte abwickeln wollten. Dort ließ Schabilu seine Menschenware aufstellen. Auf einem Klappstuhl im glühendem Schatten saß ein Mann in einem langen, leichten, mit Fransen und Stickereien geschmückten Gewand. Schabilu und er begrüßten sich lautstark, überschütteten einander mit Wünschen fürs Wohlergehen, doch dann kam der Sklavenhändler ohne weitere Umschweife zur Sache: »Hier, Biridiya, hast du die Männer, die mein Bote dir angekündigt hat.«

Biridiya erhob sich, um sie sich genauer anzusehen.

»Welcher von ihnen ist der, der mehrere Sprachen spricht, der Ägypter, der alle Schriften kennt?«

Schabilu wies auf Djedefhor, vor dem Biridiya nun Halt machte.

»Wie heißt du?«

»In meiner Sprache nennt man mich Hori«, antwortete Djedefhor.

»Wie alt bist du?«

Die erste Frage hatte Biridiya in seiner Muttersprache, dem Kanaanäischen, gestellt, die zweite hingegen in der der Sumerer, in der Djedefhor nun antwortete: »Siebenundzwanzig.«

Das schien zu genügen, denn Biridiya sagte, zu Schabilu gewandt: »Ich nehme sie alle.«

Die Sklaven durften sich auf den Boden setzen, bis die Kaufverhandlungen abgeschlossen waren. Sie waren nicht mehr gefesselt, aber keiner von ihnen dachte an Flucht, denn in Biridiyas Gefolge waren sechs mit Bögen und Wurfspeeren bewaffnete Männer und ebenso viele Diener, die Dolche mit Bronzeschneiden im Gürtel trugen. Djedefhor war ja nun ohnehin sicher, Schreiber seines neuen Herrn zu werden, wie Schabilu schon angedeutet hatte. Das war ihm nicht unlieb, und er war auch neugierig auf das Leben der Großen dieser Länder.

Nachdem er für die Sklaven bezahlt hatte, verfügte Biridiya den Abmarsch.

»Du bleibst hier neben mir«, befahl er Djedefhor.

Biridiya hatte sich an die Spitze seiner Männer und des Sklavenzuges gesetzt und sagte nun zu Djedefhor in herrschaftlichem Ton: »Wenn ich zufrieden mit dir bin, kannst du dich nur beglückwünschen, Hori, vergiss das nicht. Ich bin kein harter Herr, ganz im Gegenteil, aber Faulheit dulde ich nicht. Erfüllst du gewissenhaft die Aufgabe, die ich dir übertragen werde, dann wirst du – dessen bin ich sicher – mit deinem Los so zufrieden sein, dass du für immer in meinen Diensten wirst bleiben wollen.«

Sie gingen gen Osten und erreichten bald schon einen Felssporn hoch über einem Meer, dessen Oberfläche in den Sonnenstrahlen merkwürdig schillerte.

»Wir nennen diese Wasser das Salzmeer«, sagte Biridiya und blieb stehen. »Die Stadt, in die ich dich führe, liegt auf dem südlichen Ufer.«

Djedefhor entdeckte mit Verwunderung, dass in geringer Entfernung eine Quelle sprudelte und ihre strudelnden Wasser vom Felsen herab in ein großes, natürliches, von dichtem Buschwerk umschlossenes Becken stürzten und von dort aus in einer ganzen Reihe von Wasserfällen hinab bis ans Ufer dieses Binnenmeeres. Biridiya schlug als Erster einen Pfad ein, der steil zum Becken hinabführte und wo das herabstürzende Wasser nur so spritzte. Unten angekommen, riet Biridiya Djedefhor, sich ins Wasser zu stellen, um sich zu erfrischen. Am liebsten wäre er lange und genüsslich stehen geblieben unter diesem Wasserfall – er trank aus vollen Zügen und ließ sich den Körper überschwemmen – doch bald schon kamen die anderen und wollten auch baden, bevor Biridiya wieder zum Aufbruch mahnte. Der Weg folgte dem Wasserlauf, eingezwängt zwischen Schilf und grünendem Buschwerk, ein erfreulicher Gegensatz zu den nackten Felshängen, die bis zum Ufer des Salzmeers reichten. Auf den Gesteinsspitzen, die immer wieder einmal das enge grünende Tal umzingelten, waren braun und wie an den Himmel gezeichnet, Rudel von Steinböcken zu erkennen, denen die Gegenwart von Menschen nichts auszumachen schien. Das wunderte Djedefhor und auf seine Frage erwiderte Biridiya: »Es sind geheiligte Tiere für uns. Wer auch nur eines zu jagen sich erkühnte, würde zum Tode verurteilt. Sie sind Ascherat, der Tiergöttin geweiht.«

In der Nähe des Ufers waren zwei große Kähne an Pfosten festgebunden und für jeden stand eine Mannschaft aus zehn Ruderern und zwei Steuermännern bereit. Biridiya nahm mit einigen Dienern und Djedefhor in dem einen Platz, während alle anderen Sklaven mit ihren Bewachern in den zweiten stiegen.

»Tauch deine Hand ins Wasser und koste es«, sagte Biridiya zu Djedefhor. Die Hand wurde ölig, und das Wasser schmeckte salzig und scharf. Er war sprachlos.

»Dieses Meer ist voller Salz«, erklärte ihm sein neuer Herr. »All seine südlichen Ufer sind weiß davon. An einigen Stellen sind die Salzablagerungen am Ufer so gewaltig, dass man es schon seit Generationen abbaut, in Körbe füllt und anderswo verkauft, ohne dass diese Quelle des Wohlstands zu versiegen droht. Auch ich bin, wie so viele andere hier, reich geworden mit dem Salzhandel.«

Die Hitze wurde schier unerträglich, und trotz des kühlenden Bads von vorhin schwitzte Djedefhor erneut und wäre gerne ins Wasser gesprungen, wenn sein Herr ihn nicht davon abgehalten hätte: »Das wird keine Erfrischung sein, ganz im Gegenteil. In diesem lauwarmen und salzigen Wasser könntest du nicht einmal zur Gänze untertauchen. Du wirst es eines Tages versuchen dürfen.«

Also bewunderte Djedefhor nur die Berge mit ihren schillernden Farben, die das Meer ringsum, an allen Ufern, von Sonnenaufgang bis Sonnenuntergang umschlossen.

»Im Norden«, erklärte Biridiya, »öffnet sich ein grünendes Tal, das ein kleiner Fluss bewässert, der aus einem weiter nördlich gelegenen Meer mit Süßwasser von anderen Bergbächen gespeist wird. Im Süden hingegen erstreckt sich ein ausgetrocknetes Tal, das bis zu einem Meer reicht, dessen Ende wir nicht kennen. Die Länder an seinem Saum hingegen, die kennen wir: gen

Sonnenuntergang liegt deine Heimat, Ägypten, gen Sonnenaufgang liegen die häufig öden, von Nomaden bevölkerten Landstriche, die wir Hawila nennen. Aus dem Süden dieses Landes kommen seltene Harze, Weihrauch, Myrrhe und Sennes.«

»Das könnte jenes Land sein, das wir Ägypter *ta-netjer*, Gottesland, nennen.«

Am südlichen Ufer gab es einen Landesteg, doch rechts davon erstreckten sich endlos, zu Hügeln aufgetürmt, die Salzablagerungen.

»Siehst du, einen großen Teil dieser Salzberge habe ich gepachtet, wie auch all das Land hier vom Ufer bis zu der Stadt, in der ich wohne«, erklärte nun wieder Biridiya.

»Beginnt hier das Tal, von dem du sprachst, das sich bis ans Meer des Südens hin erstreckt?« Der Aufbau dieser unbekannten Länder und ihre Namen hatten Djedefhors Neugierde geweckt.

»So ist es. Wir nennen es das Tal Siddim.«

»Und wie heißt der Ort, wo du mich gekauft hast, und jenes schöne Tal, das sich seitwärts des Felsens öffnet?«

»Dem Ganzen hat man den Namen der Quelle gegeben, aus der diese Wasser sprudeln. Es ist das Tal En-Gedi, benannt nach der Steinbockquelle, der Tränke aller Herden dieser Gegend. Der Tempel, in dem du warst, ist sehr alt, er wurde vor Jahrhunderten erbaut, und Generationen von Menschen opferten hier der Göttin Ascherat, der Himmelskönigin.«

Djedefhor war voller Bewunderung für die liebenswürdige Bereitwilligkeit, mit der sein Herr die Fragen seines Sklaven beantwortete. Das verhieß doch schon Gutes für seine weitere Zukunft.

Nachdem alle Männer ausgeschifft waren, machte man sich erneut auf den Weg. Biridiya ritt auf einem Esel voraus, der am Landesteg seiner harrte. Bald schon erreichten sie einen Feldweg, der zwischen Äckern verlief, und als dann eine Ansammlung von Schuppen auftauchte, machte man Halt und ließ die Sklaven mit ihren Bewachern zurück. Nur Djedefhor sollte neben seinem Herrn auf dem Reittier weitergehen und dahinter die sechs Diener.

»Wie mir gesagt wurde, behauptest du, Hori, in deinem Land ein Königssohn zu sein.«

»Das ist die Wahrheit, Herr. Mein Vater Cheops war der Herrscher über Ägypten.«

»Wenn er dein Vater war, warum wurdest du dann nicht sein Nachfolger auf dem Thron?«

»Weil er wollte, dass Djedefre, einer meiner Brüder, ihm auf dem Thron nachfolgt.«

»Und wie kommt es, dass du auf diesem Boden hier zum Sklaven wurdest?«

»Das hat wohl ein Gott so gewollt. Mein Bruder hatte mich an der Spitze einer Flotte nach Byblos gesandt, um Holz aus den Zedernbergen zu holen. Doch als mein Schiff südlich von Gasa an der Küste entlangfuhr, fiel ich bei Nacht ins Wasser. Niemand sah mich, und niemand hörte mein Rufen. Es gelang mir, ans Ufer zu schwimmen, und dort fesselten mich die Nomaden und machten mich gegen jedes Recht zum Sklaven.«

Absichtlich hatte er nichts von der Verschwörung seines Bruders gegen ihn gesagt. Es schien ihm klüger, die Zwielichtigkeit des Bruders zu verschweigen, um seinem Prinzentum mehr Gewicht zu verleihen.

»Du bist alt genug, um zu wissen, dass immer nur das Recht des Stärkeren gilt. Gewiss hat so mancher König Gesetze erlassen, um durch sie fertige Lösungen für Urteile in Händen zu haben, sobald Streitfragen bei seinen Untertanen auftauchten. Aber nur die Macht vermag ein Gesetz durchzusetzen, selbst wenn sie sich nur die Maske des Rechts überstülpt. Wärest du an der Spitze deiner Männer dahergekommen, anstatt nackt vor diesen Nomaden zu stehen, dann hättest du ihnen vielleicht dein Gesetz aufgezwungen. Dann hättest du, der sie ja besiegt hätte, dich auf das Recht des Stärkeren berufen. Du wirst sehen, dass das, was du für DAS RECHT hältst, nie etwas anderes ist als ein von der Macht aufgezwungenes und als Wahrheit und Gerechtigkeit ausgegebenes Gesetz.«

»Herr, es fällt mir schwer, dir auf diesem Gebiete zu folgen.«

»Das ist die Wirklichkeit. Nimm beispielsweise einen Dieb, einen Wegelagerer – wie diese Nomaden, die dich gefangen genommen haben. Ihnen scheint ihr Gesetz gerecht. Sie besitzen keine Ländereien, während die Bauern Felder haben, die sie bestellen, und die Hirten sich um ihre Herden kümmern. Diese Bauern haben sich aber doch irgendwie und irgendwann diese Felder angeeignet, sie unter einander verkauft, und die Viehzüchter haben Tiere gezähmt und zu ihren Sklaven gemacht, und in ihren Augen ist das, was sie tun, gerecht. Genauso gerecht erscheint den Dieben ihr Betragen: sie eignen sich ihrerseits die Güter an, die Bauern oder Viehzüchter sich angemaßt hatten. Und da sie die Macht haben, ihren Standpunkt durchzusetzen, ist das Recht auf ihrer Seite.«

»Das, Herr, würde aber doch jedes Gemeinschaftsleben zerstören.«

»Aber die Überlegung stimmt doch. Den Elenden, den Armen und den Sklaven scheint es doch gerecht, diese Gesellschaft, die sie unterdrückt, zu zerstören und sich die Güter ihrer Herren anzueignen und ihrerseits Herren zu werden und schließlich diejenigen zu unterdrücken, die sie besiegt haben, wenn nicht gar jene, denen sie ihren neuen Stand und ihre Macht verdanken. Bedenke doch – deine Gefährten, die Sklaven, die wir zurückgelassen haben, damit sie in den Schuppen ein Dach über dem Kopf haben, sobald sie für mich arbeiten – was meinst du, warum sie Sklaven bleiben werden? Doch nur, weil sie bewacht und von Bewaffneten zusammengehalten werden, die zwar nicht das Recht, aber die Macht auf ihrer Seite haben. Wenn es ihnen gelänge, sich zu befreien, ihre Bewacher zu entwaffnen, dann würden sie sich zu Herren aufschwingen und den anderen ihr Gesetz aufzwingen. Ja, Hori, man muss immer der Stärkere bleiben, wenn man gut leben und nicht in Abhängigkeit geraten will. Der geringste Fehltritt kann uns in tiefstes Elend stürzen, ohne dass man sich auf das Recht, eine Erfindung der Menschen, oder die Gerechtigkeit, jene Frucht der schicksalsbestimmten Einbildung, berufen könnte.«

Djedefhor schwieg, wagte seinem Herrn nicht zu widersprechen und fragte sich insgeheim, ob er nicht vielleicht Recht hätte.

Als er den Kopf hob, erblickte er steinerne Mauern, die sich mit dem rötlichen Schimmer der untergehenden Sonne schmückten.

»Herr, ist das die Stadt, zu der du mich mitnehmen wolltest?«

»Ja, denn dort wohne ich, in der mächtigen Stadt Gomorrha.«

9

Henutsens königliches Schiff fuhr mit seinen Gästen gemächlich nilaufwärts. Es war drückend heiß so kurz vor der Überschwemmungszeit, die dem Land der schwarzen Erde neues Leben spenden würde. Seit Jahrtausenden trat der Fluss über seine Ufer und schenkte fruchtbares Ackerland. Seit Generationen, seit den sagenumwobenen Zeiten des Nilgottes Hapi war das so. Er hatte in seiner Fürsorge die Gottheit Fluss bewogen, ihren Schlamm zu spenden, um das öde Wüstenland des rotäugigen Gottes Seth fruchtbar zu machen. Die sanfte Brise von Norden, die das Volk des Nils so liebte, der Meerwind, der seine schimmernden Flügel über das ganze Tal breitete, hatte seinen Kampf gegen die Glut der Sonnenstrahlen aufgegeben, und jetzt regierten sie, entzündeten die Luft, die Haut und Lungen verbrannte. Daher waren Henutsen und Nechebu übereingekommen, nur noch von Morgengrauen bis Mittag, wenn die Sonne ihren Höhepunkt erreichte, zu fahren, und dann erst wieder gen Abend, wenn die Strahlen Res schräg und nicht mehr so heiß einfielen, bis dann das Gestirn jenseits des Horizonts verschwand und die Schifffahrt wegen der vielen Sandbänke, die in mondlosen Nächten nicht mehr zu erkennen waren, zu gefährlich sein würde. Ohne Wind war es für die Ruderer in den heißesten Stunden des Tages wirklich zu anstrengend, sie durften ja nicht völlig ausgelaugt sein, falls Nechebu all ihre Kraft plötzlich benötigen sollte. So hatte er es der Königin erklärt. Man musste die Kräfte der Männer sparen, falls die Flut plötzlich steigen sollte, was jeden Augenblick eintreten konnte, oder falls eine Räuberbande sie unversehens angriffe. Es hieß ja, seit Cheops' mächtige

Hand nicht mehr über die Provinzen wachte, hätten sich Räuberbanden gebildet, die immer wieder gegen die Schutztruppen der Provinzvorsteher antraten, sofern nicht gar diese, da sie den verstorbenen König nicht mehr zu fürchten hatten, von Reisenden, die sich auf den Fluss vorwagten, Lösegeld verlangten.

Über das Deck hatte man ein Segel gespannt als Sonnenschutz für die Gäste, die während der Fahrt auf Matten saßen, plauderten oder sich mit einem der allgemein beliebten Spiele vergnügten. Da Henutsen nicht wusste, ob Djedefre von ihrer Flucht erfahren und welche Verfügungen er womöglich getroffen hatte, war sie mit Nechebu übereingekommen, nachts in unbewohnten Gegenden, fern jeder Ansiedlung, Halt zu machen, damit niemand sie verraten konnte, falls Djedefre doch Soldaten auf ihre Spur gehetzt haben sollte. Bordwachen sollten aufgestellt und immer wieder abgelöst werden, hatte sie Nechebu aufgetragen. Man durfte keinesfalls im Schlaf überrascht werden! Um die Vorräte aufzufüllen und die Mahlzeiten auf offenem Feuer zu bereiten, musste man zwar an Land, doch geschlafen – so hatte Henutsen verfügt – werde an Bord, um in einem dringenden Fall schleunigst abzulegen. Das Gleiche gelte für die Mittagsruhe, die heißesten Stunden des Tages: da dürften alle im Papyrusdickicht an den Ufern des Flusses Schutz suchen. Nechebu war voller Bewunderung für die Umsicht der Königin.

»Du könntest wahrlich Kapitän sein, meine Königin! Nichts lässt du außer Acht, was zur Sorgfaltspflicht eines Mannschaftsführers gehört.«

»Das sind nur die grundlegenden Vorsichtsmaßnahmen, wenn man sich bedroht weiß.«

Tage waren vergangen, seit das Schiff in Memphis abgelegt hatte. An Städten und Dörfern an den Ufern war man gemächlich vorbeigezogen. Noch an diesem Morgen hatte das königliche Schiff kurz in Dendera

Halt gemacht. Während ein Teil der Mannschaft Lebensmittel beschaffte, hatten Henutsen und Persentis Familie im Hathor-Tempel auf den Altären Weihrauchopfer dargebracht und Blumen und Duftstoffe niedergelegt. Henutsen hatte der Göttin eine wundervolle Halskette aus farbigen, in nubisches Gold gefassten Edelsteinen überreicht. Doch seitdem ging es weiter dahin auf dem trägen Fluss.

Während all dieser Tage hatte Henutsen Muße genug, sich mit dem Kapitän ihres Schiffes zu unterhalten. Bis dahin hatte sie ihn nur selten gesehen, da sie diesen königlich beflaggten Segler, den Cheops ihr vor langer, langer Zeit geschenkt hatte, nur in Ausnahmefällen benutzte. Für gewöhnlich hatte Cheops sie in seiner Königsbarke holen lassen, aber auch das war ja nicht mehr sehr häufig vorgekommen. Ab und zu hatte sie wie in ihrer Kindheit zwar plötzlich Lust bekommen, vom Hafen Peru-nefer aus durch die Kanäle in den Nil hinauszufahren, aber das tat sie allein, wie früher, auf einem Papyrusnachen, den sie mit einem langen Stock vorwärts trieb. Dabei gönnte sie sich dann das Vergnügen, sich zu den jungen Burschen zu gesellen, die Fische am Ufer trockneten, oder zu den Frauen, die dort Wäsche wuschen, während die Männer zum Zeitvertreib oder fürs Abendessen angelten. Mit denen konnte sie zwangslos reden und scherzen, dort durfte sie sich geben, wie sie war: eine Tochter des Nils. Doch dieses große königliche Schiff mit seinen lebhaften Farben, seiner eleganten Form, hochgezogen an Bug und Heck, mit der großen Kabine, abgeschirmt von Vorhängen aus feinsten Stoffen, und nicht zuletzt seiner beeindruckenden Besatzung, hielt von sich aus schon die Uferbewohner auf Distanz. Manche warfen sich ehrerbietig zu Boden, da sie glaubten, Seine Majestät sei an Bord. Allein schon aus diesen Gründen durfte Henutsen diesmal nicht in Erscheinung treten.

Es war auch noch nicht lange her, dass Cheops den durch Untätigkeit gealterten ursprünglichen Kapitän durch Nechebu ersetzt hatte, den Henutsen eigentlich jetzt erst näher kennen lernte. Unlieb war ihr das nicht. Sie fand ihn bezaubernd, diesen jungen Mann mit dem gut gebauten Körper und dem fein geschnittenen Gesicht, dessen Mut und Geistesgegenwart sie ja schon hatte bewundern können, als er Persenti vor dem Krokodil rettete.

Die Männer hatten ihre schweren Ruder losgelassen und schlummerten auf den Bänken, Persenti und ihre Eltern hielten Mittagsschlaf in der offenen Kabine, doch Henutsen wollte diese dumpfe Mittagszeit lieber nutzen, um ein Bad im Fluss zu nehmen. Das Schiff war am Ufer festgemacht, am Saum von Papyrus- und Schilfdickicht, und war somit den Blicken derer entzogen, die womöglich auf dem Landwege dahingingen. Es war viel zu heiß für das lange schmale Kleid aus feinem Leinen, der enge Schurz der Bäuerinnen war ihr lieber und stand ihr auch besser, wie sie fand. Ihr Busen konnte sich durchaus noch sehen lassen, und ihren gertenschlanken Körper stellte sie ohnehin gern zur Schau, konnte man doch damit sich selbst und den anderen beweisen, dass sie noch immer voller Lebenslust und jung war, dass ihr das Alter noch nichts anhaben konnte.

Sie ließ sich ins Wasser gleiten, das ihr im Gegensatz zur stickigen Luft geradezu kühl vorkam. Vorsichtig begann sie im Umkreis des Schiffes zu schwimmen, denn irgendwo könnte unerwartet ja doch ein Krokodil auftauchen. Als sie nach einem Haltegriff fasste, um wieder an Bord zu steigen, sah sie sich dem Kapitän gegenüber, der ihr hilfreich die Hand hinstreckte.

Sie wies seine Hand zurück. »Nechebu, was tust du da? Solltest du es gewagt haben, mich zu überwachen?«

»Ich gebe zu, meine Königin, dass ich dir mit den Blicken gefolgt bin, als ich dich in den Fluss steigen sah und deine Kühnheit deinen Diener mit Besorgnis erfüllte. Denn während die Menschen in der Mittagshitze schlafen, sind die Krokodile umso wachsamer. Ich fühle mich verantwortlich für das Leben meiner Herrin, verantwortlich vor Prinz Chephren und vor den Göttern. Ich könnte es mir nicht verzeihen, wenn dir auch nur das Geringste zustöße, und gelänge es mir nicht, dich aus einer lebensbedrohenden Gefahr zu befreien, bliebe mir nichts anderes übrig, als auch mein Leben hinzugeben.«

Dieses Bekenntnis überraschte und erfreute die Königin. Die Worte schienen ihr mehr auszudrücken, als sie tatsächlich preisgaben, zurückgehaltene Gefühle, wohl aus Achtung vor ihrem Rang. Da war Schläue angebracht, und so erwiderte sie: »Mich zu beschützen, hat dir niemand aufgetragen, Nechebu. Du befehligst dieses Schiff und seine Mannschaft. Mehr Verantwortung hast du nicht.«

»Meine Verpflichtungen erstrecken sich auch auf die Reisenden, vor allem, wenn meine Königin dabei ist.«

»Vielleicht, aber keiner verlangt von dir, dich in den Tod zu stürzen, wenn mir etwas zustöße, das du nicht zu verhindern vermochtest. Und schon gar nicht, wenn ich mein Leben leichtfertig aufs Spiel setze.«

Nechebu seufzte, wirkte beklommen und versuchte, das Gespräch in andere Bahnen zu lenken: »Bitte, Herrin, nimm meine Hand und komm schnell aus diesem Wasser, wo jeden Augenblick ein gefährliches Wesen auftauchen kann. Dein Leben ist uns doch so kostbar.«

»Was gibt's denn zu fürchten, mit Ausnahme eines Krokodils? In diesen Gegenden hier haben wir doch noch keines gesichtet, und wenn es auch hier welche geben sollte, liegen sie bestimmt träge im Uferschlamm und warten, dass ihnen eine Beute entgegentreibt.«

»In Hapis Wassern wimmelt es von geheimnisvollen

Lebewesen, die man gar nicht alle kennt«, beteuerte er abermals. Das sollte wohl seine Worte rechtfertigen, Henutsen drängen, endlich an Bord zu kommen und sich ihm gleichzeitig in voller Schönheit zu zeigen.

Sie verargte es ihm nicht, ganz im Gegenteil, ergriff seine Hand und ließ sich mit einem Schwung hochziehen. Nun stand sie lachend vor ihm, die Wassertröpfchen rieselten an ihr herab und funkelten auf ihrer gebräunten Haut. Da wagte er, was sie insgeheim erhofft und er sich nie zugetraut hätte: Er umfing sie, presste ihren nassen Körper an sich und sog ihren Atem ein. Sie hatte die Augen geschlossen und wehrte sich nicht gegen diese Umarmung, nach der sie sich schon seit Tagen sehnte. Doch als seine Liebkosungen zudringlich wurden, machte sie sich los.

»Nechebu!«, sagte sie eher spitzbübisch, als streng, »du bist ganz schön frech, deine Königin einfach so zu umarmen!«

Doch um ihm zu verstehen zu geben, dass sie seinen Annäherungsversuchen nicht ablehnend gegenüberstand, ergänzte sie schnell: »Vor allem auf diesem Schiff, bei all diesen Männern, die jeden Augenblick die Augen aufschlagen und uns ertappen können.«

Während sie sprach, hatte sie ihren Schurz aufgesammelt, band ihn sich um die Hüften und ging auf den Bug zu, Nechebu dicht hinter ihr.

»Vergib mir meine Kühnheit, meine Königin. Aber deine Schönheit ist so betörend, dass du in mir die Flamme Hathors entzündet hast. Daher darfst du es mir nicht vorwerfen, wenn all mein Sehnen dir gilt. Die Schuld musst du deiner Schönheit und der Göttin zuweisen: sie müssen sich verantworten vor deinem Gericht.«

Diese Spitzfindigkeit machte Henutsen Spaß. Sie wandte sich um und erwiderte: »Wenn das so ist, Nechebu, dann vergebe ich dir hiermit und rufe die von dir benannten Schuldigen vor mein Gericht. Dann werde ich entscheiden, ob ich sie verurteile oder lossprече.«

Sie war im Bug stehen geblieben, um den Fluss zu beobachten, der vor ihren Augen sein breites, in den fahlen Strahlen der untergehenden Sonne schimmerndes Band entrollte. Plötzlich wurde ihre Aufmerksamkeit gefesselt von zwei Schiffen, deren Ruderer sich anscheinend gewaltig ins Zeug legten. Nechebu war neben sie getreten und beobachtete ebenfalls die Boote.

»Diese Schiffe kommen mir verdächtig vor. Mein Gefühl sagt mir, dass es Räuber sind, oder zumindest Kerle, die den Fluss absuchen. Sie werden uns entdecken, wenn sie an uns vorbeifahren. Aus Vorsicht würde ich lieber aufbrechen, um ihnen zuvorzukommen. Noch sind sie weit genug entfernt, noch können wir Vorsprung gewinnen. Dann werden wir ja sehen, ob ich mich irre und sie uns gar nicht einholen wollen.«

»Ich bin völlig deiner Meinung«, sagte Henutsen, der das Ganze auch nicht geheuer war. »Schnell, wecken wir die Männer, sie müssen die Ruder aufnehmen!«

Jetzt konnte Henutsen bewundern, wie der Kapitän seine Mannschaft ausgebildet hatte, denn kaum hatte er sie wecken lassen und den Befehl erteilt, nahmen sie eilig, aber geordnet, ihre Plätze ein und legten sich in die Riemen, sodass im Handumdrehen das Schiff wieder im Flusslauf lag. Damit man es aus der Ferne aber nicht allzu leicht ausmachen konnte, ließ Nechebu so dicht wie möglich am Ufer entlangsteuern, um sich den Sichtschutz der Pflanzen zunutze zu machen.

»Was ist los?« Persenti war neben Henutsen getreten, die aufrecht im Heck stand und die beiden Boote beobachtete, die offenbar doch beschleunigt und das königliche Schiff gesichtet hatten.

»Die Männer in diesen beiden Booten, die du da hinter uns siehst, scheinen mir nichts Gutes im Schilde zu führen«, erwiderte Henutsen, die sich die Hand vors Gesicht hielt, um schärfer sehen zu können.

»Glaubst du, dass es Männer sind, die der König hinter uns herjagt?«

»Wer weiß? Soldaten sind es nicht, aber das hat nichts zu bedeuten. Es können auch Flusspiraten sein. In jedem Falle ist es ratsamer, ihnen auszuweichen und die Flucht zu ergreifen.«

»Sie scheinen uns zu verfolgen. Und wenn sie uns einholen?«

Henutsen drehte sich zu Nechebu um, der zu ihnen getreten war, und sagte, anstatt Persenti zu antworten, zu ihm: »Nechebu, ich habe den Eindruck, diese Männer verfolgen uns. Ist es möglich, die Fahrt zu beschleunigen?«

»Ich werde die entsprechenden Befehle erteilen. Wir werden ja sehen, ob diese Männer tatsächlich etwas mit uns zu tun haben wollen.«

Er ging, um die Ruderer abermals anzufeuern, und schon kurz danach schien das Schiff auf den ruhigen Wassern dahinzufliegen. Die Entfernung zu den Booten wurde größer: das leichte, ideal geschnittene königliche Schiff spaltete die Wellen und hängte die anderen ab, sodass Nechebu, um die Kräfte seiner Männer zu schonen, bald wieder den Befehl geben konnte, langsamer zu rudern.

»Man könnte meinen, sie hätten uns tatsächlich einholen wollen«, sagte er, als er wieder bei Henutsen stand, wo sich inzwischen auch Chedi und die Seinen eingefunden hatten. »Aber wir haben sie ganz schön abgehängt und meiner Ansicht nach jetzt nichts mehr zu befürchten.«

»Vielleicht hast du Recht«, räumte Henutsen ein, »aber Vorsicht ist auch weiterhin geboten. Wir müssen noch mehr Vorsprung gewinnen.«

Mit Einbruch des Abends kam ein leichter Wind von

Norden her auf. Das große rote Segel wurde gehisst, sodass die Ruderer sich ausruhen konnten. Man begegnete anderen Booten, die flussabwärts fuhren. Die beiden Schiffe, die so viel Verwirrung gestiftet hatten, waren außer Sicht. Entweder hatten sie angelegt oder waren durch eine Biegung des Flusses nur den Blicken entzogen. Jeder fühlte sich erleichtert, doch als man beschloss, für die Nacht Ruhe zu gewähren, verlangte Nechebu, dafür müsse erst eine tiefe Schneise im dichten Ufergebüsch gefunden werden.

»Heute Abend«, pflichtete Henutsen ihm bei, »werden wir nicht an Land gehen, um Feuer zum Kochen zu machen. Wir werden uns mit Datteln, Brot, Käse und Trockenfisch begnügen.«

»Das ist klug geplant, das wollte auch ich dir gerade vorschlagen, selbst wenn ich nicht glaube, dass wir von diesen zwei Booten etwas zu befürchten haben.«

»Mögest du Recht behalten«, seufzte sie. »Ich habe trotz allem eine komische Vorahnung. Wir sollten die Nachtwachen verstärken.«

»Dein Wunsch sei mir Befehl, meine Königin.«

Den Männern wurde dennoch erlaubt, sich im Fluss zu waschen und zu erfrischen. Auch Henutsen ging noch einmal ins Wasser, mit Persenti, hier reichte es ihnen nur gerade bis zur Brust.

Entgegen den Befürchtungen der Königin war die Nacht ruhig, und als das königliche Schiff am frühen Morgen aus seinem Versteck herauskam, schien der Nil majestätisch und fast ausgestorben, abgesehen von ein paar Fischerbooten in der Nähe des einen oder des anderen Ufers. Da der Nordwind immer noch blies, wurde das Vierecksegel aufgezogen, was den Ruderern die Erlaubnis gab, ihre Anstrengungen zu drosseln.

Die Überraschung war groß, als plötzlich mitten am Vormittag und während das Schiff am linken Ufer immer noch im Schutz der Sumpfpflanzen entlangsegelte, zwei Boote mit bewaffneten Männern auftauchten und schnurgerade auf das königliche Schiff zuhielten. An den feindlichen Absichten der Besatzung war nicht mehr zu zweifeln: Nechebu gab Befehl, mit aller Kraft zu rudern.

»Das sind offenbar dieselben, die wir gestern gesichtet haben«, sagte er zu Henutsen. »Sie haben uns aufgespürt und es auf uns abgesehen. Die haben sich der Gefahr ausgesetzt, nachts weiterzufahren, um sich dann in diesem Dickicht zu verstecken. Ihr Verstand dürfte ihnen gesagt haben, dass wir bei Nacht Halt machen würden und sie uns folglich, wenn wir wieder losführen, mühelos überrumpeln könnten.«

Eine Zeit lang hielt das königliche Schiff seine Verfolger auf Distanz, aber es war eine kurze Distanz, geringer als die Reichweite eines Wurfspeers. Bogenschützen hatten im Bug der beiden Schiffe, die jetzt Seite an Seite fuhren, Platz genommen. Auf Befehl Nechebus reihten sich daraufhin Männer mit Schutzschilden aus Rinderhaut über einem Holzrahmen entlang der Reling auf, um die Ruderer zu schützen, während andere, die auch zu den Bögen gegriffen hatten, sich zwischen ihnen niederknieten und Pfeile abzuschießen begannen. Für diese Verteidigung hatte Nechebu allerdings ein paar Ruderer abziehen müssen, was die Fahrtgeschwindigkeit beeinträchtigte. Henutsen war die Erste, die sich auf einen dieser leeren Plätze auf der Ruderbank niederließ und ein Paddel ergriff. Persenti tat es ihr nach, und Chedi konnte dann auch nicht mehr umhin, ein Ruder zu ergreifen, was seine Frau ihm sofort nachmachte. Aber auch diese zusätzlichen Arme reichten nicht aus, um dem Schiff einen entscheidenden Vorsprung zu verschaffen und den Verfolgern zu entkommen, die zwar langsam, aber unaufhaltsam näher kamen.

»Neith, Herrin von Sais, beschütze uns!«, flehte Chedi. »Sieh nur, Henutsen, diese Gauner holen uns ein!«

»Hör auf zu jammern, leg dich in die Riemen und schweig!«, befahl die Königin.

Sie legte ihr Ruder hin und ging zum Kapitän.

»Nechebu, wir werden ihnen nicht entkommen. Wäre es nicht klüger, wenn wir versuchten, das Ufer zu erreichen? Im Papyrusdickicht könnten wir ihnen vielleicht entwischen. Uns zu verteidigen oder zu fliehen wäre an Land bestimmt einfacher als auf diesem schwankenden Schiff.«

»Ich werde es befehlen, doch sieh nur: die Boote dieser Halunken sind bereits so nah, dass ich befürchte, sie werden uns den Weg abschneiden, zum einen oder zum anderen Ufer.«

Ihre Blicke wie auch die der Ruderer, die entgegen der Fahrtrichtung saßen, hefteten sich auf die Flusspiraten. Es war Persenti, die, des Ruderns müde, ins Heck gelaufen kam und sagte: »Sieh nur, Henutsen ... Wir sind umzingelt ... Sieh all diese Boote, die auf uns zukommen ...«

Sie drehten sich um und blickten flussaufwärts: da kam ja eine ganzer Flottenverband um die Biegung des Flusses!

»Wenn das auch Piraten sind, sind wir verloren«, räumte Henutsen ein.

Doch ihre Stimme schwankte nicht, denn sie war überzeugt, dass das keine Piraten waren, die zur Verstärkung anrückten – ganz im Gegenteil!

»Das sind doch viel zu viele, das können keine Piraten sein«, befand auch Nechebu.

Dieser neuerliche Alarm hatte auch die Ruderer kurz abgelenkt, sodass die Verfolger sie hatten einholen können und jetzt neben das Königliche Schiff zu gelangen suchten, um die Ruder zu zerbrechen und es dann zu entern. Auf einen schnellen Befehl ihres Kapitäns hin zogen die Männer die Ruder ein und griffen nach Waffen und Schilden, die schon neben ihnen bereitlagen. Die von Backbord und Steuerbord herangefahrenen Angreifer sahen sich plötzlich einer schwankenden Mauer von Schilden gegenüber, aus denen wie Zinnen Lanzen herausragten. Doch das schien diese Räuber nicht zu beeindrucken. Sie versuchten trotz allem, das Schiff zu entern und stießen wilde Schreie aus, mit denen sie sich gegenseitig zum Gemetzel anfeuerten und gleichzeitig den Gegner einschüchtern wollten. Doch Nechebus Männer waren großartig geschult – unbeirrbar und selbstsicher hielten sie Stand. Die erste Angriffswelle wurde mit Verlusten auf Seiten der Angreifer abgewehrt, doch unter den anfeuernden Rufen ihrer Bootsführer versuchten sie es noch einmal mit gesteigerter Wut. Diesmal vermochten die Soldaten diesen Ansturm nicht abzuwehren, und so gelang einigen der Sprung aufs Königliche Schiff. Es folgte ein wüstes Handgemenge, übertönt vom wütenden Gebrüll der Kämpfenden. Seine Gäste hatte Nechebu mittschiffs in der Kabine versammelt, wo seine besten Leute sie bewachten. Auch er selbst hielt sich in der Nähe, schwang seine Lanze und spießte jeden auf, der so tollkühn war, sich zu nähern. Henutsen hatte eine Keule gepackt, die sie geschickt über dem Kopfe kreisen ließ, während sie schwungvoll auf den Feind zulief. Doch vor der Überzahl der Angreifer fielen die königlichen Wachen einer nach dem anderen. Den Piraten lag offensichtlich nicht daran, Gefangene zu machen. Sie mähten jeden nieder, der sie aufhalten wollte bei ihrem Sturm auf die Kabine mit Persenti und deren Angehörigen.

Chedi hatte ein Beil ergriffen, mit dem er sich ins Kampfgetümmel stürzte. Ein Lanzenhieb streckte ihn nieder, und Blut quoll ihm aus der Seite. Persenti rannte zu ihm, und da packte sie einer der Angreifer. Schreiend schlug sie um sich, und der Räuber musste seine Waffe fallen lassen, um sie mit beiden Händen zu bändigen. Doch das war sein Untergang: Henutsen sprang auf ihn zu und zerschmetterte ihm mit einem Keulenhieb den Schädel. Als sie den Mann mit zertrümmertem Kopf zu ihren Füßen zusammenbrechen sah, fiel ihr plötzlich Tjazis Tod im Tempel des Ptah wieder ein. Doch seit jenen Kindheitstagen hatte sie so viel Selbstbeherrschung gelernt, dass ihre Tat sie nicht lähmte, sondern mit heiligem Zorn erfüllte angesichts dieser Schurken, die es gewagt hatten, ein königliches Schiff anzugreifen. Daher warf sie sich gleich auf den nächsten, der starr vor Verwunderung stehen blieb und kurz darauf ebenfalls mit gespaltenem Schädel zu Boden fiel. Da sah sie Nechebu neben sich, der seine Lanze weggeworfen und ein Beil ergriffen hatte, mit dem er rechts und links um sich schlug, um sie unter Einsatz seines Lebens zu schützen. Plötzlich ließen die Angreifer von ihnen ab und flüchteten in ihre Boote. Henutsen schloss daraus, ihr unerwartetes Eingreifen habe sie so entsetzt, dass sie nur noch fliehen konnten.

Doch bald schon musste sie sich eingestehen, dass selbst mit Nechebus Hilfe ihr allein so etwas nicht gelungen wäre: da waren die Schiffe von Süden her, die jetzt fast auf ihrer Höhe waren und deren im Bug aufgereihte Bogenschützen einen Pfeilhagel auf die Angreiferboote niedergehen ließen. Hinter den drei Schiffen an der Spitze kamen noch etwa dreißig andere, ein ganzer Flottenverband. Die Piraten, die hastig in ihre Boote gesprungen waren, versuchten vergeblich zu fliehen. Rund zehn Schiffe nahmen die Verfolgung auf, und die Bogenschützen ließen auch nicht von ihnen ab. Zur gleichen Zeit machte eines der Schiffe neben dem königlichen fest. Chephren sprang an Bord und fiel vor seiner Mutter auf die Knie.

Henutsen achtete nicht auf das Blut an seinem Körper und an seinen Händen, sie schloss ihn in die Arme und stieß einen Seufzer der Erleichterung aus.

»Mein lieber Chephren«, sagte sie schließlich, »dich

hat bestimmt ein Gott geschickt, ja, ein Gott hat dich eingreifen lassen in diesem Augenblick so großer Gefahr!«

»Aber auch du, meine Mutter, weil du mir vorsorglich vor eurer Abfahrt aus Memphis eine Botschaft hast zukommen lassen. Ich wollte diejenige, der ich das Licht verdanke, mit allen ihr gebührenden Ehren empfangen, daher bin ich dir mit dieser Flotte entgegengereist. Ein wenig besorgt war ich allerdings auch, denn ich weiß um die Unsicherheit auf diesen Wegen gen Süden, fürchtete aber auch Djedefres Groll, den ich für fähig hielt, dich verfolgen zu lassen.«

Er schwieg und warf einen Blick auf Persenti, die stumm und zitternd hinter Henutsen stand, noch gebannt von der Angst vor den Angreifern.

»Und bei dir ist ja wohl deine Adoptivtochter, die, wenn ich recht verstanden habe, meine Schwägerin werden wird?«

Das junge Mädchen errötete, verneigte sich und führte die Hände bis zu den Knien.

»Du sagst es, Chephren, sie ist meine Adoptivtochter und mein Schützling. Ich bringe sie zu dir, um sie deinem Schutz anzuvertrauen. Auch den Kapitän dieses Schiffs, Nechebu, empfehle ich deiner Aufmerksamkeit. Er ist ein tapferer Offizier, der nicht davor zurückscheut, sein Leben für die ihm Anvertrauten einzusetzen und außerdem stets vorbildliche Entscheidungen trifft. Ich erkläre dir hiermit, dass ich ihn ab heute zum Obersten meiner Leibgarde ernenne.«

»Du weißt doch, Mutter, dass du alles, was dich betrifft, frei entscheidest und dein Wunsch mir Befehl ist.«

Die Schiffe, die die Piraten verfolgt hatten, kehrten bald schon zurück, die beiden Boote im Schlepp. Ein paar Männer hatten sie gefangen genommen, und ohne große Mühe erfuhr Chephren von dem, der ihr Anführer zu sein schien, dass sie von einem Mann angeheuert worden waren, den sie nicht kannten und der sie auf die Spur des großen Königlichen Schiffs gehetzt hatte. Er erklärte – wobei er allerdings die Wahrheit ein wenig verdrehte – man habe ihnen aufgetragen, die Reisenden gefangen zu nehmen, doch unversehrt zurückzubringen. Er hatte begriffen, dass er einen Teil der Wahrheit preisgeben musste, um seinen Kopf zu retten und dass es klüger war, den gesamten Befehl zu verhehlen, der gelautet hatte, alle Reisenden, mit Ausnahme von Persenti, umzubringen.

»Das ist eindeutig wieder so eine Heimtücke deines lieben Bruders«, erklärte Henutsen. »Es sollte wie ein Überfall von Flusspiraten aussehen, damit er sich die Hände in Unschuld waschen kann.«

»Nun bleibt uns nur noch, nach Elephantine zurückzukehren.«

»Und ein schlagkräftiges Heer aufzubauen, um den Thron, der von Rechts wegen dir zusteht, zurückzuerobern!« ergänzte Henutsen unmissverständlich.

10

Biridiyas Vermögen beruhte auf dem Abbau und Verkauf von Salz aus dem Tal Siddim und von Erdpech aus dem Salzmeer, und so war er, wie er seinem neuen Diener huldvoll erklärte, einer der reichsten Männer der Stadt und Herr eines beeindruckenden Anwesens in der vor Üppigkeit strotzenden Stadt Gomorrha, die sie nun geradewegs ansteuerten. Als sie das befestigte Stadttor hinter sich hatten und in eine schmale Straße eingebogen waren, trat ein Mann in einem weiten, bestickten Gewand grüßend auf Biridiya zu.

»Wie ich sehe, hast du aus En-Gedi einen schönen, jungen und kräftigen Sklaven mitgebracht. Seine schlanke Gestalt, seine breiten Schultern, sein ebenmäßiges Gesicht und sein langes Haar verraten mir, dass er nicht aus unseren Breiten stammt. Willst du ihn mir nicht abtreten? Ich zahle dir einen guten Preis, denn auch seine schönen, geschmeidigen Gliedmaßen gefallen mir.«

»Ich betreibe keinen Sklavenhandel, mein Freund«, entgegnete Biridiya. »Und ich habe ihn auch nicht gekauft, um ihn gleich weiterzuverkaufen.«

»Oho! Was wird denn deine Frau sagen, wenn du einen so wohlgefälligen Stier ins Haus bringst?«

»Nichts wird sie sagen, denn ich hege keine Absichten, die du mir unterstellst. Du scheinst nicht zu wissen, dass meine Gepflogenheiten nicht sind wie die deinen und die deiner Stadt. Er ist ein tapferer junger Mann, der fleißig ist und mehrere Sprachen beherrscht und alle Schriften liest.«

»Bei Ascherat! Dann ist dieser Sklave ja kostbarer als die dickste Perle aus dem Persischen Golf«, spottete der

Mann. »Willst du ihn mir wirklich nicht abtreten? Ich werde dir einen sehr guten Preis vorschlagen ... Sagen wir ... fünfzig Esel ...«

Zum Zeichen, dass er nicht einverstanden war, zuckte Biridiya nur mit den Achseln, doch der andere legte sofort nach: »Und natürlich ebenso viele Schafe ... Und dazu noch eine bildschöne Frau aus dem Zweistromland.«

»Chiziru«, erwiderte Biridiya ungehalten, »mach dir endlich klar, dass ich dir meinen Sklaven um keinen Preis abtreten werde.«

Nach dieser abschlägigen Antwort verneigte sich der Mann, machte kehrt und gab auf.

»Dieser Mann ist ein reicher Viehzüchter aus der Nachbarstadt«, erklärte Biridiya Djedefhor. »Er besitzt riesige Weideflächen, auf denen er zu Hunderten Esel, Rinder und Schafe züchtet.«

Doch den jungen Mann hatte der Preis gewundert, den Chiziru für ihn zu zahlen bereit war. »Warum wollte der mich unbedingt kaufen?«, fragte er daher.

»Du scheinst mir noch recht unschuldig, Hori. Hast du nicht bemerkt, dass dieser Mann dich so auffallend schön fand?«

»Und wieso rechtfertigt das einen so hohen Preis?«

»In dieser Gegend sind so gut gebaute Männer wie du eine Seltenheit, und ich will dir auch nicht verhehlen, dass Chiziru dich kaufen wollte, als wärest du eine Frau. Die Männer seiner Stadt stehen in dem Ruf, schöne Knaben den Mädchen vorzuziehen. Sie haben zwar Frauen für die Fortpflanzung, aber fürs Vergnügen halten sie sich Liebhaber. Und da er die Schönheit deines Körpers und das, was dich von den Frauen unterscheidet, leibhaftig vor Augen hatte, war er bereit, ein Vermögen für dich auszugeben.«

Djedefhor erinnerte sich an die merkwürdigen Gepflogenheiten seines verstorbenen Bruders Chufukaf und begriff endlich, was ihn so teuer machte in den Augen jenes Mannes. Er musste lachen, doch plötzlich befiel ihn Sorge, und so fragte er seinen neuen Herrn: »Hast du, Herr, mich in gleicher Absicht gekauft?«

»Gewiss nicht, keine Sorge«, erwiderte Biridiya lachend, »wenn auch mir die Gesellschaft eines hübschen jungen Mannes lieber ist, als die eines abstoßenden Greises. Du wirst mich vielleicht eines Tages nach Sodom begleiten müssen, in Chizirus Stadt, aber zuvor werde ich dir ein üppiges Gewand anlegen, um dich dort nicht zu verlieren.«

Da Biridiya sein Stadthaus als besonders angenehm geschildert hatte, wunderte sich Djedefhor, der an eine Einheit weitläufiger Paläste gewöhnt war, über dieses doch recht enge Gebäude inmitten eines Inselchens von Häusern, deren Vorderseiten alle weiß gekalkt und sorgfältig instand gehalten waren.

»Da sind wir«, sagte Biridiya. »Dies ist mein Stadthaus, wo ich nur wenige Bedienstete habe. In Richtung der Salzbergwerke besitze ich allerdings noch ein geräumiges Anwesen mit einem großen Garten und vielen Dienstboten. Dies hier ist der Familiensitz, hier lebt meine Gattin, und hier wirst auch du wohnen, denn von hier aus betreibe ich meine Geschäfte und führe Buch über alle Vorgänge.«

Bereits an der Türschwelle kam ihnen eine Magd entgegen, die sofort kehrtmachte, um ihrer Herrin die Rückkehr des Hausherrn zu melden. Die nicht gerade großen Räume öffneten sich auf einen Innenhof, in dessen Mitte eine hohe Palme ihr gefiedertes Haupt über den ersten Stock hinweg erhob und auf der Höhe der Terrasse eine schattige Kuppel über das gesamte Bauwerk spannte.

Kaum hatte Biridiya Djedefhor in diesen Hof geführt, als auch schon eine noch junge Frau mit üppigem Busen erschien. Ein Stoffstreifen über einer Schulter hielt das schmale, doch oben sehr offenherzige Kleid.

»Idiya, meine Gemahlin, dies ist Hori«, erklärte der Hausherr. »Er wird die Buchführung übernehmen und mir von Zeit zu Zeit wohl auch als Übersetzer dienen bei meinem Schriftverkehr mit den Händlern der Zweistromstädte und mit denen der Länder im Norden. Er ist Ägypter und eingeweiht in die Geheimnisse der Sprachen und Schriften.«

»Er sei willkommen in unserem Haus«, erklärte sie liebenswürdig, wobei sie den neuen Diener mit aufmerksamem Auge musterte.

»Es wird deine Aufgabe sein, ihm einen passenden Schurz zu besorgen und ein Gewand weben zu lassen für unsere Besuche in Sodom und Zeboim.«

»Du beweist Umsicht, mein Gemahl, denn dieser Sklave ist zu schön, als dass er sich gefahrlos in diese Städte begeben könnte, auch wenn du dabei bist.«

»In den warmen Sommernächten schläfst du auf einer dieser Terrassen«, sagte Biridiya nun zu Djedefhor. »Sobald die Winterkälte ins Land zieht, bekommst du eine warme Kammer, um es behaglicher zu haben. Jetzt will ich dir aber gleich dein Arbeitszimmer zeigen, wo du dich tagsüber aufhalten wirst. Du wirst sehen, es ist ein angenehmer, heller Raum, zum Hof hin offen.«

Und hiermit war Djedefhor eingeführt in sein neues Dasein als Schreiber, in ein Sklavendasein ohne allzu große Zwänge.

»Die Bewohner dieses Landes«, erklärte Biridiya, »sind besonders sanftmütig und gastfreundlich. Dein Herr ist eine der herausragenden Persönlichkeiten. Wir lieben das Leben und die Freuden, die es schenkt: gutes Essen, berauschende Getränke, schöne Tänze, Musik, die die Seele verwirrt, und vor allem die Liebe. Die steifen Leute aus Kanaan, aber vor allem die Nomaden, diese Schaf- und Ziegenzüchter, verargen uns unsere

Leidenschaften. Sie schelten uns Genießer, halten uns für verdorben, weil sie aufgrund ihrer Sprödigkeit die Annehmlichkeiten des Lebens gar nicht kennen. Aber uns ist das einerlei, solange sie bereit sind, mit uns Handel zu treiben, denn sie brauchen ja, was wir zutage fördern: Salz, Steinöl, Erdpech, aber vor allem Weihrauch und all die kostbaren Harze, die wir von den Völkern im Süden, im Lande Hawila erwerben. Es wäre nützlich, wenn du die Sprache jener Karawanenführer, die uns diese Harze und Duftstoffe herbeischaffen, lernen könntest, denn ich würde gerne Handelsbeziehungen mit ihnen aufbauen, nachdem meine Stellung im Salzhandel und mit den Erzeugnissen aus dem Tal Siddim nun gefestigt ist. Jetzt ist es Zeit, meine Hände auszustrecken nach jenen fernen Gegenden und meine Handelsmacht auszuweiten, denn die aus Kanaan und Sumer können sich diese Götterdüfte so leicht nicht beschaffen.«

»Herr, mit Freude werde ich die Sprache jener Völker lernen, und wenn es dir recht ist, will ich auch gerne in jene Gegenden reisen, um in deinem Namen zu verhandeln. Ich vermute nämlich, dass in jenen fernen Horizonten das Meer von Koptos mit seiner geheimnisvollen Insel und dem geheimen Buch des Thot verborgen liegt.«

»Oho! Ich wüsste gerne, was das ist, dieses Buch des Thot. Und wer dieser Mann ist, der ein Buch besitzt, das deinen Worten zufolge ja wohl sehr kostbar ist.«

»Dieser Thot ist ein Gott meiner Heimat. Er kann auch ein Mann, ein Weiser aus der Urzeit gewesen sein. Aber in erster Linie ist er der Gott unserer Geheimnisse, derjenige, der die Menschen durch die höllischen Gefilde leitet, aber auch derjenige, der die Pforten zu höchster Erkenntnis öffnet. Ein großer weiser Mann, der in der Nähe seiner Stadt in meiner Heimat lebte, hat mich gelehrt, dass alle Geheimnisse der Welt in einem von Thot eigenhändig geschriebenen Buch enthüllt werden, und dass dieses Buch an einem geheimen Ort verborgen liegt, vielleicht in einem Tempel oder einer Höhle; im Herzen einer Insel, irgendwo in einem fernen und geheimnisvollen Meer. Wenn ich richtig verstanden habe, muss diese Insel irgendwo gen Süden liegen, jenseits des Landes, das wir Ägypter Punt nennen, wo Weihrauch und Myrrhe gewonnen werden.«

»Du machst mich ganz schön neugierig, Hori. Lerne die Sprache jener aus Hawila, und wenn der Handel mit ihnen dann läuft, werden wir an den Ufern des nach Süden sich öffnenden Meeres seetüchtige Schiffe bauen lassen und zu deinem Land Punt fahren und diese wunderbare Insel suchen.«

»Der Plan, den du mir da in Aussicht stellst, Herr, feuert mich an, die Sprache der Menschen aus dem Weihrauchland zu erlernen, damit du so schnell wie möglich deine Beziehungen knüpfen kannst, denn mein ganzes Streben ist darauf gerichtet, dieses große Buch des Thot zu finden, das kostbarer ist als die wertvollsten Schätze, kostbarer als Gold, Weihrauch oder Lapislazuli, die ja angeblich auch aus geheimnisvollen Landstrichen im Osten der Welt stammen.«

Dass Biridiya ein tüchtiger Kaufmann und zu schnellen Entscheidungen fähig war, bewies er sogleich. Er ließ einen Mann kommen – hager, dunkelhäutig, Spitzbart über spitzem Kinn, enger Schurz aus Leopardenhaut unterhalb eines runden Bauchs.

»Dies ist Schinab«, erklärte er, »er gehört zu einem Beduinenstamm, der uns die Erzeugnisse des Südens liefert. Er kennt die Sprachen der Völker jener weiten, wüsten Landstriche im Süden, im Lande Hawila. Er wird dir zur Seite stehen, damit du diese Gegenden kennen lernst und dir die Sprachen ihrer Bewohner aneignest.«

Damit waren seine Verfügungen auch schon beendet, denn er sagte nur noch: »Macht euch selbst miteinander bekannt, ich muss mich jetzt um andere Dinge kümmern. Dir, Hori, gebe ich zehn Monde, dann musst du die Sprache der Völker des Südens beherrschen. Schinab wird bei dir bleiben und dir dabei helfen.«

Als sie beide allein waren, wandte Djedefhor sich an seinen neuen Gefährten: »Bist du auch Sklave wie ich?«

»Ich bin ein freier Mann, doch in diesem Lande ist es manchmal von Vorteil, Sklave zu sein. Man wird gut ernährt von seinem Herrn, und wenn man so gut aussieht wie du, kann man zum Liebling eines sehr reichen Mannes, und vielleicht sogar zum Erben seines Vermögens werden. Wer aber arm ist, wen kümmert's? Der ist nichts wert, im Gegensatz zu den Sklaven. Den kann man ruhig sterben lassen. Das ist zwar in allen Ländern gleich, aber hier werden die Sklaven am besten behandelt. Was mich anbetrifft, so gehöre ich zu einem Stamm, der weit weg von hier, im Lande Hawila, siedelt, in einem öden Landstrich, wo es nur Hügel und Berge gibt.« Schinab war offensichtlich recht redselig. »Mein Stamm siedelt um eine Wasserstelle, wie so viele andere auch, die Hirten sind oder Karawanenführer. Sie liegt weit im Süden, an jener Straße, über die all die Harze und die wertvollen Erzeugnisse des Landes Punt bis nach hier gelangen. Dieser Brunnen wurde ausgeschachtet am Fuße eines Hügels, der den Namen Semsem trägt. Dieser einer Fruchtbarkeitsgöttin und einem Herdenschutzgott geweihte Ort ist geheiligt, er ist wie ein Garten in einer wüsten Gegend, und daher wollen alle Stämme ihn besitzen. Ich habe schon viele Karawanen begleitet, die einen gen Süden, um Weihrauch und andere Waren zu holen, die anderen gen Norden, um die Güter dorthin zu befördern und weiterzuverkaufen.«

»Einmal kam ich hierher in die Städte des Siddim-Tals mit einer Eselskarawane, die solche Kostbarkeiten brachte und verkaufte. Da erfuhren wir, dass während unserer Abwesenheit ein feindlicher Stamm die Unsrigen auf dem Hügel Semsem angegriffen, niedergemacht, die meisten Männer gemetzelt und die Frauen zu Leibeigenen gemacht hatten. Diejenigen, die unsere Karawane bezahlt und den Preis für den Verkauf ihrer Waren eingesackt hatten, beschlossen daraufhin, sich in einer der fünf Städte niederzulassen. Die einen in Sodom, wo man nur dem Vergnügen und der Trägheit lebt, die anderen in Jeboim, in Adamah, in Zoara oder hier. Aber mir, der ich nur ein armer Eseltreiber bin, sind nurmehr meine Tiere geblieben. Nach Hause zurück kann ich nicht mehr, da habe ich weder Besitz noch Familie, während ich hier, und schon seit langer, langer Zeit, unseren Herrn Biridiya kenne. Mein Unglück erwies sich ja auch bald als sein Glück, und letztlich ja auch als das meine, als er mir heute anbot, mit dir hier ins Haus zu ziehen, um dir alles beizubringen, was ich weiß. Und ich hoffe, dass das lange anhalten wird, bis ich dich all mein Wissen gelehrt habe, denn im Hause Biridiyas lässt sich gut leben, er ist ein großzügiger Mann.«

»Das hängt davon ab, wie viel du mich zu lehren hast, denn ich lerne schnell, wie ich meine«, warf Djedefhor ein.

»Sieh, seit mehr als vierzig Jahren lebe ich schon unter der Sonne, und in all dieser Zeit habe ich so viel gelernt, dass es dauern wird, bis ich dir all mein Wissen vermittelt habe. Allein schon all die Sprachen: meine eigene, dann die Mundarten der Völker aus dem Lande Hawila und der fernen Inseln im Meer des Südens, aber auch die Sprache derer aus dem Lande Punt. Das ergibt schon eine recht lange Lehrzeit, und alles andere kommt ja noch hinzu. Am Tage unserer Trennung – vor dem die Göttin Al-Lât mich bewahren möge, diesen Tag soll sie ruhig hinausschieben bis zu meinem Tod oder darüber hinaus – an jenem Tag wirst du der gelehrteste und weiseste aller Männer sein, denn Weisheit ist zunächst einmal Kenntnis der Welt und ihres Inhalts.«

Djedefhor lächelte und wagte eine Zwischenbemerkung: »Wie könnte ich denn, mein Herr und Meister, gelehrter sein als du, wenn du mir dein Wissen vermacht hast?«

»Ganz einfach, du wirst ja dein eigenes Wissen dem meinen hinzugefügt und deine bereits erworbene Weisheit mit der meinen, die ich dir vermitteln werde, zu einer Einheit verschmolzen haben.«

11

Upeti wartete, bis Djedefre allein war in seinem abgeschiedenen Garten. Das war meist zur Stunde der größten Hitze, im Anschluss an die Mittagsmahlzeit. Er wusste ja schließlich, dass der junge König, wenn er in feierlichem Aufputz im Thronsaal Audienz hielt oder im kleinen Besprechungssaal persönliche Gespräche führte, stets von seiner Mutter belauert wurde. Sie konnte jederzeit auftauchen, überall mithören. Nur in diesem Garten war man gegen Lauscher gefeit. Und Upeti war der Einzige unter den Freunden des Königs, der nicht erst um ein Gespräch ansuchen musste, um hier eingelassen zu werden.

Als Djedefre denjenigen, den er ›mein Auge und mein Arm‹ nannte, herankommen sah, schickte er den jungen Nubier, der ihm Kühlung zugefächelt hatte, und die drei kleinen Dienerinnen, die ihm stets zu Gefallen waren und daher als einziges Gewand Schmuck trugen, hinaus. Mit Ungeduld erwartete er Nachricht vom geheimen Anschlag auf Henutsens Schiff, der ja vermutlich, da Upeti jetzt zu ihm kam, gelungen war.

»Nun, Upeti«, fragte er, als dieser sich vor ihm verneigte, »wie stehen unsere Angelegenheiten?«

»Herr, ein feindseliger Gott kam uns in die Quere«, antwortete Upeti ohne Umschweife. »Der Mann, den ich mit der Durchführung dieses Vorhabens beauftragt hatte und der die Person, die Deine Majestät bei sich zu haben wünschte, vom Sehen her kannte, hat nach mühsamer Suche und einer langen Verfolgungsjagd bis über Dendera hinaus das Königliche Schiff ausfindig gemacht. Unsere zwei Boote konnten es überrumpeln, und unsere Männer haben großartig gekämpft, trotz heftigster Gegenwehr von Seiten der Wachen dieser Henutsen. Doch da tauchte völlig unerwartet eine ganze Flotte auf: Dutzende von Schiffen, die unsere zwei Boote natürlich mühelos in die Flucht schlugen.«

»Was für eine Flotte?«

»Ich weiß es nicht, Herr … Unsere Schiffe wurden gejagt und schließlich eingefangen, trotz der Gegenwehr unserer Mannen. Ihr Anführer konnte ins Wasser springen und sich wie ein Fisch verborgen halten. Er berichtete mir von diesem Misserfolg.«

»Wo ist dieser Mann? Was hast du mit ihm gemacht?«

»Dieser Mann war, wie Deine Majestät verstehen wird, eine Gefahr für uns: er wusste, von wem der Befehl kam, diese Persenti festzunehmen und alle Reisenden auf dem Königlichen Schiff umzubringen. Daher habe ich ihn für immer zum Schweigen gebracht.«

»Das hast du gut gemacht. Er war ein Taugenichts, der für seinen Misserfolg zu bezahlen hatte. Aber wenn ich recht verstehe, ist Henutsen noch immer am Leben?«

»In der Tat. Sie soll zwar gekämpft haben wie eine Löwin, wie Sachmet persönlich, was sogar unsere Männer entsetzt hat.«

»Weißt du, ob sie Gefangene machen konnten? Ob sie sie tatsächlich für Flusspiraten gehalten haben?«

»Bestimmt, Herr. Sie sahen alle wie echte Gauner aus. Als wir sie anheuerten, haben wir ihnen nicht verraten, wer wir sind oder die, die sie überfallen sollten. In diesem Punkt können wir ganz beruhigt sein.«

»Das will ich hoffen … Niemand, nicht einmal meine Mutter darf argwöhnen, dass Meine Majestät den Anstoß gegeben hat. Sieh, alle glauben ja auch, Chufukaf sei bei einem Unfall und Kawab an einer Krankheit gestorben. Du hast dich bestens getarnt, als du meinen Bruder von der Pyramide hinabstürztest und genauso geschickt hast du das Gift in Kawabs Essen gemischt, sodass jeder denken musste, ein böser Geist sei in seinen Leib gefahren. Meine Majestät muss in den Augen aller untadelig bleiben!«

»Dass dein Diener Deiner Majestät völlig ergeben ist, weißt du doch, Herr. Und du weißt auch, dass es nur eines Befehls von dir bedarf, dass ich Minkaf oder Meritites aus dem Weg räume … oder auch Henutsen, sollte sie je nach Memphis zurückkehren.«

»Schweig … Jetzt, da ich die Doppelkrone trage, kann ich keine weiteren Unwägbarkeiten gebrauchen. Diesen Minkaf mag ich außerdem. Er ist uns treu ergeben und als Henutsens Sohn einer der Gewährsleute für meine Legitimität. Und die Erste Große Königliche Gemahlin, die schadet uns doch nicht. Bleibt Henutsen, die man nach einem Piratenüberfall hätte jagen und aus dem Weg räumen können, was aber nicht mehr geht, sobald sie nach Memphis zurückkehrt. Sollte der geringste Verdacht eines von mir angestifteten Mordes aufkommen, würde das gesamte Land sich gegen mich erheben, angeführt von ihrem Sohn, der zumindest im Augenblick mehr Truppen zu seiner Verfügung hat als wir. Daher ist es Zeit, dass du gute Krieger anwirbst, die wir mit dem Schatz, den mein Vater in der Pyramide des Gottes Snofru angehäuft hat, gut entlohnen werden.«

Er hielt inne, nahm ein paar Datteln aus einem Korb, der neben ihm stand, und hieß seinen Diener aufstehen und sich Obst und Wein nehmen.

»Ich werde mich wohl entschließen müssen, diese Persenti ihrem Schicksal zu überlassen«, sagte er dann seufzend. »Aber das ist auch nicht weiter schlimm, seit ich meine kleine Schwester geheiratet habe, die ich seit meiner Kindheit begehrte. Sie ist zärtlich und nett zu mir, im Gegensatz zu meiner älteren Schwester, die ein Biest ist. Das Gleiche gilt für diese Meresanch, die ich, seit ich König bin, zwar zwingen konnte, in meinem Palast zu wohnen, nicht aber, in einem Bett mit mir zu schlafen. Weißt du, was sie mir neulich kalt lächelnd erklärte? Sie liebe nur zwei Männer, ihre Brüder Djedefhor und Chephren! Und sie würde sich niemals herablassen, sich mit Meiner Majestät zu vereinen, da ich in ihren Augen nur ein unwürdiger Thronräuber sei und ihn – wie sie wörtlich sagte – nur durch List und Ränke an mich gerissen hätte! Da ich ihr und unserer Heirat aber den größten Teil meiner Legitimität schulde, kann ich sie weder verstoßen noch verschwinden lassen, zumal diese Heirat von unserem königlichen Vater beschlossen wurde und noch zu seinen Lebzeiten stattfand. So muss ich mich demütigen lassen, mich ihren Launen fügen, ihre Verachtung erdulden, ohne mich dafür rächen zu können ... Eine geheime, doch süße Rache werde ich auskosten können, sobald Hetepni mit dem Holz aus Byblos zurückkehrt und uns den Unfalltod dieses Djedefhor melden wird. Übrigens muss diese Nachricht dann schleunigst nach Elephantine gelangen, wo Persenti wohl inzwischen Zuflucht gefunden hat.«

Upeti stopfte sich Datteln in den Mund, begoss sie mit jenem leichten Wein aus den königlichen Weingärten des Nordens und lauschte dennoch ehrerbietig den hoffnungsvollen und rachetrunkenen Worten seines Herrn. Er wusste, dass er der Einzige war, mit dem Djedefre offen sprechen konnte und aufgrund seiner ehrerbietigen Gefälligkeit für den König unentbehrlich war.

Das königliche Selbstgespräch wurde unterbrochen, als Hetep-heres, Djedefres jüngere Schwester und Gemahlin auftauchte. Sie hatte ihr Töchterchen Meresanch dabei, das Kind ihres ersten Gemahls Kawab, das Meret gerufen wurde, um es von den zwei anderen gleichen Namens zu unterscheiden. Die Kleine war jetzt fast zwei Jahre alt, hielt sich zwar noch an Mutters Hand, stand aber schon fest auf eigenen Beinchen.

»Kleine Meret«, sagte die Mutter, als sie das Kind vor Djedefre führte, »grüße deinen neuen Vater, unseren viel geliebten Bruder.«

Und während die Kleine die Hände zu den Knien führte, sagte sich Upeti, dass er doch eine gewaltige Macht besaß als Vertrauter des Königs: Würde er die Wahrheit preisgeben über den Tod des Kindsvaters würden Hetep-heres' Gefühle für den Bruder sofort in Hass oder zumindest in Ekel umschlagen, wenn nicht gar zu ihrem Tode führen. Diese Macht stellte aber auch eine große Gefahr für ihn selbst dar, falls Djedefre aus Furcht vor diesem Geheimnisträger ihn aus dem Weg räumen ließe, wie er selbst es mit dem Anführer der vermeintlichen Flusspiraten gemacht hatte.

Wie dem auch sei, Djedefre schien dieses Kind aufrichtig zu lieben – aus Liebe zur Mutter, seiner Schwester, oder aufgrund von Gewissensbissen, da er ins Schicksal des Vaters eingegriffen hatte? Er streckte der Kleinen die Arme entgegen, setzte sie sich auf den Schoß und streichelte das Gesichtchen. Auch sie umschlang ihn zärtlich, konnte sie doch nicht wissen, dass dieser heißgeliebte Onkel der Mörder ihres Vaters war. Hetep-heres gebot Einhalt: »Komm, Kleines … lass deinen Vater arbeiten. Du weißt, auf seinen Schultern lasten schwere Aufgaben, er trägt die gesamte Verantwortung für das Volk des Schwarzen Landes.«

»Nein, lass nur«, entgegnete der König und gab dem Kind einen Kuss auf die Schulter. »Du und diese niedliche Kleine, ihr seid eine süße Zerstreuung für Meine Majestät.«

Er wandte sich zu Upeti und sagte hellauf lachend: »Upeti, getreuer Diener Meiner Majestät, du wirst vor meiner königlichen Mutter und vor den Großen meines Hofes bezeugen können, dass ich ein liebevoller

Vater bin für die, die ich liebe, für das geliebte Kind meiner heißgeliebten Gemahlin und meines betrauerten großen Bruders!«

»Wer könnte daran zweifeln, Herr?«, schmeichelte Upeti. »Doch höchstens nur die Feinde Deiner Majestät, die von Eifersucht und Hass sich verzehrenden Hyänen ...«

Jetzt musste Djedefre über diese Antwort lachen. Er wandte sich wieder an seine Gemahlin und sagte: »Findest du es nicht auch schön, Hetep, so treue Diener zu haben, die ihren Herrn nach seinem wahren Wert einzustufen wissen?«

Die junge Frau seufzte und verhehlte nicht, dass die zur Schau getragene Liebe der Höflinge zu ihrem König sie nicht zu blenden vermochte: »Ach, weißt du, mein Bruder, ob dieser Diener wirklich aufrichtig ist, kann ich nicht beurteilen, aber selbst wenn er es wäre, dürfte er nicht allzu viele Gleichgesinnte haben in diesem Königreich.«

»Ich weiß sehr wohl, dass die Mehrzahl der Großen Beider Länder mich beneiden oder hassen, aber ist das nicht das Los aller Könige?«

»Ich hatte nicht den Eindruck, dass unser Vater gehasst wurde. Vielleicht gefürchtet, ganz sicher verehrt, aber gehasst ganz bestimmt nicht, und niemand hätte auch nur den Gedanken gehabt, ihm seine Legitimität abzusprechen oder sich gar gegen seine Macht aufzulehnen – das war unvorstellbar. Dass es mit Deiner Majestät ganz anders ist, wirst auch du dir nicht verhehlen können. Daher musst du dich anstrengen, deinem Volk Güte zu bekunden, deinen Höflingen gegenüber Großzügigkeit walten zu lassen ...«

»Glaubst du, ich sei mir dessen nicht bewusst? Aber bin ich denn nicht der König, der Sohn von Osiris, die Verkörperung des Goldhorus, infolge meiner Krönung? Seitdem ist es doch unerheblich, ob sie mich hassen.

Fürchten soll man mich, das ist das Wichtigste! Meine Macht soll man kennen, damit niemand wagt, sich gegen mich aufzulehnen. Ob das Volk und die Großen mich lieben, kümmert mich nicht, und erst recht nicht, wenn ich mir ihre Liebe erkaufen soll mit den Reichtümern, die unser Vater uns hinterließ. Ich brauche diese Güter und alle Einkünfte des Königreichs, nicht um sie wahllos zu verschleudern oder damit aufzutrumpfen, sondern um ein Heer aufzustellen, eine Streitmacht, mit der es niemand je aufnehmen wird ... Außerdem werde ich mir einen prachtvollen Tempel für die Ewigkeit bauen lassen, eine Heimstatt für meinen göttlichen Leichnam, eine Pyramide, die den Zeiten und gleichzeitig der unseres Vaters trotzen wird. Ach ja, ich sollte mich vielleicht mal auf die Baustelle begeben, um zu sehen, wie weit die Arbeiten gediehen sind. Aber ich vertraue unserem guten Bruder Minkaf und bin überzeugt, dass er mit Feuereifer am Werk ist für meinen hehren Ruhm.«.

»Minkaf ist jemand, der sich immer auf die Seite des Stärksten stellen wird. Ich bin überzeugt, dass er sich sofort umentscheiden würde, wenn es seinem großen Bruder Chephren gelingen sollte, dich in die Knie zu zwingen. Hüte dich vor unserem Bruder!«

»Dass ich mich vor ihm und allen anderen in meiner Umgebung hüte, kannst du mir glauben, doch im Augenblick vertraue ich ihm noch. Bisher hat mir all sein Tun Nutzen gebracht. Er ist der Einzige von unseren Brüdern, der mich nicht fallen ließ, der mich nicht hintergangen hat.«

»Das wundert dich? Die anderen sind doch tot oder in weiter Ferne. Mag sein, dass Minkaf zu dir hält, aber vermutlich doch auch zu seinem eigenen Nutzen. Ob er dich nicht hintergeht oder es eines Tages tun wird, vermag doch nur die Zukunft zu erweisen.«

Bevor Djedefre etwas entgegnen konnte, erschien

Chenu, Cheops' alter und getreuer Diener, den Djedefre auf Drängen seiner Mutter Nubet als Palastvorsteher behalten hatte. Er geleitete den Obersten der Palastwache vor den König.

Der Offizier verneigte sich und sprach: »Herr, am Tor des Palastes wartet Hetepni, den Deine Majestät an der Spitze der Flotte gen Byblos sandte. Er bittet um eine Audienz bei Deiner Majestät. Dein Diener dachte, Deine Majestät erwarte mit Ungeduld Nachricht von dieser Expedition.«

»Wie? Er ist schon zurück? Und mein lieber Bruder Djedefhor ist nicht bei ihm?«

»Nein, Herr, Hetepni hat nur seinen Stellvertreter dabei.«

»Eile und geleite ihn vor Meine Majestät! Mich dürstet in der Tat nach Nachricht von dieser Reise und meinem geliebten Bruder!«

Als der Offizier mit Chenu gegangen war, um Hetepni einzulassen, fragte Hetep-heres verwundert: »Du erstaunst und entzückst mich, Djedefre. Solltest du unseren Bruder Djedefhor tatsächlich so lieben wie deine Worte anklingen ließen?«

Der König gab sich verdutzt, seine Augen schienen feucht, als er seine Schwester ansah, ihr das Kind zurückgab und empört zurückfragte: »Wie, meine liebe Gemahlin? Solltest du auch nur einen Augenblick lang gedacht haben, dass ich meinen Bruder Hori nicht aus ganzem Herzen liebe? Wie übrigens all meine Brüder, und all meine Schwestern, wenn du mir auch die Liebste bist. Habe ich unseren Bruder Minkaf denn nicht zum zweiten Mann im Königreich gemacht, gleich nach Meiner Majestät? Habe ich etwa Chephren nicht in seinem hohen Amte als Provinzfürst des Katarakts belassen? Und habe ich Djedefhor nicht die Flotte anvertraut, damit er sie unversehrt aus Kebenj heimbringt?«

Hetepni betrat den Garten in Begleitung seines zweiten Offiziers. Sie warfen sich vor dem König nieder und dann harrte Hetepni kniend der Fragen Seiner Majestät.

»Nun, Hetepni, mein lieber Admiral, welch gute Nachricht bringst du mir? Konntest du in so kurzer Zeit all das Holz herbeischaffen, das wir für die Pyramiden meiner Mütter, meiner königlichen Gemahlinnen und für meinen eigenen Tempel für die Ewigkeit benötigen? Und wieso ist mein geliebter Bruder Djedefhor nicht bei dir, um die Glückwünsche seines königlichen Bruders entgegenzunehmen?«

»Weh, Herr! Ich habe Deiner Majestät eine traurige Nachricht zu bringen ...«

»Was meinst du damit? Hast du die Flotte eingebüßt, die Meine Majestät dir anvertraut hatte?«

»Nein, nein, Herr. Die Flotte ist unversehrt. Doch höre, ein großes Unglück widerfuhr der königlichen Familie. Eines Abends, in sternloser Nacht, verließ der Bruder Deiner Majestät seine Kabine und kam an Deck, vermutlich weil er nicht schlafen konnte. Das Meer war so aufgewühlt, der Wind ausnehmend heftig, die Schiffe tanzten auf den Wogen wie die großen Affen, wenn sie den Sonnenaufgang begrüßen. Wir kämpften mit aller Kraft gegen das von einem Gott entfesselte Meer. Da sah ich unseren Herrn Djedefhor und bat ihn, in seine Kabine zurückzukehren. Doch er wollte mir nicht gehorchen, betonte vielmehr, er sei der Befehlshaber dieser Expedition und es sei nicht seine Gewohnheit, sich wie ein Hase in sein Schlupfloch zu verkriechen, wenn Sturm und Gefahren aller Art seine Mannschaft bedrohten. Seine Kühnheit und sein Pflichtgefühl wurden ihm zum Verhängnis. Er kannte das Meer und seine Tücken nicht. Er trat an die Reling, und noch bevor wir etwas tun konnten, schwappte eine gewaltige Welle über das Deck und spülte ihn fort, riss ihn mit sich in den Wirbel der Tiefen. Unsere Bemühungen, ihm zu helfen, waren vergeblich. Das Meer war schwarz, die Nacht stockfinster, und der Wind trug unser Schiff davon, das nicht mehr zu lenken war. Der Körper des Bruders Deiner Majestät war verschwunden, verschlungen von der rasenden Flut, und mittlerweile dürfte seine Seele bei ihren Ahnen thronen, bei seinem Vater Cheops, im Reich des Osiris, im schönen Westen. Nach diesem Geschehen beschloss dein Diener, nicht weiterzufahren, sondern umzukehren, um Deiner Majestät Nachricht zu geben von diesem großen Unglück.«

Djedefre sprang auf, begann zu brüllen, riss sich die Nemes vom Kopf und wehklagte: »Mein Bruder, mein lieber, mein geliebter Bruder, du! Das ist doch nicht möglich! Du, den ich bewunderte, du, die Verkörperung der Weisheit, du, die Liebe und der Stolz unseres Vaters, du liegst leblos auf dem Grunde der Großen Grünen, der Grausamen, der Gefühllosen! Ach! Warum nur hat der Gott dem Besten von uns ein so grausames Los beschert? Schnell! Man rufe die Großen des Reiches zusammen, verordne zehn Tage Trauer, damit nach dem Willen Meiner Majestät alle Bewohner des Schwarzen Landes den Besten aller Männer beweinen, diesen Bruder, dem meine ganze Bewunderung und all meine Hochachtung galt ...«

Djedefres heuchlerisches Spiel wurde jäh unterbrochen, als seine Mutter auftauchte, die wortlos, nur mit einer Handbewegung, Upeti, Hetepni und dessen Stellvertreter den Ausgang wies. Djedefre hatte sich in seinen Thronsessel fallen lassen, wirkte erschöpft und traurig, während Hetep-heres stumme Tränen vergoss.

»Lass dein Klagegeschrei, Djedefre, das dir ohnehin niemand glaubt. In deinem Innersten frohlockst du doch ob dieses Unfalls, wenn es denn ein Unfall war. Bedauerlich ist dieser Tod in jedem Fall, denn man könnte ihn dir anlasten, und für deinen Onkel Ayinel und Ibdadi, die deinen Bruder aufrichtig liebten und bewunderten, wird es ein großer Schmerz sein ...«

»Mutter!«, empörte sich Djedefre, »auch ich bin zutiefst betrübt ob dieses Todes ...«

»Halt den Mund, du bist überglücklich, hör endlich auf, mich zu belügen. Aber es ist richtig, zehntägige Trauer anzuordnen. So kommst du wenigstens dem Volk entgegen, was du für dich verbuchen kannst.«

Djedefre schwieg verärgert, hielt den Kopf gesenkt, während Nubet weitersprach: »Jetzt ist es an der Zeit, für den Kult deines göttlichen Vaters Sorge zu tragen, jetzt, da du Gewissheit hast vom Tod Djedefhors. Du hast die Ämter, die der König ihm übertrug, nicht besetzt: Herr über die königlichen Bauvorhaben, Beschützer der königlichen Grabstätten und Hüter der Leuchtenden Pyramide. Der Gott, dein Vater, den ich noch immer zärtlich liebe und zutiefst achte, hat mir oft genug eingeschärft, darüber zu wachen, dass seine Verfügungen peinlich genau beachtet werden, und daher dürfen diese Ämter nicht unbesetzt bleiben. Es war selbstverständlich, sie deinem Bruder während seiner Abwesenheit zu belassen und die Kulthandlungen für den gerechtfertigten König notfalls den Priestern des Re, die in der Pyramide Dienst tun, zu überantworten, aber jetzt, da der Prinz sich an der Seite von Re und Osiris niedergelassen hat, musst du dieses Amt neu besetzen.«

»Warum nicht mit mir selbst?«

»Weil du nicht eingeweiht bist und gar nicht wüsstest, was zu tun ist. Außerdem ist es kein Amt, das dem Stand eines Königs angemessen wäre. Nein, mir scheint dein Onkel Neferu der geeignete Nachfolger.«

»Neferu? Das ist doch ein alter Affe im Ruhestand, der mit seiner Frau zurückgezogen lebt.«

»So alt ist er gar nicht, wenn er auch das Alter deines Vaters hat. Ich traf ihn erst kürzlich, er ist immer noch frisch und munter und geht in die Wüste jagen. Es wäre nützlich, ihn auf diese Weise an dich zu binden. Sieh, er hat die berühmtesten Schulen der Lebenshäuser durchlaufen und in Heliopolis einen Teil der Weihen erhalten. Außerdem war er nahe daran, die Doppelkrone für sich zu erwerben, und er hat viele Anhänger. Es wäre überaus nützlich, ihn als Verbündeten zu gewinnen.«

»Mag sein, aber wenn er insgeheim doch unser Feind bleiben will, verleihen wir ihm mit diesen Ämtern Einfluss und Macht, was für uns verhängnisvoll werden könnte.«

»Das Risiko müssen wir auf uns nehmen. Aber ich kenne diesen Mann. Im Grunde seines Herzens hat er seinem Bruder nie vergeben, den Horusthron, für den er sich bestimmt sah, erklommen zu haben. Ich bin mir sicher, dass er in seinem Innersten frohlockt, dass du den Thron geerbt hast, und nicht Meritites' und Henutsens Söhne. Ich vertraue ihm, er wird dir ein wertvoller Verbündeter sein.«

»Wenn du das glaubst, Mutter, will ich ihn rufen lassen und ihm dieses Amt übertragen.«

Er wartete, bis die Königin gegangen war und wandte sich dann an Hetep-heres, die während des ganzen Gesprächs kein Wort gesagt hatte: »Siehst du, Hetepi, ich trage die Doppelkrone, aber unsere Mutter hält alle Macht in Händen.«

»Warum beklagst du dich darüber, Djedefre? Letztlich verdankst du es doch ihr und ihrem Willen, dass du den Thron unseres Vaters besteigen konntest. Und wie ich sehe, ist sie ein guter Ratgeber, all ihre Entscheidungen, die von ihren Lippen fallen, tragen das Siegel der Weisheit. Und wenn sie deinem Willen zuwiderhandelt, ist es doch immer zu deinem Nutzen. Wir müssen unsere Mutter lieben und achten, denn sie ist die wunderbarste Frau, die je unter Res Himmel geboren wurde.«

Djedefre ließ seinen Blick lange auf der Schwester ruhen und dachte bei sich, die einzige Person, der er unbesorgt all seinen Groll und all seine Geheimnisse anvertrauen konnte, sei wirklich nur Upeti. Er beglückwünschte sich zu solch einem treuen und verschwiegenen Diener.

12

Die Rückkehr nach Elephantine verlief ohne Zwischenfall, wenn auch sehr langsam, da Chephren, der in höchster Eile seine Flotte zusammengestellt hatte, um seiner Mutter entgegenzufahren, jetzt, flussaufwärts, in allen Städten an den Ufern des Nils, die jeweils Hauptstadt einer Provinz waren, Halt machen ließ, um den Vorstehern einen Besuch abzustatten. Sie alle waren noch von Cheops eingesetzt worden, und Djedefre hatte bisher weder über Zeit, noch über die Macht verfügt, sie durch seine Gefolgsleute zu ersetzen. Der Prinz in Begleitung seiner Königlichen Mutter verkörperte in den Augen der Provinzvorsteher die Rechtmäßigkeit schlechthin, und so war es ihm ein Leichtes, sich bei diesen Besuchen ihrer Bündnistreue zu versichern, zumal sie fürchteten, der neue König könne sie ihrer Ämter entheben, wohingegen Chephren ihnen versprach, sie im Amte zu belassen oder, wenn sie es wünschten, ihnen ein ehrenvolles Amt am Hofe in Memphis zu übertragen, sobald er den Thronräuber gestürzt habe.

Die beiden Schiffe von Prinz und Königin hielten sich dicht beieinander oder fuhren gar Seite an Seite, damit der eine zum anderen hinüberwechseln konnte. Henutsen hatte es abgelehnt, auf das Boot des Sohns umzuziehen, ihr war ihr eigenes Schiff lieber, allein schon wegen Nechebu, den sie bewunderte und zu dem sie sich mehr und mehr hingezogen fühlte. Und Chephren hielt sich während der Fahrt immer häufiger auf Henutsens Schiff auf, es war offensichtlich, dass ihm Persentis Gegenwart gefiel. Er entfaltete gar, ohne sich die Verführungsabsicht einzugestehen, all den Charme, den die Götter ihm in die Wiege gelegt hatten, und trotz ihrer Liebe zu Djedefhor war Persenti dafür nicht unempfänglich. Doch da war etwas, das sie nicht übersehen konnte, wenn sie auch zunächst nicht wusste, ob sie sich darüber freuen oder grämen sollte. Eines Abends suchte sie Henutsen auf: »Sieh, meine geliebte Königin, es besteht kein Zweifel mehr: Ich erwarte ein Kind.«

»Willst du mir sagen, dass du von Hori schwanger bist?«, fragte Henutsen freudig.

»Von wem denn sonst, er ist doch der einzige Mann, dem ich angehörte.«

»Das ist eine gute Nachricht. Es beweist nämlich, dass Hathor dich als Herrin über Djedefhors Güter sehen will.«

»Und du darfst nicht mehr daran zweifeln, dass ich ihn heiraten werde – ohne den geringsten Widerstand. Aber wie lange werde ich noch auf seine Rückkehr warten müssen?«

»Gedulde dich, du hast noch das ganze Leben vor dir. Der, den du liebst, wird bald zurückkehren und dir das Glück, nach dem du strebst, mitbringen.«

»Vielleicht, aber von nun an lebe ich doch so weit entfernt von Memphis, wo ich mein Herz zurückließ!«

»Verrate dieses Geheimnis vorerst noch niemandem. Es ist ratsam, deinen Zustand zu verheimlichen, so lange du noch keinen Gemahl hast.«

»Oh, das weiß ich. Dass es für ein junges Mädchen nicht gut ist, von einem unbekannten Mann schwanger zu sein, hat man ja bei meiner Mutter gesehen. Gerade deswegen habe ich ja auch nur mit dir darüber gesprochen, denn du bist so frei, so verständnisvoll und trotz deines Ranges über alle Vorurteile erhaben.«

»Es war richtig, zu mir zu kommen. Behalten wir dieses Geheimnis für uns. Wenn der Augenblick gekommen ist, da du deinen Zustand nicht mehr verheimlichen kannst und Hori bis dahin noch nicht zurück ist und dich noch nicht zur Herrin seiner Güter gemacht hat, dann werde ich mir schon etwas einfallen lassen. Zu fürchten hast du jedenfalls nichts, denn du wirst seelenruhig in Chephrens Schloss leben, abgeschirmt gegen Blicke und üble Nachrede.«

Mit diesen besänftigenden und hoffnungsvollen Worten gelang es Henutsen, das junge Mädchen zu beruhigen und zu überzeugen, dass ihr Zustand ein Glück und kein Unglück war. Doch alles änderte sich, als sie Elephantine erreicht hatten.

Diese kleine Stadt, der Regierungssitz der letzten Provinz des ägyptischen Reiches, lag hinter dicken Festungsmauern auf einem Inselchen, umfangen von den Armen des Nils. Es war nicht mehr weit zum Katarakt, hinter dem sich das immer wieder brodelnde Land der Nubier erstreckte, jener dunkelhäutigen Volksstämme, die die Pforten jener geheimnisvollen Gefilde besetzt hielten, wo der Nil seinen Ausgang nahm. Das Schloss des jeweiligen Provinzvorstehers, in dem jetzt Chephren und seine Beamten residierten, lag im Süden der Insel, unweit des Tempels, der den Schutzgottheiten der Provinz geweiht war: Chnum, ›Herr des Kataraktes‹ und Schutzgott von Cheops, sowie Anukis, ›Herrin des Nilwassers‹ und Satis, ›Herrin von Elephantine‹. Auf dem rechten Flussufer, der Insel gegenüber, war in der Nähe einer sehr alten nubischen Siedlung ein Handelsstädtchen namens Syene entstanden. Die Lagerhäuser nahmen die Waren auf, die vom Oberlauf des Nils herbeigeschafft wurden, von jenen Gegenden, die noch südlicher lagen als Nubien und die reich waren an Gold, Elfenbein, Wildtieren und Edelhölzern. Aus dem Hafen Syene holten auch die großen Frachtkähne aus dem entfernten Memphis den rosafarbenen und grauen Granit von den benachbarten Steinbrüchen, der für die großen königlichen Bauvorhaben gebraucht wurde. Auf der befestigten Insel, wo sich die reichen ägyptischen Kaufleute und die Provinzverwaltung niedergelassen hatten, fanden auch die Syeneser Zuflucht, sobald ein Überfall von nubischen Nomadenbanden drohte.

Die meisten Schiffe von Chephrens Flotte legten rings um die Insel an, nur das des Prinzen und das der Königin mit der jeweiligen Leibgarde fuhren bis zu den Kais unterhalb des auf einem Felssporn errichteten Schlosses. Der hohe Würdenträger, dem Chephren während seiner Abwesenheit die Amtsgeschäfte übertragen hatte und der auch sonst sein bürgerlicher Beigeordneter war, kam dem Prinzen und der Königin entgegen, um sie willkommen zu heißen. Doch er sah bekümmert aus. Da er von den Beziehungen zwischen Hori und Persenti nichts wissen konnte, platzte er auch gleich mit der Schreckensnachricht heraus, die soeben eingetroffen war: »Herr, ein großes Unglück ist geschehen, dein älterer Bruder Djedefhor, der letzte der Söhne der Großen Königlichen Gemahlin, ist zu seinem Vater, dem Gott, in die Barke des Re heimgekehrt!«

Persenti stieß einen Schrei aus und brach unter Tränen zusammen. Henutsen und ihr Vater stützten sie.

»Wie hast du von diesem Unglück erfahren?«, fragte Chephren verwundert.

»Hier, Herr, diesen Papyrus fand dein Diener am Füßchen einer Brieftaube.«

Der Prinz nahm den Papyrus, entrollte ihn, las und gab ihn an seine Mutter weiter.

»Wer hat denn hierher eine Brieftaube geschickt?«, fragte er sie. »Ich dachte, nur du wüsstest um das Geheimnis dieser Vögel.«

»Das hier hat dein Bruder Minkaf geschrieben.«

»Minkaf? Können wir dem denn vertrauen?«

»Voll und ganz. Ich habe deinem Bruder insgeheim geraten, sich Djedefre anzudienern und den Anschein zu erwecken, uns zu hintergehen. Zunächst sträubte er sich, aber mein Einfluss war groß genug, ihn zu überzeugen, zumal es ja ihm zugute kam, wie man bald sah, als Djedefre ihn zum Wesir machte.«

»Überglücklich ob der Zustimmung des Sohnes der zweiten Königlichen Gemahlin, dessen Anwesenheit allein schon seine Legitimität bestärkt!«, entgegnete Chephren höhnisch.

»Das wird die Einstellung der Großen des Landes gegenüber dem neuen Herrscher nicht ändern. Minkaf ist mein Auge im Großen Palast. Es ist allerdings bedauerlich, dass seine Botschaft während deiner Abwesenheit hier eintraf und Persenti diese Schreckensnachricht so unverhohlen hören musste.«

»Irgendwann hätte ich es ja doch erfahren«, jammerte das junge Mädchen. »Warum dann nicht gleich? Aber weiß man etwas über die Umstände? Wie konnte ein solches Unglück geschehen?«

»Laut Minkafs Schreiben soll er in stürmischer Nacht von Deck gefallen sein ... Was uns eine Hoffnung belässt, denn niemand hat ihn tot gesehen. Hori ist ein hervorragender Schwimmer, und er könnte durchaus die Küste erreicht haben, die ja wohl nicht weit entfernt war.«

»Meine geliebte Königin, meine Mutter, such nicht nach einem Hoffnungsschimmer, um mich zu trösten«, wimmerte Persenti. »Ich fürchte, mein Hori ist tot und nicht mehr in der Welt der Lebenden.«

»Lass dir doch wenigstens etwas Zeit, bevor du alle Hoffnung aufgibst. Wenn Hori sich doch hat retten können, wird er mehrere Monate brauchen, um auf eigene Faust ins Geliebte Land zurückzukehren.«

Chamernebti, die von der Ankunft ihres Bruders und Gemahls und ihrer Mutter erfahren hatte, kam strahlend gelaufen, an der einen Hand den sechsjährigen Mykerinos, an der anderen sein um zwei Jahre jüngeres Schwesterchen Chamernebti II, beides Kinder aus der Ehe mit ihrem Bruder.

Henutsen, die in ihrem Innersten nicht glauben konnte, dass Hori tot war und folglich auch keine Trauer zeigte, lächelte übers ganze Gesicht beim Anblick ihrer Enkel, kniete vor der kleinen Nebti nieder, hob sie hoch und lachte.

»Mutter«, sagte Chamernebti, nachdem sie sie gegrüßt hatte, »ich habe eine gute Nachricht: Ich erwarte ein drittes Kind von meinem geliebten Bruder! Ich hoffe, es wird ein Junge. Und wenn unser Chephren, wie es ja nicht anders sein kann, dann auf dem Horusthron sitzt, wird seine Nachkommenschaft gesichert sein, und deine Abkömmlinge werden auf ewig über das Schwarze Land herrschen.«

»Darauf verlasse ich mich, mein liebes Kind. Denn wir alle hier sind ja überzeugt, dass dieser Djedefre nicht mehr lange wie ein Frosch im Großen Palast hocken wird.«

Die Anwesenheit der jungen Prinzessin mit ihren Kindern vermochte die Reisenden zwar etwas aufzuheitern, doch vergessen konnte niemand, dass Djedefhor nicht mehr leben sollte. Sie hatten ihn doch alle zutiefst geliebt.

Kaum hatte Henutsen ihre mit Dienstboten ausgestatteten Gemächer im Schloss bezogen, verlangte sie von ihrem Sohn eine verlässliche Leibgarde, die Nechebu, dem im Hause des Vorstehers eine Unterkunft zugewiesen worden war, unterstellt werden sollte.

Wenige Tage später bestellte sie ihren Sohn zu einem Gespräch unter vier Augen.

»Chephren«, hub sie an, »wie ich dir bereits riet, solltest du jetzt wirklich eine getreue und gut ausgebildete Truppe zusammenstellen. Sieh, ich erhielt eine weitere Nachricht von deinem Bruder. Er teilt mir mit, Djedefre habe beschlossen, aus dem Schatz deines Vaters zu schöpfen, um seinerseits ein schlagkräftiges Heer aufzustellen, mit dem er – wie ich vermute – dir den Garaus zu machen gedenkt. Ich habe mich daher entschlossen, nach Memphis zurückzukehren.«

»Was sagst du da, Mutter? Dir droht doch höchste Gefahr von diesem Mann, der versucht hat, dich von gedungenen Henkersknechten in der Maske von Flusspiraten gefangen nehmen zu lassen.«

»Sei ohne Furcht. Er wird es nicht wagen, mich offen anzugreifen. Er weiß zu gut, wie weit mein Einfluss reicht und welche Achtung ich genieße bei den Großen dieses Landes. Geschützt von meiner Leibgarde, die du mir besorgt hast, habe ich in meiner Residenz in Memphis keinerlei Verrat zu befürchten und somit Zeit genug, um mit Meritites' Unterstützung meine Ränke zu schmieden gegen den König. Außerdem verfüge ich als Einzige über das Mittel, Djedefre daran zu hindern, den Schatz der Pyramide zu verschleudern.«

»Wie das?«, fragte der Prinz verwundert.

»Das, mein Sohn, ist mein Geheimnis. Es genügt, dass du mir dein Vertrauen schenkst. Das wirst du mir ja wohl nicht abschlagen, zumal – wie du dir denken kannst – ich ebenso gut darauf verzichten könnte.«

»Mutter, wie kannst du so reden? Du weißt doch, dass ich vollstes Vertrauen zu dir habe und all deine Kinder, wie auch die von Meritites, größte Bewunderung für dich hegen.«

»Leider sind nur mehr sehr wenige von all unseren Kindern übrig«, warf Henutsen ein, doch ohne jegliche Verbitterung, denn aufgrund all dieser unerwarteten Todesfälle war ihr Lieblingssohn Chephren zum Thronerben aufgerückt, der – wie sein Vater Cheops mehrmals betont hatte – sich nur wenig Hoffnung machen durfte, eines Tages die Doppelkrone zu tragen. »Djedefhor zähle ich allerdings noch nicht zu den Toten, denn ich bin überzeugt, dass er noch lebt und eines schönen Tages zu uns zurückkehren wird. Daher vertraue ich dir diese kleine Persenti an. Sie ist ein empfindsames

Kind und liebt deinen Bruder aufrichtig. Ich untersage dir daher, ihr auch nur den geringsten Kummer zu bereiten … und versuche nicht, sie in dein Bett zu locken, denn sie ist Hori versprochen.«

»Das weiß ich doch, Mutter … Aber wenn Hori nicht zurückkehren sollte?«

»Dann werde ich dir erlauben, dein Glück bei ihr zu versuchen. Doch ich fürchte, du wirst keinen Erfolg haben, sie ist zu vernarrt in deinen Bruder … Ach, da ist noch etwas: Wisse, dass sie schwanger ist, von deinem Bruder natürlich. Aber behalt es für dich. Wenn das Unglück es denn will, dass Djedefhor nicht zurückkehrt, wenn er wirklich zu den Gefilden aufgebrochen sein sollte, dann werde ich mich nicht mehr sträuben, wenn du Persenti als zweite Gemahlin nehmen willst und dafür sorgst, dass ihr Kind als dein Sohn angesehen wird.«

»Mutter, wenn die schöne Persenti zustimmt, werde ich mich doch mit Wonne als Vater ihres Kindes ausgeben, auch wenn ich nur der Onkel bin.«

13

Djedefhor musste immer wieder daran denken, dass die so unerwarteten letzten Ereignisse seines Lebens Ergebnis des Willens einer Gottheit waren, die ihn auf unvorhersehbaren Wegen zu diesem längst schon gesteckten Ziel hinführte. Seine Begegnung mit Persenti und die in ihm erweckte Leidenschaft waren wohl Stolpersteine gewesen, die ihn vom rechten Weg hätten abbringen und von der Berufung, die er bei den Einweihungen in den Tempeln von Heliopolis und Hermopolis empfunden hatte, entfernen können. Es war für ihn also ein Glücksfall gewesen, dass das junge Mädchen sich entschieden hatte, sich von ihm zu lösen, ihn zu fliehen, denn auch das hatte zweifelsohne ein Gott veranlasst, sonst könnten die Gefühle sich ja nicht so plötzlich geändert haben. Als er noch auf dem Schiff gen Byblos fuhr, hatte er unablässig an sie gedacht und sich nur mit der Gewissheit, dass Henutsen sie ihm zurückbringen würde, zu trösten vermocht. Und auch der plötzliche Bruch mit seinem früheren Leben durch die verbrecherischen Befehle seines Bruders, und wie er mit Hetepnis Hilfe der Heimtücke entkommen war, sein Leben hatte retten und sich endgültig Djedefres Rachsucht hatte entziehen können – das alles musste doch auch ein Gott veranlasst haben, bis hin zu dieser Gefangenschaft und seinem jetzigen Leben im Hause Biridiyas.

Gleich in den ersten Monaten im Dienste seines neuen Herrn lernte und beherrschte er schon recht ordentlich die Sprache der Völker des Südens und erfuhr aus Schinabs Mund so vieles über diese Länder, dass er berechtigte Hoffnung hegte, ohne allzu viele Irrwege den Seeweg zur Insel des Thot zu finden, die sein Lehrer in seiner Muttersprache die ›Insel des *Ka*‹ nannte, jenes geheimnisvollen zweiten Ichs, das unsichtbar jedem Menschenwesen folgt, das für ihn wie ein Abglanz ist, in der Welt des Geistes aber ein Eigenleben besitzt.

Auch mit den Gegebenheiten und Gepflogenheiten großer Handelsgeschäfte hatte er sich vertraut gemacht. Da gab es Rechnungsbücher und Verträge, die sein Herr aufgesetzt hatte, in allerlei im Geschäftsleben verwendeten Sprachen. Nun kannte er auch die Karawanenwege, und die Art und Herkunft der Waren, die oft aus fernen Ländern kamen, mit denen die Kaufleute aus Gomorrha Beziehungen unterhielten. Djedefhor war so beschäftigt, und sein Geist war so angefüllt von all dem Neuen, dass er Persentis Bild weit weg in den Hintergrund seines Gedächtnisses verbannt hatte, wenngleich er sie nicht zu vergessen vermochte. Es verwunderte ihn zwar und freute ihn auch irgendwie, dass sie ihm sozusagen nicht fehlte, wenn ihm auch gelegentlich, vor allem nachts, ihr Bild vor Augen stand und die Erinnerung an so manche Stunde der Verzückung ihn heimsuchte.

Sein Glück wäre fast vollkommen gewesen, wenn sich da nicht unvorhergesehenermaßen eine Besorgnis eingeschlichen hätte, die ihn quälte.

Tag für Tag hatte er mehrmals Gelegenheit, Idiya, die Gemahlin seines Herrn Biridiya zu sehen. Vor allem während des Abendessens, das er mit Schinab und anderen Hausangestellten einzunehmen pflegte. Biridiya scharte seine engsten Diener gern um sich und lud sie sogar an seinen Tisch, was Djedefhor anfangs erstaunte, denn in den Königspalästen und auch bei den Großen Ägyptens lebten die Diener abseits der Herrschaft und reichten bei Tisch nur die Speisen. Von Schinab erfuhr er, dass in diesem Land die Herrschaft mit der Hausdienerschaft eng zusammenlebte und dass Biridiya über diese Gepflogenheit besonders glücklich sein musste, weil er – wenn gesellschaftliche Zwänge es verlangt hätten – allein mit seiner Frau am Tisch gesessen und sich gelangweilt hätte, da Idiya ihm keine Kinder geschenkt hatte. Schinab mochte Recht haben, dachte Djedefhor bei sich. Ihm war schon aufgefallen, dass Idiya oft lachte, aber wenig sprach, während ihr Gemahl ausgesprochen gerne zu plaudern schien und seinen Tischgenossen auch die verschiedensten Fragen stellte. Und Schinabs und Djedefhors Gesellschaft genoss er offenbar ganz besonders, denn sie bat er sogar an seinen Tisch, wenn er Geschäftsleute oder Freunde empfing, obgleich an solchen Tagen die Dienstboten ihre Mahlzeit gesondert einnahmen.

Idiya richtete selten das Wort an Djedefhor, doch sie warf ihm auffordernde und süße Blicke zu. Blicke, die bald so viel sagend wurden, dass der junge Mann darin eine unschickliche Aufforderung zu verbotenen Vergnügungen sehen musste. Nach einer gewissen Zeit unterstrich Idiya diese Blicke noch mit Gesten, die so geschickt getarnt waren, dass er sie anfangs durchaus für zufällig, für Unachtsamkeiten halten konnte. So streifte sie einmal seine Schulter, legte ein andermal ihre Hand auf die seine, als er im Korb nach Brot oder Obst griff und er das so deuten konnte, als bestehe sie darauf, sich – was ja auch rechtmäßig war – als Erste zu bedienen, woraufhin er ihr eilig das Gewünschte anreichte, Brot, Obst oder Kuchen. Noch kühner wurde sie, als sie ihn – vielleicht weil Augen- und Gebärdenspiel nicht zum Ziel geführt hatten – in seinem Arbeitsraum aufsuchte und um kleine Gefälligkeiten bat: ihr einen Korb zu tragen, den Lehmofen, auf dem eine vollbusige Sklavin kochte, mit Holz zu versorgen, auf einem ungebrannten und leicht gewölbten Tonkegel ein Briefchen an eine ihrer Freundinnen in der Nachbarstadt zu schreiben. Djedefhor gehorchte, vermied aber jegliche Eilfertigkeit oder Vertraulichkeit, aus der sie hätte ableiten können, er sei geneigt, auf ihre immer deutlicher werdenden Angebote einzugehen. Zu übersehen waren sie allerdings nicht mehr.

Er musste sich eingestehen, dass Biridiyas Gattin nicht gewisser Reize entbehrte, aber der Gedanke, darauf einzugehen, lag ihm fern, er achtete ja seinen Herrn, fürchtete aber auch dessen Zorn. Doch wie er diesen Vorstößen der jungen Frau weiterhin ausweichen sollte, wusste er auch nicht. Sie wurde immer zudringlicher, mit Blicken, Gesten, Forderungen, wenngleich keine Anspielung, kein einziges Wort hätte vermuten lassen, dass sie den schönen Sklaven auch nur in irgendeiner Weise begehrte.

Dann kam der Tag, da Schinab mit seinem Herrn losgezogen war zum Gewürz- und Duftölmarkt, wo soeben eine Karawane aus dem Süden eingetroffen war. Unvermittelt stand Idiya in Djedefhors Arbeitszimmer und fragte ohne jegliche Einleitung: »Bin ich in deinen Augen etwa hässlich wie ein Affe, Hori?«

Völlig verdutzt antwortete er offenherzig: »Gewiss nicht, Herrin. Um die Wahrheit zu sagen: du bist eher schön.«

»Eher? Mehr nicht?«

»Es steht einem Sklaven nicht zu, die Schönheit seiner Herrin zu beurteilen.«

Sie zog einen Schmollmund, fragte dann aber weiter: »Welche Ähnlichkeit habe ich mit einer dummen Gans?«

»Gar keine, Herrin.«

»Verbreite ich einen Ekel erregenden Geruch?«

»Das, Herrin, ist wirklich eine komische Frage, denn die erlesenen Düfte, mit denen du dein Haar und deinen Körper verwöhnst, müssen schließlich jedem auffallen.«

»Das ist richtig: Diese Duftstoffe werden in unseren Städten hergestellt, vor allem in Zeboim; man verwertet wild wachsende Pflanzen aus En-Gedi und Duftöle aus Punt.«

»Ich gebe sogar zu, dass so edle Düfte nicht einmal in ganz Ägypten hergestellt werden.«

»Ich könnte dir all unsere Geheimnisse verraten. Schon lange befasse ich mich mit diesen Dingen, denn mein Vater lässt sie herstellen in Zeboim, wo ich geboren wurde.«

»Ich werde sie mir gerne aufschreiben, denn alles, was die verschiedensten Völker an Schönem und Angenehmen erfinden, erweckt meine Neugierde.«

»Wenn das so ist, Hori, wenn du tatsächlich etwas von mir hältst, wie du vorzugeben scheinst, warum liebst du mich dann nicht?«

»Herrin, wie kannst du mir einen solchen Vorwurf machen? Ich liebe und achte dich in gleichem Maße wie meinen Herrn, dessen Gemahlin du bist.«

»Ich meinerseits verlange keine unnötige Hochachtung, ich will nur deine Liebe.«

»So wisse, Herrin, dass ich dir zutiefst ergeben bin, wie ein getreuer Sklave.«

»Und liebst du mich genauso?«

Ihre Worte klangen einschmeichelnd. Sie hockte sich neben ihn auf die Matte, auf der er mit untergeschlagenen Beinen saß. Er fühlte sich in die Enge getrieben, alles war plötzlich so wirr.

»Herrin«, stammelte er … Die Kehle war ihm wie zugeschnürt. »Es ist wahr, dass du liebenswert bist. Aber mir ist nicht klar, was du von einem armen Sklaven erwarten kannst, der seinem Herrn, den er liebt und dem er all seine Dankbarkeit schuldet, treu ergeben ist.«

»Es ist schön, seinen Herrn zu lieben und ihm treu zu sein, aber es ist noch besser, seine Herrin zu lieben und ihr völlige Unterwürfigkeit zu bekunden.«

Sie fackelte nicht länger, legte Djedefhor die Hand auf den Schenkel und schob sie dann tief hinein unter seinen Schurz.

»Was tust du da, Herrin!«, schrie er auf und versuchte, die kecke Hand zurückzustoßen.

»Hör auf, den Scheuen zu spielen!«, befahl sie. »Lass mich deinen Vogel anfassen und betaste mein Nest, bevor du ihn hineinsetzt.«

Sie griff nach seiner Hand, um sie zu ihrem Schoß zu führen, doch er sprang auf und machte einen Satz rückwärts.

»Nein, Herrin, niemals wirst du mich zwingen, das Vertrauen meines Herrn zu missbrauchen! Zieh dich zurück und vergessen wir das Vorgefallene. Sei unbesorgt, ich werde deinem Gemahl nichts sagen.«

»Du bist nur ein lächerlicher Welpe!«, fauchte Idiya, die nun auch aufstand. »Solltest du es wirklich wagen, meine Liebe zurückzuweisen?«

»Ich kann sie nicht annehmen.«

»Und warum nicht? Wie es heißt, bist du von Adel in deiner Heimat. Sollte Idiya nicht gut genug sein für dich?«

»Das ist es nicht, Herrin. Ich bin hin und her gerissen, entweder beleidige ich dich durch meine Zurückweisung, oder ich beleidige in noch stärkerem Maße meinen Herrn, indem ich sein Vertrauen missbrauche. Ein Sklave muss stets Zurückhaltung wahren und hinter seiner Herrschaft zurücktreten.«

»Vor allem muss er ihrem Willen gehorchen.«

Djedefhor sah entsetzt, wie sie ihr Kleid fallen ließ und sich in üppiger Nacktheit darbot.

Sie tat einen Schritt auf ihn zu, doch er wich zurück, war sich noch unschlüssig. Doch dann fand er den Vorwand, der der letzte Ausweg zu sein schien, da die Treue zu seinem Herrn bei ihr nur Verachtung geweckt hatte. Er fasste sich ein Herz und sagte:

»Außerdem habe ich eine Verlobte, eine Gattin gar, die mich in Ägypten erwartet. Niemals werde ich sie betrügen.«

Sie hörte ihn gar nicht, drängte sich an ihn, hob den Kopf und suchte seine Lippen zu erreichen. Weil er schwach zu werden fürchtete und nicht auf sie hereinfallen wollte, stieß er sie jäh zurück und machte wiederum einen Satz rückwärts: »Nein, geh fort von mir ... Bemühe dich nicht, mich zu verführen ...«

»Du bist wirklich genau so dumm wie schön! Der dümmste der Männer, den ich je gesehen habe!«

In aufwallender Wut, wohl hervorgerufen durch die Zurückweisung, packte sie ihr Kleid, riss es in Fetzen und rannte schreiend aus dem Raum. Noch bevor Djedefhor aus seiner Starre erwachte, war sie schon wieder da, aber in Begleitung von zwei Dienern, denen sie nun befahl, diesen elenden Sklaven, der versucht hatte, sie zu vergewaltigen, der es gewagt hatte, sich auf sie zu stürzen und ihr das Kleid vom Leib zu reißen, unverzüglich festzunehmen. Vergeblich beteuerte er seine Unschuld. Die Diener befolgten den Befehl ihrer Herrin und sperrten ihn in ein unterirdisches, enges Verlies, in dem für gewöhnlich nach der Erntezeit die Kornvorräte gelagert wurden. Da war er nun gefangen in dieser engen Zelle, in völliger Dunkelheit. Furcht befiel seine Seele, denn trotz der Güte seines Herrn würde er aufgrund seiner Redlichkeit sich rechtfertigen müssen gegenüber der Anklage, die ›Vergewaltigungsversuch der Herrin von Seiten eines Dieners‹ – oder schlimmer noch ›eines Sklaven‹ – lauten konnte, und wenn die Gesetze dieses Landes so waren wie in Ägypten, drohte ihm die Todesstrafe. Daher zitterte er am ganzen Körper, als zwei kräftige Burschen ihn aus seinem Loch zogen und vor Biridiya schleiften.

Als er allein war mit seinem Herrn, der mit einer Handbewegung die beiden Knechte fortschickte, warf er sich vor dessen Füßen auf die Knie.

»Mein guter Herr«, hub er an, »ich kann mir denken, welchen Verbrechens Idiya, deine Gemahlin, mich anklagt. Doch ich flehe dich an, mir …«

»Suche nicht, dich zu verteidigen«, unterbrach ihn Biridiya.

»Aber Herr …« Djedefhor gab nicht auf.

»Ich sage es nochmals, es ist unnötig, dass ich dich anhöre.«

»Bei allen Göttern deines und meines Landes schwöre ich dir, dass ich unschuldig bin …«

»Hori, du brauchst nicht zu schwören. Ich weiß, dass du unschuldig bist. Glaubst du, ich hätte nicht längst bemerkt, welch schmachtende Blicke Idiya dir zuwarf, welch liebkosende Gesten dich auffordern sollten? Und du, der zu treue Diener, du fliehst vor diesen Angeboten, bemühst dich redlich, sie nicht zu sehen und bringst mich dadurch letztlich in Verlegenheit.«

»Herr, ich verstehe nicht, was du damit sagen willst. Wieso habe ich dich in Verlegenheit gebracht?«

»Du hast Recht, als Erstes müsste ich mir Vorwürfe machen, denn ich hätte mit dir reden müssen, als mir klar wurde, welche Gefühle meine Gattin für dich hegte. Wisse also, dass ich sie nicht sonderlich liebe und sie nur geheiratet habe zu unserem gemeinsamen Nutzen, denn die gewichtige Mitgift ihres Vaters, der durch den Handel mit Duftstoffen und Harzen aus dem Süden zu Reichtum gelangt ist, hat es mir ermöglicht, mein eigenes Vermögen aufzubauen. Wenn ich selbst mich tagsüber häufiger in meinem Haus außerhalb der Stadtmauern aufhalte als hier, dann ist der Grund der, dass ich dort ein paar hübsche junge Frauen aushalten kann, mit denen ich meinen Spaß habe. Daher hatte ich gehofft, Idiya würde Erfolg haben mit ihren Vorstößen, gehofft, du würdest einwilligen, ihr Geliebter zu werden. So hätte sie in deinen Armen die Befriedigung gefunden, die ich ihr nicht zu geben vermag und mir auf diesem Umweg vielleicht sogar zu einem Sohn verholfen, den ich zum Erben unserer Güter hätte machen können. Doch dabei ließ ich deine übergroße Treue und deine übergroße Rechtschaffenheit außer Acht. Was mich ärgert, ist der Skandal, den sie angezettelt hat, indem sie dich vor unseren Dienern beschuldigte, entweder aus Zorn wegen deiner Zurückweisung, oder aus Furcht, du könntest sie anschwärzen.«

»Herr, sie wusste, dass ich sie niemals angeschwärzt hätte. Ich habe ihr erklärt, ich sei bereit, alles zu vergessen und würde nichts sagen.«

»Wenn das so ist, dann hätte sie sich ja immer vor dir schämen müssen, und das fürchtete sie. Deine Zurückweisung konnte sie dir ja auch nicht verzeihen. Jetzt siehst du, in welcher Klemme ich stecke. Wir hier in diesen schönen Städten des Siddim-Tals sind der Meinung, dass die Götter uns in ihrer Güte das Vergnügen in all seinen Formen geschenkt haben, damit wir es auskosten und nicht wie etwas Schlechtes zurückweisen. Manche Narren haben eine merkwürdige und sehr schlechte Meinung von der Gottheit, die sie zu einem Versucher erklären, entschlossen, seine Kinder, die sich in Versuchung führen ließen, streng zu bestrafen. Das aber macht aus dem Gott einen recht miesen Tyrannen. Für uns hier sind Mann und Frau gleich, sie genießen dieselben Rechte, weswegen wir auch Liebe zwischen Männern und Liebe zwischen Frauen nicht verurteilen, denn da es auch solches Begehren gibt, werden die Götter es wohl so gewollt haben, und folglich ist es etwas Gutes. Daher wird auch Ehebruch bei uns nicht bestraft, oder besser gesagt, es gibt ihn in unseren Augen nicht. Denn allein schon der Begriff stammt von den fremden Völkern ringsum, für die die Frau nur ein Gegenstand ist, der dem Manne gehört, dem Vater, Bruder oder Gatten, der je nach Lust und Laune über sie verfügen kann, sie wie eine Ware für sich nutzen darf und ihr jedes Recht abspricht, ja sogar das Recht auf Lustempfindung. Daher gibt es bei uns kein Gesetz, das Mann oder Frau verbieten würde, sich mit einer anderen Person, die ihm oder ihr gefällt, zu vereinen. Die einzige Verpflichtung ist, die Kinder aus solchen Verbindungen großzuziehen, es sei denn, eine unüberwindbare Leidenschaft treibe den Mann oder die Frau dazu, die anderswo als Ehebrecher bezeichnet würden, für immer bei dem Liebhaber oder der Geliebten zu bleiben. In diesem Fall kommt es zur Trennung der ursprünglichen Ehegatten, die sich jeweils neu verheiraten dürfen, denn eine Ehe vor dem Gesetz ist unabdingbar zur Fortpflanzung der Familien und zur Übergabe der Güter. Ich bedaure es, dich darüber nicht aufgeklärt zu haben, denn für uns ist das so natürlich, dass man sich nicht vorstellen kann, dass andere Völker anders darüber denken und sich das Leben erschweren mit Gesetzen, die nur der männlichen Eitelkeit schmeicheln und großes Unglück hervorbringen. Du verstehst, dass mir ganz natürlich schien, dass du das keusche Leben, das du seit deiner Gefangennahme führtest, aufgeben würdest, denn Enthaltsamkeit ist von Übel, ist gegen die Natur und gegen den Willen der Götter, die uns ja das Begehren geschenkt haben. Also schien es mir selbstverständlich, dass du mit meiner Gattin dein Vergnügen fändest. Ich hatte nicht gedacht, dass die Ägypter die gleichen widernatürlichen und albernen Gepflogenheiten hätten wie die Kanaanäer und die Mehrzahl der Völker, die eben noch keinen hohen Grad an Bürgersinn und Lebensart erreicht haben.«

»Es stimmt«, gab Djedefhor nicht ohne Bedauern zu, »dass bei uns der Ehebruch vom Gesetz bestraft wird, wenn es auch selten angewendet wird, weil wir der Sache nicht weiter nachgehen. Doch was das Übrige anbetrifft, so betrachten wir unsere Frauen auch als gleichwertig. Häufig entscheiden sogar sie die wichtigsten Fragen innerhalb der Familie und sogar im Staatswesen.«

»Du siehst also, selbst wenn du dich stillschweigend mit Idiya vereint hättest, auch wenn es sich herumgesprochen hätte, wäre weiter nichts erfolgt. Doch jetzt hat dich meine Frau der versuchten Vergewaltigung beschuldigt, und das ist etwas ganz anderes, vor allem bei einem Diener. Jetzt bleibt mir nur, entweder so zu tun, als glaubte ich meiner Frau, oder ich muss ihr sagen, dass sie lügt und eine falsche Beschuldigung erhebt. Im zweiten Falle würde ich gezwungen sein, sie zu verstoßen. Denn wenn bei uns auch weder Recht noch Sitte die in welcher Form auch immer erfolgte Vereinigung der Körper verurteilen, so verurteilen wir Lüge, Verleumdung, jede Art von Verrat, vor allem, wenn er auf nichts fußt, jede falsche Beschuldigung, ja sogar üble Nachrede. Also wäre ich der öffentlichen Missbilligung ausgesetzt, wenn ich gegen sie und gegen dich nichts unternähme. Doch verstoße ich meine Gattin, mache ich mich lächerlich, verliere aber vor allem die Unterstützung ihrer Familie, ihres Vaters, mit dem ich den Weihrauchhandel in großem Maßstab zu betreiben gedachte, und muss die Mitgift zurückgeben, was mich in größte Schwierigkeiten bringen würde.«

Djedefhor seufzte. »Herr, ich bin mir der heiklen Lage bewusst, in die ich dich durch meine Dummheit gebracht habe. Daher würde ich es auch verstehen, wenn du mich für ein Verbrechen verurteilst, das ich nicht begangen habe.«

»Das macht es mir ja noch schwerer, dich zu verurteilen. Es wäre schon schwer genug, wenn du wirklich schuldig wärest, denn ich hänge an dir, und außerdem hast du so schön begonnen, die Sprachen zu sprechen, die ich dir von Schinab beibringen ließ, und da du außerdem Einblick hast in all meine Geschäfte, bist du für mich zu einem wertvollen Mitarbeiter geworden. Nur eines kann ich dir jetzt schon versprechen: an der Heimtücke dieser Frau werde ich gerechte Rache nehmen und sie für das Böse, das sie dir und auch mir angetan hat durch ein solches Verhalten, gebührlich bestrafen.«

»Herr, verhänge über mich die Strafe, die du für angemessen hälst im Hinblick auf das Verbrechen, dessen ich angeklagt bin, doch vergib deiner Gemahlin. Sieh, ihr Handeln entsprang ihrer Leidenschaft, und ich selbst fühle mich schuldig, so streng zu ihr gewesen zu sein, denn das hat ihren Zorn hervorgerufen. Ich meinerseits habe dumm gehandelt, und daher muss ich die Folgen meines Verhaltens tragen. Ich bin eben noch nicht im Besitz der Weisheit, nach der ich strebe. Sonst hätte ich mich nicht so empört, hätte deiner Gemahlin nicht so barsch geantwortet, hätte sie nicht mit so viel Verachtung gestraft. Ich hätte verständnisvoll mit ihr reden sollen …«

»Hori, suche sie doch nicht zu rechtfertigen, indem du den Großteil der Schuld auf dich lädst. Ich verstehe deine Gewissensbisse, und weil du mich darum bittest, werde ich auch nicht deinetwegen Rache an ihr nehmen, obwohl die Folgen ihres Verhaltens, die mich zwingen, mich von dir zu trennen, mich selbst in ein sehr schlechtes Licht rücken. Indes, ich will alles tun, damit deine neuen Lebensbedingungen so erträglich wie möglich ausfallen und so kurz wie möglich dauern. Wisse, dass das Gesetz dieses Landes mir die Wahl lässt, ob ich mich selbst zum Richter über dich mache oder dich dem Stadtgericht übergebe, das seinen Sitz gleich bei den Stadttoren hat. Das werde ich nicht tun, denn die könnten dich zum Tode verurteilen oder, ganz im Gegenteil, für unschuldig erklären, und dann müsste Idiya die Strafe für ihre Falschaussage tragen, denn alles hängt ab von der Laune der Richter, wie es ja üblich ist bei jedem öffentlichen Gericht. Mir bleibt nur das Recht, ohne Gerichtsbeschluss selbst über deine Strafe zu befinden. So bin ich wohl gezwungen, dich in die Salzminen zu schicken, die mir gehören, im Süden des Salzmeeres, denn eine mildere Strafe würde den Verdacht aufkommen lassen, dass wir beide unter einer Decke stecken. Und jetzt hast du die Wahl, ob du auf mich einschlagen willst, bis ich bewusstlos werde, oder ob ich eine Ohnmacht vortäuschen soll, damit du die Flucht ergreifen kannst. Ich habe nichts dagegen, nur dann hängst du nicht mehr von mir ab, dann werden die Soldaten der Stadt überall nach dir suchen. Da du das Land nicht gut kennst, ist zu befürchten, dass sie dich finden. Und dann könnte auch ich dich nicht mehr vor der Todesstrafe retten.«

»Mein Herr, ich werde dir ewig dankbar sein für all deine Güte. Wie könnte ich es wagen, dich zu schlagen oder eine solche Gewalttätigkeit auch nur vorzutäuschen? Die Arbeit unter der Sonne in den Salzminen wird für mich eine neue Erfahrung sein und zudem noch eine sinnvolle, von einem Gott verfügte Prüfung, damit die Weisheit besser Eingang findet in mein Herz. In diesen paar Monaten in deinem Haus habe ich so viel gelernt und nur zwei Dinge zu bedauern: dass ich einen so gütigen Herrn wie dich verliere und mich nicht, wie du geplant hattest, werde einschiffen können, um auf dem Meer des Südens zu fahren und die Insel des *Ka* zu finden.«

»Glaube mir, wenn du deinem Herrn nachtrauerst, dann trauere ich noch weit mehr einem Diener nach, wie du einer warst. Daher werde ich alles tun, damit du nicht lange dort bleiben musst, ich finde bestimmt einen neuen Herrn für dich, an den ich dich dann verkaufe und über den du dich nicht wirst beklagen müssen. Jetzt werde ich dich wieder meinen Dienern übergeben: sie müssen dir den Schurz und die Sandalen abnehmen, deine Fußknöchel mit Metallbändern fesseln und dich zu den Salzminen führen.«

14

Nur ungern verließ Nefermaat auf Geheiß seines Neffen, des Königs, seine eigene Residenz, wo er mit seiner Gemahlin und Base Meretptah und einigen Gespielinnen, die ihm singend und tanzend den Anblick ihrer Schönheit darboten, und wo auch immer ein paar ausgewählte, zu Späßen aufgelegte Freunde sich einfanden, ein höchst angenehmes Leben führte. Djedefre empfing ihn im kleinen Audienzsaal und ersparte ihm damit all die Förmlichkeiten, die üblich waren, wenn Seine Majestät im Kreise der Höflinge und Freunde des Königs in Prunk und Pomp im Thronsaal Hof hielt. Nefermaat verneigte sich kurz vor dem jungen König und sagte, ohne von ihm zum Sprechen aufgefordert worden zu sein: »Mein lieber Neffe, ich bin es zufrieden, Deine Majestät im Palast meines Bruders residieren zu sehen, denn dies ist das erste Mal, dass du mich zu dir riefst, obgleich du bereits seit etlichen Monden auf dem Horusthron sitzt … Doch such nicht nach dem Schatten eines Vorwurfs in meinen Worten. Sieh, ich war diesem Thron schon einmal sehr nahe und hegte in meiner Jugend den irren Wahn, mich darauf niederzulassen. Die Götter haben ihn in ihrer Güte schließlich meinem guten Bruder Cheops anvertraut, und jetzt, da ich Zeit hatte, die Qualen zu ermessen, die das, was man für Macht hält, mit sich bringt, kann ich mich nur freuen und beglückwünschen, dass mir dieses Unterfangen misslungen ist. Es heißt allerdings, Deine Majestät wisse mit Krummstab und Peitsche recht gut umzugehen, und das freut mich, wie du siehst. Doch nun sag mir, mein lieber Neffe, was dich bewog, deinen lieben Onkel zu dir zu rufen.«

Diese Ungeniertheit erzürnte Djedefre, dabei war er heute Morgen bestens gelaunt, zumal er vom Tod Ibebis, des Hohepriesters vom Tempel des Thot in Hermopolis erfahren hatte. Doch die Lebensgeschichte des Prinzen und sein Einfluss auf einen beträchtlichen Teil der Großen dieses Landes waren ihm hinreichend bekannt, sodass er es sich nicht leisten konnte, hochmütig oder verletzt auf die Rede des Onkels zu reagieren.

Schlagfertigkeit war da besser. »Neferu, wenn ich dich bis heute nicht in meinen Palast rufen ließ, dann war der Grund der, dass Meine Majestät dein friedliches Leben nicht stören, dir die Unannehmlichkeiten eines offiziellen Empfangs nicht auferlegen und die Last eines Amtes in meinem Königreich nicht aufbürden wollte.«

»Beim Leben! Solltest du, mein Neffe, damit andeuten wollen, dass du mir ein Amt in deiner Regierung zu übertragen gedenkst?« Nefermaat setzte eine besorgte Miene auf. »Ein Greis bin ich zwar noch nicht, und der Tod meines guten Bruders, des gerechtfertigten Gottes, hat mich tief getroffen, zumal er sich auf dem Gipfel seines Ruhmes und seiner Reife befand. Man erzählt sich allerdings, der Tod habe ihn nicht geholt, er sei vielmehr lebend eingetreten ins ewige Leben. Doch da er nicht mehr unter uns weilt, ist das fast dasselbe, denn ich habe ohnehin immer Mühe gehabt, einen Unterschied zu sehen zwischen dem Nichts des Todes, wenn – wie es heißt – die Hündin beim Gericht der Maat unsere Seele verschlingt, und dem ewigen Leben des Geistes bei Osiris, vor allem, wenn unsere lichtvolle Seele im Großen Ganzen verschmilzt.«

»Mein guter Onkel, ich bewundere deine trefflichen Worte, doch um über derlei Dinge zu sprechen, ließ Meine Majestät dich nicht rufen. Ich habe in der Tat die Absicht, dir ein öffentliches Amt zu übertragen. Sieh, wir mussten es hinnehmen, trotz des großen Kummers, den die Nachricht in uns hervorrief, dass mein heißgeliebter Bruder Djedefhor tatsächlich tot ist. Schon seit Monaten ist Hetepni wieder in Memphis mit der Flotte, die Meine Majestät Djedefhor anvertraut hatte, es besteht kein Zweifel mehr, dass der vom Zorn eines Gottes hervorgerufene Sturm ihn mitgerissen hat auf den Grund der Großen Grünen. Sonst wäre er ja längst zurückgekehrt ins Geliebte Land.«

»Das hat uns alle zutiefst bekümmert, und ich kann mir vorstellen, dass Deine Majestät in seiner großen Güte noch mehr als wir gelitten hat unter einem solch bitteren Verlust«, beteuerte Nefermaat mit großem Ernst, als glaubte er selbst, was er da sagte.

»Ich sehe, mein Onkel, dass du zu denen gehörst, die die Weite des Herzens Meiner Majestät ermessen können. Das ist auch ein Grund, warum mir daran liegt, dir die Nachfolge Djedefhors in seinen bisher unbesetzt gebliebenen Ämtern zu übertragen.«

»Willst du damit sagen, mein guter Neffe, dass du mir diese Ämter … ich weiß eigentlich gar nicht genau, worum es sich dabei handelt.«

»Meine Majestät ernennt dich zum Beschützer der königlichen Gräberstadt, zum Hirten der Leuchtenden Pyramide, das ist dieses Bauwerk für die Ewigkeit, dem mein Vater all seine Kräfte, seine ganze Regierungszeit und die Mittel, über die er als Herrscher dieses riesigen Landes verfügte, gewidmet hat. Außerdem wirst du noch Leiter der königlichen Bauvorhaben mit den Baustellen rings um die Leuchtende Pyramide und rings um die meines Ahns Snofru, wo etliche der Großen, die jetzt ein glückliches Alter erreicht haben, sich ihre Grabstellen bauen lassen, weil der gerechtfertigte Gott Snofru es ihnen zugestand. Und weiter wirst du dich noch kümmern um die Pyramide für Meine Majestät, mit deren Bau bereits begonnen wurde.«

»Beim Leben von Isis, der Herrin der Pyramiden,

warum willst du mir so viele Ämter aufhalsen, da ich doch auch schon an der Schwelle des Alters stehe?«

»Papperlapapp, mein Onkel, du bist voller Kraft und Jugendlichkeit, du kannst es doch mit jedem jungen Mann aufnehmen, wie du eben noch selbst sagtest.«

»Das sagte ich, um mir selbst zu schmeicheln. Zwar fühle ich mich voller Kraft und Saft, aber mit solchen Folgen hatte ich nicht gerechnet ... Ich dachte außerdem, du habest die Verantwortung für die Pyramide Deiner Majestät deinem Bruder und Wesir Minkaf übertragen.«

»Das stimmt, aber mein Bruder hat so viele Aufgaben, dass er sie nicht alle sorgfältig wird erfüllen können. Außerdem fehlt ihm, was du besitzt: die Erfahrung in so manchen Dingen. Sieh, gerade heute widerfuhr mir das Vergnügen, zu erfahren, dass Ibebi, der Große der Fünf, zu seinem *Ka* heimgekehrt ist.«

»Wieso war das ein Vergnügen?«, fragte Nefermaat verwundert. »Liebtest du ihn so, dass du dich freust, weil er nun ein lichtvoller Geist im Himmel der Götter geworden ist?«

»Du hast genau verstanden, was ich denke, Neferu. Denn all die Pein, die dieser gute Priester mir zufügte, all das Unrecht, das er mir antat, als ich Schüler war in dem von ihm geleiteten Lebenshaus, habe ich längst vergessen und verziehen. Daher jubiliert mein Herz bei dem Gedanken an sein jetziges Glück, da er bestimmt gerechtfertigt wurde vor dem Gericht des Osiris. Ich hatte schon daran gedacht, dir das Amt, das durch seinen Tod frei geworden ist, zu übertragen. Doch man sagte mir, es wäre dir schmerzlich, nur um dem Willen Meiner Majestät zu gehorchen, mit deiner Gattin in jene Stadt des Thot zu übersiedeln, so weit weg von Memphis, zumal du ja schon unter dem Exil, das mein Vater dir aufzwang, als er dich zum Vorsteher der Provinz Elephantine ernannte, hinreichend gelitten hast.«

»Glaube mir, ich bewundere und schätze die Großmut und das Verständnis Deiner Majestät«, entgegnete Nefermaat. Diese Anspielung hatte genügt, um die Erinnerung an das ihm von Cheops aufgezwungene Dasein wieder wachzurufen. »Außerdem verfügt dein Diener über keine für ein solches Amt erforderlichen Eigenschaften. Ich habe zwar enge Verbindungen zur Priesterschaft des Ptah in Memphis und kenne die Pflichten des Leiters der Handwerkskünste dieses Tempels, daher wäre ich bereit, falls Deine Majestät daran gedacht haben sollte, den Tempel wieder zu öffnen und ihm wieder eine Priesterschaft zu geben, das Amt des Hohepriesters des Ptah zu übernehmen.«

Djedefre verstand die Anspielung, aber er würde sich hüten, den Kult des Ptah wieder aufleben zu lassen und die mächtige Priesterschaft einem Onkel zu unterstellen, dessen Ehrgeiz er witterte, ungeachtet aller Enttäuschungen, die jener schon hatte hinnehmen müssen. Außerdem hatte er mächtige Feinde schon mehr als genug. Die Ämter, die er ihm heute übertrug, verliehen Neferu nicht hinreichend Macht, um sie gegen den König zu verwenden, wohingegen sie ausreichten, ihn zu einem wertvollen Verbündeten zu machen, was seine Mutter Nubet ihm ja angeraten hatte. Nefermaat seinerseits berechnete den großen Gewinn an Ansehen und Einkünften, die ihm ein Leben auf großem Fuße sichern würden, denn seit er wieder in Memphis war, hatte er viel Geld verschleudert von dem üppigen Ertrag der Güter, die sein Bruder Cheops ihm geschenkt hatte.

»Da Deine Majestät es wünscht«, seufzte er wie unter Zwang, »wird dein Diener es sich zur Pflicht machen, so viel Last auf sich zu nehmen, sofern meine schwachen Kräfte es zulassen.«

»Das befriedigt Meine Majestät. Da du zustimmst, mein guter Onkel, in Meiner Majestät Dienst zu treten, bitte ich dich jetzt in meinen Garten, wo wir uns zwanglos unterhalten, ein paar Leckereien knabbern und kühlen Wein trinken können.«

Mit einer Vertraulichkeit, die wie ein Mangel an Anstand wirken konnte, die dem Onkel aber schmeicheln sollte, um ihn noch enger an sich zu binden, legte Djedefre ihm die Hand auf die Schulter und geleitete ihn zu den Gemächern und von dort aus in den Garten, wo sie in bequemen Sesseln Platz nahmen. Und während junge Dienerinnen ihre Trinkschalen mit Wein füllten und Körbe voller Obst und Platten überhäuft mit Leckereien reichten, schnitt Djedefre die Frage an, die ihn schon seit Tagen beschäftigte.

»Du dürftest wissen, Neferu, dass Henutsen, die zweite Gemahlin meines Vaters, nach einer langen Reise zu ihrem Sohn in Elephantine nach Memphis zurückgekehrt ist.«

»Wie könnte ich das nicht wissen, mein Neffe, selbst in meiner Abgeschiedenheit? Kam sie nicht mit einem Dutzend Schiffe und einer beeindruckenden Zahl von Waffenträgern, ihrer angeblichen Leibwache, hervorragende Krieger, angeheuert von ihrem Sohn, dem Oberbefehlshaber der Provinz von Satis und Chnum? Ist nicht das Volk von Memphis zusammengeströmt, um sie zu begrüßen, oder besser, sie zu beklatschen, als sie im königlichen Hafen an Land und von dort aus in ihre angestammte Residenz ging?«

»Muss ich nicht allein schon aufgrund deiner Beschreibung der Ankunft von Chephrens Mutter Befürchtungen hegen, zumal mir berichtet wurde, alle Provinzvorsteher im Süden sähen in meinem Bruder den rechtmäßigen Erben des Horusthrons?«

»Das habe ich auch gehört. Indes hat Chephren sich ja nicht gegen dich aufgelehnt, deine Rechtmäßigkeit nicht öffentlich in Frage gestellt.«

»Womöglich wartet er, bis er sich sicherer fühlt. Daher habe ich beschlossen, ein eigenes Heer aufzustellen, um jeden, der gegen meinen Thron aufbegehrt, diesem Thron, den mein göttlicher Vater mir zusprach, zu unterwerfen.«

»Leider steht dein Thron, mein lieber Neffe, auf tönernen Füßen. Ich glaube sogar, dass Henutsen mit den in ihrer Residenz untergebrachten Kriegern und mit der Leibgarde meiner Schwester Meritites ohne viel Federlesens diesen Palast hier stürmen könnte. Wenn sie es nicht tut, dann nur, weil sie im Augenblick die Rechtmäßigkeit der Entscheidung des Gottes, deines Vaters, nicht in Frage stellen kann. Du musst unbedingt jeden Fehltritt vermeiden! Mir wurde zugetragen – aber das ist vielleicht ein falsches Gerücht – du habest eine Zeit lang erwogen, dich Henutsens zu bemächtigen ...«

»Das bestreite ich nicht. Aber das war zu einer Zeit, da sie noch keine Leibwache hatte und es ein Leichtes war, in ihre Residenz einzudringen und sie zu fassen. Jetzt ist das nicht mehr möglich, es sei denn, man wäre Narr genug, um das Schicksal herauszufordern und Ströme von Blut fließen zu lassen.«

»Gewiss, aber selbst ohne ihre Leibgarde wäre es Wahnsinn gewesen, sie als Geisel zu nehmen. Du hättest nicht nur Chephren mit seinem gewaltigen Heer, sondern auch alle Großen dieses Reiches gegen dich gehabt. Man legt nicht Hand an die Großen Königlichen Gemahlinnen! Das würde auch Chephren nicht tun gegenüber deiner Mutter Nubet, selbst wenn er sich deiner Krone bemächtigte.«

»Das ist mir jetzt auch klar. Aber dann sag mir doch, was ich tun kann, um mir diesen Thron zu erhalten, den unser Vater mir gab?«

»Deine Lage ist heikel, mein lieber Neffe, ich möchte nicht in deiner Haut stecken. Wenn ich dir als geliebter Onkel einen väterlichen Rat geben darf, so solltest du mit deinen Gegnern einen Vergleich schließen. Vermeide es, die Königinnen herauszufordern, meine Schwester Meritites ebenso wenig wie meine Schwägerin Henutsen. Liebkose ihren Sohn Minkaf, der ja dein Wesir ist, überhöre Chephrens Feindseligkeit, heuchle ihm gegenüber die gleiche Zuneigung, die du mir gegenüber Ibebis wegen bekundetest, lass ihn zufrieden in seiner Provinz, wie dein Vater es mit mir gemacht hat …«

»Die gleichen Ratschläge gab mir schon meine Mutter«, bekannte der König.

»Sie hat Recht, und du solltest sie befolgen, wenn du noch lange diese Krone tragen willst. Und vergiss auch diese Persenti. Diese Leidenschaft hat deiner Sache sehr geschadet. Sie hat dich zum Verbrecher an deinem Bruder werden lassen und dich in ein übles Abenteuer gerissen, als du angebliche Piraten losschicktest, um das Königliche Schiff angreifen zu lassen, das sie nach Elephantine brachte.«

»Was unterstellst du mir da?«, fragte Djedefre, der überzeugt war, kein Mensch wisse, was da gespielt worden war.

Nefermaat wusste auch nicht genau, inwieweit Djedefre in die Sache verwickelt war. Er hatte nur munkeln hören, Djedefhor sei in Wirklichkeit ins Meer geworfen worden, denn es habe keinerlei Sturm gegeben während jener Fahrt. Und jene Piraten hätten das Schiff der Königin schon seit Memphis verfolgt. Durch seine Worte hatte er die Wahrheit herausfinden, Djedefre auf die Probe stellen wollen, und der ging ihm ja auch sofort auf den Leim.

»Djedefre, mein Kind, muss ich dir Einzelheiten nennen, so als wüsstest du es nicht selbst? Wäre es nicht eher an dir, sie mir zu bestätigen? Nun komm schon, wir sind doch beide aus demselben Holz geschnitzt, in uns fließt Hunis Blut, der es doch geschickt verstand, seine zahlreichen Brüder, die als Nachfolger ihres Vaters Djoser anstanden, aus dem Weg zu räumen.«

Djedefre seufzte, warf seinem Onkel einen verschwörerischen Blick zu und sprach dann frei von der Leber weg: »Da du Offenheit verlangst, Neferu, so wisse, dass ich nichts bedaure, höchstens, dass Upeti, der die Piraten angeheuert und auf Henutsens Spur gehetzt hat, keinen Erfolg verbuchen konnte, denn dann wäre sie und all die anderen auf dem Schiff jetzt nicht mehr da, und ich hätte Persenti bekommen. Doch da kam plötzlich Chephren daher, mit einer ganzen Flotte, was ich mir immer noch nicht erklären kann. Wer hätte es mir anlasten können, wenn die Piraten Henutsen umgebracht hätten? Und dass Djedefhor tot ist, das weiß ich. Man hat ihm die Kehle durchgeschnitten, bevor man ihn ins Meer warf. Es stimmt allerdings, dass es keinen Sturm gegeben hat, um einen so merkwürdigen Unfall zu rechtfertigen. Wisse, dass ich sehr froh bin, diesen Widersacher endlich los zu sein.«

»Den Nebenbuhler bei diesem Mädchen, das dich nicht wollte und das du noch immer nicht hast, denn auf deinen Thron schien er es doch nicht abgesehen zu haben. Ich verstehe dich ja, Djedefre, aber gutheißen kann ich nicht, was du tust. Wie du dich deiner Feinde entledigst, verurteile ich nicht, aber wie du Henutsen aus dem Weg räumen wolltest, das geht zu weit! Ich kann dir versichern, dass sie weiß, wer diese Piraten losgeschickt hat, auch wenn sie so tut, als hätte sie keine Ahnung. Man muss schon sehr gewitzt vorgehen bei derartigen Unterfangen, denn im Falle eines Misserfolgs schafft man sich – und das ist das Mindeste – unversöhnliche Feinde, die von da an ständig auf der Hut sein werden. Ich hege übrigens eine gewisse Zuneigung für Henutsen.«

»Willst du mir damit zu verstehen geben, du würdest dich auf ihre Seite schlagen, ihr gar verraten, dass ich den Angriff auf ihr Schiff angezettelt habe?«

»Ich sagte doch schon, dass das nicht mehr nötig ist, denn sie selbst gab es mir zu verstehen. Vielleicht in der Hoffnung, dass ich es dir hinterbringe, was ihr ja hiermit gelungen ist.«

»Und wieso soll ihr daran liegen, dass ich erfahre, dass sie die Wahrheit ahnt?«

»Um dir zu zeigen, dass man sie nicht zum Narren hält, dass sie deine wahren Gefühle kennt und dich nicht fürchtet.«

»Das hätte ich mir ohnehin denken können.«

»Aber jetzt fühlst du dich doch noch weniger wohl in deiner Haut.«

»Zwischen mir und dieser Frau geht es also wirklich um Leben oder Tod!«

»Tod ist zu viel gesagt, denn wie ich sie kenne, hat sie es nicht auf deinen Tod abgesehen, zumindest nicht, solange sie nicht erfährt, dass Djedefhor auf deinen Befehl hin beseitigt wurde. Ihr würde es genügen, dass du aus Memphis verjagt wirst und ihr Sohn Chephren den Horusthron erklimmt. Und was dich anbetrifft, so bezweifle ich, dass es für dich von Vorteil wäre, wenn sie umkäme. Ganz im Gegenteil: Ihr Tod würde sofort mit deinem Sturz geahndet, selbst wenn du unschuldig wärest, denn das wäre für alle, die dich beneiden oder hassen – und derer sind viele – der willkommene Vorwand, sich gegen dich aufzulehnen. Man würde dich beschuldigen, das geheime Werkzeug für ihren Heimgang gewesen zu sein, auch wenn eine Krankheit die wahre Ursache wäre.«

Die Worte seines Onkels stimmten Djedefre nachdenklich. Er bewunderte seine Häme und die Art, wie er einwilligte, sich zu seinem Mitverschwörer und gleichzeitig zu seinem Ratgeber zu machen. Er erhob sich, drehte sich zu Nefermaat und hub von neuem an:

»Wenn es dir recht ist, Neferu, begleite ich dich jetzt zum Bauplatz meiner Pyramide. Ich habe mich nun doch entschlossen, mir in der Nähe der Baustelle einen großen Palast errichten zu lassen, wie es schon meine Ahnen taten, die Könige, die alle ihren Palast neben ihrem Tempel für die Ewigkeit haben wollten. Als ich die Regierung übernahm, wollte ich ursprünglich hier im Palast meines Vaters bleiben, doch inzwischen habe ich es mir anders überlegt. Sieh, hier fühle ich mich nicht frei. Meine Majestät ist eine Art Gefangener meiner Mutter. Sie hat überall Spitzel aufgestellt, sie überwacht mich, belauert all mein Tun, mischt sich in meine Gespräche ein und stellt sich mir immerzu in den Weg. Daher hat Meine Majestät den Bau eines Palastes neben meiner Pyramide beschlossen, dort werde ich mich mit meinem Hofstaat und meiner Garde niederlassen und diese Residenz hier meiner Mutter und Minkaf überlassen, der hier seine Amtsräume und seine Schreiberstuben hat. Die Errichtung dieser neuen königlichen Wohnstatt wird also deine erste Sorge sein, der du all deine Kraft und die deiner Arbeiter widmen wirst. Ich überließ es Minkaf, den Ort auszusuchen, war mir aber nicht sicher, ob das klug war. Jetzt stimme ich seiner Wahl zu, doch ich fürchte, er hat zu großspurig geplant. Du wirst sehen, er ließ einen riesigen tiefen Graben ausheben, in dem er meine Totengemächer einrichten will, bevor er das Ganze überdeckt und darüber eine Pyramide errichtet, die noch großartiger werden soll als die meines Vaters. Ich weiß nicht, ob er recht daran tut. Sein Vorhaben ist so gewaltig, dass ich fürchte, nie das Ende zu erleben, es sei denn, meine Regierungszeit währte noch länger als die meines Vaters, des Gottes Cheops.«

Darüber musste er selber lachen. Er blickte seinen Onkel scheel an, als erwartete er eine Bestätigung. Doch Nefermaat war vorsichtig: »Djedefre, du bist sehr jung auf den Horusthron gelangt, warst weitaus jünger als dein Vater, als er sich die Doppelkrone aufs Haupt setzte. Wenn der Gott es will, wirst du gewiss die Zeit bekommen, das Ende all dieser Bauvorhaben zu erleben und deinen Tempel für die Ewigkeit selbst einzuweihen.«

15

»Sieh an! Neferu! Bist du gekommen, um uns von unserem lieben Stiefsohn auf dem Horusthron zu erzählen?«

Henutsen saß mit Meritites und Neferkau unter Schatten spendenden Bäumen im großen Garten der Königsresidenz in Memphis. Nechebu, dem nicht nur die Leibgarde von Cheops' zweiter königlicher Gemahlin unterstand, sondern auch die gesamte Dienerschaft des Palasts der Königinnen, hatte Nefermaat bereits angekündigt, den ein Diener nun in den Garten führte.

Nefermaat lächelte nur, grüßte seine beiden Schwestern und Henutsen, ließ sich in einen Sessel sinken und fächelte sich mit einem Wedel von Straußenfedern in einem Griff aus Gold und Elfenbein, den er als Fliegenwedel und Fächer immer bei sich trug, Kühlung zu.

»Bereits vor einem Monat erfuhren wir, dass du aus seinen Händen die Ämter entgegennahmst, die unser betrauerter Gemahl Djedefhor zugeteilt hatte«, fuhr Henutsen fort. »Seitdem hörten wir nichts von dir, und nur das Gerücht trug uns zu, dass du im Königreich wieder eine Rolle spielst.«

Was bei Henutsen eher spöttisch als bitter oder vorwurfsvoll klang, hörte sich bei Meritites schon anders an: »Sollte es wirklich wahr sein, Neferu, dass du mit dem Thronräuber unter einer Decke steckst?«

Er gab sich lässig: »Ich stecke mit niemandem unter einer Decke, Merit, verfolge nur meine eigenen Ziele. Aber wie Henutsen weiß, decken diese sich im Augenblick weitgehend mit den euren. Ich schmiede zwar nicht wie ihr Ränke gegen Djedefre, aber dank meiner neuen Ämter habe ich Zugang zum Großen Palast und somit Einblick in Djedefres Machenschaften. Ich kann ihn überwachen und gegebenenfalls einer Gefahr vorbeugen.«

»Willst du damit sagen, dass du diesem albernen König zwar dienst, ihn aber gleichzeitig hintergehst?«

»Hintergehen ist vielleicht zu viel gesagt. Sagen wir lieber: ich verschaffe ihm gewisse Vorteile und gleichzeitig gewisse Nachteile. Er ist's zufrieden, obgleich er mir misstraut, denn meine Anwesenheit unter den Großen seines Hofstaats unterstreicht ja seine Legitimität. Das Gleiche gilt übrigens für Minkaf in seiner Rolle als Wesir.«

»Meritites«, sagte nun Henutsen, »du weißt doch, dass unser guter Neferu seit eh und je das Spiel und die Gefahr geliebt hat, dass Ränke und waghalsige Machenschaften für ihn schon immer das Salz des Lebens waren.«

»Du kennst mich wirklich gut, Henutsen«, erwiderte Nefermaat, »deine Einschätzung schmeichelt mir.«

»Sollte ich, mein lieber Neferu, etwa angedeutet haben, eine gewisse Wertschätzung für dich zu empfinden?«

»Das ist doch sonnenklar. Missachtung hast du mir doch niemals bekundet.«

»Das gebe ich gerne zu. Es stimmt, Neferu, ich mag dich. Doch jetzt sag uns, ob du gekommen bist, weil es dir Spaß macht, mit deinen Schwestern zu plaudern, oder ob du Neues zu berichten hast aus dem Großen Palast.«

»Ich gehe doch sicher nicht fehl in meiner Annahme, dass du vor allem hören willst, was es Neues zu berichten gibt über unseren lieben Herrscher, das anderen noch nicht zu Ohren kam, nicht wahr?«

»Du beginnst mich allmählich zu verstehen. Wir drei hier hängen an deinen Lippen.«

»Ich brauche euch wohl nicht daran zu erinnern, dass

ich mit den Arbeiten an den Pyramiden beauftragt bin. Unser königlicher Neffe ist so besorgt, seine Legitimität zu untermauern, dass ihm doch glatt einfiel, seinen Namen in die Steinplatten der Grube meißeln zu lassen, in dem die große Königsbarke unseres zum Gott gewordenen Bruders vergraben war. Nun muss ich diese Grube mit Erde zuschütten lassen, damit sie niemals mehr geöffnet werden kann und sein Name von nun an für immer mit dem unseres Bruders verbunden bleibt und von dem heiß geliebten Sohn und rechtmäßigen Thronerben Zeugnis ablegt. Auch den Bau eurer Pyramiden, meine Königinnen, führe ich zu Ende, was mich daran gemahnt, dass die Zeit uns einholt und der Tag, da unsere – oder besser gesagt, eure Kinder – eure mumifizierten Körper bestatten werden, immer näher rückt.«

»Neferu!«, rief Neferkau. »Erspar uns solches Gerede! Du hast mir ohnehin schon den Tag verdorben.«

»Meine liebe Schwester, auch wenn du es machst wie der Vogel Strauß, der seinen Kopf in den Sand steckt, um den Feind, der ihn jagt, nicht zu sehen, wirst du nicht bewirken können, dass der Tod dich vergisst. Übrigens dachte ich, dein Mann Ibdadi, der doch so vortrefflich von der Weisheit der Völker geprägt ist, hätte dich überzeugt, dass das wahre Leben erst beginnt, wenn wir die Schwelle dieses flüchtigen Erdendaseins hinter uns haben, und dass der Tod der notwendige Übergang ist, wenn man neben dem Gott Platz nehmen will.«

»Wie du siehst, hat er mich nicht völlig überzeugt. Zumindest habe ich keinerlei Eile zu erfahren, ob er Recht hat oder irrt.«

Meritites machte eine abwehrende Handbewegung. Es missfiel ihr, über solche Dinge zu reden, den Gedanken an ihren mehr oder minder fernen Tod hatte sie aus ihrem Geiste verbannt.

Henutsen brach dieses Gespräch ab und fragte: »Hat der König dir auch aufgetragen, den Sphinx vollenden zu lassen, die Krönung des Bauwerks unseres Gemahls?«

»Nein, all unsere Kraft soll – zumindest vorerst – auf die Errichtung seiner eigenen Pyramide verwendet werden, und vor allem soll dort auch sein neuer Palast entstehen. Er fühlt sich beengt in dem – wenn auch riesigen – Palast, den er mit seiner lieben Mutter teilt. Zudem hat er Aiynel mit der Zusammenstellung einer neuerlichen Expedition gen Byblos beauftragt, um das für seine Vorhaben notwendige Holz herbeizuschaffen, da ja die letzte aufgrund von Djedefhors Unfall abgebrochen worden war.«

»Endlich einmal eine gute Nachricht! Ich fürchtete schon, er könne auf die Idee kommen, diesen monumentalen Löwen mit einem menschlichen Antlitz auszustatten, ihm womöglich seinen Kopf aufzusetzen und sich dadurch ebenfalls zu verewigen. Cheops hatte das im Übrigen geplant ...«

»Dieser Ruhm wird vielleicht seinem Nachfolger vorbehalten bleiben, es sei denn, es gelänge Djedefre, sich noch sehr, sehr lange auf dem Thron zu halten.«

»Ob die Götter ihm das gewähren, bezweifle ich«, erwiderte Henutsen schneidend.

»Unser guter Herrscher hat ferner Upeti beauftragt, eine Truppe verlässlicher Krieger anzuheuern, denn den *medjaj* vertraut er nicht recht, ebensowenig wie der von meinem verstorbenen Bruder aufgestellten Truppe, was die Sicherheit in der Wüste und die Verteidigung unserer Grenzen anbetrifft.«

»Und womit will er das alles bezahlen?«, fragte Henutsen besorgt.

»Wir haben bereits gemeinsam den Schatz in der südlichen Pyramide besichtigt. Die unteren wie auch die oberen Säle sind angefüllt mit Kostbarkeiten. Seine

Majestät hat inzwischen begonnen, für die vordringlichen Ausgaben daraus zu schöpfen.«

»Das ist recht leichtfertig«, ließ sich nun Meritites vernehmen. »Sagte unser Bruder, der gerechtfertigte Gott, nicht zu uns, diese Güter sollten gehütet werden wie ein Kriegsschatz, falls unerwartete und schwer wiegende Schwierigkeiten aufkämen?«

»Mag sein, aber der König ist nicht mehr unser Bruder, der neue Herrscher heißt Djedefre. Und er kann sich durchaus für gefährdet halten, so lange er kein schlagkräftiges Heer besitzt, um seine Herrschaft zu verankern.«

Henutsen enthielt sich jeder Bemerkung, beschloss jedoch insgeheim, es wäre an der Zeit, den größten Teil dieses Schatzes der Gier des Königs zu entziehen.

Dienerinnen brachten Getränke und Datteln, was für Abwechslung sorgte. Und um sich an dem kühlen Bier in den großen Gefäßen laben zu können, bekam jeder ein schmales Schilfrohr. Als sie wieder gegangen waren, ergriff Nefermaat abermals das Wort: »Nun muss ich aber zum offiziellen Grund meines Besuches bei euch kommen.«

»Ja, hat denn Seine Majestät dich etwa hergeschickt?«, fragte Meritites.

»In der Tat. Ich soll euch einen Vergleich vorschlagen, doch euch zunächst nochmals daran erinnern, dass er Personen um sich geschart hat, die eng mit euch verbunden sind: deinen Sohn, Henutsen, als Wesir, und mich als seinen Onkel.«

»Diese Wahl hat er doch aus Selbstsucht getroffen, das soll ihm doch nur zum Vorteil gelangen!«, warf Henutsen ein. »Aber sprich weiter.«

»Weiterhin schlägt er vor, Chephren zum Kronprinz auszurufen, da er selbst ja keine Kinder hat.«

»Und wenn er welche bekäme? Schließlich hat er ja schon drei offizielle Gemahlinnen.«

»Meresanch und Chentetenka durfte er bis heute nicht anrühren. Die Einzige, die sein Lager teilt, ist Hetep-heres.«

»Sie hat schon eine Tochter von Kawab, also kann sie auch einen Sohn von ihm bekommen«, befand Henutsen. »Außerdem ist ein solcher Vorschlag hinterhältig, denn Djedefre ist jünger als Chephren und hat berechtigte Hoffnung, länger zu leben.«

»Die Erbfolge vom Vater zum Sohn ist ja nicht unbedingt festgelegt. Und wissen wir, wie viele Jahre auf Erden uns bestimmt sind? Diese Art Dankesbezeugung würde die Großen des Reiches zufrieden stellen und Djedefre jedes Vorgehen gegen deinen Sohn untersagen.«

»Die Großen sollen auf keinen Fall zufrieden gestellt werden! Und Chephren bedarf keiner Legitimität von Djedefres Gnaden, da er sie ohnehin besitzt, weil er der Ältere ist. Und dass er befürchten müsse, Djedefre könne etwas gegen ihn unternehmen, ist eine Verkehrung der Tatsachen, für den Augenblick jedenfalls. Der König will uns wohl zum Narren halten! Teile ihm mit, ich sei nicht befugt, im Namen meines Sohnes zu sprechen, der allein entscheiden wird, ob er sich von seinem jüngeren Bruder zum Kronprinz ernennen lassen will. Soll er doch Gesandte nach Elephantine schicken! Er wird schon sehen, welche Antwort er bekommt. Und sag ihm auch, wir völlig machtlosen Frauen würden uns nicht anmaßen, uns als würdig zu sehen, mit Seiner Majestät einen wie auch immer gearteten Vergleich zu schließen.«

»Das wird er euch nicht glauben.«

»Was schert das uns? Wichtig ist nur, dass du ihm genau wiederholst, was ich soeben sagte. Was er davon hält, ist seine Sache, und wenn er kein Esel ist, wird er begreifen, dass wir nicht die Absicht haben, ihm auch nur das geringste Zugeständnis zu machen.«

Als die Nacht hereinbrach und Henutsen wieder allein war in ihrer Residenz, ließ sie durch eine ihrer Zofen Nechebu holen. Der Hauptmann ihrer Garde trat lächelnd auf sie zu, wollte sie schon umfangen, doch da schob sie ihn sanft zurück: »Nechebu, diesmal ließ ich dich nicht rufen, damit du mir die Lust verschaffst, auf die ich mir bei dir schon berechtigte Hoffnungen machen darf.«

Er stand unbeweglich, war sprachlos, denn wenn sie ihn nach Einbruch der Nacht in ihre Gemächer rief, teilten sie stets den Genuss einer Nacht zu zweit.

»Du wirst unverzüglich rund dreißig Männer zusammentrommeln, die dein vollstes Vertrauen genießen. Und lass zwei Schiffe für sie startklar machen. Den Männern selbst gibst du etwa zehn Fackeln und rund zwanzig große Säcke mit. Anschließend werden wir und auch sie das Nachtmahl einnehmen, aber Männer und Schiffe müssen abfahrtbereit sein, sobald ich es dir sage.«

Nechebu brauchte keine Stunde, um die Befehle auszuführen. Als er zurückkam, nahmen Henutsen und er das Nachtmahl ein, und als es dann stockdunkel und kein Mond zu sehen war, sagte Henutsen:

»Los jetzt. Gehen wir zum Hafen und zu deinen Männern.«

»Solltest du, meine Königin, beabsichtigen, mitzukommen auf diese – wie mir scheint – nächtliche Expedition?«

»Wie du dir denken kannst.«

Unbemerkt verließen sie die Residenz und begaben sich zum Hafen Peru-nefer, wo die verlässlichsten Mannen aus der Leibgarde der Königin warteten. Auf dem Weg dorthin gab Henutsen Nechebu noch letzte Anweisungen. Er hörte zu, und auf seinem Gesicht zeigten sich Erstaunen und Freude. Während die zwei Schiffe mit den Waffenträgern den Kanal in Richtung südlicher und nördlicher Pyramide hinauffuhren, dachte Henutsen an jene verhängnisvolle Nacht, da Sabi ihr das Geheimnis der von Abedu erbauten Pyramide enthüllt hatte. Doch diesmal hatte sie alle Vorkehrungen getroffen und war gut gerüstet. Lautlos glitten die Boote dahin auf den schwarzen Wassern des Kanals, die Männer wahrten Schweigen, da ihnen auferlegt war, selbst Befehle nur in gedämpftem Ton zu erteilen. Als die Boote an der von der Königin bezeichneten Stelle festgemacht waren, sprang sie an Land und hieß nur zehn von Nechebu zuvor bestimmte Männer mit jeweils einer Fackel und zwei Säcken mitkommen. Die anderen sollten an Bord bleiben und warten.

»Bleibt ja still und haltet euch bedeckt!«, befahl Henutsen. »Sollte dennoch der Ton unseres Horns an eure Ohren dringen, dann lauft sofort auf die südliche Pyramide zu, deren Umrisse ihr dort hinten seht. Dann müsst ihr eingreifen, denn dann sind wir in Gefahr.«

Nechebu und jeder der zehn, die Henutsen begleiten sollten, hatten noch ein Beil und einen Dolch bekommen, während all die anderen mit Bogen und Wurfspeer ausgerüstet waren. Wie damals mit Sabi lief Henutsen auch jetzt um die Pyramide herum, um sie an der Westseite zu erklimmen. Die unverständliche Plünderung des königlichen Schatzes zu Beginn von Cheops' Regierungszeit war längst in Vergessenheit geraten, weswegen an der Nordseite, wo sich der einzig bekannte Eingang befand, immer nur drei oder vier Wachen standen. So gelangten sie im Schutze der Nacht auch jetzt unbehelligt zur Pyramide. Da Henutsen als Einzige den geheimen Zugang kannte, schlang sie sich ein langes Seil um den Körper, hieß Nechebu dicht hinter ihr bleiben und kletterte hoch an der geneigten Wand. Nechebu war nicht wenig erstaunt, als er sah, wie eine Steinplatte unter Henutsens Händen sich langsam zu drehen begann. Henutsen ließ sich hinab in die dunkle Öffnung, löste das Seil, das Nechebu entrollte und dann mit beiden Händen packte, damit seine Männer schnell hochklettern konnten. Noch bevor der Morgen den Himmel weiß färbte, waren die zehn Männer, jeder mit zwei schweren Säcken beladen, wieder auf den Schiffen. Henutsen und Nechebu fuhren auf dem einen nach Memphis zurück, während das andere mitsamt seiner kostbaren Fracht weiter gen Süden fuhr. Nechebu hatte es seinem Vertrauensmann unterstellt, der in Elephantine die Säcke Chephren übergeben sollte. Durch eine von Henutsen am Morgen entsandte Brieftaube würde dieser von der Abreise des Schiffes erfahren, sodass Henutsen davon ausgehen konnte, dass er aus Sicherheitsgründen dem Boot entgegenkommen würde.

Erst Tage später, als die kostbare Fracht sich längst in Chephrens Händen befand, erfuhr Djedefre vom obersten Rechnungsschreiber von einem Diebstahl in der Pyramide. Der junge König hatte abermals einen Teil entnehmen wollen, und als sie die Auflistungen durchsahen, stellten die Schreiber verblüfft fest, dass einige der schönsten Stücke und etliche Säcke voll grünem nubischem Goldstaub verschwunden waren.

Djedefre ordnete Nachforschungen an, ließ die Häuser der Wächter und die Unterkünfte der Priester durchsuchen – vergeblich, wie schon zur Zeit seines Vaters. Er bestellte Nefermaat zu sich, um seiner Empörung Luft zu machen.

»Diebstahl dieser Art gab es schon zu Beginn der Regierungszeit deines Vaters«, entgegnete Nefermaat gelassen. »Der König ließ damals Schlangen in die unteren Säle setzen, und das erwies sich als eine gute Eingebung, denn kurz danach fand man den Leichnam eines Mannes, der offensichtlich der Dieb war und von den Schlangen nichts gewusst hatte. Doch wie er hineingekommen war, blieb ein Geheimnis. Vermutlich hatte er einen oder mehrere Mitwisser unter den Wachen, die ihn heimlich in die Pyramide einließen.«

»Wenn das so ist, wird Meine Majestät sich nicht länger aufhalten mit fruchtlosen Nachforschungen. Hol mir einen Schlangenbeschwörer und lass ihn die Viecher in die Säle sperren!«

»Davon kann ich dir nur inständig abraten, denn die Schlangen würden nicht unterscheiden zwischen Dieben und den Schreibern, die für dich dort Schätze herausholen sollen. Der König, dein Vater, hatte damals einen Libyer vom Stamme Psyle, der ihm drei oder vier Schlangen lieferte. Nur mit Mühe konnte er danach seine Viecher wieder einfangen, ja, schlimmer noch: ich weiß nicht, ob der Hunger sie wild gemacht hat oder ob sie sich zusammengetan haben, um ihren Herrn zu beißen, jedenfalls starb dieser Psyle, weil er zu viel Gift abbekommen hatte. Außerdem wüsste ich nicht, wo ich einen Psylen hernehmen sollte, den müsste man wohl in Libyen suchen, was Monate dauern dürfte.«

»Dann werde ich den Schatz anderswo in Sicherheit bringen!«

»Wo könnte er sicherer sein als in dieser Pyramide, unter diesen gewaltigen Gesteinsmassen?«

»In meinem Palast, beispielsweise.«

»Diese dünnen Lehmwände! Da kann dich doch der erstbeste Gauner deines Schatzes berauben. Dein Großvater und dein Vater haben doch nicht aus einer Laune heraus all diese Schätze in die Pyramide gesperrt. Es war eine Vorsichtsmaßnahme, eine Notwendigkeit.«

»Was empfiehlst du Meiner Majestät denn dann, Onkel?«

»Du könntest die Wachen verstärken lassen, aber ich halte das für nutzlos. Mein Bruder hat es versucht, ohne Ergebnis. Der Reiz des Goldes ist so groß, und in diesen Sälen liegt so viel, dass es ein Leichtes ist, sämtliche Wachposten zu bestechen. Ich sehe nur eine Lösung:

Nimm, was du in den nächsten Monaten zu benötigen glaubst, und dann lass den Eingang zumauern. Es muss so sein, dass unzählige Männer und Zugtiere nötig sind, um die schweren Verschlusssteine herauszureißen, damit du sicher sein kannst, dass heimlich und geräuschlos niemand hineinkann.«

»Beim Leben! Das ist wahrlich ein hervorragender Einfall, mein Onkel. Ich werde sofort meinen Rat einberufen und auch Minkaf hinzuziehen, um berechnen zu lassen, was ich in nächster Zukunft brauchen werde. Und dann wirst du auf mein Geheiß hin den Eingang zumauern lassen. Achte darauf, dass es schier unmöglich sein muss, die Steine herauszureißen, ohne die ganze Nachbarschaft in Aufruhr zu versetzen. Ich werde mich am Ende selbst davon überzeugen.«

16

Djedefhor wischte sich mit dem Unterarm den Schweiß von der Stirn, der ihm in die Augen rann. Seufzend blickte er über die weißliche, in der Sonne glitzernde Weite der riesigen Salzberge, die sich bis zur graublauen Linie jenes Meeres hin erstreckten, das nicht zufällig Salzmeer hieß und von den Anrainern Totes Meer genannt wurde, weil in solch salzhaltigen Gewässern kein Leben gedeihen kann. Die Sonne stand bereits tief am Horizont, doch es war immer noch drückend heiß und schwül. In diesem tiefen, riesigen Graben zwischen den Bergen Kanaans und denen des Morgenlands, wo dieser Salzsee die größte Fläche einnahm, spürte man kaum den Wechsel der Jahreszeiten. Hier war es immer warm, zwar angenehm mild im Winter, im Sommer aber brütend heiß. Anhand dieser Temperaturunterschiede konnte Djedefhor so ungefähr ermessen, wie viel Zeit verstrich. Anfangs hatte er die Tage seit seinem Eintreffen hier im Bergwerk zu zählen versucht, doch bald schon war ihm jeder Zeitbegriff verloren gegangen. Tag für Tag grub oder hieb er mit hölzerner Hacke mit Kupferschneide Salzblöcke entzwei, die andere Sklaven dann bis zu den Werkstätten beförderten, wo Frauen den Schmutz von den Blöcken kratzten und sie zu Barren formten. Der Tiefstand der Sonne bedeutete, dass auch dieser mühevolle Tag sich seinem Ende zuneigte. Er fühlte sich erleichtert, doch freuen konnte er sich nicht, denn morgen mit Tagesanbruch würde die Arbeit ja weitergehen, genauso eintönig und mühselig. Biridiya achtete zwar darauf, dass seine Sklaven auch in den Salzminen gesund blieben, was ja seinen Ertrag steigerte. Daher ließ er gleich nach Sonnenaufgang beginnen, gewährte aber eine lange Ruhepause in den heißesten Stunden, wenn das Feuergestirn am höchsten stand und seine strahlenden Pfeile hinabschoss. Dann durften die Arbeiter im Schatten von Palmen, die rings um die Salzebene gepflanzt worden waren, ein leichtes Mahl aus Brot, Ziegenkäse und Trockenfisch einnehmen und ein Mittagsschläfchen halten. Wasser durften sie trinken, so viel sie wollten, aber es gab auch Bier, das – wie ihr Herr erklärte – neue Kräfte und den Muskeln neue Spannkraft verlieh.

Der Horizont der Sklaven war im Osten wie im Westen von den Bergen begrenzt, die das Salzmeer einrahmten, im Norden von jener Linie des Meeres und im Süden von dem Palmenwald. Abends endete dieser Horizont bei den Feldern und Unterkünften, wo die Sklaven für die Nacht eingeschlossen wurden. Die einen hatten auf den Salzfeldern gearbeitet, die anderen in den benachbarten fruchtbaren Ackerfurchen, wo Flachs, Weizen und Hafer angebaut wurde. Eines dieser Gebäude diente als Lager, wo die gereinigten Salzbarren aufgeschichtet wurden, bis Eselskarawanen mit dieser kostbaren Fracht zu den Städten Kanaans aufbrachen.

Der Ton einer Maultrommel verkündete das Ende des Arbeitstages. Djedefhor reihte sich ein in die Kette der Sklaven, die ihre Hacke geschultert hatten und sich auf den Weg machten zu den Unterkünften. Ein paar Wachmänner mit Bogen und Stöcken begleiteten den Zug, um träge Gefangene mit einem Schlag in den Rücken anzuspornen oder notfalls auch niederzumachen, wenn sie sich auflehnten. Doch in all den Monaten, die er nun schon in den Salzminen arbeitete, hatte Djedefhor noch keinen Auflehnungsversuch erlebt. Die Sklaven nahmen ihr Los einfach hin, schicksalsergeben. Vielleicht, weil die Arbeit zwar mühsam, aber nicht mörderisch war und sie anständig ernährt wurden. Außerdem gestattete ihr Herr, damit die Sklaven sich wohl fühlten – was aber auch ihm selbst zugute kam – dass Männer und Frauen sich zusammentaten, wodurch die Schar seiner dienstbaren Geister sich vermehrte, ohne dass die jungen Münder gewichtige Kosten verursachten und ihre Erzeuger sich schließlich mit der Scholle verbunden fühlten, wo sie ihre Familie gegründet hatten.

Djedefhor hatte keine Frau genommen, auch Simri nicht, der Mann aus Anaki, mit dem er in den ersten Tagen seiner Gefangenschaft schon Bekanntschaft geschlossen und den er nun hier auf den Salzfeldern wiedergetroffen hatte.

»Ich«, hatte Simri erklärt, »werde nicht in diese Falle tappen. Ich habe daheim Frau und Kinder, die will ich doch nicht vergessen und hier eine neue Familie gründen. Denn der Tag wird kommen, da sich mir eine Gelegenheit zur Flucht bieten wird. Sieh, wenn du dich willfährig gibst, wenn du durch demütiges und achtungsvolles Verhalten vermuten lässt, du habest dich mit deinem neuen Leben abgefunden oder es gefalle dir sogar, weil ja schließlich viele freie Menschen härter arbeiten als wir und nicht einmal immer satt zu essen haben, dann wirst du eines Tages zur Arbeit auf den Feldern eingeteilt, und man nimmt dir die Fesseln ab, die dich am Laufen hindern. Dann wird es leicht für mich sein, eine Gelegenheit zu nutzen und bei Tag, oder bei Nacht – wer weiß – zu fliehen. Ich habe mir die Berghänge und all die Pfade, die dort hinaufführen, genau angeschaut und weiß, wie oft sie benutzt werden. Inzwischen habe ich den Weg ausfindig gemacht, der mich nach Norden ums Salzmeer herum führen wird, und von dort aus werde ich seelenruhig und unbehelligt zu den Meinen zurückkehren.«

»Simri«, hielt ihm Djedefhor entgegen, »selbst wenn es dir gelänge, unsere Bewacher hinters Licht zu führen und das von der Stadt Gomorrha beherrschte Land zu verlassen, wie willst du danach diese lange Strecke bewältigen bis zu dir nach Hause in Gasa? Wie willst du all die Tage überleben, nackt und unbewaffnet? Wer wird dir zu essen geben? Denn essen wirst du müssen, selbst wenn du darauf hoffen kannst, an einem Fluss oder einer Quelle deinen Durst zu löschen.«

»Ich habe meine Erkundungen eingeholt, bei den Wächtern, vor allem aber bei unseren Mitgefangenen, die das Land gut kennen. Nördlich des Salzmeers fließt ein schöner Fluss mit klarem Wasser. Im tiefen Dickicht an seinen Ufern gibt es Wild im Überfluss. Dorthin gelangt man in weniger als zwei Tagesmärschen. Und in weniger als einem erreicht man einen kleineren Fluss, der das Meer ständig mit seinen Fluten speist. Die Ufer des Flusses im Norden, den die Bewohner jenes Landstrichs Jordan nennen, kann ich folglich ohne zu verdursten erreichen. Und wenn ich ein Stück Brot und Käse mitnehme, habe ich auch zu essen.«

»Gut, gehen wir einmal davon aus, du gelangtest an die Ufer dieses Flusses. Dann bist du aber doch immer noch weit weg von daheim!«

Simri lächelte ob dieses Einwands und sagte, er würde ihm zeigen, womit er sein Überleben zu sichern gedächte. Noch am selben Abend hielt er ihm einen Gegenstand hin, der eigentlich nur ein langes Lederband war, das sich in der Mitte verbreiterte. Djedefhor musterte es, verhehlte aber nicht sein Erstaunen.

»Erklär mir, wie dieses Lederband dir zur Flucht verhelfen soll«, sagte er ungläubig.

»Nicht zur Flucht, zum Überleben. Schau, das ist eine Schleuder. In die Tasche zwischen den beiden Riemchen tut man einen Stein, dann dreht man sich mit gestrecktem Arm so kraftvoll wie man kann und schleudert den Stein davon. Ich werd' es dir zeigen.«

»Soll das heißen, dass du damit Beute schlagen

kannst, einen Vogel oder ein Tier auf vier Beinen, um es dann zu essen?«

»Du hast es schnell begriffen. Als ich Kind war und die Herden meines Vaters hütete, habe ich gelernt, mit der Schleuder umzugehen. Ich weiß auch, wie man Feuer schlägt, entweder mit Feuerstein, den du aufsammeln kannst, oder mit Holz und trockenem Laub. Das kann ich dir auch vormachen. Und mit Steinklingen zieht man dem Tier die Haut ab, gerbt sie in der Sonne und zerschneidet sie, um einen Schurz daraus zu machen.«

»Ich dachte, du wärest Händler?«, fragte Djedefhor erstaunt.

»Das bin ich geworden. Nachdem mein Vater tot war, hatte ich keine Lust mehr, in den Bergen von Kanaan Schafe und Ziegen zu hüten, die immer wieder von Wölfen oder Plünderern überfallen wurden. Ich hab' meine Herde abgegeben und mich in Anaki, wo mein Vater ansässig war, niedergelassen und ein Handelsgeschäft gegründet.«

»Wärest du wirklich bereit, mir beizubringen, was du alles kannst?«

»Wenn du dich geschickt anstellst, ist es einfach. Unsere Bewacher erlauben mir, mit der Steinschleuder zu jagen, weil es ihnen zugute kommt: wenn ich eine Beute schlage, nehmen sie sich die besten Brocken. So sind sie zufrieden und ich komme nicht aus der Übung.«

Auf diese Weise lernte Djedefhor schon in den ersten Monaten seiner Verbannung in die Salzminen, wie man mit der Steinschleuder umging, wie man Feuer machte und Steine zu Schneiden oder Spitzen zurichtete.

Eines Abends, nachdem sie sich in den von einer nahen Quelle gespeisten Wasserbecken das Salz vom Körper gewaschen hatten und in ihre Unterkünfte zurückkehrten, trat einer ihrer Bewacher auf Simri zu und sagte: »Simri, der Herr ist zufrieden mit dir. Er hat entschieden, dass du von nun an auf den Feldern arbeiten wirst. Das Salz wird dir nicht länger die Füße zerfressen. Wir werden dir auch deine Fußfesseln abnehmen.«

Der als ›Herr‹ bezeichnete Mann war allerdings nicht Biridiya, den Djedefhor seit seiner Verbannung aus Gomorrha nicht mehr zu Gesicht bekommen hatte, sondern der Vorarbeiter, der die Aufsicht führte über die Salzminen und die Felder. Und diese gehörten nicht Biridiya. Er hatte sie als Pacht erhalten, doch der eigentliche Besitzer war die Stadt Gomorrha, da all diese Ländereien ihrer Gerichtsbarkeit unterlagen.

»Dein Diener dankt unserem Herrn«, entgegnete Simri, der auf diesen Augenblick so sehnlichst gewartet hatte. »Doch sag mir, wird auch mein Arbeitskamerad, dieser Hori, zur Feldbestellung eingesetzt werden, damit wir zusammenbleiben können?«

»Dazu erhielt ich keinerlei Weisung. Er arbeitet doch noch nicht lange genug auf den Salzfeldern, um schon hoffen zu dürfen, im Ackerbau eingesetzt zu werden.«

Djedefhor war Simri dankbar, dass er sich für ihn eingesetzt hatte. Als sie abends allein waren, sagte dieser gar noch: »Hori, mein Freund, ich werde noch so lange wie nötig warten, bevor ich meinen Fluchtgedanken in die Tat umsetze. Denn ich hege keinerlei Zweifel, dass auch du eines schönen Tages von deinen Fesseln befreit und wie ich zur Arbeit auf den Äckern eingeteilt wirst. Und dann können wir gemeinsam fliehen.« Doch da musste er ihm widersprechen: »Simri, mein Freund, ich danke dir für deine Worte. Aber du darfst dein Vorhaben meinetwegen nicht aufschieben. Du hast eine Familie, die auf dich wartet, die verzweifelt ist, weil sie nicht weiß, was dir geschah. Bei mir liegen die Dinge anders, für mich sind diese Gefangenschaft und diese mühselige Arbeit eine neue Erfahrung zur Abhärtung meines Körpers und Stärkung meiner Seele.«

»Du hast Recht, Hori, unsere Götter stürzten uns in dieses Elend, um uns zu strafen für unsere Sünden«, räumte Simri ein. »Ich für mein Teil bin überzeugt, dass El, der Herr meines Volkes, mich auf die Probe stellen wollte durch diese Strafe für eine mir bisher noch unerklärliche Sünde. Aber er weiß es, und allein das zählt. Und wenn er mich jetzt von diesen Fesseln befreien lässt, so bedeutet das, dass er mir verziehen hat, sein Zorn besänftigt ist und er mir beistehen wird, die Flucht zu ergreifen und zu den Meinen heimzukehren. Weißt du eigentlich, für welches Vergehen dein Gott dich so straft?«

»Simri, mein Freund, ich denke nicht wie du. Ich glaube nicht, dass der Gott unser Handeln begutachtet, als seien wir allein auf der Welt, als hätte er nichts anderes zu tun, als sich um uns zu kümmern und uns zu strafen wie ein Vater, der nur ein einziges Kind besitzt. In den Tempelschulen meiner Heimat lernte ich, dass der allumfassende Schöpfergott, an dem wir teilhaben dürfen durch unsere lichtvolle Seele, die ein Funke davon ist, von unseren kleinen Kümmernissen und unseren belanglosen Anliegen, die im All doch nur wie ein Wassertropfen in einem riesigen Meer sind, unendlich weit entfernt ist. Man muss schon sehr von sich selbst überzeugt sein, um zu glauben, dass der Große Gott an derlei Anteil nimmt, und man muss auch geistig sehr beschränkt sein, um einem Gott, der doch das Unendliche und das Ewige ist, solch kleinliche Gedanken zu unterstellen. Nein, ich bin hier gelandet durch die Verkettung mehrerer Umstände: die Hinterhältigkeit eines Bruders hatte meine Begegnung mit jenen Gaunern zur Folge, die mich zum Sklaven erniedrigten. Kein Gott wandte dieses Los von mir ab, aber ich will es annehmen wie etwas Gutes. Sieh, ich wurde als Prinz geboren, als Sohn des Königs und war für sehr hohe Ämter bestimmt im größten Königreich der Welt. Ich hätte sogar die Nachfolge meines Vaters auf dem Horusthron antreten können. Kleine, auf Macht und Ehre bedachte Seelen richten all ihr Streben auf solche Ziele, die ihnen vermeintliche Größe verleihen. Doch man bleibt trotz allem ein Wurm, ein einfacher Sterblicher, bar jeglicher Weisheit, jeglichen Wissens, ein seinen Leidenschaften ausgelieferter Mensch; jemand, dessen Größe auf der nichtigen Anerkennung anderer beruht.

Ich hingegen suche nach der ewigen Weisheit, in allem, was mir zustößt und mich von den Gefilden meiner Heimat fern hält, sehe ich etwas Gutes. Ich weiß, ich bin auf dem Weg zu Weisheit und Wissen, meinem einzigen Ziel. Sieh, hier bin ich nackt und gefesselt, und dennoch fühle ich mich freier als mein Bruder, der König, mächtiger und größer als er. In den Augen Dritter mag ich mittellos, gar wie ein Nichts erscheinen, aber ich weiß, dass dies eine Prüfung ist, damit ich die Nichtigkeit aller menschlichen Belange erkenne und begreife, dass Glück und Vermögen etwas Flüchtiges sind. Und diese Erfahrung erhebt und stärkt meine Seele und weitet mein Herz. Ich weiß, dass ich hieraus befreit werde, wenn es sein soll, und dass dann etwas Neues auf mich wartet, das mir folglich zu noch besserer Selbsterkenntnis verhilft. Denn die Wege der Weisheit sind zahlreich und voller Stolpersteine. Daher verspüre ich gar nicht das Bedürfnis, aus diesem Sklavendasein zu entfliehen oder heimzukehren in mein Land, bevor ich ans Ziel meiner Suche gelangt bin. Manche nennen es wohl Paradies, diesen ersten Schritt zur Erkenntnis der göttlichen Belange.«

Simri wusste nichts zu entgegnen, er sah ein, dass sein Gefährte einen anderen Weg verfolgte, dass er der Sonne entgegen ging. Von nun an redete er mit Djedefhor nicht mehr über seine Fluchtpläne. Sie sahen sich ja auch nurmehr abends nach getaner Arbeit. Diese Mußestunden vor dem Schlafengehen nutzte Djedefhor zur Vorbereitung von Steinen und Lederriemen für eine Schleuder, mit der er dann Kiesel vom Salzmeerstrand abschoss, immer weiter und immer treffsicherer, worin die Bewacher nur eine Beschäftigung und keinerlei List sahen. Und wenn er sein Ziel verfehlte, weil er nicht so geschickt war wie Simri, dann lachten sie aus vollem Halse.

»Bei Baal, Hori«, sagten sie, »wenn wir auf dich und deine Vogel- und Hasenjagd angewiesen wären, um etwas zu essen zu bekommen, dann wären wir bald Hungers gestorben.«

Und Djedefhor lachte mit ihnen, denn in Wirklichkeit wollte er die Tiere gar nicht töten. Durch lange Selbstbesinnung hatte er gelernt, jedes Leben, wie immer es sich darbot, zu achten. Kündete es nicht von der Größe des Gottes, von der Schönheit der Natur?

Als er eines Morgens aufwachte, war Simris Schlafstatt neben ihm leer. Er hatte ohne Zweifel die Nacht, diese dunkle, mondlose Nacht zur Flucht genutzt. Da war ja auch ein Loch unten in der Mauer, genau am Kopfende seines mit Blättern und Stroh gefüllten Schlafsacks. Die Wände aus getrocknetem Lehm hatten als Stützen nur Schilfrohr und waren mit eigens dafür zugerüsteten Steinen leicht zu durchbohren gewesen. Hastig kratzte Djedefhor die herausgefallene Erde zusammen, um den schmalen Ausschlupf zu verschließen, und damit sie auch haftete an den Rohrstangen, die er zurechtrückte, befeuchtete er sie mit seinem Urin. Als er gerade damit fertig war, ging die Außentür auf. Ohne auch nur einen Blick zu werfen in den großen, dunklen Raum, wo die Sklaven schliefen, rief der Wachmann zur Arbeit. So wurde Simris Flucht erst entdeckt, als er nicht zur Feldarbeit erschien. Und da war Djedefhor schon auf dem Weg zu den Salzminen.

Als er am Ende des Tages zurückkam, teilte ihm einer der Wachmänner mit, Simri sei verschwunden.

»Wann hast du ihn zuletzt gesehen? Er schlief doch neben dir.«

»Ich sah ihn noch gestern Abend, und auch heute früh.«

»Bist du sicher?«

»Ich glaube schon. Meinst du, ein Dämon habe ihn geholt?«

»Die Dämonen holen keine Männer«, erwiderte der andere knapp.

»Ich meine ... ein wildes Tier«, verbesserte sich Djedefhor.

»Er dürfte wohl eher abgehauen sein. Aber wir werden ihn wiederfinden, und dann wird er derartig ausgepeitscht, dass er so bald nicht wieder auf die Beine kommt. Und die Ohren werden wir ihm auch abschneiden.«

Djedefhor war unbesorgt. Da sie Simri bis jetzt nicht gefunden hatten, dürfte er schon über alle Berge sein, vielleicht gar an den Ufern jenes Flusses, von dem er ihm erzählt hatte. Und dort könnten ihn die aus Gomorrha nicht mehr einfangen. Er freute sich, war aber dennoch unruhig. Doch die Tage vergingen, er erhielt keine Nachricht von dem Freund, und bald schon sprach niemand mehr darüber. Djedefhor hoffte inständig, er möge wieder daheim sein bei den Seinen und auch seine so lange vernachlässigten Geschäfte wieder aufgenommen haben.

17

Persentis jüngere Schwester Nikaanch stürmte ins Zimmer. »Teti!« rief sie, »mach dich fertig, du musst dich beeilen! Hast du etwa vergessen, dass Prinz Chephren uns zu einer großen Bootsfahrt eingeladen hat?«

Persenti richtete sich auf und legte einen Finger an die Lippen. »Nicht so laut«, flüsterte sie ihr zu, »siehst du nicht, dass klein Nekaure kurz vor dem Einschlafen ist? Er ist so unruhig und kann tagsüber nur schwer einschlafen.«

»Nachts auch nicht«, sagte Nikaanch. »Ich höre ihn bis in mein Zimmer ... dabei liegt es nicht nebenan.«

»Er bekommt Zähnchen, das ist der Grund«, erklärte Persenti seufzend.

Acht Monde war es nun schon her, dass sie das Kind ihrer Liebe zu Djedefhor geboren hatte. Noch immer wohnte sie mit ihrer Familie in einem Flügel des Fürstenpalasts von Elephantine. Chephren hatte ihrem Vater Chedi und seiner Gemahlin Iu mit den beiden jüngeren Kindern Nikaanch und Rahertepi den ganzen hinteren Abschnitt zugewiesen, während Persentis Zimmer ganz vorne bei dem von ihm selbst bewohnten Teil lag. War das als List zu verstehen? Ihre Räume öffneten sich zu einem gemeinsamen Garten hin, mit einem von Bäumen und Blumen eingerahmten Wasserbecken. Gleich daneben war der tiefe Brunnen, aus dem die Diener das Wasser für das Becken hochzogen, das sogar einen Abflusskanal hatte. Chephren gehorchte den Verfügungen seiner Mutter, hielt sich zurück und kam nicht in den Garten, wenn Persenti dort badete. Und auch abends, wenn er und seine Schwestergemahlin Chamernebti mit Persenti und deren Familie zusammentraf, ließ er die gleiche Zurückhaltung walten. Trotz der so ganz anderen Herkunft von Chedis Familie benahm er sich ihnen gegenüber, als wären sie Verwandte und folgte auch darin dem Beispiel seiner Mutter. Bei Empfängen für die Großen seiner Provinz oder die Vorsteher der Nachbarprovinzen lud er Chedis Familie an seine Tafel, sodass das Volk und sogar die Höflinge glaubten, sie gehörten irgendwie zur Familie des Prinzen. Chamernebti, die ihrer Mutter Henutsen nicht nur äußerlich glich, sondern auch den gleichen Charakter und die gleiche Freiheit im Verhalten an den Tag legte, hatte sich mit Persenti angefreundet und behandelte Chedi und die Seinen wie enge Verwandte, was Chedis Eitelkeit auch sichtbar schmeichelte.

Obgleich eine Amme dem Kind die Brust gab und eine andere es wiegte, kümmerte Persenti sich selbst um ihren Sohn, um den all ihre Gedanken kreisten, war er doch die Verkörperung ihres Geliebten, den sie für tot hielt. Vergeblich versuchten alle, in ihrem Herzen die Hoffnung hochzuhalten: »Eines Tages wird er zurückkehren, mein Kind, du darfst nicht verzweifeln«, drängte die Mutter.

Doch die Unruhe ließ sie nicht los. »So viele Monate ist er schon fort, schon zwei Überschwemmungszeiten sind vorbei, Mutter!«

»Solange niemand beschwören kann, ihn tot gesehen zu haben, darfst du glauben, dass er lebt!«, erklärte Iu gebieterisch.

Nekaures Geburt war ein kleiner Trost gewesen, denn sie sah in ihrem Kind die lebendige Seele Djedefhors.

»Zieh dich schnell an und komm!«, drängte nun Nikaanch.

»Fahrt ohne mich, ich muss mich um Nekaure kümmern«, erwiderte Persenti.

»Das ist doch wieder nur ein Vorwand! Ruf doch nach dem Mädchen, das ihn wiegen soll. Du weißt doch, dass Chephren, wenn du nicht mitkommst, die Fahrt abblasen wird. Es ist doch ohnehin so langweilig hier auf dieser Insel!«

»Wieso soll er sie abblasen? Ich bin doch nicht unentbehrlich ...«

»Genau darum geht es: Du bist unentbehrlich ... zumindest für den Prinzen. Er freut sich doch immer, wenn du in seiner Nähe bist.«

»Genau deswegen gehe ich ihm lieber aus dem Weg.«

Da erschien Chamernebti mit der Wiegefrau.

»Persenti, ich habe Merithotep mitgebracht, damit sie dich ablöst an der Wiege deines Sohnes, so hast du keinen Grund mehr, die Einladung meines Bruders auszuschlagen.«

»Nebti, ich erfinde doch keinen Grund!«, empörte sich Persenti.

»Ich kenn' dich doch, Titi. Denk nicht mehr nur an Hori, du musst deinen Kummer vergessen und ans Leben denken, an die schöne Zukunft, die dir noch bevorsteht. Mein Bruder ist so glücklich, wenn du in seiner Nähe bist, es wäre grausam von dir, ihm immer nur auszuweichen.«

»Ich weiche ihm ja nicht absichtlich aus ...«

»Du weichst ihm immer deutlicher aus, und daher sucht er immer hartnäckiger nach dir. Du weißt doch, dass in unserer Familie die Schwestergemahlinnen nicht eifersüchtig sind auf die Frauen, in die ihre Brüder sich verlieben. Solltest du eines Tages Chephren heiraten, werde ich dir meine Freundschaft nicht entziehen, ganz im Gegenteil. Sieh doch nur, wie eng meine Mutter und die Königstochter Meritites miteinander verbunden sind. Ich liebe meinen Bruder sehr und möchte vor allem, dass er glücklich ist.«

»Das sind edle Gefühle, Nebti, aber ich liebe nach wie vor Hori.«

»Und wieso hindert dich das, auch Chephren zu lieben? Hori kann ja nicht eifersüchtig werden, da er nicht hier ist. Im Gegenteil: Ich bin überzeugt, dass er es gern sehen würde, wenn du auch mit seinem Bruder glücklich wärst.«

»Nebti hat Recht«, mischte sich jetzt Nikaanch ins Gespräch. »Was wäre ich froh, wenn Chephren mich liebte!«

»Er hat dich auch gern«, beteuerte Chamernebti.

»Mag sein«, seufzte die Kleine, »aber er hält mich für ein Kind.«

»Du bist doch auch noch keine zwölf Jahre alt! Wie könnte er etwas anderes in dir sehen als eine kleine Schwester? Doch los jetzt! Das Schiff wartet. Sie haben bestimmt alle längst Platz genommen. Man lässt den Fürst von Elephantine nicht warten.«

Da mussten sie alle drei lachen. Chamernebti nahm Persenti bei der Hand, die schnell ein Kleid übergeworfen hatte, und zog sie hinter sich her. Sie liefen durch die Säle der Residenz, Nikaanch im Gefolge, und kamen zur Terrasse, von der aus sie die Stufen zum Landesteg hinuntertrippelten, wo das große Schiff des Prinzen lag.

»Du hast dir aber wirklich Zeit gelassen, Titi!«, sagte Chedi vorwurfsvoll. »Alle warten auf dich! Dem Prinzen hat das bestimmt nicht gefallen!«

Doch Chephren lächelte übers ganze Gesicht: »Da übertreibst du aber, Chedi. Was könnte mir an Persenti wohl nicht gefallen? Wenn sie erscheint, glaube ich Hathor zu sehen, die Goldene, im strahlenden Glanz ihrer Pracht.«

Während er das sagte, hatte er Chamernebti die Hand entgegengestreckt, um ihr den Sprung an Deck zu erleichtern, und gleich danach hielt er sie Persenti hin, die ob des unverhohlenen Kompliments errötet war, aber nichts erwidert hatte. Gefiel ihr Chephren doch, oder wusste sie nur nichts zu sagen?

Sobald die drei jungen Frauen an Bord waren, hissten die Matrosen das viereckige Segel, die Ruder tauchten ins Wasser des Flusses, und schon legte das Boot ab vom Kai und fuhr flussaufwärts in Richtung Katarakt.

Nikaanch hatte sich vorne im Bug zu den anderen Kindern gesellt, zu ihrem zehnjährigen Bruder Rahertepi und den beiden Kindern von Chamernebti und Chephren. Mykerinos war inzwischen schon sieben und Chamernebti II fünf Jahre alt. Bei den Kindern war die Amme der kleinen Prinzessin, und zwei junge Männer passten auf, damit sie im Eifer des Spielens nicht über Bord gingen.

Das schlanke Schiff zerteilte die Wasserstrudel zwischen all den Inselchen, mit denen der Fluss bis hinauf zum nahen Katarakt schier gesprenkelt war. Dort oben sprudelten die Wasserfälle und Stromschnellen und prallten ab auf dem überspülten Felsgestein, das die großen Schiffe an der Weiterfahrt hinderte. Hier machte auch das Boot des Prinzen Halt. Neugierig drängten sich seine Gäste an der Reling, um dem waghalsigen Lieblingsspiel von Matrosen und Fischersöhnen zuzusehen, die sich oben am Katarakt flach auf ihre aus Schilfrohr und Papyrus geflochtenen Nachen legten und sich, mit Händen und Füßen rudernd, der mächtigen Strömung überließen, die sie in atemberaubender Geschwindigkeit in ihre Wirbel und Sturzfluten riss. Sie spülte sie hinunter ans untere Ende der Wasserfälle, wo sie im Gebrodel verschwanden und erst dort wieder auftauchten, wo der Fluss sich beruhigt hatte und gemächlich, aber unaufhaltsam die fruchtbaren Ebenen ansteuerte und sich dann verbreiterte zu dem bekannten trägen Strom.

Am Ende eines schmalen, parallel zu den Wasserfällen ausgehobenen Kanals gingen die Ausflügler von Bord. Jetzt musste sich die Mannschaft für kurze Zeit kräftig ins Zeug legen, um das Schiff mit Seilen zu ziehen und in ein höher gelegenes Becken zu hieven, wo alle wieder an Bord durften, um die Spazierfahrt zwischen neuerlichen Inseln fortzusetzen. Es war immer noch der Nil, der sich hier jedoch zu einem riesigen Becken verbreiterte.

»Chephren«, fragte Chamernebti ihren Bruder, »wieso sind hier so viele Inseln um uns herum, während der Nil in der Ferne seinen Lauf fortsetzt? Heißt es nicht, hier läge seine Quelle und ganz in der Nähe die Höhle Hapis, wo aus dem himmlischen Leib von Osiris die Wasser des Flusses entspringen?«

»Das wird zwar behauptet«, erwiderte der Prinz. »Der Gott Fluss soll in einer Höhle entspringen, im Herzen eines Berges, den unsere Vorfahren tatsächlich in dieser Gegend vermuteten. In Wirklichkeit liegt er aber viel weiter südlich, keiner weiß genau, wo. Die Heere unseres Vaters Cheops und unseres Ahns Snofru sind ja vorgestoßen bis jenseits des Katarakts, haben diesen Berg aber nie gefunden.«

»Und warum fahren wir nicht einfach immer weiter hinauf, bis wir diese geheimnisvolle Höhle gefunden haben?«, fragte Nikaanch.

»Weil an den Ufern Nubier leben, die uns feindlich gesonnen sind«, erklärte Chephren.

»Bist du nicht mächtig genug, um sie zu besiegen?«, fragte sie verwundert.

»Das schon, aber …« Der Prinz musste lachen. »Weißt du, ich habe schon so viele Aufgaben in unseren Provinzen zu erfüllen, dass ich gar keine Zeit habe, all diese wilden Völker zu unterwerfen.«

Das Schiff glitt dahin, und allmählich kam eine hügelige Insel in Sicht, auf der ein Hain aus Palmen, Akazien, Persea und Tamarisken ein mit Palmzweigen und Laub überdachtes Kapellchen mit Mauern aus gestampftem Lehm umschloss.

»Sobald wir uns dieser Insel nähern, müsst ihr völliges Stillschweigen bewahren«, erklärte Chephren all seinen Gästen. »In diesem Heiligtum ruht der Leib des guten Gottes Osiris. Dort schläft er in völliger Gelassenheit und kein Geräusch darf ihn aufwecken.«

»Ich dachte«, warf Chamernebti ein, »die verschiedenen Teile des Leibs des Gottes, den DER FEIND zerrissen hatte, seien auf ein Dutzend Heiligtümer in ganz Ägypten verteilt, und sein Haupt werde in seinem geheimen Tempel in Abydos zur Schau gestellt, wo unser göttlicher Vater seine letzte Einweihung erfuhr?«

»Das ist richtig, und dennoch ruht er auch hier, wo er die Überschwemmungen des Nils steuert, und gleichzeitig residiert er auch in der schönen Amenti und in der Duat im Osten der Welt. Denn Osiris ist zugleich einer und viele, er ist der Inbegriff des Großen und Ganzen, das ewig lebt und stirbt, das sich vermehrt durch die Zeugungskraft und sich wieder vereint durch die Anziehungskraft der Liebe in Gestalt Hathors, der Großen Mutter aller.«

Er wandte sich an Persenti, bevor er weitersprach, und sagte dann: »Du musst wissen, Persenti, dass diese Goldene, mit der ich dich vorhin verglich, die Verkörperung der Schönheit, der Freude und Liebe, aber auch des Zornes des Gottes ist. Es gab einmal eine Zeit, doch die liegt weit zurück, da Re auf der Erde, unter den Menschen, regierte, denn er war Gott und König. Seine Knochen waren aus Silber, sein Fleisch aus Gold wie das aller Götter, und sein Haar aus Lapislazuli. Aber wenn die Götter wie Menschen auf Erden leben, dann altern auch sie. Daher nützten die Menschen sein Alter aus, um aufzubegehren und ihn seines Thrones zu berauben. Da schickte der Gott ihnen als Strafe sein glühendes Auge. Er zeigte sich in Gestalt Hathors, die einen Löwenkopf annahm, wie Sechmet und Tefnut, denn in Wirklichkeit sind diese drei Göttinnen die verschiedenen Erscheinungsformen der Einzigen, der Großen Mutter, die die Welt gebar. Nun verfolgte die Göttin die Menschen bis tief hinein in die Wüste, metzelte sie, bis die Erde von Blut getränkt war, berauschte sich an diesem Blut. Und je mehr sie davon trank, um so gieriger wurde sie auf das Blut der Sterblichen. Da hatte der Gott allmählich Mitleid mit den Menschen und entsandte Onuris, den schützenden Krieger, den Herrn von Thinis und von Sebennytos, den rettenden Gott, der der rasenden Göttin Einhalt gebieten und sie aus den fernen Jagdgründen zurückholen sollte. Daher erhielt er den Namen ›der die Ferne bringt‹. Doch er wusste, mit Worten ließe sie sich nicht beruhigen. Daher sann er auf eine List: er ließ siebentausend Krüge Bier mit dem roten Ocker dieser Gegend hier vermischen und begab sich damit nach Nubien, wo die Göttin wütete. Dort goss er das Bier aus, in solchen Mengen, dass Bäche und Seen entstanden. Da kam sie gelaufen, die Göttin, glaubte sie doch, diese rote Flüssigkeit sei Blut, sie schlürfte es lechzend, ihr Herz wurde froh, doch dann schlief sie ein, besiegt vom Rausch. Als sie erwachte, war ihr Zorn abgeflaut, sie ging, um sich in das tiefe Becken auf dieser Insel zu tauchen, deren Name Senmut[1] ist. Und so kehrte sie in Begleitung von Onuris friedfertig zu Re zurück, und die Menschen durften sich wieder vermehren und ihre Erde neu bevölkern.«

»Herr«, fragte Persenti verwundert, »wie kann eine Göttin, die nur Freude und Schönheit zu sein scheint, sich plötzlich in eine rasende, blut- und mordlüsterne Löwin verwandeln?«

1 Es handelt sich um die heutige Insel Bigeh, die Nachbarinsel derer, auf der nach Flutung des großen Staudamms der Tempel von Philae neu errichtet wurde.

»Weil auch die Götter nicht gegen Leidenschaften gefeit sind und der Zorn ist eine der schrecklichsten Leidenschaften. Und da sie Götter sind, wachsen sich all ihre Gefühle ins Maßlose aus. Die in Hathor verkörperte Liebe muss eine ungeheure Macht sein, wenn alle Wesen der Schöpfung sich zueinander hingezogen fühlen, und dass ihr Zorn genauso maßlos ist wie diese Liebe, scheint mir nicht verwunderlich.«

Persenti schüttelte den Kopf, um anzudeuten, dass diese Erklärung sie nicht völlig befriedigte. Doch da fragte Chamernebti: »Mein lieber Herr, werden wir auf dieser Insel an Land gehen? Ich würde gerne den Brunnen sehen, in dem die Göttin gebadet hat.«

»Das ist nicht möglich. Nur die reinen Priester, die dem Gott zu huldigen beauftragt sind, dürfen den Boden der Insel betreten. Zuvor müssen sie sich von Kopf bis Fuß reinigen, sich sorgfältig waschen, sich von Körper- und Kopfhaar befreien und sich beweihräuchern lassen. Im Heiligtum selbst gibt es dreihundertfünfundsechzig kleine Altäre, und jeden Tag wird auf einem von ihnen Milch als Opfergabe dargebracht. Jeder dieser Altäre ist einem Tag des Jahres und dem an diesem Tag herrschenden Gott geweiht, damit der Gott diesen Tag für die Menschen erträglich gestaltet.«

»Hast denn auch du noch nie diese Insel betreten?«, fragte seine Schwester verwundert.

»Niemals. Ich wurde ja nie eingeweiht in die Geheimnisse des Osiris, im Gegensatz zu unserem Vater. Was ich euch erzähle, weiß ich nur von den Priestern und als Fürst dieser Provinz.«

Da sie inzwischen in Rufweite des Ufers waren, mussten sie jetzt schweigen. Nun sahen sie eine Gruppe Priester, kahl geschoren und nackt, aus dem Heiligtum treten, die nach vollendeter Huldigungspflicht durch den Hain zu einem am felsigen Ufer festgemachten Boot gingen, ihr Gewand anlegten und sich einschifften. Als sie den Prinzen auf seinem Schiff bemerkten, grüßten sie ihn schweigend und fuhren davon, während Chephren eine kleine Nachbarinsel ansteuern ließ. Kurz bevor sie sie erreichten, ergriff der Prinz abermals das Wort: »Diese Insel ist Isis, der Gemahlin von Osiris, geweiht. Früher stand hier ein kleines Heiligtum aus Holz und Blattwerk, das die Nubier aber angezündet haben, als sie in diese Gegend vordrangen und sie verwüsteten. Ich beabsichtige, hier einen der Göttin würdigen Tempel aus Stein zu errichten. Hier dürfen wir jetzt an Land gehen, hier ist es nicht verboten.«

Der Prinz gab Befehl, das Boot legte an, und als Erste durften die Kinder an Land springen. Sie schlenderten durch den dicht bewachsenen oberen Teil der Insel, der untere Teil wurde bei ansteigendem Wasser schnell überschwemmt. In der Mitte des geheiligten Hains war ein freier Raum ausgespart, dort hatte das kleine zerstörte Kapellchen gestanden.

»Hier«, erklärte Chephren, »erfuhr die Göttin den geheimen Namen des Re, wodurch sie zur ›Zauberreichen‹ wurde, zu derjenigen, die alle geheimen Namen der Götter kennt und folglich alle Geheimnisse des Alls. Sie ist somit die Große Mutter, die in ihrem Busen das Leben schafft und alle geborenen und zu gebärenden Wesen birgt. Daher will ich ihr einen Tempel weihen, der ihrer Bedeutung würdig ist und in dem ihre Geheimnisse Huldigung erfahren.«

»Und wie lautet nun der Name dieser Insel?«, fragte Chedi.

»Er lautet Philae.«

18

Mehrere Monate waren seit Simris Flucht schon vergangen, und trotz seiner Gelassenheit gegenüber Schicksalsschlägen begann Djedefhor sich zu wundern, dass er niemals mehr Nachricht erhielt von seinem Herrn Biridiya. Hatte er ihm nicht versprochen, ihn schnell hier herauszuholen, ihn notfalls an einen ebenso freisinnigen und menschlichen anderen Herrn zu verkaufen? Hatte er ihm nicht versichert, er bliebe nicht lange in Fesseln? Es war doch weit mehr als ein Jahr verstrichen, seit er zur Arbeit in den Salzminen verbannt worden war, fünfzehn Monate vielleicht, er wusste es nicht genau zu sagen. Er war auch niemals wie Simri zur Feldarbeit eingeteilt worden. Dieser hatte allerdings das Vertrauen missbraucht, es zur Flucht genutzt, und das hatte den über die Sklaven zu befindenden Vorarbeiter sicher vorsichtiger gemacht. Es war Djedefhor aufgefallen, dass die Bewachung seit der Flucht seines Gefährten strenger geworden war und die Wachen gerade ihn misstrauisch beäugten, nicht nur, weil er sein Bettnachbar gewesen war, sondern weil jeder hatte sehen können, dass die beiden Männer sich angefreundet hatten. Und so fürchtete man wohl, er könne dem schlechten Beispiel des anderen folgen, der ihm ja wohl auch den Fluchtweg verraten hatte.

Eines Tages, als er in den Salzminen arbeitete, erschien ein Mann in Begleitung des Vorarbeiters. Sein Gesicht war bartlos, sein sorgfältig gekämmtes Haar am Ansatz gewellt und dann zu unzähligen kurzen Zöpfen geflochten, die von einem Kopfband aus Goldfäden umschlungen waren. Er trug ein besticktes Gewand aus feinstem Leinen und an den Armen reichen Schmuck aus Gold und Lapislazuli.

»Herr, ist das der Mann, den du suchst?«, fragte der Vorarbeiter.

»In der Tat, er ist es. Bei Ascherat! Sein langes Hiersein scheint ihm nicht sonderlich zugesetzt zu haben, obwohl er magerer wirkt nach all der harten Arbeit unter dieser Sonne. Doch er wird bald wieder aufgepäppelt sein. Ich nehme ihn sofort mit.«

»Hast du gehört, Hori?«, rief der Vorarbeiter Djedefhor zu. »Leg deine Hacke aus der Hand, und geh mit deinem Herrn.«

Djedefhor wunderte sich, dass dieser Unbekannte sein ›Herr‹ genannt wurde, er glaubte immer noch Biridiya zu gehören, aber er hatte gelernt, keine Fragen zu stellen. Er legte sein Werkzeug aus der Hand und stellte sich vor seinem vermutlich neuen Besitzer auf, folgte ihm bis zu den Unterkünften, wo man ihm die Ketten abnahm. Dann nahm sein neuer Herr Platz in einer Art Sänfte, die von zwei Eseln getragen und von vier Lanzenträgern begleitet wurde. Djedefhor wurde aufgefordert, neben der Sänfte zu gehen.

»Du scheinst mich nicht wiederzuerkennen«, sagte der Mann, als sie sich in Bewegung gesetzt hatten.

»Ich gestehe, mich nicht zu erinnern, wo ich meinen Herrn schon gesehen hätte.«

»Du hast mich in der Tat nur flüchtig gesehen, am Tag, als du mit deinem ersten Herrn nach Gomorrha kamst.«

»Jetzt erinnere ich mich! Du bist Chiziru!«

»Bei Ascherat! Du hast ein gutes Gedächtnis. Ich auch, wie du siehst, denn ich habe dich nicht nur nicht vergessen, sondern mich bemüht, dein neuer Herr zu werden.«

»Solltest du mich Biridiya abgekauft haben, Herr? Solltest du derjenige sein, an den mein Herr mich zu verkaufen gedachte, um mich zu befreien aus dieser Fron in den Salzminen?«

»So ganz stimmt das nicht. Du musst wissen, Biridiya weilt nicht mehr auf dieser Erde.«

»Wie? Sollte ein so guter Herr von den Dämonen des Todes geholt worden sein?«

»Hör mal! Die Guten wie die Schlechten sind vor dem Tode gleich, selbst der beste Mann der Welt kann ihm nicht entkommen. Ich erfuhr aus seinem Munde, was zwischen dir und seiner Gattin vorgefallen war. Ich verstehe und bewundere dich, dass du sie abgewiesen hast. Ich beglückwünsche dich dazu und liebe dich desto mehr. Weniger gut verstehe ich jedoch, dass du Biridiya, der doch wusste, dass du das, was seine Frau dir vorwarf, nicht begangen hattest und nicht zögerte, dich zu seinem eigenen Nutzen zu opfern, noch immer ob seiner Güte lobst. Er wollte sich doch nur die Gunst seines Schwiegervaters erhalten. Doch, wie du siehst, die Götter sind gerecht und ließen ihn eine solche Ungerechtigkeit nicht überleben. Du musst nämlich auch wissen, dass seine Frau – den Göttern sei Dank, mich vor einer solch elenden Brut bewahrt zu haben! – die Unverfrorenheit besaß, ihm vorzuwerfen, er habe dich eigenmächtig nur zur Arbeit in den Salzminen verurteilt. Sie hätte dich vors Stadtgericht geschleift, damit du die Strafe der Sklaven, die ihre Herrin zu vergewaltigen suchen, das heißt die Todesstrafe, erhältst. So viel Hass hat dein Widerstand in ihrem Herzen geweckt! Dies alles vertraute er mir an, als ich ihn eines Tages in geschäftlichen Dingen aufsuchte. Er wollte Esel kaufen, um eine Karawane nach Hawila zu schicken und kostbare Ware zu holen. Als ich mich wunderte, dich nicht bei ihm zu sehen, erzählte er mir von deinem Missgeschick. Er fragte mich auch, ob ich dich immer noch kaufen wolle. Ich antwortete, ich hätte meine Meinung nicht geändert, doch als wir schon fast handelseinig waren, stürzte seine Frau ins Zimmer, wie die Höllendämonin Lilith. Sie hatte unser Gespräch belauscht, schrie wie eine Hyäne und schleuderte ihrem Mann ins Gesicht, er habe einen Verbrecher der gerechten Bestrafung mit dem Tode entzogen und da ihm das offenbar noch nicht genüge, wolle er ihm jetzt auch noch die Qual in den Salzminen ersparen, indem er ihn an einen Mann verkaufe, der ihn doch nur als Gespielen haben wolle. Dann drohte sie ihm auch noch, ihn beim Ältestenrat zu verklagen und ihrem Vater von der Verderbtheit ihres Gemahls zu berichten. Das war dann der Grund, warum Biridiya wieder davon Abstand nahm, dich mir zu verkaufen.«

Was Chiziru da erzählte, konnte Djedefhor gar nicht fassen. Und warum hasste diese Idiya ihn derart?

»Was danach geschah, weiß ich nicht genau«, fuhr Chiziru fort. »Ich vermute, dass dieses Weib ihren Mann derart gereizt hat, dass er sie eines schönen Tages kurzerhand erwürgte. Da siehst du, was solch zänkischen Weibern geschieht, und Männern, die sich mit diesem Geschlecht einlassen. Und dann – befürchtete er, wegen Mordes an seiner Frau angeklagt zu werden oder war er des Lebens überdrüssig geworden? – erhängte der Unglücksrabe sich eines Tages. Und da er keine Erben hat, erwarb ich seine Pacht und somit Felder, Salzminen und Arbeitssklaven. Jetzt weißt du, wieso ich zu deinem Herrn wurde, denn all diese Sklaven und die Mühe der Verwaltung von Ländereien und Salzminen habe ich mir nur deinetwegen aufgehalst.«

»Meinetwegen, Herr?«, fragte Djedefhor verdutzt. Er fühlte sich irgendwie unbehaglich.

»Ja, deinetwegen. Der Ältestenrat von Gomorrha, der den Verkauf von Biridiyas Habe beschloss, wollte sich mit Kleinigkeiten nicht abgeben und verkaufte entweder alles, Landpacht und Sklaven, oder eben nichts. Aber ich denke kein schlechtes Geschäft gemacht zu haben, und es bietet mir ja auch Gelegenheit, mich vielfältig zu betätigen. Du allein schon bist Gold wert. Allein dein Erscheinungsbild ist bereits eine Wonne, und dann sollst du ja auch noch eine Menge Eigenschaften besitzen, die dieser Biridiya so anpries: Treue, Gewissenhaftigkeit, Gelehrsamkeit, Geschick in Bezug auf alle Schriften jeder Art … Bei Ascherat! Hori, du bist mit Eseln nicht aufzuwiegen!«

Bei dieser wunderlichen Bemerkung musste selbst Djedefhor lächeln, denn er erinnerte sich an den Kaufpreis, den Chiziru Biridiya vorgeschlagen hatte.

Die Stadt Sodom war nicht weit von Gomorrha entfernt, doch Chiziru hielt sich dort nicht auf, sondern steuerte geradewegs sein Landhaus an, das außerhalb der Stadtmauern in einem Vorort inmitten eines großen Gartens lag.

»Ich besitze natürlich auch wie Biridiya ein Haus in der Stadt, aber es ist klein, wie alle Häuser innerhalb der Mauern. Du wirst in diesem schönen Anwesen hier leben und dessen Verwalter sein.«

Chiziru entstieg seiner Sänfte, griff vertraulich nach Djedefhors Arm und führte ihn durch mehrere Räume bis hin zu einem mit Bäumen bepflanzten Hof mit Brunnen und Wasserbecken, in dem sich zwei Knaben vergnügten.«

»Dies ist Abdini, und das ist Salmu«, erklärte Chiziru, während die Jungen lachend aus dem Wasser stiegen. »Sie sind mir teuer und werden auch dir zu Diensten sein. Aber sag mir zuvor noch ehrlich, ob es dir gefallen würde, sie wie Mädchen zu behandeln?«

Die Frage erstaunte Djedefhor, doch bald fiel ihm ein, was Biridiya ihm über die Sitten der Bewohner von Sodom und Chizirus im Besonderen erzählt hatte. Da er sich aber die Freundschaft eines Mannes, der ihn aus so harter Knechtschaft erlöst hatte, nicht gleich wieder verscherzen wollte, zögerte er mit der Antwort, entschloss sich dann aber doch zur Wahrheit: »Gewiss nicht, Herr. Diese zwei Knaben mit ihren großen schwarzen Augen und dem lockigen Haar dürften vielen Frauen und vielleicht auch so manchen Männern gefallen, doch was mich anbetrifft, so sehe ich sie eher als Kinder.«

»Aber das sind keine kleinen Kinder mehr! Doch deine Antwort gefällt mir, denn ich hätte sie niemals allein gelassen mit dir, wenn du angedeutet hättest, sie könnten dir mehr bedeuten, als unsere gesellschaftlichen Gepflogenheiten zulassen. Du musst nämlich wissen, diese beiden Knaben sind keine Sklaven. Arme Familien geben ihre Kinder in die Obhut der Reichen, sobald sie heranwachsen und alt genug sind, von unserer Weisheit zu lernen. Sie bekommen Herren, die sie alles über die Welt, die Götter und das Leben lehren und sie auf das Erwachsenendasein vorbereiten, bis sie eine Gemahlin für sie gefunden haben. Das sind ehrenwerte und menschliche Regelungen, die wir den Stadtältesten verdanken. Sie erhalten sie lebendig, denn sie stammen aus Urzeiten, da die Götter noch auf Erden lebten. Doch niemals würde geduldet, dass ein Diener ihres Herrn ihre Jugend ausnützte, um sich ein verbotenes Vergnügen zu gönnen.«

»Zu derlei Vergnügungen habe ich ohnehin keinerlei Neigung, Herr. Außerdem widerspräche es jeglicher Selbstbeherrschung, die doch eine der Grundlagen der Weisheit ist, die ich in ihrer Gänze erlangen möchte, wenn man sich solchen Neigungen einfach überließe, weil man sie in sich verspürt.«

»Sag mir noch, lieber Freund, ob du auch Liebe zwischen Männern tadeln würdest?«

»Ich fühle mich nicht berechtigt, irgend etwas zu tadeln, und schon gar nicht zu urteilen über das Verhalten anderer. In meiner Heimat ist es üblich, dass wir eine Gattin nehmen, um eine Familie zu gründen, die den Sockel jeder Gesellschaft bildet. Doch in unseren königlichen Familien gehen wir Ehen ein, die meines Wissens bei allen anderen Völkern als verwerflich gelten: Wir machen unsere Schwestern zu ersten Gemahlinnen, dazu sind wir verpflichtet, selbst wenn wir später uns noch weitere Frauen aus anderen Familien als Gemahlinnen erwählen. So waren mein Vater und meine Mutter gleichzeitig mein Onkel und meine Tante. In unserer Familie halten wir es so schon seit mehreren Generationen, ein Brauch, den andere Völker brandmarken könnten.«

»Das stimmt, solche Ehen werden bei uns nicht geschlossen, doch Verbindungen unter Männern sind gang und gäbe«, räumte Chiziru ein, der das Gespräch zu beenden suchte, indem er sagte: »Ich muss mich wieder an die Arbeit machen. Ich überlasse dich diesen beiden jungen Dienern, die dir helfen werden, damit du dich in deinem neuen Amt öffentlich zeigen kannst.«

Als er gegangen war, baten die beiden Knaben Djedefhor in das Wasserbecken, wuschen ihn sorgfältig, schnitten und kämmten ihm das lange Haar, das seit Beginn seiner Knechtschaft nicht mehr geschnitten worden war, enthaarten seinen Körper, rieben ihn mit Duftstoffen ein und zogen ihm abschließend ein buntes, weites Gewand über. Er war wie verwandelt. Abdini führte ihn zu Chiziru in einen großen Arbeitsraum, wo zwei Schreiber tätig waren.

»Nun bist du aber prachtvoll herausgeputzt, du neuer Bürger unserer Stadt!«, rief Chiziru, als er Djedefhor erblickte und anerkennend um ihn herum zu gehen begann. »Wie Biridiya mir erzählte, beherrschst du mehrere Sprachen, unter anderem auch die der Menschen aus Sumer, und mehrere Schriften, nicht nur die der Schreiber deines Landes, sondern auch diejenige derer, die mit einem Rohrgriffel Wörter in Tontäfelchen prägen. Angeblich weißt du auch, wie man Abrechnungen erstellt und Güter verwaltet und welche Gepflogenheiten und welchen Glauben die Völker ringsum und in fernen Ländern besitzen. Stimmt das alles?«

»Herr, es ist an dir, zu beurteilen, ob Biridiya mit den Kenntnissen deines Dieners nur geprahlt hat.«

»Wenn das so ist, war es ja geradezu Irrsinn, so viel Wissen und solche Begabungen nicht zu nutzen und dich stattdessen in ein Bergwerk verbannt und zur Arbeit eines elenden Sklaven verurteilt zu haben.«

»Alle Erfahrungen haben etwas Gutes, und ich beklage mich nicht, auf diese Weise Geduld und Mäßigung gelernt und Einblick in die Gefährdung unseres Menschendaseins erhalten zu haben – ich, der ich in meinem Lande doch Prinz war.«

»Ich kann nicht beurteilen, ob du schon die Weisheit besitzt, von der du vorhin sprachst, doch dass du auf dem richtigen Weg dorthin bist, dessen bin ich gewiss. Ich sagte dir vorhin, ich gedächte dich als Verwalter einzusetzen. Aber damit wärest du nur der Verwalter dieses Anwesens, und das ist viel zu wenig für deine Kenntnisse. Und da ich ja nun den Besitz deines ehemaligen Herrn übernommen habe, hege ich die Absicht, mit meinen großen Eselsherden seine Handelsgeschäfte noch auszuweiten. Ich will Handelsunternehmen gründen mit all den Händlern, die Weihrauch, Myrrhe und all die kostbaren Waren aus dem südlichen Hawila liefern, denn die Nachfrage wird immer größer in den Städten, ob sie nun nah oder fern liegen, sie brauchen das alles für ihre Götter, aber auch zur Herstellung von allerlei Duftstoffen. Damit dürfte man reich werden, das spüre ich.«

»So sah es auch Biridiya«, bestätigte Djedefhor. »Aus diesem Grunde ließ er mich die Sprachen der Völker des Südens lernen. Er stellte mir einen Mann aus Hawila zur Seite, damit dieser mir alles beibrachte, was er wusste.«

»Ich vermute, das war Schinab, der sich nach Auslöschung seines Stammes in Gomorrha niederließ.«

»Ja, der war's, Herr.«

»Als Biridiyas Habe feilgeboten wurde und ich mich als Käufer meldete, trat Schinab an mich heran. Biridiya hatte ihn bei sich behalten, weil er ihm die Beziehungen zu den Leuten aus Hawilah, mit denen er Handel zu treiben gedachte, anvertrauen wollte. Er zählte mir alles auf, was er kann und weiß und bat mich mit so viel Nachdruck, ihn trotz seiner abgrundtiefen Hässlichkeit in meine Dienste zu nehmen. Er arbeitet in meinem Stadthaus in Sodom.«

»Solltest du, Herr, deine Diener nach ihrem äußeren Erscheinungsbild und nicht aufgrund ihrer Kenntnisse aussuchen?«

»Ich möchte beides vereint sehen, denn es missfällt mir, von Menschen umgeben zu sein, die ich nicht anschauen mag. Aber Schinab ist witzig und an sein bärtiges Gesicht habe ich mich inzwischen auch gewöhnt. Er hat mich übrigens wieder an dich erinnert, obwohl ich dich ja nicht vergessen hatte, aber er bedrängte mich immer wieder von neuem, dich rauszuholen aus den Salzminen, da du mir hier viel nützlicher sein könntest. Ich werde ihn dir zur Seite stellen, damit er dir weiterhin beibringt, was er alles weiß.«

»Herr, dafür bin ich dir dankbar, denn alles, was er mir noch beibringen kann, und das ist viel, wird deinen Diener bei der Erfüllung der Aufgaben, die du mir so großmütig zu übertragen gedenkst, nur stärken können und dir zugute kommen.«

19

Hetep-heres wimmerte kurz und hockte sich dann auf die zwei Steine über dem Tonbecken, das das Fruchtwasser auffangen sollte. Es war der neunte Monat ihrer Schwangerschaft und die ersten heftigen Wehen hatten eingesetzt. Nun würde das Kind ja wohl bald kommen. Doch es schien keinerlei Eile zu haben, die Welt der Menschen kennen zu lernen. Zum zweiten Mal hockte sie sich nun schon auf die Steine und wartete auf das kleine Wesen, das in ihr herangewachsen war, doch nichts geschah. Wie beim ersten Mal waren auch jetzt auf ihr Rufen hin die Hebamme und die sieben jungen Frauen aus der Prinzessin Gefolge herbeigeeilt. Sie sollten die sieben Hathors verkörpern, jene Gottheiten, die neben der Nilpferdgöttin Toeris bei jeder Geburt zugegen waren. Doch auch heute schickte sie sie wieder fort und streckte sich erneut auf ihrem Liegebett aus, voller Enttäuschung, Ungeduld und Angst. Warum empfand sie nur so düstere Vorahnungen? Sie fürchtete mehr um ihr Kind, als um sich selbst. Als sie ihrer Mutter davon erzählte, dämpfte diese ihre Furcht: »Wovor hast du Angst, mein Kind? Du hast doch schon Erfahrung. Deine kleine Merit, die doch jetzt schon so groß, so kräftig und so entzückend ist, hat dir doch kaum Schmerzen zugefügt, als sie zur Welt kam, und auch während der ganzen Schwangerschaft warst du so tapfer! So wird es auch bei diesem Kind ablaufen. Bis heute war doch auch alles wie üblich ...«

»Das Schlimmste steht mir noch bevor, Mutter. Aber ich habe auch nicht Angst um mich. Ich weiß nicht, welche Ängste mir plötzlich die Kehle zuschnüren und mir manchmal gar das Herz abdrücken ... Ja, ich habe Angst um das Kind.«

»Und wieso? In deinem Leib ist es doch sehr lebendig. Du hast dich doch gar beklagt, dass es sich dauernd bewegt und dich nachts am Schlafen hindert. Daher kommen diese bösen Träume. Die Oberste der Ärztinnen hat dir doch versichert, alles sei in Ordnung. Und um dich zu schützen, hängte sie dir all diese Amulette um und sprach die Zaubersprüche zum Schutz von Mutter und Kind. Du darfst dich nicht so ängstigen. Alles wird gut werden, wie beim ersten Mal, du wirst schon sehen.«

Diese Gespräche mit Nubet und deren Ermahnungen hatten sie zwar etwas beruhigt, aber nicht völlig überzeugt.

Djedefre, der erfahren hatte, er würde jeden Augenblick Vater, stürmte ins abgedunkelte Zimmer. Das hatte die Oberste der Ärztinnen verfügt, denn zu grelles Licht sei schädlich für die Gebärende. Daher waren die Fenster mit lichtundurchlässigen Stoffen verhängt, die gleichzeitig schlechte Einflüsse und die Dämonen des Tages abhielten.

»Ich dachte, ich wäre bereits Vater«, sagte der König und setzte sich auf die Bettkante. Es war schönes, aus Nubien eingeführtes Ebenholz, der Rahmen bespannt mit kräftigen Gurten aus Leinwand, und darüber türmten sich große, weiche Kissen vor einer Kopfstütze aus Elfenbein.

»Du wirst es bald sein«, beteuerte Hetep-heres.

»Ich hoffe, es wird ein Junge.«

»Das entscheiden allein die Götter«, gemahnte die junge Frau vorsichtig.

»Es wird ein Junge sein. Meine Majestät will es so, Meine Majestät hat es so beschlossen. Und dieser Chephren soll vor Neid platzen! Stell dir vor, Meine Majestät hat seiner Mutter ein Bündnis angeboten und sich gar herbeigelassen, unseren Onkel Neferu zu ihr zu schicken. Doch sie hat zu entgegnen gewagt, sie könne dazu nichts sagen, als hätte ihr Sohn die Entscheidungsgewalt … Dabei weiß doch jeder, dass sie alle Welt in der Hand hat, dass sie gegen Meine Majestät Ränke schmiedet und meinen Bruder, ja sogar meine Schwestern zu Ungehorsam aufwiegelt!«

»Hat Chephren deinem Boten wirklich keinerlei Antwort zuteil werden lassen, nachdem du ihm ein Bündnis angeboten hast und ihn öffentlich zum Erben des Horusthrons ausrufen lassen wolltest?«

»Dieser Bote ist noch immer nicht zurück. Ich verdächtige Chephren, ihn festzuhalten, um sich die Antwort zu ersparen. Denn wenn er meinen Vorschlag annimmt, bekundet er seine Unterwürfigkeit und meine Anerkennung als rechtmäßigen Erben unseres Vaters. Durch eine Weigerung würde er seine Missbilligung erklären und ganz bewusst Auflehnung bezeugen, und dann wäre es mir ein Leichtes, vor den Großen des Landes meinen guten Willen und seine Uneinsichtigkeit ins Feld zu führen. Aber wenn du mir einen Sohn schenkst, wird all dieses Hin und Her überflüssig, denn dann wird Meine Majestät einen Thronerben haben und gleichzeitig die Hochachtung der Großen gewinnen, weil sie sehen werden, dass die Götter mich lieben, mich begünstigen.«

»Mein lieber Herr, ich wünsche sehnlichst, dein Wille möge in Erfüllung gehen«, seufzte die junge Frau. »Du weißt, wie sehr ich dich liebe und wie sehr ich mir wünsche, du mögest zufrieden und glücklich sein.«

Er ergriff ihre Hand, die so matt war, und drückte sie zärtlich: »Ich weiß, dass du mich am meisten von allen liebst. Du bist sogar die Einzige, die mich wirklich liebt. Meine anderen Schwestergemahlinnen verabscheuen mich doch, von meinen Tanten ganz zu schweigen! Alle sind nur eifersüchtig auf mich, sie hassen mich, weil unser Vater mich zum Erben des Throns Beider Länder gemacht hat. Aber hat er nicht deswegen so gehandelt, weil er mich für den Würdigsten hielt, dieses göttliche Amt zu bekleiden?«

»Vermutlich, Djedefre«, murmelte Hetep-heres. So ganz überzeugt war sie nicht, wusste sie doch, welchen Druck ihre Mutter auf den König ausgeübt hatte, um diese Entscheidung zu erzwingen.

»Hat unsere Mutter dich schon besucht?«, fragte er, denn das Gespräch nahm eine Wendung, die ihm nicht behagte. Er wollte die Tatsachen nun mal nicht hören!

»Sie war vorhin noch da, weil wir glaubten, das Kind würde kommen. Doch dann ist sie wieder gegangen, sie hat ja so viel zu tun!«

»Möge es ihr gut bekommen! Sie will alles sehen, alles bestimmen, ich frage mich schon manchmal, wer eigentlich der König ist, wer dieses Land regiert? Neferu kümmert sich um den Bau meines Palastes und der Pyramide Meiner Majestät, und Minkaf spricht Recht in meinem Namen, aber sie – sie will hier regieren! Sie hält ständig Verbindung zu den Provinzvorstehern, sie erhält ihre Berichte, sie verhandelt mit den Nachbarmächten, sie beschließt die Entsendung von Soldaten in die Wüste, um die Wüstenbewohner zu bestrafen oder gar einen Vertrag mit ihnen zu schließen. Und was bleibt mir? Der Anschein, hier zu regieren. Aber ich begnüge mich damit, denn letztlich, was ist besser: Die Macht mit dem ganzen Rattenschwanz von Sorgen, oder der Anschein der Macht mit allen Annehmlichkeiten? Ich weide mich an der Achtung und der Furcht der Großen, genieße es, wenn die Höflinge sich vor Meiner Majestät zu Boden werfen, vor allem aber, dass man mich wie einen Gott anbetet, in mir den Vertreter sämtlicher Gottheiten der Welt der Sterblichen sieht. Alles in allem habe ich doch den besten Teil erwählt und kann mich genüsslich den Freuden dieser Welt hingeben. Sieh, ich ließ bereits ein paar Standbilder meiner königlichen Person fertigen, die einen aus Holz, andere aus Stein. Die werde ich überall aufstellen, in meinem Tempel, aber auch in unserem Palast, damit jeder Besucher mich anbetet und mein Andenken ewig wach gehalten wird, wohingegen der Name unserer Mutter Nubet längst vergessen sein wird, ja sogar der unseres Vaters Cheops.«

Hetep-heres sah ihren Bruder an und stieß einen Seufzer aus. Sie wusste zu gut, dass er das alles nur aus Übermut und Eitelkeit tat und nur aus Enttäuschung so zu ihr sprach, in Wirklichkeit aber danach gierte, all die Macht in Händen zu halten und all die Ämter zu erfüllen, die ihre Mutter sich angeeignet hatte. Doch er fühlte sich unfähig, sie ihr wegzunehmen, vielleicht auch, all die Verantwortung zu übernehmen, denn sein träges und rachsüchtiges Naturell war nicht geeignet, die Sorgenlast der Macht zu tragen und Verhandlungsgeschick zu beweisen. Ob es dabei nun um die Könige anderer Länder oder die Großen des Reiches und die Provinzvorsteher ging.

»Du hast Recht«, sagte sie schließlich, »du hast dich richtig entschieden, du behältst dir die Annehmlichkeiten des Königtums vor, ohne dir die Scherereien aufzuhalsen. Doch einmal wird der Tag kommen, da unsere geliebte Mutter uns verlassen wird, und dann wirst du alle Lasten deines Amtes auf eigenen Schultern zu tragen haben. Noch sind wir recht jung und haben das ganze Leben vor uns. Ich glaube, du wirst ein großer König sein, wie unser Vater, und aufgrund deiner großartigen Taten wird dein Name im Gedächtnis aller bleiben, nicht aufgrund all dieser Standbilder, die doch immer nur stumme, wenn nicht gar falsche Zeugen von Größe sind.«

»Ich werde alles tun, damit deine Worte Wirklichkeit werden, sodass du jetzt nur verkündest, was sein wird und es nicht nur ein Traum bleibt. Das Königtum ist ein guter Beruf, trotz so mancher Misshelligkeiten. Es bringt ja viele Vorteile mit sich, so allerlei Annehmlichkeiten, die mancher gerne hätte. Ich bin nicht geneigt, den Thron unserem Bruder abzutreten, mag er ihn noch so beäugen aus seiner Provinz. Wie gern würde er seinen Stuhl als Fürst von Elephantine eintauschen gegen den Thron des Königs Beider Länder!«

»Es ist leider nur allzu wahr, dass die Menschen bereit sind, der Macht wegen sich gegenseitig die Kehle durchzuschneiden, da mordet der Bruder den Bruder, oder gar der Sohn den Vater. Dass dieser Wahn zu solchen Verbrechen führen kann, müssen wir beklagen. Daher glaube ich nicht, dass das Königtum etwas Göttliches ist, denn dann dürfte es solche Niedertracht doch nicht geben. Das stammt doch eher von Seth als von Horus.«

»Da irrst du dich aber, Hetepi, es genügt, mit Gerechtigkeit zu regieren, wie Horus und schon Osiris es taten, als sie über das Schwarze Land herrschten. Man braucht sich nicht wie Seth zu gebärden ...«

Die junge Frau sah ihn eindringlich an und seufzte: »Aber du, bist du wirklich Horus? Regierst du mit Hilfe der Maat?«

Ein heftiger Schmerz, der ihr einen Schrei entriss, ersparte Djedefre die Antwort. Auf Bitten seiner Gemahlin half er ihr, aufzustehen und sich auf die Gebärsteine zu hocken, und dann ging er hinaus und ließ die Frauen kommen, die im Nebenraum abrufbereit warteten.

Noch am gleichen Tag, bevor die Sonne unterging, gebar Hetep-heres eine Tochter, die den Namen Neferhetepes erhielt.

20

Hunderte von Eselshufen hatten den Staub aufgewirbelt, der jetzt über der großen freien Fläche vor den Toren Sodoms in der Luft hing. Hier auf dem weiträumigen Marktplatz pflegten Händler und Züchter ihre Waren und ihr Vieh feilzubieten, doch so viele Menschen wie heute hatte man noch nie gesehen, und auch noch nie so viele Verkaufsstände an den Rändern des Platzes, wo für gewöhnlich ein paar Leinwandplanen über Holzpflöcken die auf Matten oder Teppichen ausgebreiteten Waren beschirmten. Dies war ein besonderer Tag. Schon etliche Tage zuvor waren Eselskarawanen eingetroffen, hoch beladen mit den viel begehrten Gütern aus dem Süden, mit Weihrauch, Sennes, Myrrhe, Goldpulver, Goldbarren, Elfenbein und Affen. Kundschaft war von weither zusammengeströmt, um ungeachtet der Hitze dieses Frühsommertages diese Kostbarkeiten zu erwerben. Eine willkommene Gelegenheit für die Viehzüchter und Ackerbauern aus der Nachbarschaft, die eilfertig ihre Tiere und ihre Feldfrüchte an den Mann zu bringen suchten.

Es war Chizirus dritte Karawane, die da aus dem Süden von Hawila zurückgekehrt war, aus dem Raume Semsem, wo die Waren von anderen Karawanen übernommen worden waren, von jenen aus den geheimnisvollen Gegenden des Südens, die die Ägypter das Land Punt oder *Ta-Netjer*, ›Gottesland‹ nannten. In Kanaan, Qedem, Charu, ja sogar in den Königreichen der Beiden Ströme war man so begierig auf derlei Kostbarkeiten, dass man bis nach Sodom oder Gomorrha reiste, um sich damit einzudecken. Schon mit den beiden ersten Karawanen hatte Chiziru sein Vermögen verdoppelt. Die Abwicklung dieser Handelsgeschäfte hatte er Djedefhor anvertraut, der an der Spitze der Eselskarawane bis Semsem gereist war. Schinab hatte ihn nicht begleitet, weil er fürchtete, von den neuen Herren der Oase erkannt und getötet zu werden. Chiziru wusste, dass er diesen neuen Reichtum allein Djedefhor verdankte, und so hatte er ihn gleich nach der ersten Rückkehr freigesprochen und nach der zweiten zu seinem Geschäftspartner gemacht.

An diesem Tag nun, noch vor Morgengrauen, hatte Djedefhor mit Hilfe von Schinab und etlicher Bediensteter einen Teil der Waren aus dem Süden mit Eseln zu den Zwischenlagern auf Chizirus Anwesen gebracht und war dann zum Marktplatz gegangen, wo weitere Dienstleute Chizirus dabei waren, Teppiche auszulegen, Pflöcke in den Boden zu rammen und als Schutz gegen die brennenden Strahlen der Sonne Segel darüber zu spannen. Als die Waren dann abgeladen und im Schatten der spärlichen Bedachung ausgelegt waren, kamen auch schon die ersten Kunden. Djedefhor, in seinem weiten, bestickten Gewand, das ihm Würde verlieh, verhandelte persönlich mit ihnen, da er ja die meisten der auch in den entferntesten Gegenden gesprochenen Sprachen beherrschte. Er war für Chiziru unentbehrlich, weswegen dieser ihm auch alle geschäftlichen Verhandlungen überließ, zumal er sich längst als kluger Kaufmann bewährt hatte, der Erfolge und Gewinne einbrachte. Dies war nun der letzte Großmarkttag des Sommers. Sobald die größte Hitze ausbrach, blieb jeder zu Hause, und erst wenn gegen Mitte des Herbstes die Sonne sich gen Süden entfernt hatte, zogen die ersten Karawanen wieder los. So konnten die Händler ihre Preise durchsetzen und jeden Abschlag von der Hand weisen. Djedefhor machte ihnen das beispielhaft vor und das brachte ihm den Ruf eines ganz außergewöhnlichen Verwalters ein, um den jedermann

Chiziru beneidete und den man abzuwerben suchte, nachdem er ihn freigesprochen hatte. Doch Djedefhor hatte immer treu zu ihm gestanden und auch die verlockendsten Angebote ausgeschlagen, wodurch er Chiziru nur noch mehr ans Herz gewachsen war.

Als er gerade wieder einmal ein Geschäft erfolgreich zum Abschluss gebracht hatte, trat ein Diener Chizirus an ihn heran und sagte, sein Herr ersuche ihn, doch einmal kurz in sein Stadthaus zu kommen. Djedefhor wusste, dass Chiziru, wenn er ihn vom Markt wegrufen ließ, einen gewichtigen Grund haben musste. Er eilte durchs Stadttor und durch die lärmenden, am heutigen Markttag besonders überfüllten Straßen. Inzwischen kannte man ihn hier gut und es war auch nicht mehr wie vor zwei Jahren, als Chiziru ihn hier einfach ansprach, um ihm ein Schäferstündchen vorzuschlagen, wenn es auch immer noch etliche Männer und Frauen gab, die ihm funkelnde Blicke zuwarfen. Er gelangte zu Chizirus Haus und fand einen Gast vor, den er aufgrund des kahlen Schädels und der großen schwarzen Augen in einem runden Gesicht für einen Mann aus Sumer hielt. Beide Männer saßen in Sesseln mit dicken Kissen einander gegenüber.

»Hori«, sagte Chiziru lächelnd, »Igibar ist ein Kaufmann aus der Königsstadt Ur im Lande Sumer. Er beherrscht unsere Sprache nur unzureichend und ich kenne kein Wort der seinen. Er will wohl Geschäfte mit mir machen, aber ich habe nicht so recht verstanden, was er vorschlägt. Sprich du mit ihm in meinem und auch deinem Namen, da du ja mein Geschäftspartner bist.«

Djedefhor wandte sich an den Gast und hob die Arme zum Gruß. »Mein Name ist Hori, und ich bin der Vertrauensmann des hohen Herrn Chiziru und der Verhandlungsführer in geschäftlichen Angelegenheiten.«

»Dann sag deinem Herrn, dass ich ein reicher Kaufmann aus Ur bin und dort Lagerhäuser und zahlreiche

Bedienstete habe. Ich bin mit meiner Eselskarawane hierher gekommen, um Erzeugnisse aus Hawila einzukaufen, vor allem Weihrauch, den Duftstoff der Götter. Als ich hier ankam, sagte man mir, der beste Kaufmann hierfür sei der hohe Herr Chiziru. Daher suchte ich ihn gleich in seinem Haus auf.«

»Und wieso, Herr, bist du nicht zum Markt am südlichen Stadttor gekommen, wo alle Geschäfte abgewikkelt werden?«, fragte Djedefhor erstaunt.

»Weil ich nicht ein beliebiger Kunde eines beliebigen hiesigen Händlers sein möchte, sondern einen Geschäftspartner suche. Ich kann Esel und Dienstleute zur Verfügung stellen und einen Teil der Kosten für zukünftige Karawanen übernehmen. Dann bringe ich einen Teil der Waren in mein Land und werde der einzige Händler für Waren aus Hawila und Punt. Das wird für uns alle ein Gewinn sein, denn ich wäre der Vertreter des Handelshauses Chiziru. »

Djedefhor übersetzte Igibars Vorschlag für Chiziru, der ihn sofort um Rat fragte: »Sag mir, Hori, was du davon hältst.«

»Mir scheint, wir sollten dieses Angebot nicht ausschlagen. Wir könnten Verträge schließen mit Igibar, ihm die Waren zukommen lassen, die er dann dort vertreibt, wodurch uns ein Gewinn zufließt, weil er uns einen Markt eröffnet, zu dem wir bisher noch keinen Zugang haben. So wird das Handelshaus meines Herrn sich über sämtliche Königreiche des Nordens und der Beiden Ströme ausdehnen und mein Herr sich eines Tages rühmen dürfen, der reichste und mächtigste Mann nicht nur des Sidim-Tales, sondern von ganz Kanaan und Charu zu sein. Und dann wirst du endlich verwirklichen können, was Biridiya nicht mehr vergönnt war: wir werden an den Ufern des Meeres des Südens eine Flotte bauen lassen, die die Erzeugnisse aus dem Lande Punt vor Ort abholt und in den Stauräumen unserer

Schiffe bis zu dem Hafen bringt, wo wir neben unseren Werften auch Lagerhallen gebaut haben werden. Von dort aus könnten wir uns dann Märkte in Richtung Ägypten erschließen, wo ebenfalls häufig Mangel herrscht an Weihrauch und Myrrhe.«

»Hori, mein Sohn, du bist ein wunderbarer Mann, du entdeckst uns ständig neue Horizonte. Das ist wahrhaftig echte Weisheit!«

Djedefhor lächelte, entgegnete jedoch nichts. Das entsprach nicht seinem Begriff von Weisheit, denn er verwechselte sie nicht mit dem Besitz irdischer Güter. Aber mittlerweile machte ihm dieses Spiel schon Spaß. Mit Begeisterung arbeitete er daraufhin, dass Chiziru als Kaufmann die Märkte beherrschte, denn schon seit langem empfand er für ihn Gefühle, die gemischt waren aus Dankbarkeit, Bewunderung und Zuneigung. Das ging so weit, dass er nicht nur seine Heimat vergaß und diejenigen, die er dort geliebt hatte, sondern sogar seine ursprünglichen Entschlüsse, vor allem die Suche der geheimnisvollen Insel mit dem geheimen Buch des Thot.

Abdini und Salmu brachten Getränke und Obst und fächelten dann den Kaufleuten Kühlung zu, während diese die Vertragsbedingungen erörterten. Anschließend verließen Chiziru, der Händler aus Ur und Djedefhor das Haus und begaben sich zum nördlichen Stadttor, wo Igibar seine Eselskarawane mit all den Erzeugnissen aus Sumer hatte warten lassen: Lapislazuli, Zinn zur Herstellung von Bronze, Datteln aus Magan – die Besten der Welt – Palmwein, Stoffe aus Ziegenhaar und noch so manch andere Waren. Chiziru bot seinem Gast einen Aufenthalt in seinem Landhaus an, wo er auch die Karawane unterbringen konnte. Dort angekommen, vereinbarten sie Tauschgeschäfte, verhandelten hin und her, um die einzelnen Punkte des Partnerschaftsvertrags festzulegen, den Djedefhor dann in beiden Sprachen abfasste – auf Sumerisch in Tontäfelchen geprägt, auf Kanaanäisch auf Papyrus geschrieben – und jedem der beiden Geschäftspartner ein Exemplar aushändigte.

Igibar blieb acht Tage lang in Sodom, und jeden Abend gab Chiziru ihm zu Ehren ein Fest. Er ließ ihn die Annehmlichkeiten dieser Stadt des Vergnügens erleben, auf die man in Kanaan neidvoll schaute und deren Sittenlosigkeit vor allem die Viehzüchter aus der Nachbarschaft, die mit ihren Herden herumzogen, lautstark anprangerten, obgleich sie insgeheim vor Neid schier platzten.

Am letzten Abend, bevor die Leute aus Sumer wieder abreisen wollten, sagte Igibar zu seinem Gastgeber: »Chiziru, mein hoher Herr, mein Geschäftspartner, sobald ich wieder daheim bin, werde ich Inanna, meiner Göttin, und Utu, meiner Sonne, ein Dankopfer darbringen, weil sie meine Schritte bis zu dir gelenkt haben. Ich bin sicher, dass wir uns zu unserem Bündnis werden beglückwünschen können. Und wisse, dass ich dich um deinen Diener, diesen Hori, der so meisterhaft deine Geschäfte führt, beneide. Er ist in deinem Hause wie eine Perle aus dem Dilmun-Meer.«

Als Djedefhor für Chiziru die Worte des Gastes übersetzt hatte, lächelte dieser und sagte: »Hori, sag Igibar, meinem hohen Herrn, dass ich seine Überzeugungen teile und ebenfalls glaube, dass unser Bündnis Früchte tragen wird. Aber mach ihm auch deutlich, dass du nicht mein Diener bist: Lehre ihn, dass du mein Sohn bist, denn ich habe beschlossen, dich an Sohnes Statt anzunehmen und zum Erben all meiner Güter zu machen.«

Diese Worte, die ihm so plötzlich und unerwartet einen Entschluss enthüllten, machten Djedefhor sprachlos. Völlig verdutzt kniete er vor Chiziru nieder und sagte nach einem weiteren Augenblick des Schweigens:

»Chiziru, mein hoher Herr, mein Vater, was du mir da verkündest, erfüllt mein Herz mit Freude, aber ist dein Diener eines so großen Wohlwollens denn würdig?«

»Wenn ich es so beschlossen habe, dann beweist das, dass ich es glaube und damit nur deine Verdienste entlohne. Sieh, ich bin nicht mehr ganz jung, ich habe keine Kinder und – den Göttern sei Dank! – auch keine Gemahlin. Wem würden denn all meine Güter zufallen, sollte ich morgen diese Welt verlassen? Sie würden der Stadt gehören, während ihr alle – du, meine braven Diener, diese beiden Knaben Abdini und Salmu, die ich so liebe, und sogar dein Freund Schinab – ins Elend stürzen würdet, nichts zum Leben hättet und euch einen neuen Herrn suchen müsstet. Dich nehme ich an Sohnes Statt, und du wirst der Herr meiner Güter sein, mit der einzigen Auflage, all unsere braven Diener zu behalten und für die beiden Knaben zu sorgen, wie sie es verdienen. Und solltest du den wahnwitzigen Wunsch verspüren, dir eine Gemahlin zu nehmen, werde ich dir auch davon nicht abraten, denn es ist nicht jedem gegeben, einen Mann wie dich zu treffen, der würdig ist, ein großes Vermögen als Erbe anzunehmen.«

»Mag sein, Herr, und ein ehelich geborenes Kind, das das Blut seines Vaters in sich trägt, ist nicht allein aufgrund dieser Vaterschaft würdiger. Ist es da nicht vernünftiger, denjenigen einzusetzen, den wir uns auserwählt haben, und ist es nicht wirksamer, ein durch Arbeit und Klugheit erworbenes Gut an ihn weiterzugeben?«

»Du teilst also meine Meinung und kannst es mir folglich nicht verwehren, dich öffentlich als meinen Sohn zu bestimmen. Und auch für dich wäre es gewiss das Klügste, dich nicht mit Frau und Kindern zu belasten. Auch du könntest von einem gewissen Zeitpunkt an einen jungen Mann an Sohnes Statt annehmen, der sich würdig erwiesen hat, dein Sohn zu werden und deine Nachfolge anzutreten. Er wäre dann Herr über all die Güter und Handelsgeschäfte, die ich in deine Hände gelegt haben werde und die du noch ausgebaut und gefestigt haben wirst, wie du es zu meinen Lebzeiten ja schon tust zu meinem und deinem Nutzen.«

In den Städten des Siddim-Tals und vor allem in Sodom, wo Beziehungen zwischen Männern gang und gäbe waren und viele keine Frau hatten, aber sich plötzlich genötigt sahen, einen Erben zu bestimmen, war die Annahme an Sohnes Statt durchaus üblich und leicht zu bewerkstelligen. Es genügte, dass beide Seiten ihr Einverständnis bekundeten und vor dem Ältestenrat, dem eine ganze Flucht von Sälen voller Urkunden unterstand, eine offizielle Bestätigung hinterlegten. Wie in vielen Städten Kanaans ersetzte auch in Sodom der Ältestenrat einen König. Es waren Patriarchen wohlhabender Familien und Stammesführer, die einstimmig Entscheidungen zu treffen hatten, was zu endlosen Erörterungen führte, bevor ein gemeinsamer Entschluss gefasst war. Für gewöhnlich tagte der Rat an den Stadttoren. Nur wenn das Wetter launisch schien, zog er um in das Verwaltungsgebäude, wo alle Urkunden aufbewahrt wurden.

Und so trat auch Chiziru, wenige Tage nachdem er Djedefhor seinen Entschluss mitgeteilt hatte, mit seinem neuen Sohn vor den Ältestenrat. Man fragte den jungen Mann, ob er an Sohnes Statt angenommen und der liebende Sohn seines Vaters werden wolle. Nachdem er beides bejaht hatte, wurde darüber ein Vertrag geschlossen und in Anwesenheit von fünf Zeugen – darunter auch Schinab – im Urkundensaal abgelegt. Als Sohn eines Bürgers von Sodom musste Djedefhor allerdings einen landesüblichen Namen annehmen, und so nannte sein neuer Vater ihn von diesem Tag an nur mehr Abimilku, was ›mein Vater ist König‹ bedeutete und sich als sein Rufname bald schon im ganzen Land durchsetzte. Gleichzeitig hinterlegte Chiziru im Urkundensaal sein Testament, in dem er Djedefhor-Abimilku zum uneingeschränkten Erben all seiner Güter einsetzte, mit der einzigen Maßgabe, alle Dienstboten Chizirus auch in seinen Diensten zu behalten, wohingegen ihm das Recht, Sklaven freizusprechen, zugestanden wurde. Und genau darüber sprach Djedefhor mit seinem neuen Vater, nachdem beim Ältestenrat alles erledigt war.

»Sieh, als diese räuberischen Beduinen, die wir in Ägypten Schasu nennen, mich zum Sklaven erniedrigten, waren meine Leidensgenossen Männer und Frauen, die diese Gauner einfach aus ihren Dörfern entführt hatten. Als Biridiya mich in die Salzminen schickte, traf ich sie dort wieder. Sie waren von Vater und Mutter, von Brüdern und Schwestern, ja sogar von ihren Kindern kurzerhand getrennt worden. Heute nun erbitte ich von dir die Erlaubnis, sie aufsuchen und ihnen ihre Freiheit zurückgeben zu dürfen, damit sie heimkehren können zu ihren Familien, ihren Freunden und ihrem Besitz.«

»Mein Sohn«, erwiderte Chiziru, »du scheinst mir zwar zu gutherzig und zu großzügig. Doch da du jetzt im gleichen Rang wie ich Herr über meine Güter bist, werde ich mich deinem Handeln, sofern es dir richtig erscheint, nicht widersetzen. Doch bedenke, dass du, wenn du allen in den Minen arbeitenden Sklaven die Freiheit schenkst, keine Arme mehr haben wirst, um das Salz zu heben und auch der Ältestenrat dir die Schürfrechte entziehen wird, da die Pacht, die wir der Stadt zahlen, einen Großteil des Einkommens der Gemeinde darstellt. Man wird die Schürfrechte also anderen übertragen, die schon längst darauf lauern, und dann werden eben andere Sklaven dort arbeiten müssen.«

»Wir werden eben Freiwillige anheuern, freie Männer, die bereit sind, gegen guten Lohn in den Minen zu arbeiten. Denn diese Sklaven bekommen ja auch gut zu essen, und anstatt Wächter zu bezahlen, können wir sie entlohnen, und das würde nicht teurer für uns, ganz im Gegenteil. Ich habe es durchgerechnet und glaube mich nicht zu irren.«

»Dies will ich dir gern glauben. Doch ich bin nicht sicher, dass du mühelos freie Männer finden wirst, die bereit sind, sich solche Fron aufzuhalsen. Du hast ja selbst gesehen, dass es in unserer Stadt sehr viele gibt, die von der öffentlichen Fürsorge leben und selbst das Essen von der Gemeinde bekommen. Glaub mir, sie haben keinerlei Lust, dies zu ändern, sie verspüren weder das Bedürfnis, noch den Wunsch zu arbeiten, da sie ja alles Notwendige bekommen, ohne sich dafür anstrengen zu müssen. Daher bezweifle ich, dass du unter ihnen brauchbare Arbeitskräfte finden wirst. Andere wiederum haben bereits einen Beruf und werden ihn nicht aufgeben, um in deine Dienste zu treten. Aus diesem Grunde sind wir gezwungen, Fremde ins Land zu holen, um unsere Felder zu bestellen und unsere Salzvorkommen auszubeuten, und zur Beschaffung dieser Arbeitskräfte ist der Sklavenmarkt eben immer noch das beste Mittel.«

»Mein Vater, ich weiß sehr wohl, dass aus deinen Worten Weisheit fließt, aber gestatte mir, den Versuch zu unternehmen. Was wir hier nicht finden, können wir dann immer noch anderswo suchen.«

»Tu, was du zu tun wünschst, mein Sohn. Durch dein Geschick als Kaufmann hast du mir viel zu viel Reichtum eingebracht, als dass ich dir vorwerfen könnte, durch allzu viel Großmut einen Bruchteil eingebüßt zu haben.«

Am nächsten Tag schon begab sich Djedefhor allein und zu Fuß zu den Salzminen. Die Wächter und der Oberaufseher wussten bereits, dass er der Sohn ihres

Herrn geworden war und kamen ihm daher schon entgegen und grüßten ihn mit allen nur möglichen Ehrfurchtsbekundungen. Hatten sie ihn doch früher nur mit Verachtung gestraft. Nun erließ er den Befehl, alle Sklaven, die aus den Salzminen und die von der Feldarbeit, sollten ihr Werkzeug niederlegen und zu ihm gerufen werden. Die Wachhabenden wunderten sich, aber dem Befehl wurde Folge geleistet. Und als alle Sklaven beisammen waren, richtete er das Wort an sie: »Euer Herr, mein Vater Chiziru, und ich, Abimilku, euer neuer Herr, haben beraten und in unseren Herzen folgenden Entschluss gefasst: von heute an seid ihr frei. Die Fußfesseln werden euch abgenommen werden, und ihr könnt gehen, wohin ihr wollt. Ihr werdet ein Kleidungsstück und Wegzehrung erhalten sowie Gold als Tauschware, damit ihr nicht heimkehrt wie Bettler. Ich sehe, dass unter euch welche sind, die von den Beduinen entführt wurden aus ihren Siedlungen an Kanaans Küsten. Sie werden je einen Esel zur Heimreise bekommen.«

Bleiernes Schweigen war die Antwort auf seine Ansprache, dabei hatte Djedefhor Freudenschreie und jubelnden Dank erwartet.

Gewiss war es die Rührung, die all diese Menschen sprachlos gemacht hatte, sagte er sich. Die Rührung über eine so unerwartete Ankündigung hatte die Freude erstickt. Daher hub er von neuem an: »Wer noch Fußfesseln trägt, trete vor, damit man sie ihm öffne! Morgen schon dürft ihr euch als Freie auf den Weg machen.«

Dumpfes Geraune lief durch die Menge, traurige Blicke wurden getauscht, dann endlich trat einer vor und ergriff das Wort:

»Herr, was haben wir unserem Herrn denn angetan, dass er uns so behandelt? Was wirft er uns vor?«

Diesmal verschlug es Djedefhor die Sprache, er begriff nicht, was der Mann mit dieser Frage meinte.

»Ich verstehe nicht, was du meinst«, erwiderte er. »Weder du noch irgendein anderer habt uns etwas angetan, und wir haben euch auch nichts vorzuwerfen. Ich sagte doch, jetzt seid ihr frei und nicht mehr unsere Sklaven. Ihr könnt heimgehen und wieder wie freie Männer in Würde leben.«

Der Mann hielt es für nötig, genauer zu werden, dabei war für ihn alles sonnenklar.

»Herr, was sollen wir mit dieser Freiheit denn anfangen? Sieh, wir sind doch zufrieden mit unserem Los. Wir haben uns ein Heim geschaffen, haben Frauen genommen, die sich mit uns vereint und uns Kinder geschenkt haben, wir brauchen uns um das Morgen nicht zu sorgen, denn wir wissen, dass wir Tag für Tag unsere Zuteilung an Nahrung, Bier und Wein bekommen werden, dass wir ein Dach über dem Kopf und eine Schlafstatt haben. Was mich anbetrifft, so bitte ich dich, Herr, mich als Sklaven zu behalten. Nichts drängt mich, ein freier Mann zu werden, denn ich wüsste mit der Freiheit nichts anzufangen.«

»Ich teile die Meinung meines Gefährten«, erklärte nun ein anderer, der aus der Reihe getreten war. »Wo sollte ich hingehen? Eine andere Familie als diese hier habe ich nicht, auch kein Dach über dem Kopf außerhalb dieser Schuppen, in denen wir schlafen, und auch keine andere Arbeit als diese hier, um mich zu ernähren. Herr, beweise Güte und Großmut, gestatte mir, dass ich hierbleibe bei den Kindern, die mir geschenkt wurden und bei der Frau, die sich mir hingab und auch die Mutter dieser Kinder ist.«

Kaum hatte er geendet, fielen sämtliche Sklaven vor Djedefhor auf die Knie und flehten ihn an, sie in Diensten zu behalten und ihnen ihre Arbeit zu belassen. Die einzige Wohltat, die sie vom Sohn ihres Herrn anzunehmen bereit waren, war das Lösen der Fesseln bei jenen, die noch welche trugen.

Als Djedefhor seinem neuen Vater berichtete, wie die Sklaven reagiert hatten, lachte dieser ihm ins Gesicht: »Siehst du, Hori, ich ließ dich gewähren, weil ich wusste, dass die Sklaven so reagieren würden. Ich bewundere dich, weil du so vieles weißt, weil du so viele Sprachen sprichst, aber die Menschen kennst du noch sehr schlecht.«

21

Ayinel war von einer langen Reise nach Byblos zurückgekehrt. Er hatte Holz geholt, wie Djedefre befohlen, doch gleichzeitig die Gelegenheit genutzt, in allen Häfen, wo er Rast machte, auf allen Schiffen und in den Schenken die Leute zu befragen, ob man nicht vielleicht einen Mann namens Hori gesehen habe, einen Ägypter, der ins Meer gefallen war. Das sei zwar schon ein paar Jahre her, aber er könnte doch noch im Lande leben. Niemand hatte ihm Auskunft zu geben vermocht, niemand hatte einen Mann gesehen, auf den seine Beschreibung zutraf. Doch Ayinel war hartnäckig, und als das Holz verladen war, begann er von neuem, sich umzuhören in den Häfen, wo seine Flotte Halt machte. Er hatte hier zwar schon überall nachgefragt, aber es könnte doch immerhin sein, dass ein neu Hinzugekommener ihm doch ein paar Hinweise zu geben hätte. Seine Hartnäckigkeit war belohnt worden. Als er in einer Schenke in Askalon mal wieder seine ewige Frage gestellt hatte, war ein Mann auf ihn zugetreten und hatte seinerseits gefragt: »Sagtest du, dieser Ägypter, den du suchst, heiße Hori?« »Ja, so heißt er.« »Ich habe einen Mann aus deiner Heimat gekannt, der sich so nannte. Er war auf der Höhe von Gasa ins Meer gefallen und wurde von Wegelagerern gefangen genommen, von Beduinen, die auch mich zum Sklaven gemacht hatten. Sie trieben uns weit weg von hier und verkauften uns schließlich an einen Mann aus einer Stadt namens Gomorrha, jenseits der Berge von Kanaan.«

»Das muss er sein!«, hatte Ayinel ausgerufen. »Ist das schon lange her?« »Ja, etliche Jahre.« »Sag mir, wo er jetzt ist und wie du freikommen konntest.« »Wir haben miteinander in den Salzminen gearbeitet. Wir trugen Fußfesseln, aber wir waren gut Freund miteinander, unsere Schlafmatten lagen nebeneinander. Was aus ihm geworden ist, kann ich dir nicht sagen. Mir wurden eines Tages die Fußfesseln abgenommen, und ich wurde zur Feldarbeit eingeteilt. Da ergab sich dann die Gelegenheit, dass ich fliehen konnte. Ich wollte, dass er mit mir käme, aber er lehnte es ab, er behauptete, dies sei eine gute Prüfung für ihn, diese Arbeit verhelfe ihm zu größerer Weisheit. Ich habe es bis nach Hause geschafft, wo ich mein Heim und meine Familie wiederfand und meine alte Arbeit wieder aufnehmen konnte. Aber von diesem Hori habe ich nie mehr etwas gehört. Ich weiß nicht, was aus ihm geworden ist.« »Wann hast du dich von ihm getrennt?« »Oh! Drei Jahre oder gar mehr dürfte es schon her sein …, doch eher schon vier … ich weiß es nicht mehr so genau. In all den Jahren kann er auch schon gestorben sein, oder auch er ist geflohen.« »Wo liegt diese Stadt Gomorrha? Weit von hier?« »O ja, etliche Tagesmärsche.«

Für Ayinel gab es keinen Zweifel, dass dieser Mann von Djedefhor sprach, vor allem, als er den Grund genannt hatte, warum dieser Ägypter es vorgezogen hatte, Sklave zu bleiben: um durch diese Erfahrung zu größerer Weisheit zu gelangen. Doch vor der Verantwortung, die Flotte in einem fremden Hafen zurückzulassen, um über die Berge von Kanaan bis zu jener Stadt Gomorrha zu stapfen, war Ayinel zurückgescheut. Nach so vielen Jahren musste man ja auch befürchten, ihn gar nicht mehr in jenen Salzbergwerken anzutreffen. Daher hatte er beschlossen, mitsamt seiner Holzladung nach Memphis zurückzukehren. Doch er war fröhlichen Herzens, da für ihn kein Zweifel bestand, dass Djedefhor noch am Leben war. Man könnte doch – so dachte er – eine Expedition zusammenstellen, eine bewaffnete Truppe nach diesem Gomorrha senden und dort den Prinzen freikaufen oder notfalls mit Gewalt befreien.

Als er mit seiner Flotte an den Kais im Hafen von Memphis festmachte, war Ayinel glücklich, unter den Wartenden Ibdadi zu sehen. Mehr als zwei Jahre sei er fort gewesen, noch nie habe eine Expedition gen Byblos so lange gedauert, sagte Ibdadi, als er ihn liebevoll an sich drückte. Ein Boote habe ihm gemeldet, die Schiffe seien gesichtet, sie kämen schon den Flussarm herauf, geradewegs auf Memphis zu.

»Mein lieber Ayinel, wir fürchteten alle schon das Schlimmste, selbst die Königin Henutsen, bei der du große Achtung und Bewunderung genießt, weil du dich nicht mit Djedefre gegen die anderen Mitglieder der königlichen Familie verbündet hast. Ja, weil wir seit so vielen Monaten ohne Nachricht waren, hatten wir schon geglaubt, ein Sturm habe die Flotte mit dir und den Mannschaften in die Tiefe gerissen.«

»Sieh, Ibdadi, ich bringe eine beachtliche Menge Holz und so manch andere Waren mit heim. Aber ich wurde aufgehalten, vor allem durch einen Zwist zwischen dem König von Byblos und dem von Ugarit, und dabei ging es genau um den Besitz der Zedernwälder, weswegen uns der Zugang zum Zedernberg monatelang versperrt blieb. Wir mussten warten, bis sie Frieden schlossen und durften dann erst mit dem Holzschlagen beginnen. Ich bringe aber auch gute Nachricht, die alle hier erfreuen wird und vor allem Königin Henutsen.«

»Was ist das für eine Nachricht?«, fragte Ibdadi verwundert.

»Meine Reise zog sich in die Länge, weil ich mich auf der Hin- und Rückfahrt in jedem Hafen Kanaans mehrere Tage lang aufgehalten habe. Ich habe alle Schenken, alle vor Anker liegenden Schiffe aufgesucht und jeden, der mir begegnete, nach Hori gefragt. Und auf der Rückreise, in einem der letzten Häfen vor den Küsten Ägyptens, hat ein Gott mir einen Mann zugeführt, der mir von Hori erzählen konnte, der mit ihm in Gefangenschaft gewesen war. Höre nun: Djedefhor, der Bruder des Königs, ist am Leben, er befindet sich irgendwo jenseits der Berge Kanaans, im Umkreis einer Stadt namens Gomorrha.«

»Ich kenne Gomorrha, das ist eine der fünf Städte des Siddim-Tals, eine reiche Stadt, die von den Salzvorkommen lebt, doch mehr noch vom Handel mit den Gegenden des Südens, die an das Land Punt der Ägypter angrenzen.«

»Dort befindet sich Hori. Er arbeitet in einer dieser Salzminen als Sklave. Ich werde Djedefre mit dir zusammen aufsuchen, um ihn zu überreden, eine Gesandtschaft dorthin zu schicken, um die Freilassung des Prinzen zu fordern, oder eine Militärexpedition durchzuführen, um ihn zu befreien.«

»Ayinel, du darfst Djedefre nichts von alledem sagen. Er wird gewiss keine Gesandtschaft und auch keine Befreiungstruppe nach Gomorrha entsenden. Komm erst einmal mit zu mir nach Hause, ich muss dir erklären, wie es hier zugeht.«

Ibdadi fasste Ayinel unter den Arm und nahm ihn mit sich zu seiner Residenz in den Gärten des ehemaligen Königspalastes von Memphis.

»Erzähl mir von Byblos«, sagte er, während sie dahinschlenderten.

»Die Stadt blüht auf, mehr denn je, trotz mancher Zwistigkeiten mit den benachbarten Fürstentümern entlang des Meeres. Wie die Zeit vergeht, Ibdadi! Wie sie uns davonläuft! Unser guter König Abischemu ist schon seit längerem tot, wie du ja weißt, doch während meines Aufenthaltes ist auch sein Sohn Elibaal zu seinen Ahnen heimgekehrt. Er war nur kurze Zeit krank, war doch kaum älter als ich, und jetzt thront schon sein Sohn im Palast.«

»Das ist doch gut, und man muss den Göttern dankbar sein, dass sie den Thron Abischemus Familie bewahren. Auch ich beginne, die Last der Jahre zu spüren und danke dem Gott, dass ich noch Kraft und Saft besitze. Doch wie lange noch? Aber ich grüble nicht, denke nicht nach übers Jenseits, will gar nicht wissen, was uns eines Tages geschieht, uns allen, die wir unter dem Licht der Sonne leben. Sieh, man muss leben, wie man es sich wünscht, sein Leben wie ein schönes Fest gestalten, wie immer dieses Fest auch aussehen soll, denn was danach kommt, wissen wir nicht. Aus den Amenti ist noch niemand zurückgekehrt, um uns zu berichten, ob das Leben dort auch nach unseren Wünschen abläuft.«

Prinzessin Neferkau, Ibdadis Gemahlin, kam ihnen freudig auf der Schwelle des Hauses entgegen. Auch sie sagte zu Ayinel, alle hätten sich Sorgen gemacht, weil er so lange fortblieb, was sich niemand erklären konnte. Nachdem Ayinel auch ihr die Gründe für seine Verspätung genannt hatte, bat Ibdadi ihn und seine Gemahlin in den schattigen Garten, und sobald die Getränke aufgetragen waren und sie Platz genommen hatten, öffnete er den Mund und sprach: »Ayinel, seit deiner Abreise ist hier so manches geschehen, sind bedauerliche Ereignisse eingetreten, die jedermann mit Sorge erfüllen. Ich glaube, du warst noch nicht fort, als Hetep-heres Djedefre eine Tochter schenkte, während er einen Sohn erwartet hatte?«

»Seinen Kummer, doch vor allem seinen Zorn kann ja wohl niemand vergessen. Ich weiß noch sehr gut, dass er Hetep-heres unter Schmähungen verstieß und sie zu Nubet flüchtete, die Seiner Majestät abermals den Kopf zurechtrücken musste. Als ob diese arme kleine Hetep-heres hätte Einfluss haben können auf das Geschlecht des Kindes, das ihr Bruder ihr gemacht hatte!«

»Danach hat Djedefre zwar Reue bekundet, sich tausendmal entschuldigt und seine jüngere Schwester gebeten, wieder zu ihm zurückzukehren, doch sie hat sich geweigert, mit Unterstützung von Nubet. Nun tobte Djedefre und schrie, er würde diesen Knaben, diesen Thronerben bekommen, und wenn er sämtliche Mädchen des Königreichs aufs Kreuz legen müsste.«

»Ich hoffe nicht, dass er das tatsächlich gemacht hat.«

»Nicht so ganz, aber lass dir zuerst erzählen, dass er kurz nach deiner Abreise noch einen viel gewichtigeren Grund für einen Wutausbruch fand.«

»Sollte es tatsächlich einen gewichtigeren Grund für ihn geben als den fehlenden Thronerben?«

»Für ihn schon. Du erinnerst dich doch, dass er auf Neferus Rat hin den Eingang zur Pyramide mit dem Kronschatz zumauern ließ?«

»Wirst du mir jetzt sagen, dass ein Dieb es geschafft hat, die Mauer niederzureißen und ins Innere der Pyramide einzudringen?«

»Viel schlimmer. Hör zu: Du weißt doch, dass Djedefre sich ein Heer treuer, gut bewaffneter und gut ausgebildeter Soldaten aufstellen wollte.«

»Davon war in der Tat die Rede.«

»Um dieser Truppe, die ja noch nicht groß ist, Sold zahlen zu können, beschloss er, den Kronschatz zu öffnen. Er begab sich also zur Pyramide, mit Neferu und Minkaf, dem Obersten der Priesterschaft der Pyramide des Gottes Snofru, und etlichen Arbeitern, die die Mauer niederreißen und die Steinblöcke vor dem Zugang zu den Stollen entfernen sollten. Das dauerte länger als einen halben Tag. Für ihn war klar, dass auf diesem Wege niemand hatte hineingelangen können. Doch als sie schließlich vor der unteren Kammer und dann auch vor der oberen standen, waren diese leer – vollkommen leer. Des Königs Zorn war so hemmungslos, dass er sämtliche Männer, die den Schatz zu bewachen hatten, die Soldaten, aber auch die ringsum wohnenden Priester foltern ließ und ihre Hinrichtung anordnete.«

»Was? So etwas hat er gewagt?«

»Tatsächlich wurden nur einige wenige gefoltert und nur drei oder vier hingerichtet, weil Nubet rechtzeitig einschritt. Sie selbst gebot dem Henker Einhalt und ordnete die Freilassung der offensichtlich unschuldigen Gefangenen an. Der König stand dabei, und als Wächter und Henker sich zu ihm umdrehten, um eine Bestätigung des Befehls der Königin zu erhalten, reckte sie sich empor wie die Göttin Ascherat und schleuderte ihnen entgegen, sie entscheide hier alles und man habe ihr uneingeschränkt zu gehorchen, wenn man ihren Zorn mehr fürchte als den des Königs. Und da Djedefre stumm blieb, vor Wut kaum mehr Luft bekam, gehorchten sie der Königin. Doch später dann ließ der König alle Säle in der Pyramide abklopfen, die Wände der unteren wie auch der oberen Kammer, wo der größte Teil der Kostbarkeiten gelagert worden war, tief ins Mauerwerk hinein anbohren, doch alles war umsonst. Er fand keinen Geheimausgang.«

»Dabei kann es doch gar nicht anders sein«, warf Ayinel ein. »Es muss einen streng geheimen Zugang geben, doch um den zu entdecken, müsste man die ganze Pyramide wohl Stein um Stein abtragen lassen.«

»Ich bin der gleichen Meinung wie du, Ayinel. Aber man fragt sich ja doch, wer einen so gewaltigen Schatz davontragen konnte. Um so viele Gegenstände herauszuholen, muss jemand doch mehrmals gekommen sein, aber wie – und wer? Wer hätte denn einen Geheimzugang anlegen können, wenn nicht die beiden Erbauer der Pyramide, also Abedu oder Anchaf. Aber beide sind längst tot. Nicht einmal der Gott Cheops dürfte einen anderen Zugang gekannt haben, denn er wurde ja auch Opfer von Räubern. Doch damals glaubte man, den Dieb gefunden zu haben: diesen Magier, der in Memphis lebte und dessen Leiche im unteren Raum entdeckt wurde, weil er dem König in die Falle gegangen und in die Fänge der Schlangen geraten war.«

»Ibdadi, ich erinnere mich noch gut an diese Geschichte, die jedermann verblüffte. Aber rätselhaft blieb sie, da niemand je erfahren hat, wie er überhaupt in die Pyramide hineingelangt war. Und wenn es einen geheimen Zugang gibt, wie hätte er ihn kennen können? Dieser Mann schien doch kein Bekannter von Abedu zu sein und noch weniger von Anchaf.«

»Wie er ihn kennen konnte? Dieses Rätsel ist in der Tat noch zu lösen.«

»Man fragt sich ja auch, wem ein solch riesenhafter Beutezug zugute kommen sollte. Hat man denn niemanden entdeckt, vielleicht unter den Familien der Pyramidenwachen, der plötzlich ein anderes Leben führte, sich einen Palast erbaute oder Landbesitz erwarb?«

»Darauf lauert der König, doch bis heute erweist sich der Dieb als sehr umsichtig, noch hat er sich nicht bemerkbar gemacht durch Zurschaustellung von Reichtum. Doch das war es nicht, Ayinel, worüber ich dich aufklären wollte, denn das gehört schon der Vergangenheit an. Obgleich der Verlust des Kronschatzes in gewisser Weise schon zusammenhängt mit der Verhaltensänderung des Königs und seiner neuen Zügellosigkeit.«

»Ich höre. Sollte er begonnen haben, Wahnsinniges zu unternehmen?«

»Genau das ist es. Seiner Bitte gemäß ließ Neferu ihm ganz in der Nähe der Baustelle seiner Pyramide einen riesigen Palast errichten. Alle Arbeitskräfte, alle verfügbaren Mittel wurden in diesen Bau gesteckt, der noch während deiner Abwesenheit, also in weniger als zwei Jahren, eingeweiht werden konnte. Der König hatte ihn schon bezogen, bevor er vollständig fertig war. Noch vor ein paar Monaten wurde daran gearbeitet, er wurde vergrößert, neue Flügel wurden angebaut.«

»Beabsichtigt Djedefre etwa, dort seinen ganzen Hof und alle Verwaltungsamtsstuben des Reiches zu versammeln?«

»Ganz und gar nicht. Seiner Mutter und Minkaf hat er den Palast von Cheops mitsamt den Amtsstuben und den Höflingen überlassen. Und in seinem neuen Palast hat er Hunderte junger Frauen untergebracht, die sorgfältig ausgewählt und zum Teil sogar gegen ihren Willen in den großen Harem des Königs verschleppt wurden.«

»In der Hoffnung, dass wenigstens eine von ihnen ihm einen Sohn schenkt?«

»Das ist gewiss nicht der Hauptgrund. Er bietet sie feil, diese Frauen, und lässt sich dafür bezahlen. Da der Kronschatz geraubt, er von den Bauern als Zins nur Lebensmittel, den Ertrag des Bodens und der Viehzucht bekäme, und Chephren die Goldvorkommen Nubiens und die Steinbrüche von Syene in seiner Gewalt behielte, müsse er nach anderen Mitteln und Wegen suchen, um seine Krieger zu entlohnen und die Arbeiten am Bau seiner Pyramide fortsetzen zu lassen. Daher verpflichtet er die Großen des Reiches, bei den Frauen seines Harems ihr Vergnügen zu suchen und ihn mit Gold, Silber, Edelsteinen und anderen Wertgegenständen zu bezahlen.«

»Wenn ich dich recht verstehe, ist der Große Palast ein riesiges Freudenhaus und Seine Majestät der Kuppler«, warf Ayinel ein.

»Das brauchst du mir nicht zu sagen. Das Schlimmste aber ist, dass er dort auch seine beiden ersten Gemahlinnen gefangen hält, Chentetenka und Meresanch.«

»Jetzt sag bloß noch, er bietet auch seine eigene Schwester und die Tochter des Gottes Cheops an.«

»Das tut er, ohne Zweifel, zumindest was Chentetenka anbetrifft. Wie es heißt, verlangt er für sie den höchsten Preis, vor allem im Kreis der Höflinge, für die es ein zusätzliches Vergnügen ist, sich mit der Gemahlin des Königs zu vereinen. Und er wagt es noch, lautstark zu erklären, auf diese Weise würde es ihr ja wohl irgendwann einmal gelingen, ihm einen Sohn als Nachfolger auf dem Horusthron zu bescheren. Zahlreich sind die Höflinge, die sich rühmten, ins Schlafgemach der Königin gelangt zu sein.«

»Jetzt sag doch mal, was unternimmt Nubet? Wie kann sie ihren Sohn so würdelos handeln lassen? Wieso duldet sie, dass er sich so benimmt?«

»Dir das zu sagen, fällt mir am schwersten. Als sie erfuhr, wie der König sich benahm, hat sie natürlich äußerst heftig reagiert, vor allem, nachdem er auch noch seine Gemahlinnen in den Harem gesperrt hatte. Mir gegenüber sprach sie sogar von ihrer Befürchtung, ihr Sohn könne wahnsinnig geworden sein. Sie sagte mir auch, wenn das Reich noch nicht auf den Abgrund zusteuere, dann nur, weil sie die Zügel der Macht in Händen hielte; dass in Wirklichkeit sie regierte, obgleich sie wisse, dass in den Augen des Volkes Djedefre der König sei. Aber seine Macht, Schaden anzurichten, werde immer größer, da er bald schon eine zahlenmäßig starke und ihm ergebene Garde zur Verfügung haben dürfte. Und mit seinem Harem wuchs sein Einfluss auf die Offiziere und auch auf die Soldaten seiner Garde, ja sogar auf die Provinzvorsteher, die zu Besuch kamen. Denn diese alle bekamen unentgeltlich Zutritt zu den Sälen und deren Bewohnerinnen. Womit wieder einmal bewiesen wäre, dass Sinnenlust höher zu bewerten ist als Gold, wenn man seine Männer halten will.«

»Erzähl doch weiter von meiner Schwester. Was hat sie unternommen?«

»Als Erstes sandte sie ihrem Sohn einen ihrer Schreiber, der ihm den Befehl zu überbringen hatte, er solle sofort zu seiner Mutter kommen. Denn er hielt sich nur noch in seinem Palast auf und besuchte die Königin, bei der Hetep-heres Zuflucht gefunden hatte, kein einziges Mal mehr. So ließ er auch Nubet durch den Schreiber ausrichten, er, der König, habe nicht zu ihr zu kommen, sondern sie zu ihm, zu Seiner Majestät. Nach allerlei Ausflüchten und etlichen Versuchen von Abgesandten, entschloss Nubet sich dann doch, ihren Sohn in seinem Palast aufzusuchen. Was dann geschah, weiß niemand zu sagen. Aber wisse, lebend kam sie nicht wieder heraus. Djedefre behauptete, Unwohlsein und Schwindel habe sie plötzlich befallen, und dann sei hohes Fieber hinzugekommen. Angeblich war er gezwungen gewesen, ihr in seinem Palast ein Krankenlager einzurichten. Auch seine Leibärzte habe er kommen lassen, sie hätten alles versucht, um sie zu heilen, doch leider ohne Erfolg. Sie verließ den Palast auf dem Begräbnisschlitten und wurde in der kleinen Pyramide zu Füßen derer von König Cheops, die ihr zugedacht war, beigesetzt.«

»Was? Meine Schwester soll schon auf dem Weg zu den Amenti sein? Sie, die doch kerngesund war? Die nie in ihrem Leben je krank war? Aber ihr Sohn? Kannst du dir vorstellen, dass Djedefre sie ermordet haben könnte?«

»Ayinel, ich weiß wirklich nicht, was ich dir antworten soll, ich wage es nicht, deinen Neffen einer solchen Missetat zu verdächtigen. Es gibt ja kein schlimmeres Verbrechen, als die eigene Mutter zu ermorden. Deswegen halte ich lieber den Mund. Djedefre hat allerdings sogleich danach seine Wachen in Cheops' Palast geschickt, wo ja auch Minkaf residiert, und diesem erklärt, nun nehme er selbst die Angelegenheiten des Reiches in die Hand. Dies wiederum war nur eine Förmlichkeit, denn er überlässt Minkaf sowohl die Rechtsprechung als auch die Verwaltung der Steuern und Abgaben. Und inzwischen gibt er sich immer offenkundiger seinen Lastern hin, verbringt die meiste Zeit mit seinen Haremsfrauen und hält sich fern von Meresanch und Chentetenka.«

»Und Hetep-heres?«

»Er hat sie nicht zu zwingen gewagt, in seinen Palast umzuziehen. Sie bewohnt die Gemächer ihrer Mutter in Cheops' altem Palast.«

»Wir können doch nicht zulassen, dass er sich seinen beiden ersten Gemahlinnen gegenüber so würdelos beträgt!«

»Was willst du denn machen? Die beiden Paläste sind von Wachen umstellt, und er ist unerreichbar. Unsere einzige Hoffnung ist Chephren, er sollte endlich zum Aufstand aufrufen und gen Memphis marschieren. Doch sein Sieg ist nicht gesichert, denn Djedefre hat sich durch Bestechung die meisten Provinzvorsteher des Nordens und auch etliche des Südens zu Verbündeten gemacht. Er lässt ihnen auf ihrem Gebiet völlig freie Hand und stellt nur die eine Bedingung, dass sie ihm einen Teil vom erhobenen Zins abgeben. Die Fürsten sind überglücklich, nun wirklich Herr über ihre Provinz zu sein, Könige in einem Kleinstaat, dem Horus von Memphis nur tributpflichtig. Sie wissen nur zu gut, dass sie diese Vergünstigungen sofort wieder einbüßen und zu Provinzverwaltern herabgestuft würden, falls Chephren in den Großen Palast einziehen sollte.«

»Ibdadi, ich werde zu Djedefre gehen. Er wird mich empfangen, da ich ja von dieser Expedition zurückkomme. Ich werde mit ihm reden, ich werde alles tun, was in meiner Macht steht, um ihn zur Umkehr zu bewegen. Er ist mein Neffe, und ich glaube, einen gewissen Einfluss auf ihn zu haben.«

»Das können wir uns alle nur wünschen, Ayinel, ich bezweifle allerdings, dass dir gelingt, was seiner Mutter Nubet misslang.«

Die Audienz, um die er angesucht hatte, wurde ihm ohne Verzug gewährt. Ayinel betrat den Thronsaal im alten Königspalast von Cheops, und schon erhob sich Djedefre, der für gewöhnlich weihevoll auf dem Thron sitzen blieb, und ging mit breitem Lächeln seinem Onkel entgegen.

»Ayinel, mein guter, mein lieber Onkel! Wie glücklich ist Meine Majestät, dich wiederzusehen! Oh, diese Angst, du könntest nie mehr heimkehren, die Flotte von Unwettern in alle Winde zerstreut, dein Führschiff in die Tiefen gerissen vom tosenden Meer!«

»Herr, mein Neffe, Deine Majestät sei beruhigt, ich bin wohlbehalten zurück und mit kostbarer Ladung, trotz mancherlei Misshelligkeiten, von denen ich Deiner Majestät noch berichten werde. Doch sieh, ich erfuhr von unserem guten Ibdadi, dass meine Schwester, deine heißgeliebte Mutter, uns verlassen hat, heimgekehrt zu ihrem *Ka*. Wie war das möglich? Sie war doch so kräftig, so gesund!«

»Ach! Weh! Ich Armer! Welch grausames Schicksal ist mir beschieden! Warum hören die Götter nicht auf, mich zu schlagen, als neideten sie mir meinen Thron! Ja, meine verehrte Mutter, die heißgeliebte Königliche Gemahlin meines Vaters, des gerechtfertigten Gottes, sie ist aufgebrochen zum Schönen Westen, sie hat uns verlassen, und ich Armer bleibe verwaist und allein zurück in dieser elenden Welt!«

»Djedefre!« Ayinel sagte es streng, denn diese wortreiche Zurschaustellung von Kummer war ihm zu viel. »Hör auf zu jammern und erkläre mir lieber, wie meine Schwester, die kerngesund deinen neuen Palast betrat, plötzlich und völlig unerwartet von einer Krankheit befallen und zu Boden gestreckt werden konnte, obgleich, wie mir Ibdadi berichtete, die besten Ärzte des Hofes sich um sie bemühten.«

»Wie du selbst sagst, mein Onkel, wurde sie plötzlich und völlig unerwartet zu Boden gestreckt. Ich bin überzeugt, es war ein Dämon, der sie packte, der uns ihren Leib entriss. Deswegen ließ ich ja auch sämtliche Säle des Palastes ausräuchern, um alle bösen Geister mit Weihrauch zu verjagen.«

»Djedefre, es scheint mir doch merkwürdig, dass sie gerade in deinem Palast urplötzlich von diesem angeblichen Dämon gepackt worden sein soll. War sie nicht hergekommen, um dein Verhalten zu rügen, deine Art, wie du das Große Königliche Haus in ein Freudenhaus verwandelt hast?«

»Was sagst du da, mein Onkel? Was willst du andeuten mit diesen Worten? Solltest du es wagen, auch nur einen Augenblick lang zu denken, ich könnte Schuld sein am Tod der Königin, ich, ihr Sohn, könnte die Hand erhoben haben gegen sie? Im Namen der Maat schwöre ich dir, dass ich sie nicht angerührt habe, ihr nicht zu nahe getreten bin. Doch du hast Recht, wenn du sagst, sie habe mir Vorwürfe gemacht, völlig unverdiente Vorwürfe übrigens, und ich war unfähig, ihr zu antworten, weil sie so hemmungslos aufgeregt war. Ich suchte sie zu beruhigen, doch ohne Erfolg. Sie schrie so laut, so enthemmt, dass wohl dabei ihre Seele durch den weit aufgerissenen Mund aus ihrem Leibe fuhr. Sie schwankte und brach plötzlich zusammen, und wie ich Ibdadi schon sagte, befiel sie ein hohes Fieber, was die herbeigerufenen Ärzte bezeugen können. Doch bei Sinnen war sie schon nicht mehr, war bereits auf dem Weg in die Amenti, ohne das Bewusstsein wiedererlangt zu haben. Und das tröstet mich, denn das Alter stand ihr bevor, dieses Alter, das sie so sehr fürchtete, und so verließ sie uns, ohne leiden zu müssen, ohne dass es ihr überhaupt bewusst wurde. Nun kennst du die Wahrheit, mein Onkel, und ich würde es dir sehr verübeln, wolltest du den Worten Meiner Majestät, deines Herrschers, keinen Glauben schenken.«

Ayinel entging nicht, dass im Tonfall Djedefres Bedrohung mitschwang. Ihm wurde klar, dass sein Neffe jeglichen Begriff von Gerechtigkeit und verwandtschaftlicher Hochachtung, ja sogar von Selbstachtung eingebüßt hatte und durchaus fähig wäre, den Onkel, sofern er weitere Fragen zu stellen sich erkühnte, ins Jenseits befördern zu lassen. Daher verneigte er sich und sagte wie unbeteiligt: »Ich glaube dem Wort Deiner Majestät und bin überzeugt, dass du deine Mutter nicht angerührt hast, denn wir wissen doch alle, dass dies das schändlichste Verbrechen ist, über das nicht mehr die Menschen, sondern der Gott die Strafe verhängt … Sieh, ich kam zu dir, um dir das Holz und die anderen aus Byblos mitgebrachten Güter zu übergeben. Ich werde die Schiffe entladen und alle Waren in die königlichen Lagerhäuser schaffen lassen. Dann will ich Trauer tragen um meine Schwester und ersuche daher Deine Majestät bereits heute um die Erlaubnis, mich für eine Weile zurückziehen zu dürfen in den Tempel des Re in Heliopolis.«

»Meine Majestät gewährt es dir, mein Onkel. Tu, was du sagtest: Übergib das Holz Neferu, der tatkräftig an meiner Pyramide baut, und lass all die anderen Güter in die königlichen Lagerhäuser schaffen. Die Schreiber sollen sie auflisten, Meine Majestät wird später alles überprüfen.«

Ayinel hütete sich wohlweislich, dem König mitzuteilen, dass er die Spur seines Halbbruders gefunden hatte, wie er es auch nicht wagte, auf die Geschehnisse im neuen Palast anzuspielen, und schon gar nicht auf die Art der Gefangenschaft der beiden Königinnen. Er verneigte sich vor dem König, führte die Hände zu den Knien und zog sich zurück. Außerhalb des Palastes fühlte er sich sicherer, war er frei.

Kaum war er gegangen, erschien Upeti im Audienzsaal, wo der König allein zurückgeblieben war.

»Sieh, Upeti, selbst mein Onkel ist gegen mich. Er wagt es, mich zu verdächtigen, meine Mutter umgebracht zu haben, mich, ihren eigenen Sohn.«

»Herr, du hast deine Unschuld meisterlich bekundet.«

»Indes … obwohl ich es beeidete mit Maat auf der Zunge, glaubte er mir nicht so ganz, das war deutlich.«

»Ein Meineid war es dennoch nicht, denn des Mordes schuldig gemacht hat sich Deiner Majestät Diener.«

Djedefre schüttelte den Kopf, setzte eine verlegene Miene auf und sagte: »Gewiss, du hast's getan, aber du hast recht getan. Ihre Wut war so gewaltig, dass sie ohne deinen Dolchstoß durchaus fähig gewesen wäre, mir die Augen auszukratzen und die Wachen auf mich zu hetzen, auf mich, den König, ihren eigenen Sohn! Meine arme Mutter! Wurde sie denn nicht immer unerträglicher mit ihrer Sucht, mich zu überwachen, mir ständig Hindernisse in den Weg zu legen? Es genügte ihr nicht, mich zu demütigen, nein, sie musste auch noch die Macht an sich reißen! Sie benutzte mich nur noch, um in meinem Namen das Land zu regieren! Cheops hatte doch schließlich nicht sie zum Thronerben ernannt, sondern mich, seinen vielgeliebten Sohn! Hab' ich nicht Recht?«

»Gewiss. Daher mussten die Götter es auch gutheißen, als Deine Majestät deinem Diener zu verstehen gab, die Königin müsse zu ihrem heißgeliebten Gemahl entsandt werden. Ich war doch immer nur Handlanger der Götter.«

»Wie Recht du hast! Es vergeht kein Tag, mein guter Upeti, an dem ich mich nicht glücklich preise, einen Diener wie dich zu haben.«

»Und ich einen Herrn wie Deine Majestät. Und dein Diener wäre überglücklich, wolltest du ihm erlauben, das Lager deiner Schwester zu teilen, dieser Chentetenka, die meinem Herzen so wohlgefällig ist.«

»Was, Upeti? Fühlst du dich fähig, diese Löwin zu bändigen, diese echte Tochter Sachmets? Du hast doch erlebt, dass es keiner der Großen, die mich bezahlt haben, um sich mit ihr zu verlustieren, geschafft hat. Sie kamen aus ihrem Zimmer heraus mit ausgerissenem Haar, sofern sie noch welches hatten, mit zerkratztem, blutüberströmtem Gesicht, am ganzen Körper Spuren von ihren Krallen. Wenn ich ihnen als Ausgleich für das mir von ihnen übergebene Beischlafentgelt gestatte, sich der mit der Königin genossenen Wonnen zu rühmen, dann weiß ich im Voraus, dass all jene, die noch keinen Zutritt zu ihrem Schlafzimmer bekamen, für mich in ihre Schatztruhen greifen werden. Doch Erfolg habe ich ihnen niemals zugesichert. Und da es ihnen untersagt ist, der geheiligten Person meiner königlichen Schwester Gewalt anzutun, hat bisher noch keiner sie besessen. Glaubst du, dass es dir eher gelingt als den anderen?«

»Es genügt, wenn Deine Majestät deinem Diener gestattet, sein Glück zu versuchen.«

»Geh, Meine Majestät gestattet es dir. Aber komm nachher nicht, um dich zu beklagen, dass du ein Auge oder ein Ohr eingebüßt hast. Und ich verbiete dir, sie zu schlagen, meine liebe Schwester, diese Chentetenka, die Schöne, Gute, Sanfte … Sie ist das lebendige Abbild meiner Mutter, genauso rachsüchtig, störrisch, hochnäsig … Eine wahre Königin. Sehr bedauerlich, dass sie mich hasst. Und alles nur wegen dieses Chephren, mit dem sie sich schöne Tage und feuchtfröhliche Lustbarkeiten gegönnt hat. Ich habe wirklich kein Glück mit meinen Schwestern. Die Einzige, die mich liebte, hat sich im Palast unseres Vaters eingesperrt, und gewaltsam wage ich sie dort nicht herauszuholen. Nur weil sie Blut auf dem Gewand unserer toten Mutter gesehen hat und sich einbildet, ich hätte sie eigenhändig ermordet!«

»Es stimmt schon, Herr«, warf Upeti ein, »dass der Blutfleck an einer dummen Stelle saß: von Erbrochenem konnte er schwerlich herrühren.«

»Das ist richtig. Ich hätte es Hetep-heres niemals erlauben dürfen, ihre Mutter auf dem Totenbett noch einmal zu sehen. Aber ich konnte ihr doch schwerlich den Zugang zu dem Raum untersagen, in dem unsere Mutter ihre Seele ausgehaucht hatte. Das hätte doch Verdacht erweckt. Du hättest am Hals und nicht an der Hüfte zustechen sollen.«

»Ich tat, was ich konnte, sie gebärdete sich doch wie ein wildes Tier!«

Ayinel ließ, wie angekündigt, die Schiffe entladen und Neferu verständigen, er möge die Holzlieferung in Empfang nehmen. Doch von den anderen Gütern ließ er nur einen Teil, den weniger kostbaren, in die königlichen Lagerhäuser schaffen. Die wertvollen Gegenstände, wie auch das zum Gießen von Bronzewaffen verwendbare Zinn brachten Seeleute, die ihm ergeben waren und die er eingeweiht hatte, bei Nacht in die königliche Residenz von Memphis, wo er all diese Dinge Henutsen übergab. Sie verfügte mittlerweile über eine starke Wachmannschaft, da Djedefre die gesamte Königliche Familie in zunehmendem Maße bedrohte. Ayinel wusste jedoch nicht, dass die Königin mit einem Teil des aus der Pyramide herausgeholten Schatzes, den sie mit viel Geduld und Nechebus Hilfe Stück für Stück an sich genommen hatte, die Soldaten ihrer Leibwache entlohnte, den anderen Teil aber nach Elephantine geschickt hatte, verborgen in den Bäuchen der Schiffe, die mit Töpferwaren oder Ziegeln die Nachbarstädte anliefen und somit bei den königlichen Schreibern, die den Verkehr auf dem Fluss zu überwachen hatten, keinerlei Argwohn erweckten.

22

Gemächlich fuhren die Schiffe flussabwärts, sie überließen sich der trägen Strömung. Djedefhor befand sich im Führschiff, es war stabil gebaut, ganz aus Holz, und hatte im Heck, das nach oben geschwungen war wie der Bug, zwei Steuerruder. An den Breitseiten saßen je zwölf Männer auf den Ruderbänken, die sich notfalls in die Riemen legen konnten, um die Fahrt zu beschleunigen, oder bei drohender Gefahr zu Pfeil und Bogen oder Wurfspeer greifen konnten. Sie und zwölf weitere Waffenträger waren für die Sicherheit der Flusskarawane verantwortlich. Denn dem Führschiff folgten noch zehn weitere Boote, rund und tief die einen, nur aus Tierhäuten, über Holzrahmen gespannt, rechteckig die anderen, mit Holzplanken über geschickt zusammengenähten und mit Luft gefüllten Häuten. Die ersteren nannte man hier *quppu*, die letzteren *kalakku*. Auch sie besaßen zwei Steuerruder und hatten ein paar Männer an Bord, die mit langen Stäben diese schwankenden Kähne davor bewahrten, im Uferschlamm des Flusses oder auf Sandbänken zu stranden und an Stromschnellen in den Strudel zu geraten. Sie trugen nämlich kostbare Waren, vor allem mancherlei Duftharze aus den Bergen südlich des Gotteslandes.

Djedefhor empfand ein gewisses Gefühl von Erleichterung, als er eines schönen Tages, an einer Biegung des Flusses, die braunen Ziegelmauern der Königsstadt Ur, das vorläufige Ziel seiner Reise, vor Augen hatte. Hinter diesen zinnenbewehrten Mauern ragten grüne Dattelpalmen und zwischen manch anderen Bäumen stolz und hoch die Pappeln empor. Sie spendeten großen Stadthäusern Schatten und überwölbten die Flachdächer der Tempel und die in der Sonne funkelnden weiß gekalkten Wohnhäuser, die schmaler, aber auch recht hoch waren. Ja sie befächelten gar noch die alles überragenden Götterburgen, die die Einheimischen Zikkurat nannten. Von Ferne erschien ihm die Stadt, der die Mauern eine längliche Form gaben, doch recht weiträumig, und in den von Kanälen kästchenförmig eingeteilten Feldern ringsum lagen verstreut noch viele Landhäuser. Das Ganze erinnerte Djedefhor irgendwie an das Niltal, und das tat seiner Seele gut.

Nun war es schon fast zwei Monate her, dass er auf Chizirus Anraten hin Sodom verlassen hatte. Sein Adoptivvater und auch er selbst waren nicht vollends zufrieden mit der Arbeit ihres sumerischen Geschäftspartners Igibar. Sie hatten zwar nicht das Gefühl, betrogen zu werden, denn die Abrechnungen waren stets untadelig gewesen, doch es war ihm wohl nicht gelungen, seine ursprünglichen Versprechungen einzulösen. Chiziru fand, dass das Geschäft sich nicht entwickelte und der Ertrag aus dem Tauschhandel mit dem Zweistromland nur mäßig war. »Dieser Igibar beweist nicht so viel Tatkraft und Unternehmergeist, wie sein Mundwerk vermuten ließ«, hatte Chiziru immer wieder zu Djedefhor gesagt. Und schließlich hatte er Igibar vorgeschlagen, sein Sohn Abimilku werde sich ein Weilchen in Ur niederlassen, um ihn bei der Abwicklung der gemeinsamen Geschäftsvorhaben zu unterstützen und die Ausweitung der Handelsbeziehungen zu den benachbarten Städten und Ländern von Ur aus voranzutreiben. »Du bleibst ein oder zwei Jahre dort, um dir ein Bild zu machen und unsere Geschäfte wieder anzukurbeln. Danach werden wir überlegen, was weiterhin sinnvoll ist. Zwischenzeitlich kannst du ja ein paarmal die Karawanen zwischen unseren Niederlassungen in Sodom und Ur begleiten, denn so lange möchte ich auf deine Gegenwart und deinen Anblick nun doch nicht verzichten.«

So hatte Djedefhor an der Spitze einer kleinen Eselskarawane, mit Treibern und ein paar bewaffneten Männern, die für die Sicherheit zu sorgen hatten, Sodom verlassen. Sie waren über die Königsstraße gen Norden gezogen, am Fuße der Gebirge des Landes Moab entlang, bis zu dem Tal, wo jener kleine Fluss verlief, der ins Salzmeer mündete und von dem Simri ihm einst erzählt hatte und den die Einheimischen Jordan nannten. Weiter gings bis zu einem großen See, von dort hinauf ins Hügelland und wieder hinab in eine grünende Ebene, wo ihr erster größerer Rastplatz lag: die uralte Stadt Damaskus. Nachdem er dort einen Teil seiner Fracht – Salz, Weihrauch, Sennes und Myrrhe – verkauft hatte, war Djedefhor weitergezogen gen Norden, über Hamath, Ebla, Chaleppu hinaus, und dann hinüber zu den Ufern des Euphrat, den die Bewohner des Zweistromlandes Purattu nannten, was ›sehr breit‹ bedeutete. Dort hatte man die Esel entladen und die Waren auf die Boote und das Schiff verfrachtet. Bei der langsamen Fahrt hatte man noch in vielen Häfen der Uferstädte Halt gemacht. Die größte unter ihnen hieß Mari. In all diesen Uferstädten, sowohl in Kanaan wie auch in Charu, hatten sie Wegzoll zahlen müssen. Jetzt, da er Ur vor Augen hatte, war Djedefhor, der nicht nur den Tag- und Nachthimmel stets beobachtet, sondern auch ausdauernd nachgedacht hatte über die Ziele seines Handelshauses, zu dem Schluss gekommen, dass es in Zukunft doch sinnvoller wäre, anstatt so weit gen Norden und dann wieder zurück nach Südosten zu gehen, von Sodom aus geradewegs durch die Wüste zu ziehen und Ur über die Wege des Morgenlandes anzusteuern. Das war zwar sicher mühsamer, erforderte erhebliche Wasservorräte und folglich eine weit größere Zahl von Eseln, sparte aber viel Zeit und vor allem diesen mehrmaligen Wegzoll, der den Selbstkostenpreis der Waren spürbar in die Höhe trieb.

Das sagte er auch gleich zu Igibar, dessen Lagerhäuser sich im Flusshafen von Ur, östlich der Stadt, unterhalb der Mauern befanden.

»Möglich wäre es«, erwiderte Igibar, »doch meines Wissens hat sich noch niemand je vorgewagt in jene Wüsten, wo recht ungastliche Beduinen ihr Unwesen treiben.«

»Wenn es Beduinen gibt, gibt es auch Wasserstellen. Und ihre Ungastlichkeit lässt sich mit Geschenken besänftigen oder mit bewaffneten Männern in Schranken halten. Auf jeden Fall kommt es billiger als all diese Stadtzölle, ganz zu schweigen von all der Zeit, die man im Palaver mit den Zollamtsschreibern verliert. Dennoch bin ich froh, diese Reise gemacht zu haben, denn nun verstehe ich, wieso du in einem so gewinnversprechenden Geschäft so wenig Ertrag verbuchst.«

»Mein Herz ist glücklich, dich so reden zu hören. Nun hast du selbst gesehen, dass allein schon die Reisekosten den Selbstkostenpreis der Waren ganz beträchtlich in die Höhe treiben. Ich kann sie auch nur im Königreich Ur absetzen, denn wenn ich sie weiterbefördern wollte ins Land hinaus, selbst zu den nahe gelegenen Städten wie Eridu, Badtibira, Larsam, Uruk, die Große, oder Lagasch, müsste ich nicht nur die Transportkosten noch draufschlagen, sondern auch die jeweiligen Vermittlungsgelder, wodurch meine Preise unerschwinglich würden. Außerdem fehlen mir die Mittel, in all diesen Städten Lager zu mieten. Daher lag mir ja so an einem mächtigen Geschäftspartner, aber wie ich sehe, haben weder du noch ich bisher große Gewinne gemacht.«

»Um das zu ändern, bin ich gekommen«, beteuerte Djedefhor. »Wir werden die Abrechnungen Zeile für Zeile durchgehen und dann beraten, wie wir unsere Waren am besten absetzen, immer ein wenig unter dem Preis der anderen, selbst wenn unsere Gewinnspanne dann geringer ist. Es ist besser, mit sehr vielen Kunden wenig zu verdienen, als mit wenigen sehr viel. Danach werde ich persönlich die Wüstenstrecke erproben, damit wir abschätzen können, welchen Gewinn wir daraus erwarten dürfen.«

»Abimilku!«, rief Igibar aus, »wenn ich dich so reden höre, begreife ich immer mehr, wieso Chiziru dich an Sohnes statt annahm und zu seinem Geschäftspartner gemacht hat!«

Nachdem die Waren ausgeschifft und in Igibars Lagern aufgeschichtet waren, nahm dieser seinen Gast mit nach Hause. Sie gingen zunächst durch das Viertel im nördlichen Hafen und dann an einer langen Ziegelmauer entlang, die eine äußerst belebte Straße säumte.

»Das ist die Mauer des Königspalastes«, erklärte Igibar seinem Gast. »Ein herrlicher Palast inmitten schöner Gärten. Die Königin hat ihn vergrößern und völlig umgestalten lassen, gleich nachdem sie von ihrem Vater, dem König, den Thron übernahm.«

»Willst du damit sagen, dass ihr von einer Königin regiert werdet und es keinen König gibt?«, fragte Djedefhor verwundert.

»Unser verstorbener König, der Begründer des Herrscherhauses, hatte nur eine legitime Tochter, die seine Gemahlin ihm geboren hatte. Es gab da zwar auch einen Sohn von einer Nebenfrau, aber der war noch zu jung, als der König starb. Daher wurde die Tochter seine legitime Thronfolgerin. In früheren Zeiten wurde die Stadt von einem Ältestenrat regiert, der sich vor dem Haupttor im Schatten der Palmen, auf der anderen Seite des Flusses zu versammeln pflegte. Doch die Spannungen, die Meinungsverschiedenheiten und Streitigkeiten zwischen den Stammesführern waren so groß, dass das gesamte Volk einen der Stammesführer, der die Macht an sich riss und sich als König ausrief, wie einen Retter feierte. Er nahm den Namen Meskalamdug an, das bedeutet »Held, gut für das Land«. Aus dem großen Familienanwesen machte er seinen Palast, indem er an das Wohnhaus Säle für seine Verwaltungsbeamten anbaute. Doch die Gebäude mit einer Mauer zu umgeben, daran hatte er noch nicht gedacht. Als dann die neue Königin den Thron bestieg, gab sie sich erst einmal den Namen Puabi, der aus einer Sprache stammt, die den Sumerern fremd ist. Sie wird vor allem in Kisch gesprochen, wo Puabis Mutter herstammt. Auch ein paar Nomadenstämme, die durch die benachbarten Wüsten ziehen, reden in dieser Mundart.[1] Ins Sumerische übersetzt, bedeutet Puabi ›das göttliche Wort ist mein Vater‹. Für uns soll das also bedeuten, dass sie Tochter eines Gottes, aus seinem Wort geboren ist. Wie ich dir schon sagte, ließ sie ihren Palast auch gleich erweitern, indem sie ringsum Land aufkaufte, Gärten anlegte und das Ganze mit einer großen Mauer umschloss. Daher gaben die Bewohner von Ur ihr den sumerischen Namen Schubat, was ›die von der Mauer‹ bedeutet.

»Und wie verhält sich ihr Bruder bei alledem?«

1 Besagte Sprache gehört in den östlichen Zweig des semitischen Sprachstamms, sie ist dem Akkadischen ähnlich, das sich durch Schriftstücke erst Jahrhunderte später, um 2300, belegen lässt. Diese semitischen Völkerschaften unterscheiden sich im Körperbau von den eher kleinen, gedrungenen Sumerern mit dem meist rundlichen Gesicht und den auffallend großen Augen. Die Semiten waren zarter, schlanker gebaut. Die Bevölkerung der nördlich von Ur gelegenen Stadt Kisch war aus Sumerern und Semiten gemischt. Als Urbevölkerung Mesopotamiens gelten im Allgemeinen die Semiten, und im Verlauf des 4. Jahrtausends dürften sich die Sumerer im südlichen Mesopotamien niedergelassen haben, wo sie auch die Schrift erfanden. Die ältesten Schriftstücke, die wir kennen, sind in dieser Sprache abgefasst, wenn sie auch nicht die älteste gewesen sein dürfte, die in dieser Gegend gesprochen wurde.

»Sein Name ist Akalamdug. Den hat sein Vater ihm zu seinem eigenen Ruhm gegeben, denn er bedeutet ›der Vater ist gut für das Land‹. Wie du siehst, sprechen sich die Mitglieder unseres Königshauses allein schon durch ihre Namensgebung erhebliche Verdienste zu.«

»Nur dadurch?«

»Nein, nein. Seit Ur unabhängig ist und eine gute königliche Verwaltung besitzt, gibt es keine Streitereien mehr. Und seit die Alten nicht mehr wetteifern, wer das öffentliche Leben und die Politik bestimmen soll, widmen sie sich der Vermehrung ihres Reichtums durch Handel und deutliche Steigerung des Ertrags aus den ihrem Stamm gehörenden Ländereien, sodass jetzt Überfluss herrscht und unsere Stadt noch nie so mächtig und reich war wie heute.«

»Du hast mir noch nicht gesagt, was Prinz Akalamdug tut.«

»Nichts. Er lebt im Palast bei seiner Schwester, die ihm eine junge Gemahlin namens Aschusikildinghira gegeben hat und ihm ein Leben in Saus und Braus gewährt, damit er ja nicht auf den Gedanken kommt, ihr den Thron zu rauben. Puabi ist eine energische Frau, die das Land gut regiert. Hier wird sie von allen verehrt und geachtet, und jeder preist sich glücklich, eine solche Königin zu haben. Und da sie noch keine dreißig Jahre alt ist, hoffen wir alle, dass sie noch einmal, wenn nicht gar zweimal so lange leben möge, denn was wir an ihr haben, wissen wir, doch was ein anderer Herrscher, beispielswiese ihr Bruder tun würde, entzieht sich unserer Kenntnis.«

Während sie so plauderten, hatten sie den Palast längst hinter sich gelassen, doch noch immer ging es dieselbe Straße entlang. Djedefhor stutzte erneut: vier Tiere kamen ihnen entgegen, sie sahen aus wie Esel, waren aber wohl keine, denn ihre Ohren waren kürzer, ihre Beine länger und ihr Körper schlanker. Sie steckten alle vier in einem langen Joch, zwischen ihnen verlief eine ebenfalls lange Deichsel, wodurch sie mit einem Fahrzeug verbunden waren, das eigentlich eine nach hinten offene Kiste auf zwei kompakten Holzrädern war. In Ägypten kannte man weder solche Gefährte, noch diese davor gespannten Huftiere, eine Kreuzung von Esel und wildlebendem Tier aus der Steppe des Zweistromlandes. Auf der fahrenden Kiste stand ein Mann, der lange Lederriemen in den Händen hielt, und diese waren an Gebissen im Maul der Tiere festgemacht.

Igibar und Djedefhor waren stehen geblieben, um das Fahrzeug vorbeizulassen.

»Der Mann auf diesem Wagen ist Emisum, der Oberste unserer Streitmacht«, erklärte Igibar. »Er ist der Liebhaber, aber nicht der Gemahl der Königin, denn sie war so geschickt, jegliche Heirat für sich auszuschließen. Sie fürchtete wohl, ein Ehemann könne ihr nach und nach die Macht entziehen und ihr nurmehr den Anschein, Königin zu sein, belassen.«

Dann erklärte Igibar das Fahrzeug und die merkwürdigen Huftiere, die diese Art Streitwagen zogen. Als Djedefhor sagte, diese Art Fahrzeug kenne man in Ägypten nicht, seines Wissens auch nicht in Kanaan, ergänzte er hastig, um sein Land in den Augen des Sumerers nicht minderbemittelt erscheinen zu lassen: »Der Nil, der das ganze Schwarze Land durchzieht, reicht als Verbindungsweg völlig aus, eure Wagen wären da überflüssig. Für gewöhnlich gehen wir zu Fuß, da der Boden bei uns ja erdig ist, oder wir nehmen einen von zwei Eseln getragenen Tragstuhl oder eine von mehreren Männern gestützte Baldachinsänfte.«

Nun kamen sie in ein volkstümlicheres Viertel, wo die Straßen, auf denen Fußgänger, Esel, Ziegen und Hunde sich drängten, immer enger wurden und wo die aus Rohziegel auf einem Sockel von gebrannten Ziegeln errichteten Häuser nicht mehr weiß verputzt waren. Sie standen so eng, dass sie eine Art Blendmauer bildeten, deren einzige Öffnungen schmale Türen waren, durch die man zu den Wohnungen gelangte. So blieb das Familienleben geheim, es spielte sich innerhalb der zweigeschossig um einen Binnenhof errichteten Räume ab. Das alles erklärte ihm Igibar auf dem Weg zu den vornehmeren Wohnvierteln, wo die Straßen breiter waren und die in prächtigen Gärten liegenden Häuser sich hinter Mauern aus Rohziegeln versteckten. In eines dieser Anwesen bat Igibar nun seinen Gast, nachdem sie um eine weitläufige, hinter Mauern mit mehreren riesigen Toren geschützte Kultstätte herumgegangen waren. Wie Igibar erklärte, hieß dieser Tempelbezirk E-gishshirgal. Dort standen mehrere Tempel von mehreren Gottheiten, vor allem aber der Nannas, des Mondgottes, des Stadtgottes, gleich unterhalb der großen Zikkurat, die ihm ebenfalls geweiht war.

»Meine Vorfahren«, erklärte nun Djedefhor, »ließen sich Bauwerke in Pyramidenform errichten, und die sind noch höher als dieser eurem Gott geweihte Turm. Das Bauwerk als solches soll ihren Ruhm bezeugen, doch unter der Pyramide hat der nach dem Tode zum Gott gewordene Pharao sein Haus für die Ewigkeit.«

»Du sagtest mir bereits, bei euch in Ägypten würden die Könige als Götter angesehen, ja man hielte sie gar für göttlich. Bei uns ist das anders, denn wir wissen genauso gut wie sie, dass sie Menschen sind wie wir. Sie sind nur die Vertreter der Götter auf Erden. Daher haben nur die Götter Anrecht auf solch gewaltige Türme, die den Berg des Ursprungs, wo die Schöpfung stattfand, versinnbildlichen. Daher befindet sich auf der Spitze dieser Zikkurats immer ein kleines Heiligtum: dort steigt der Gott vom Himmel herab, um sich mit einer Göttin, seiner Gefährtin zu vereinen, und die wird verkörpert von einer Königin oder einer dem Gott geweihten Priesterin.«

Sie betraten einen schattigen Garten, wo die Blütendüfte berauschend wurden in der noch immer drückenden Hitze des ausklingenden Tages, die eine leichte Brise zu mildern begann. Sie stieg auf vom Unteren Meer, dessen Ufer Verbindung hielten mit dem Westhafen von Ur. Da gab es ein ganzes Netz von Kanälen und eine Reihe tiefer Wasserrinnen, wodurch die seetüchtigen Schiffe bis zu den Landestegen der Stadt gelangen konnten.

»Dies ist mein Familiensitz«, sagte Igibar. »Früher war noch Leben im Haus, da gab es meine Eltern, meine Großeltern, meine Gemahlin, meinen Sohn und meine Tochter, die damals noch ganz klein war. Jetzt ist es sehr einsam hier, denn von der großen Familie ist mir nur die Tochter geblieben: die einen nahm mir das Alter, meine Frau starb im Kindbett und mein Sohn an einer Krankheit.«

Djedefhor seufzte verständnisvoll. »Wie ich sehe, bin ich nicht der Einzige, den der Schlag des Gottes traf. Ich habe auch drei meiner Brüder und meinen Vater verloren, aber es bleiben mir immerhin noch ein paar Brüder und Schwestern und auch meine Mutter und eine Stiefmutter, die mir stets mehr war als nur eine Mutter, und so muss ich mich glücklicher preisen als du. Doch sie alle, die mir so teuer und nah waren, sind jetzt so fern gerückt nach all den Jahren des Exils, und mittlerweile stellt mein Adoptivvater, dieser Chiziru, der sich so liebevoll meiner annahm, meine ganze Familie dar.«

Zwei Diener, die einen langen Schurz in Form eines Rocks aus feinstem Ziegenfell trugen – dieses den Oberkörper frei lassende Gewand hieß *kaunakes* – kamen Igibar entgegen, grüßten Djedefhor und geleiteten sie zum Haus, wobei ihr Herr ihnen gleichzeitig Anweisungen für das Nachtmahl und die Unterbringung seines Gastes erteilte.

»Ist eure Herrin schon aus dem Palast zurück?«, fragte Igibar einen der beiden.

»Nein, Herr. Ich erinnere dich daran, dass die Königin heute Abend ein Festmahl gibt zu Ehren des hohen Herrn Meschede, den Sohn Ennundarannas, des Königs von Uruk, der ja auch sein Gesandter ist bei der königlichen Herrin Puabi. Ich glaube nicht, dass unsere Herrin heimkehrt bevor der Mond hoch am Himmel steht.«

»Wie konnte ich das nur vergessen!«, rief Igibar aus. »Dieser Besuch kommt für mich sehr ungelegen, ist unser Besucher zwar der Sohn meines Geschäftspartners – aber auch der Sohn des Königs von Ägypten.«

Diese doppelte Sohnschaft schien die Diener nicht weiter zu verwundern. Einer von beiden ersuchte Djedefhor, ihm in das bereits vorbereitete Zimmer zu folgen.

»Ich heiße Kilula«, sagte er. »Mein Herr hat mich in deinen Dienst, hoher Herr, gestellt. Befiehl nur, dein Diener wird alles zu deiner größten Zufriedenheit ausführen.«

Djedefhor erwiderte, er würde sich gerne ein wenig frisch machen und saubere Kleidung anlegen. Gleich wurde er in einen Innenhof, der unmittelbar vor seinem Zimmer lag, geführt, wo Kilula eilfertig mit einem großen Krug Wasser aus einem Becken schöpfte, ihn dann übergoss und mit Kräutern abrieb, mit einem Tuch abtrocknete und in ein Leinengewand hüllte, das gelb gefärbt war, einen breiten bestickten Saum und eine Art Schärpe hatte, die über die Schulter hinaufgezogen wurde und auf der rechten Seite wieder bis in Hüfthöhe hinunterfiel. Gleich beim ersten Mal, als er den Fuß auf sumerischen Boden setzte, war Djedefhor aufgefallen, wie vielfältig die Menschen hier gekleidet waren: da gab es Gewänder aus den verschiedensten Stoffen, in den unterschiedlichsten Farben, in vielerlei Formen, mit immer wieder anderen Fransen und Schmuckleisten, gerade geschnitten, kurz oder lang, Kante an Kante oder überlappend: Röcke, bis zu den Füßen hinab, *kaunakes* ... In Ägypten trugen die Männer doch alle den Schurz aus weißem Linnen und die Frauen das hautenge Kleid mit Trägern oder Ärmeln. Auch die Vielzahl der Kopfbedeckungen ließ sich kaum beschreiben. Männer wie Frauen trugen die absonderlichsten Formen, während man im Schwarzen Land doch nur die Perücke kannte.

Zum Abendessen traf Djedefhor mit seinem Gastgeber auf einer Terrasse des Haupthauses wieder zusammen. Die Sonne war inzwischen untergegangen, der Abend war mild, nachdem die Meeresbrise die übermäßige Hitze des Tages ein wenig aufgefrischt hatte. Wie in Ägypten saß jeder von ihnen in einem Sessel vor einem eigenen Tischchen. Gekochter und gebratener Flussfisch wurde angereicht, mit Zwiebeln gekochte Linsen, Gurke und Kopfsalat, und zu allem gab es Brot. Zwischen ihnen stand ein großes Tongefäß mit schmalem Ausguss. Darin steckten zwei lange, gebogene Trinkhalme. So konnte jeder von ihnen mit eigenem Halm das Bier trinken, das aus Gerstensatz und Datteln hergestellt war. Nach beendeter Mahlzeit rülpste Igibar und tätschelte sich befriedigt den Bauch. Er fragte seinen Gast, ob er noch etwas anderes wünsche als Datteln, die man zum Ausklang des Abends knabbern könne.

»Morgen wirst du meine Tochter kennen lernen, mein geliebtes Kind, meine Menlila. Sie wird dir gefallen. Sie ist die Einzige, die mir von meiner Familie übrig blieb, ich will mich nie von ihr trennen, will sie für immer bei mir behalten.«

»Wenn das so ist«, warf Djedefhor ein, »wirst du sie nie verheiraten können, denn wenn eure Sitten den unsrigen ähneln, dann lebt die verheiratete Frau unter einem Dach mit ihrem Mann.«

»Genau das macht mir Kummer. Darum habe ich sie ja auch noch nicht verheiratet, obwohl sie schon seit etlichen Jahren im heiratsfähigen Alter ist. Aber sie ist noch jung genug, hat noch Zeit genug, einen Mann zu finden, der ihr gefällt, einen, der kein eigenes Haus besitzt und gerne hier einziehen würde, denn es ist ja auch Menlilas Haus. Sie ist die einzige Erbin, wenn ich dieses Land verlasse und dorthin gehe, von wo man nie mehr zurückkehrt. Ihr Mann wird sich ebenfalls hier zu Hause fühlen, er wird der Herr meiner Güter sein und mir Enkel schenken, sodass meine Familie erneut erblüht und sich entfaltet wie eine Blume, die verkümmert schien. Höre, mein Gast, mein Geschäftspartner: meine Tochter ist schön, du wirst es sehen, und in ihr steckt noch so manches. Sie weiß die Harfe zu handhaben, das Tamburin zu schlagen, ihre Füße gleiten über den Boden bei den Tänzen, die den Göttern gefallen, aber auch bei denen, die das Herz der Sterblichen erfreuen.«

Djedefhor hörte gar nicht mehr, was sein Gastgeber noch alles an seinem Kinde rühmte. Die Erwähnung der Begabungen des jungen Mädchens hatte verdrängte Erinnerungen wach gerufen, eine vergessene Vergangenheit, Gedanken an Persenti. Was wohl nach all den Jahren aus ihr geworden war? Und wie stand es eigentlich um Ägypten? Seine Liebste von damals hatte ihn sicher längst vergessen, einen passenden Mann gefunden und ihm Kinder geschenkt. Er freute sich eigentlich für sie, sofern dieser Mann nicht sein Bruder und Widersacher Djedefre war. Doch das war falsch gedacht – denn Djedefre musste sie ja wahnsinnig geliebt haben, um sich so ins Zeug zu legen, dass er ihm, Djedefhor, den Tod wünschte! Denn eines war ja nun klar – Djedefre wollte seinen Untergang aus Eifersucht, um diejenige, um deren Gunst sie beide gewetteifert hatten, für sich zu gewinnen. Den Thron hatte er ja schon, den machte Djedefhor ihm auch nicht streitig. Wenn er also inzwischen Persenti zu seiner Gemahlin gemacht hatte, dann hatte er sie auch zu lieben vermocht, wie sie es verdiente.

In dieser Nacht wurde er mehrmals heimgesucht von der Erinnerung an Persenti, lange lag er wach, dann träumte er von ihr. Sie war bei ihm, warf ihm seine lange Abwesenheit vor, er habe sie einfach im Stich gelassen und nun liebe sie ihn nicht mehr und habe einen anderen geheiratet, der sie wirklich liebe und bei ihr sei. Doch dessen Gesicht konnte er nicht erkennen. Ob er ihn tatsächlich nicht kannte? Als er schließlich mit Tagesanbruch erwachte, hatte er Persentis Bild schon wieder weit von sich gedrängt. Sie hatte bestimmt nicht so lange auf ihn gewartet, zumal jeder dort, in den Hainen von Osiris, ihn für tot halten musste.

23

Er war schon seit vier Tagen in Ur, als Djedefhor zum ersten Mal die Tochter seines Gastgebers zu Gesicht bekam. Die Lobeshymne des Vaters hatte ihn zwar neugierig gemacht auf Menlila, doch dass Igibars väterlicher Blick die Tochter verklärte, war allzu offenkundig. Dass er immer wieder auf sie zu sprechen kam und dabei betonte, er wünsche ihr zwar einen ihrer würdigen Gatten, wolle sie aber stets bei sich behalten, hatte in Djedefhor den Verdacht erweckt, Igibar habe insgeheim ihn dazu auserkoren. Er war ein freier Mann, war tatkräftig, hatte keine familiären Bindungen in Ur, war sein Geschäftspartner und durch seinen Adoptivvater Erbe eines ansehnlichen Vermögens. Außerdem wusste und bezweifelte Igibar auch nicht, dass Djedefhor ein Abkömmling der Könige von Memphis war, wenn er ihm auch – wie vorher schon seinem Adoptivvater – gestanden hatte, dass sein Bruder, der jetzt auf dem Königsthron saß, ihn hatte ins Meer werfen lassen, um ihn loszuwerden und es daher gefährlich für ihn sei, nach Ägypten zurückzukehren. Genau das sprach ja für ihn als Schwiegersohn. Und sollte alles ganz anders kommen, wäre es Igibar auch recht: würde Djedefre, der ja viele Feinde hatte und einen Bruder, der Herr über etliche Provinzen war, seinen Thron verlieren und von Chephren abgelöst werden, dann bekäme Djedefhor all seine Vorrechte zurück und wäre aufgrund seines Rechts als Ältester sogar der legitime Erbe der Krone Ägyptens. Sollte er sich also in Menlila verlieben und sie heiraten, würde er bei einer eventuellen Rückkehr in seine Heimat den Schwiegervater ja wohl mitnehmen. Ihm würde es nicht missfallen, seine Tage friedlich in einem Palast von Memphis zu beschließen, war doch der Ruf dieser Stadt längst auch in entfernte Gefilde gelangt.

Die letzten Tage hatte Djedefhor in den Lagerhäusern am Hafen zugebracht, wo die Waren aus Sodom gestapelt worden waren. Hier lagen auch die Räumlichkeiten von Igibars Schreibern und die Unterkünfte seiner Lagerarbeiter, wo Djedefhors Schiffer und Wachmannschaften Aufnahme gefunden hatten. Er hatte sich die Abrechnungen vorlegen und die Gepflogenheiten von Vertrieb und Verkauf erklären lassen und schließlich zu Igibar gesagt: »An der Art und Weise des Verkaufs wollen wir diesmal noch nichts ändern. Doch den Gewinn stecken wir in eine Karawane, die ich durch die Wüste hierher führen werde und nicht mehr auf dem Wasserwege.«

»Was?«, empörte sich Igibar. »Du willst dein Leben und unseren Gewinn in einem solchen Abenteuer aufs Spiel setzen?«

»Mach dir um deinen Gewinn keine Sorge. Ich werde dir eine Gewährleistung geben, die du bei meinem Vater geltend machen kannst. Zunächst einmal werde ich nur meinen Anteil einsetzen und von dir lediglich einen belanglosen Zuschuss erbitten, der einen Bruchteil des Gewinns aus diesem letzten Verkauf beträgt.«

»Hör mal! Dein Leben ist mir doch wichtiger als besagter Gewinn! Meine Spielernatur kann es verkraften, in einem Abenteuer, das sich als höchst Gewinn bringend erweisen könnte, Geld zu verlieren. Aber wer soll dich ersetzen, wenn du dabei das Leben verlierst?«

Das hörte Djedefhor nicht ungern, doch um Igibar zu beruhigen, sagte er: »Sieh, ich habe schon so viel Missgeschick erlitten, dass ich von daher nichts mehr fürchte. Meine Geleitmannschaft besteht aus erprobten Kriegern, und wenn wir den Beduinen einen Wegzoll zahlen und sie damit zu Beschützern unserer zukünftigen Karawanen machen, haben wir auch von denen keine Überfälle mehr zu befürchten. An unserem Schutz und ihrer Teilhaberschaft am Handel wird ihnen mehr gelegen sein als an unserem Tod und einer Beute, die sie, da sie ja keine Absatzmärkte besitzen, gar nicht umschlagen könnten. Nur Plünderer stellen eine Gefahr für uns dar, aber denen werden wir gewachsen sein.«

»Was du vergisst und ich am meisten fürchte, sind nicht Beduinen und Plünderer. Ich habe Angst, dass ihr euch in der Wüste verirrt und du an Wassermangel umkommst.«

»Mich zu verirren, fürchte ich gar nicht so sehr, denn ich finde auch bei Nacht meinen Weg, indem ich die Stellung der Sterne beobachte. Das habe ich im Tempel des Re in Heliopolis gelernt. Da haben wir einen Gutteil der Nacht nichts anderes getan als den Himmel zu betrachten und die Stellung der Fixsterne und der wandernden Sterne zu beobachten. Und damit uns das Wasser nicht ausgeht, werden wir die Esel mit der nötigen Menge Wasserschläuche beladen. Die Esel werden den größten Kostenanteil bei dieser Reise verschlingen, denn an Waren werden wir nur wenig mitnehmen, nur so viel, um die Beduinen davon zu überzeugen, dass wir keine besonders einträgliche Beute sind.«

Am Abend des dritten Tages, als sie wie gewöhnlich auf der Terrasse von Igibars Haus gemeinsam aßen, teilte dieser Djedefhor mit, Menlila sei unabkömmlich im Palast, so lange der Sohn des Königs von Uruk in Ur weile.

»Morgen dürfte sie aber heimkommen«, sagte er abschließend. »Ich denke, du willst sie auch endlich kennen lernen.«

»Wie sollte ich nicht, Igibar? Nach deinem Loblied auf deine Tochter brenne ich doch darauf, dieses Wunder endlich sehen zu dürfen«, entgegnete er leicht spöttelnd, was Igibar aber nicht bemerkte.

Am nächsten Morgen, als er in den Garten hinaustrat, wo er auf Igibar warten wollte, um mit ihm zu den Lagerhäusern im nördlichen Hafen zu gehen, traf er auf die Tochter seines Gastgebers. Sie trug ein langes Gewand, dessen Saum rundum mit aufgenähten Lapislazuliperlen geschmückt war. Ihr sorgfältig gekämmtes dunkles Haar wurde oberhalb der Stirn von einem engen Band gehalten, aus dem vier lockige Flechten hervorquollen. Von ihrem Vater hatte sie nur die tief liegenden, großen schwarzen Augen, die ihr etwas Geheimnisvolles verliehen, das nicht wenig beitrug zum Liebreiz ihres zarten, ovalen Gesichts mit den sinnlichen, fein geschwungenen Lippen und der schmalen, geraden Nase. Sie kam auf ihn zu, eine schlanke Gestalt in diesem Kleid aus feinem Linnen, unter dem sich die Formen ihres Körpers abzeichneten. Djedefhor, der sich nach dem Bild des Vaters eine bereits mollige, rund- und puppengesichtige Frau ausgemalt hatte, blieb einen Augenblick lang sprachlos stehen, als blende ihn eine göttliche Erscheinung. Doch sogleich schlüpfte er hinter eine Maske und heuchelte Gleichgültigkeit.

Mit ernstem Gesicht war sie vor ihm stehen geblieben, was sie in den Augen des jungen Mannes nur noch reizvoller erscheinen ließ. Sie sprach auch als Erste.

»Du bist Abimilku.«

»Und du«, erwiderte er mit verbindlichem Lächeln, »bist Menlila.«

»Mein Vater hat dich mir in lobenden Tönen geschildert«, ließ sie ihn wissen.

»Mir gegenüber war er nur deines Lobes voll.«

Nun lächelte sie und sagte seufzend: »Ich weiß. Mein Vater singt überall mein Lob, und das führt dazu, dass alle, die es gehört haben und mich dann sehen, zutiefst enttäuscht sein müssen.«

»Ist das die Möglichkeit? Was mich anbetrifft, so kann ich dir ohne zu schmeicheln versichern, dass er, zumindest was dein Erscheinungsbild anbetrifft, die Wahrheit eher geschmälert hat.«

Sie errötete sichtlich, senkte aber keineswegs den Kopf, setzte auch keine bescheidene Miene auf, sondern erwiderte schlagfertig und lachend: »Ich wusste gar nicht, dass die Männer Ägyptens zu Frauen so liebenswürdig zu sprechen wissen.«

»Wieso? Pflegen sie das in Ur nicht zu tun?«

»Schon möglich, aber ich persönlich habe es so noch nie gehört.«

»Wahrscheinlich hast du noch keine getroffen, die dir huldigen könnten, vielleicht hat aber auch deine strahlende Schönheit sie nur eingeschüchtert. In meiner Heimat schreiben wir Gedichte zum Ruhme derer, die wir lieben.«

»In einem solchen Lande würde ich auch gerne leben«, seufzte sie.

Dieser erste Gedankenaustausch wurde jäh unterbrochen, als ein begeisterter Igibar erschien und ihnen zurief: »Wie ich sehe, habt ihr euch schon miteinander bekannt gemacht, meine Kinder. Das ist schön, das ist gut so. Dies, Menlila, ist also Abimilku, der Sohn meines Geschäftspartners. Er selbst ist auch mein Partner und hat unsere Geschäfte jetzt in die Hand genommen. Denn obwohl er in seinem Land ein Prinz ist, hat er sich bereits als erstaunlicher Geschäftsmann erwiesen ... Heute, Abimilku, gehen wir nicht in die Lagerhäuser, denn die Königin, mit der ich gestern sprach, als du deine Berechnungen anstelltest, wünscht dich nachher in ihrem Palast zu empfangen. Ich will dir nicht verhehlen, dass ich ihr gesagt habe, wer du in Wirklichkeit bist, und das dürfte der Hauptgrund sein, warum sie dich jetzt sehen will.«

»Meine Herkunft, Igibar, bringt keinerlei Vorteile, da ich im Augenblick nichts weiter bin als ein Vertriebener.«

»Ein vertriebener Prinz, Abimilku, zumal wenn er der rechtmäßige Erbe des mächtigsten Königreiches der Welt ist, bedeutet weit mehr als ein Prinz, der am Hofe seines Vaters oder Bruders lebt. Der Schutz, den ihm ein fremder Herrscher angedeihen lässt, ist für letzteren eher ein Pfand, denn wenn der Prinz seine Heimat und seinen Thron zurückerlangt, wird er sich doch dankbar erweisen.«

»Ich sagte dir aber doch, dass mein Bruder Chephren, auch wenn er jünger ist als ich, eher Aussicht hat, den Horusthron zu besteigen, da er sich auf mehrere Provinzen, auf ein Heer und auf die Unterstützung der Mehrzahl der Großen des Reiches verlassen kann. Ich habe auf den Thron verzichtet, weil ich mich ganz der Suche nach der Weisheit widmen will.«

»Ja, ja, ich weiß. Erinnere mich doch daran, dir von diesem König von Uruk und seinem Missgeschick zu erzählen, von dem Ahn des jetzigen Königs; der suchte auch nach dem ewigen Leben, dem Ziel jeder Suche nach Weisheit. Du wirst sehen, das ist immer nur ein Haschen nach Wind.«

»Man hat mir schon einmal von diesem Mann erzählt. Ein alter Freund war's, er kam aus Byblos und war eine Zeit lang mein Lehrer. Geht es nicht um diesen Gilgamesch, der den Riesen Chumbaba, den Wächter der Zedernwälder, getötet haben soll? Das ist doch wohl nur eine vergnügliche Geschichte, die sich die Leute von Uruk ausgedacht haben.«

»Genau den meine ich. Wir nennen diesen Riesen Chuwawa. Aber von diesem Abenteuer wollte ich dir nicht erzählen. Jetzt müssen wir erst einmal, sofern du fertig bist, in den Palast. Du kommst doch mit uns, Menlila, oder etwa nicht?«

»Natürlich, Vater. Ich muss euch doch zur Königin geleiten. Ich bin auch schon bereit, wie du siehst.«

»Ein schönes Kleid … Was meinst du, Abimilku?«

»Ähh … Dieses Kleid unterstreicht in der Tat die Schönheit und Anmut deiner Tochter«, beteuerte Djedefhor beflissen.

Vor dem gewaltigen Tor in der Palastumfriedung standen gleich mehrere Wachen. Sie waren alle völlig gleich gekleidet: ein langer *kaunakes*, zum Schutz des Oberkörpers ein breites Fellkleid, das auf der linken Schulter festgemacht war und die rechte frei ließ. In der einen Hand hielten sie eine Lanze mit schmaler Bronzespitze und in der anderen eine langstielige Hacke. Den Kopf schützte ein spitzer Helm aus dickem Leder, der kein Haar sehen ließ und im Nacken in einem abgerundeten Zipfel endete. Igibar und vor allem Menlila waren hinreichend bekannt, man ließ sie ein, ohne Fragen zu stellen. Sie gingen durch den weiten baumbestandenen Hof, an dessen hinterem Ende der gewaltige Ziegelbau des Palasts aufragte, der mit seiner kleinen Eingangstür einer Festung glich. Diese ebenfalls von Männern bewachte Tür führte zu einer breit angelegten Halle, von der aus die Besucher durch ein Labyrinth von Sälen, überdachten Gängen und Fluren schließlich in eine Art großen Binnenhof gelangten und von dort aus in einen kleinen Saal, in dem die ortskundige Menlila, die ihnen in diesem Irrgarten als Führerin gedient hatte, ihren Vater und Djedefhor warten hieß: »Ich werde der Königin unsere Ankunft melden«, sagte sie.

»Deine Tochter kennt wahrlich alle Schleichwege durch diesen Palast, in dem man sich leicht verirren dürfte«, bemerkte Djedefhor anerkennend, als Menlila gegangen war. »Und sie muss der Königin schon sehr nahe stehen, um Zugang zu den Privatgemächern zu haben.«

»Menlila ist eines der vier jungen Mädchen, die der Königin Gesellschaft leisten. Sie werden sorgfältig ausgesucht in den angesehenen Familien der Stadt, und wie du leicht verstehen wirst, ist es eine Ehre für diese

Familien, eine Tochter im Dienste der Königin zu haben. Sie haben zu jeder Tages- und Nachtzeit Zutritt zu den Gemächern und wechseln sich ab, wenn die Königin ihre Gesellschaft wünscht. Um in ein so hohes Amt zu gelangen, müssen die Mädchen allerdings tanzen, musizieren, lesen, schreiben und angenehm plaudern können. Viele bewerben sich, doch wenige, wie man sieht, werden auserwählt. Nun wirst du verstehen können, warum ich so stolz bin, dass meine Tochter eine der vier Freundinnen der Königin ist. Doch dieses Vorrecht bringt auch eine gewisse Abhängigkeit mit sich, denn die Auserwählten übernehmen zahlreiche Verpflichtungen, allein schon, dass sie jederzeit verfügbar sein müssen, um der Königin zu Diensten zu sein. Daher kam Menlila auch in den letzten Tagen abends nie nach Hause. Sie musste Tag und Nacht im Palast Dienst tun, um der Königin zu helfen, dem Abgesandten des Königs von Uruk Zerstreuung zu bereiten.«

»Tag und Nacht, sagst du? Welche Art von Zerstreuung bereiten sie ihm denn bei Nacht?«, fragte Djedefhor beunruhigt.

»Nein, nein, du darfst nicht glauben, diese Mädchen seien verpflichtet, das Lager des Gastes zu teilen. Dafür gibt es im Palast eigene Freudenmädchen. Aber es kommt vor, dass ein Gast lange aufbleiben möchte, und dann muss für ihn gesungen und getanzt werden, dann werden Geschichten erzählt oder Spiele organisiert. Da die Königin ihren Gast ja nicht allein lassen kann, kommt auch sie sehr spät ins Bett, und dann müssen die Mädchen sie bis in ihr Schlafgemach geleiten, wo Dienerinnen dann alles Weitere besorgen. Diese Art von Verpflichtungen beeinträchtigen natürlich ein geregeltes Familienleben. Doch sobald Menlila sich einen Gatten erwählt, wird sie dieser Pflichten entbunden, denn die Königin will nur unverheiratete Mädchen als Gesellschafterinnen haben.«

»Wenn das so ist, wenn es eine solche Ehre für dich ist, und vermutlich auch ein Vorteil für jede Familie, deren Tochter zu den Freundinnen der Königin zählt, dann dürftest du es nicht eilig haben, sie zu verheiraten«, bemerkte Djedefhor.

»Ja und nein. Nein, weil wir beide, sie und ich, in der Tat so mancherlei Vorteile genießen: mir steht Abgabenfreiheit zu, was mein Ansehen bei meinen Kunden steigert, und sie erhält für ihre Dienste einen sehr ansehnlichen Lohn. Aber in Wirklichkeit kann ich mittlerweile auf diese Art Vorteile mühelos verzichten. Mir wäre es lieber, meine Tochter öfter in meiner Nähe zu haben.«

»Aber hast du mir nicht gesagt, ein Ehemann würde sie in sein eigenes Haus mitnehmen? Dann sähest du sie ja noch seltener.«

»Du vergisst, dass ich dir ebenfalls sagte, mir wäre es lieber, sie mit einem Fremden zu verheiraten, der sie nicht in seine Familie mitnehmen, sondern in meinem Hause leben würde, oder – wenn er denn doch eines Tages in die Ferne ziehen sollte – einverstanden wäre, mich nicht von ihr zu trennen … Übrigens, ich habe dir noch gar nicht gesagt, dass du die Königin, wenn sie gleich hereinkommt, in Anbetungshaltung zu grüßen hast. Dabei presst du die Arme an den Körper, hebst die Unterarme und kehrst der zu grüßenden Person die geöffneten Handflächen hin.«

»Das ist zum Glück einfacher als bei uns, wo man sich vor der Majestät des Königs bäuchlings niederwerfen und den Staub vor seinen Füßen küssen muss.«

»Das ist in unseren Augen eine merkwürdige Art, einen König zu grüßen, und irgendwie auch großtuerisch.«

»Es bedeutet völlige Unterwerfung.«

»So weit sind wir bei uns noch nicht, mein Freund.«

Menlila trat ein, meldete das Eintreffen der Königin, die nur ein paar Schritte hinter ihr kam. Djedefhor war voller Bewunderung für ihr Auftreten. Sie war eine junge Frau, mit einem feinen Gesicht, wie Menlila, das so ganz anders war als das der sumerischen Frauen, die Djedefhor in den Straßen von Ur gesehen hatte. Sie trug ein weites, mit Goldfäden durchwirktes Kleid, das ihre Füße verbarg und über den mit rosa Ziegeln gefliesten Boden schleifte, was ihre prunkvolle Erscheinung nur noch unterstrich. Und als Blickfang dieses Kleides rankte sich eine schwere Kette aus goldgemaserten Kugeln und Lapislazuliperlen um ihren Hals. Ihr üppiges dunkles Haar verbarg sich zur Hälfte unter einer Haube mit dünnen Goldringen, die eine Art Netz bildeten, an dem Pappelblätter aus Gold, durchsetzt mit Blüten aus Lapislazuli, Türkis und Perlmutt befestigt waren. Oben auf der Haube prangten Blumen aus Gold und an deren gebogenen Stengeln Blütenköpfe wie Margeriten, mit einer dicken Lapislazuliperle in der Mitte, deren Nachtblau mit dem Sonnenglanz des Goldes wetteiferte. Schwere Ohrringe in Form breiter Halbmonde blitzten hervor aus der Lockenpracht, die ringsum den Kopf umspielte.

Die Königinnen Ägyptens in ihrem schlichten, eng anliegenden weißen Kleid und der bestenfalls mit einem einfachen Stoffband geschmückten Perücke wirkten geradezu ärmlich neben dieser prachtvollen Herrscherin über ein so kleines Land, dachte Djedefhor insgeheim. Umso bereitwilliger grüßte er diese hohe Herrin auf die einfache Art, die ihm empfohlen worden war. Sie erwiderte den Gruß, nahm auf einem Sessel Platz, über dem ein Pantherfall lag und dessen Füße die Form von Löwenpranken hatten. Er war zur Gänze aus vergoldetem Holz gefertigt. Dann bot sie den beiden Männern Schemel an, die ihr gegenüber standen, während Menlila auf einem Schemel neben ihr Platz nahm.

»Hoher Herr Abimilku«, sagte nun Puabi, »spreche

ich nun mit dem Adoptivsohn eines reichen Kaufmanns aus Sodom oder mit dem Sohn des Königs von Ägypten?«

»Königin«, antwortete Djedefhor, »ich bin hierher gekommen als Chizirus Sohn und des Herrn Igibar Geschäftspartner. Was das Übrige anbetrifft, so dürftest du aus dem Munde Igibars erfahren haben, dass ich vor der Rachsucht eines jüngeren Bruders fliehen musste, dem es gelungen war, durch Winkelzüge so mancher Art unseren Vater zu überreden, ihn zum Erben des Thrones von Ägypten zu bestimmen.«

»Wie dem auch sei, sei willkommen in unserer Stadt. Und mir persönlich wäre es eine Ehre, wenn du der Herrin dieser Stadt in ihrem Palast Besuche zu machen geneigt wärest.«

»Die Ehre läge auf Seiten des Dieners deiner Herrschaft«, entgegnete Djedefhor.

»Es würde mir gefallen, mir von deiner Heimat erzählen zu lassen. Wir standen einmal in Beziehung, unsere Städte und Ägypten, aber das liegt nun schon weit zurück. Vielleicht wäre es für uns alle von Nutzen, sie wieder aufzunehmen. Gewiss, unsere Reiche sind weit von einander entfernt, und für uns ist Ägypten eine Art Traumbild, eine aufgrund der Entfernung schier unerreichbare Welt. Dabei – und davon bin ich überzeugt – ist es doch nicht weiter entfernt als das Land Meluchcha, aus dem unsere Schiffe Gold, Edelhölzer, seltene Tiere, Gewürze, Elfenbein und was weiß ich noch alles holen. Igibar kann dir alle Reichtümer dieses fernen Landstrichs sicherlich mühelos aufzählen.«

»Es stimmt schon, meine Königin,« unterbrach nun Igibar, »Ägypten dürfte auch nicht weiter entfernt sein als Meluchcha oder das auf dem Landwege zu erreichende Aratta, wo wir die deinem Herzen so teuren und deiner Schönheit so angemessenen Lapislazuli holen. Als ich noch Handel trieb mit den Kaufleuten aus

Dilmun und Magan[1], wo sich das Untere Meer schließt und hindrängt zur Öffnung ins grenzenlose Meer, das die Ufer Meluchchas umspielt, da erzählte man mir, dass man entlang der Küsten Magans, wenn man nur immer gen Westen gehe, zu jenem Meer gelangen könne, das die Ostufer Ägyptens umspült. Wir wissen, dass irgendwo dort jenes an Gold und kostbaren Harzen so reiche Land liegt, das die Ägypter unter dem Namen Punt kennen.«

»Das ist richtig«, bekräftigte Djedefhor, »und es ist eindeutig, dass der riesige Wüstenlandstrich gegenüber von Ägypten, den die Leute aus Kanaan Hawila und wir *ta-netjer* nennen, die westliche Verlängerung des von euch so bezeichneten Landes Magan ist. Ich hatte übrigens vorgehabt, mit Hilfe meines Adoptivvaters Schiffe bauen zu lassen, und zwar am Ufer des Meeres, wo das Siddim-Tal endet; wir nennen es das Meer von Koptos; von dort aus wollte ich gen Süden fahren und so ins Land Punt und zu einer geheimnisvollen Insel gelangen, die wir Insel des *Ka* nennen, wo der kostbarste Schatz aller Schätze aufbewahrt ist, das große Buch des Thot.«

»Was soll das sein, das Buch des Thot?«, fragte die Königin verwundert.

1 Die in sumerischen Schriftstücken des 3. Jahrtausends immer wieder auftauchenden Namen von ›Ländern‹ und Gegenden konnten identifiziert werden: Meluchcha meint das Tal des Indus, Dilmun die Insel Bahrain und die benachbarten Küstenstriche Arabiens, und Magan ist das heutige Oman. Das Untere Meer ist die sumerische Bezeichnung für den Persischen (oder Arabischen) Golf und des Meeres (Arabisches Meer), das sich nach der Straße von Ormus eröffnet und weiterführt in den Indischen Ozean. Aratta war Umschlagplatz für Lapislazuli, diesen schönen blauen Stein, den man nur im heutigen Badakhschan, im äußersten Nordosten des heutigen Afghanistan findet. Die genaue Lage des Orts ist noch nicht sicher zu bestimmen.

»Ein göttliches Buch, in dem alle Geheimnisse des Weltalls enthalten sind. Es ist in Feuerzeichen auf Türkis- und Smaragdplatten geschrieben. Wer sich diese Formeln aneignet, versteht alle Sprachen, die der Menschen, der Vögel, der Tiere, der Fische, aller Lebewesen auf Erden. Er sieht die Sonne am Himmel mit der Umlaufbahn der Gottheiten, den Mond bei seinem Auf- und Untergang, und all die Sterne am Himmelsgewölbe. Ein weiser Mann sagte einmal, das bedeute, dass er zu vollkommenem Wissen über die Welt gelangt, da er Herr wird über das Weltall und unsterblich geworden ist.«

»Wenn ich dich richtig verstehe, dann würde man durch den Besitz eines solchen Buches den Göttern gleich«, warf die Königin ein.

»Ja, ein Gott wird derjenige, der das Wissen um alle Geheimnisse des Alls besitzt«, beteuerte Djedefhor.

»Weißt du, wo sich dieses Buch befindet? Hat es bereits je einer in Besitz gehabt?«

»Meines Wissens noch niemand. Es liegt, wie ich bereits sagte, an einem geheimen Ort verborgen, auf einer Insel, wie es heißt, inmitten eines geheimnisvollen Meeres, das der Weise, der mir davon erzählte, das Meer von Koptos nannte, nach dem Namen einer geheiligten Stadt im Niltal. Auf dieser Insel soll ein dem Gott Thot, dem Gott der ewigen Weisheit geweihter Tempel stehen, und in diesem Tempel liegt das geheimnisvolle Buch, verschlossen in einem goldenen Schrein, der wiederum in einem silbernen und dieser in einem Elfenbein- und Ebenholzschrein liegt. Dieser seinerseits ist in einem Kästchen aus Zimtbaumholz verschlossen, das zum Schutz noch ein Gehäuse aus harter Bronze bekommen hat. Das ist jedoch alles, was ich über dieses Buch weiß.«

»Und willst du immer noch dorthin, um es zu suchen?«

»Das war eines meiner Ziele. Als ich mich auf dem Weg zum Siddim-Tal befand, dachte ich wieder daran, und auch immer noch, als ich der Vertrauensmann eines Kaufmanns aus Gomorrha geworden war. Auch in Sodom habe ich mit meinem Adoptivvater noch darüber gesprochen, doch inzwischen bin ich unschlüssig geworden. Ich weiß nicht mehr so recht, was ich tun soll. Vorerst will ich mit Eifer für das Wohl und Aufblühen unserer Handelshäuser arbeiten, zum Wohle von Igibar, meinem Gastgeber und zum Wohle meines Vaters, denn wir haben ja enge Bindungen. Später werde ich die Suche nach diesem Buch vielleicht wieder aufnehmen, wie auch die nach der Pforte Hebes-bagis, die zu dem unterirdischen Land führt, das wir Ägypter Duat nennen, wo im Verborgenen die Weisen leben, die die Welt regieren und die Schlüssel des Wissens in Händen halten.«

Die Königin seufzte. »Abimilku, du machst uns träumen, aber fürchtest du nicht, dies alles könne nichts weiter als Einbildung sein, all diese Geheimnisse des Lebens und des Wissens? Igibar, du musst unserem Gast wirklich die Geschichte von Gilgamesch erzählen. Er war König von Uruk und zog aus, die Pflanze der Unsterblichkeit zu finden. Das ist der Lebensbaum, der sich in Händen der Götter befindet, den wir hier im Lande Sumer verehren, denn er ist göttlich, ist die Quelle allen Lebens, aber leider unerreichbar für uns Sterbliche.«

»Ich habe Abimilku schon von diesem König erzählt, meine Königin, und auch seine Geschichte wird er eines Tages von mir hören.«

»Ja, Prinz.« Die Königin wandte sich wieder an Djedefhor. »Diese Geschichte wird dich nachdenklich machen, und dann wirst du die Dinge vielleicht anders sehen. Denn ich glaube nicht, dass die Weisheit, nach der du suchen willst, in einem Buch beschlossen ist, auch wenn es in goldenen Schriftzeichen auf Türkis oder Smaragd abgefasst ist. So mächtig diese magischen Formeln auch sein mögen, bis heute haben die, die sie benützen, die Weisheit und das Wissen von Göttern offensichtlich noch nicht erlangt.«

24

Nicht weit von der Anlegestelle am Schloss von Elephantine hatte Chephren einen Badestrand mit einer Holzhütte anlegen lassen. Palmblätter bildeten das Dach, und im Inneren lagen auf Schilfmatten dicke Kissen. Chamernebti, die sich im Hochsommer bei der großen Hitze gerne dort aufhielt, hatte noch ein paar bequeme Sessel und kleine Tische hineinstellen lassen. Hier unten wehte auch bei gleißender Sonne immer ein leichter Wind und für Kühlung im Inneren sorgten junge nubische Diener mit ihren Fächern. Persenti, die mit ihrer Familie einen Flügel der Residenz bewohnte, gesellte sich recht häufig zu ihr und brachte meistens auch ihre inzwischen sechzehnjährige Schwester Nikaanch und ihre Mutter Iu mit, die sich freiwillig zur Kinderfrau für den Nachwuchs gemacht hatte: den inzwischen zwölfjährigen Mykerinos, die zwanzig Monate jüngere Chamernebti II, die Chamy gerufen wurde, den sechsjährigen und letztgeborenen Sohn des Fürstenpaares, Chounere, und den ein paar Monate älteren Sohn Persentis, Nekaure. Sie alle trugen noch die Kindheitslocke an der rechten Schläfe und liefen nackt herum, wie alle Kinder des Niltals, ungeachtet ihrer Abstammung. Sie waren ja auch mehr im Wasser als an Land bei all ihren Spielen. Dieser Spiel- und Ruheplatz am Strand, diese Oase des Friedens und der Heiterkeit lag nur zur Überschwemmungszeit verwaist, wenn der Fluss über seine Ufer trat und so hoch anschwoll, dass er alles hinwegspülte. Daher war die Hütte ja auch aus Holz. So konnte man sie noch vor dem Anstieg der Wasser leicht abbauen.

Nun ging wieder eine Überschwemmungszeit ihrem Ende zu, die Fluten hatten sich vom Strand zurückgezogen, und hastig war das Badehäuschen wieder aufgebaut worden, weil die Hitze immer noch brütete und die jungen Frauen danach lechzten, im Fluss Kühlung zu suchen, wenn das Wasser, in dem die Kinder bereits wieder spielten und schwammen, auch eher lau war. Bei Hochwasser durften sie sich ihm nicht einmal nähern, die heftige Strömung war gefährlich, aber jetzt, da der Nil wieder friedlich schien, hatten Iu und Nekaures Kindermädchen Merithotep ihnen das Baden erlaubt. Chamernebti, Persenti und Nikaanch saßen im Schatten der Hütte. Auch sie waren aus ihren Kleidern geschlüpft, denn selbst der hauchdünne Stoff klebte an der verschwitzten Haut. Dafür hatten sie sich den Spaß gegönnt, ihr Haar sowie Hals und Arme mit Blätter- und Blütenschmuck zu verzieren. Und während sie ein Brettspiel oder *senet*, das Schlangenspiel, spielten, plauderten und lachten sie. Sobald eine Partie beendet war und ihnen die Hitze unerträglich wurde, liefen auch sie hinein ins endlich wieder klare Wasser, dessen Schlick und Schlamm die an- und abschwellende Flut fortgeschwemmt hatte. Jede nahm ihr jüngstes Kind mit ins kühlende Nass und ließ es darin spielen und schwimmen.

Dabei überraschte sie Chephren. Chamernebti winkte ihrem Bruder und Gatten, er solle auch ins Wasser kommen, doch er rief sie heraus, er habe ernsthaft mit ihnen zu sprechen. Die jungen Frauen kamen also an Land und setzten sich auf Kissen Chephren zu Füßen, der in einem Sessel Platz genommen hatte und sich die Wartezeit mit Datteln versüßte.

»Ich werde euch eine Zeit lang verlassen müssen«, hub er an.

»Uns verlassen?«, fragte Chamernebti erstaunt. »Was willst du damit sagen?«

»Djedi ist heute Morgen eingetroffen. Er kommt geradewegs aus Memphis.«

»Wer ist denn Djedi?«, fragte Chamernebti.

»Hast du ihn vergessen? Das war doch jener weise Magier, der in Hermopolis lebte und dem unser Bruder Hori begegnet war, als er im Tempel des Thot weilte. Auf Bitten unseres Vaters hin ließ er ihn nach Memphis kommen, doch Cheops, dem gerechtfertigten Gott, waren nicht viele Gelegenheiten zum Gespräch vergönnt, da er schon bald die Schwelle zur Duat überschritt. Nubet hatte Djedi auch weiterhin Gastfreundschaft im Großen Palast erwiesen. Angeblich war er zum Weisheitslehrer der Königin aufgestiegen, er war es, der ihr zu Mäßigung riet, als sie nach und nach die Angelegenheiten des Königreichs in ihre Hände nahm. Vor Djedefre war er absichtlich nicht in Erscheinung getreten, der hatte Priester, gelehrte Schreiber und weise Männer ja schon immer misstrauisch beäugt. Nun hat er sich auf den Weg hierher gemacht, um mir Nachrichten aus Memphis zu überbringen, und die sind beunruhigend und zwingen mich zu handeln.«

»Das ist ein Glück! Da kann ich nur zustimmen! Wie oft habe ich dir schon geraten, die Waffen gegen Djedefre zu erheben!«, jubilierte Chamernebti. »Aber wieso ist er zu dir gekommen? Wieso hat Minkaf keine Brieftaube geschickt?«

»Wenn ich Djedis Worten Glauben schenke, hat Djedefre von diesen Brieftauben im Garten von Inkafs Haus und den Botschaften von Henutsen und Minkaf Wind bekommen und das Haus mit Männern unter Waffen kurzerhand besetzt. Das soll natürlich jede Verbindung mit mir unterbrechen. Denn seit Djedefre der Einmischung seiner Mutter ledig ist und selbst die Geschäfte in die Hand genommen hat, verfolgt er verbissen all seine kühnen Pläne. Offensichtlich gedenkt er nun zur Tat zu schreiten. Den Palast in Memphis ließ er bereits umstellen, sodass unsere Mutter, Königin Meritites, unsere Tante Neferkau und sogar deren Gemahl Ibdadi im Belagerungszustand leben. Da Henutsen eine starke und zuverlässige Leibwache um sich hat, ließ Djedefre noch nicht zum Angriff blasen. Er lässt nur niemanden hinaus und schneidet sie von der Außenwelt ab. Ich glaube im Übrigen, er wird es nicht wagen, seine Leute angreifen zu lassen, womöglich nur aus Angst vor Nechebus Truppe. Wir wissen aber, dass er die Fürsten Unterägyptens auf sich eingeschworen hat, indem er ihnen Unabhängigkeit versprach, was ihrem Ehrgeiz schmeichelt. Auch etliche Fürsten des Südens haben sich ihm angedienert: nicht nur die in unmittelbarer Nachbarschaft von Memphis, sondern auch die der Zwei Szeptergaue, des Vorderen und Hinteren Sykomorengaus, des Gazellen- und des Hasengaus. Mit jedem Tag gewinnt er an Stärke, und mit jedem Tag wächst die Gefahr, dass noch ein Fürst des Südens sich auf die Seite des Thronräubers schlägt. Dies alles legte mir Djedi dar. Mein Bruder Minkaf, der sich um unsere Mutter sorgt, hat ihn zu mir gesandt und mir ausrichten lassen, die Zeit des Schlafens sei vorbei und ich solle alle Kräfte um mich sammeln und gen Memphis marschieren, ehe es zu spät sei. Er hätte keine Brieftauben als Boten mehr zur Verfügung und wisse, dass er in seinem Umfeld niemandem vertrauen kann. Wüsste Djedefre von diesem Verrat, würde er ihn kurzerhand beseitigen lassen. Als letzte Rettung fiel ihm Djedi ein, den man im hintersten Winkel von Cheops' Palast schon fast vergessen hatte. In diesem Palast hat Minkaf ja seine Arbeitsräume als Wesir.«

»Bedeutet das nun, dass du uns verlässt?«, fragte Persenti mit besorgter Miene.

»Das war zu erwarten. Ich habe schon viel zu lange abgewartet in der nichtigen Hoffnung, Djedefre wäre ungeschickt genug, alle Großen des Landes gegen sich aufzubringen, sodass sie sich auflehnen und mich an seiner Stelle zum Herrn der Beiden Länder ausrufen würden. Dass er irgendwie umkommen könnte, habe ich natürlich auch gehofft. Doch das Gegenteil trat ein, und jetzt ist er so weit, mir seinen Willen aufzwingen zu können. Djedefre ist geschickter als ich dachte, und ich war zu zaghaft. Nun bleibt mir nur noch, ihm die Stirn zu bieten, mit der Waffe in der Hand, bevor er zu mächtig wird und mich zwingt, mein Amt als Provinzgouverneur niederzulegen und vor ihm in Memphis zu Kreuze zu kriechen.«

»Vor einem solchen Verhängnis möge Isis, die Herrin des Throns, uns bewahren!«, rief Chamernebti aus.

»Die Göttin kann uns nur helfen, wenn ich mich zum Handeln entschließe. Ich gab bereits meinen Offizieren den Befehl, unsere Truppe zusammenzustellen und alle verfügbaren Schiffe startklar zu machen. Wir werden schon morgen abreisen, denn es gilt, diesen Djedefre zu überrumpeln. Ich muss mich noch der Unterstützung der Fürstens des Südens vergewissern, all jener, die schon auf meiner Seite stehen, aber auch derer, die sich noch nicht dem Thronräuber angeschlossen haben. Dir, Chamernebti, überantworte ich während meiner Abwesenheit diese Provinz. Überwache die Schreiber, die für die Steinbrüche, die Felder und Äcker und für den Schatz des Palastes Sorge zu tragen haben. Wenn kein Herr hinter ihnen steht, der ihre Arbeit begutachtet und Veruntreuungen ahnden könnte, dann gibt es wenige, die nicht pflichtvergessen werden und sich nicht schamlos an den Einkünften des Landes bereichern.«

»Da bürdest du mir aber eine gewaltige Aufgabe auf, mein Bruder, mein Chephren.« Chamernebti klang fast empört.

»Wem könnte ich mehr vertrauen als dir?«

»Warum nicht Chedi? Er ist ein besonnener Mann und dir zutiefst ergeben.«

»Chedi ist ein hervorragender Kunsttischler, aber von der Verwaltung einer Provinz hat er keine Ahnung.«

»Weiß ich denn viel mehr?«

»Gewiss, ich erzähle dir doch alles, und du hast mir

schon sehr sachkundig beigestanden. Chedi kommt kaum aus seiner Werkstatt heraus, wo er inzwischen schon seinen kleinen Sohn Rahertepi unter Verschluss hält, der doch fast noch ein Kind ist.«

»Ich kann Chephren nur Recht geben«, bekräftigte Persenti.

»Niemand kann leugnen, dass mein Vater inzwischen einer der geschicktesten Handwerker dieses Landes geworden ist und dieses Schloss mit herrlichen Möbeln ausgestattet hat, aber für die Verwaltung einer Provinz brächte er bestimmt nicht das gleiche Geschick mit. Du bist zu bescheiden, Chamernebti, wenn du behauptest, Chephrens Aufgaben nicht gleichwertig erfüllen zu können. Wenn du willst, helfe ich dir dabei. Eine gute Zerstreuung für uns beide.«

»Ein kluges Wort!« Chephren war begeistert. »Ihr beide werdet also diese Provinz regieren, und ich bin sicher, sie wird besser verwaltet werden als durch mich.«

Chephren erhob sich und ging. Er habe noch so manchen Befehl zu erteilen und so manches vorzubereiten, bevor er morgen an der Spitze seines Heeres losziehe.

Persenti seufzte und sagte, zur Freundin gewandt: »Ich ängstige mich um deinen Bruder, Nebti. Dieser Djedefre ist gerissen, schlau und gewissenlos. Mittlerweile scheint er ja Herr über ein schlagkräftiges Heer zu sein, und hinter ihm all diese Großen des Reiches und die Provinzfürsten. Durch sein Einschreiten bekundet Chephren Auflehnung gegenüber seinem Bruder, der trotz allem über ihm steht als König der Beiden Länder. Chephren könnte besiegt werden, im Kampf umkommen oder gefangen genommen werden, und dann würde es mich nicht wundern, wenn Djedefre ihn auch noch umbrächte.«

»Gewiss«, räumte Chamernebti ein, »aber anders handeln kann Chephren nicht. Der einzige Vorwurf, den man ihm machen könnte, ist der, zu lange gewartet zu haben. Wenn er vor zwei oder drei Jahren eingeschritten wäre, hätte er mit Gewissheit gesiegt. Unsere Mutter hat ihn davon abgehalten, als Erster zu handeln, und das war nicht richtig.«

»Sie konnte doch den Tod von Königin Nubet nicht voraussehen. Solange sie lebte und der König sich einigermaßen anständig betrug, war es schwierig, sich gegen ihn aufzulehnen, das hätten die Großen des Reiches nicht für gut befunden. Chephrens Lage war nicht einfach, das muss man schon zugeben, und wenn du das alles bedenkst, hatte Henutsen eigentlich Recht, als sie ihm zu Geduld riet, und er sich so verhalten hat, wie er es getan hat.«

»Deine Bewunderung für meinen Bruder ist wahrlich grenzenlos, Persenti. Er könnte die schlimmsten Fehler begehen, du würdest immer noch behaupten, es sei ein kluges Vorgehen und beweise Geschicklichkeit und Weitblick.«

An diesem Abend, als alle sich bereits in ihre Gemächer zurückgezogen hatten, klopfte Chephren an Persentis Tür.

»Chephren? Du beehrst deine Dienerin mit einem Besuch? Wie kommt's?«, fragte sie verwundert.

Er setzte sich zu ihr auf die Bettkante, sie lag auf dem Rücken, den Kopf in Kissen gebettet, die die Kopfstütze aus Elfenbein[1] verdeckten.

1 Die Kopfstützen der Ägypter bestanden aus einem sehr kurzen, auf einem Fuß ruhenden Pfeiler, der das nur wenige Zentimeter breite mondsichelförmige Auflager für den Kopf trug. Man legte den Nacken darauf, um die Frisur nicht zu zerstören, manchmal machte man es sich auch mit einem Kissen bequemer. Für gewöhnlich waren die Kopfstützen aus Holz, konnten aber auch aus Elfenbein gefertigt sein. Bei einigen Volksstämmen Schwarzafrikas hat dieses ›Bettgestell‹ Tradition. Ob sie es von den alten Ägyptern übernommen oder selbst erfunden haben, ist noch unklar.

»Persenti«, sagte er nun, »du weißt es doch, ich habe es dir doch schon so oft gesagt: Ich liebe dich und möchte dich zu meiner zweiten Gemahlin machen! Bis heute hast du dich mir verweigert, der Schatten meines Bruders stehe zwischen uns, wie du sagtest. Doch wenn er seit so vielen Jahren nicht zurückgekehrt ist, dann weilt er nicht mehr unter den Lebenden oder hat in der Ferne eine neue Liebe gefunden und eine Familie gegründet.«

Bei dieser Bemerkung drehte Persenti den Kopf weg und seufzte aus tiefstem Herzen, während Chephren fortfuhr: »Sieh, die Zeit verstreicht, aber auch deine Jugend, und bald wird deine Schönheit welken. Du tanzt schon nicht mehr, und wolltest doch die beste Tänzerin des Schwarzen Landes werden. Du führst ein trauriges Leben, mit einem Schatten vermählt.«

»Mein Sohn ist mir geblieben.«

»Diesen kleinen Nekaure, den ich an Sohnes statt angenommen habe, möchte ich zu meinem echten Sohn machen, wenn du nur einwilligst, meine Gemahlin zu werden ...«

»Aber ich fürchte doch, Hori könne eines Tages vor mir stehen und mir vorwerfen, nicht auf ihn gewartet zu haben ...«

»Deine Gewissensbisse werden allmählich lächerlich. Was wäre das denn für eine Liebe, wenn Hori nach so vielen Jahren plötzlich zurückkäme und es wagte, dir vorzuwerfen, gelebt zu haben all die Jahre; deine Jugend nicht nur in Trauer, nicht nur in vergeblichem Warten geopfert zu haben? Er müsste dich schon sehr wenig lieben, um den Vorwurf zu wagen, du habest nach so vielen Jahren Einsamkeit und Enthaltsamkeit dich endlich fürs Leben entschieden.«

Persenti hatte sich aufgerichtet, sich auf einen Ellenbogen gestützt, und wandte Chephren nun das Gesicht zu. Mit der Zeit war sie immer schöner geworden, eine reife Frau, deren Gesichtszüge den Zauber ihrer Augen und ihres Mundes noch betonten, dachte er bei sich. Er legte ihr die Hand auf die Schulter und strich zärtlich über die seidige sonnengebräunte Haut.

»Wahrlich, Persenti, du liegst da wie Die Goldene, als sie Horus erwartete.«

»Und du bist wohl Horus, der Königssohn?«, fragte sie belustigt lächelnd.

»Wenn ich von diesem Feldzug zurückkehre, oder besser gesagt, dich und Chamernebti zurückrufe nach Memphis, dann werde ich der Goldhorus auf dem Thron der Beiden Länder sein.«

Abermals seufzte sie zutiefst, bevor sie entgegnete: »Wenn du denn Erfolg hast ... Ich fürchte nämlich um dein Leben, Chephren.«

»Ist das wahr? Sprichst du mit Maat auf der Zunge?«

»Gewiss doch!«, empörte sie sich. Zweifelte er etwa an ihren Worten? »Ja, Chephren, du bist mir teurer als Vater und Mutter, teurer als alles auf der Welt, mit Ausnahme von Hori und dem Sohn, den er mir schenkte.«

»Wenn das so ist, dann willige doch endlich ein, mich zu heiraten. Sieh, wenn ich bei diesem Feldzug umkomme, dann hast du mir doch wenigstens gewährt, was ich seit so vielen Jahren heiß ersehne. Und wenn ich siege, wirst du meine zweite Gemahlin und ebenfalls Königin sein.«

»Chephren, wenn ich einwillige, mich dir hinzugeben, darfst du auf keinen Fall denken, dass deine Stellung mich dazu bewogen hat, weil du Königssohn bist und bald – was ich dir sehnlichst wünsche – selbst König sein wirst.«

»Wie könnte ich so etwas denken, da du Hori liebtest und dich ihm hingabst in der Meinung, er sei nur ein Schreiber und Tänzer und du ihm davongelaufen bist, als du erfuhrst, er sei ein Prinz? Und hast du dich nicht auch mit allen Mitteln Djedefres Zudringlichkeiten entzogen, als er schon König war und dich neben sich auf dem Thron haben wollte?«

»Gewiss, Chephren, denn was zählt, ist doch nur, wenn man um seiner selbst willen geliebt wird und den anderen liebt, weil er ist, wie er ist. Sieh, wärest du nicht schon Fürst dieser Provinz und Königssohn, sondern nur das gewesen, wofür ich dich ursprünglich hielt, nämlich der Bruder von Hori, dem Tänzer, dann hätte ich nach dem Verlust dessen, den ich so sehr liebte, mich dir nicht so lange verweigert – all die Jahre, die wir nun schon in deinem Palast leben. Und ich bin dir dankbar, dass du meine Lage nicht ausgenützt, deine Macht nicht eingesetzt hast, als Herr dieses Schlosses und dieser Provinz, und mich nicht gezwungen hast, dir zu geben, was ich dir aus Liebe zu Hori verweigerte.«

»Beim Leben! Als Gärtnerssohn, für den du mich ja ein Weilchen hieltest, hätte ich also wohl eher Glück gehabt! Ihm hättest du dich also leichter hingegeben als mir, weil ich Prinz bin?«

»Chephren, mein Herr, ich habe mich dir doch immer noch nicht hingegeben!«

»Das stimmt«, musste er zugeben, »doch wenn du mich, wie du vorhin erklärtest, um meinetwillen und nicht wegen meiner Stellung liebst, dann wirst du dich vielleicht doch entschließen, mich glücklich zu machen, oder? Wirst du mir ein Pfand deiner Liebe geben, bevor ich dich verlasse, bevor ich gehe und dich womöglich nie wiedersehe?«

»Sag so etwas nicht! Ich glaube, ich müsste sterben, wenn auch du aus meinem Leben gingest! Ich würde mir bestimmt das Leben nehmen, denn – ich sagte es schon – du bist der Mann, den ich am meisten liebe, und dem, der dich besiegt, möchte ich niemals gehören müssen!«

Nach diesem Bekenntnis legte Chephren sich neben sie, umfing sie, und sie wies ihn nicht mehr zurück, atmete den Duft seiner Lippen ein und öffnete sich seiner Liebe.

25

Upeti war zu schlau, um wie jene Höflinge zu handeln, die Djedefre wahre Schätze ausgehändigt hatten, damit ihnen die Tür zu Chentetenkas Schlafgemach aufgetan werde. Selbstsicher, ja schon siegesgewiss, voller Männlichkeitswahn und Eroberungssucht waren sie eingetreten, doch schon kurz danach wieder herausgestolpert, besiegt und heilfroh, wenn diese dort wütende Tochter der löwenköpfigen Göttin Sachmet sie nicht vollends in Stücke gerissen hatte. Durch unangemessenes Betragen würde er eine solche Gelegenheit nicht verspielen. Sein königlicher Herr hatte ihm ja nun gestattet, wann immer und wie oft es ihm behage, dort Zutritt zu fordern, und so erschien er heute ehrerbietig vor Chentetenka, die in einem breiten Sessel saß, einen glänzenden Kupferspiegel in der Hand, und sich von einer Zofe die Augen schminken ließ.

»Upeti, was willst du hier bei mir? Wer hat dir erlaubt, in meine Gemächer einzudringen?«, herrschte sie ihn an. Sie wusste sehr wohl um die Beziehungen zwischen diesem Diener und ihrem königlichen Bruder.

»Verzeih, meine Königin, es war Seine Majestät persönlich. Sonst hätte dein Diener sich niemals erlaubt, in dein Schlafgemach vorzudringen.«

»Aha! Du also auch! Wie viel hast du meinem Bruder gezahlt für die Genehmigung, das Lager mit mir zu teilen?«

»Du irrst, meine Königin. Ich habe Seiner Majestät nichts bezahlt.«

»Will er dir deine Dienste jetzt mit meinem Körper entlohnen?«

»Was du dir da einbildest! Nein, der König, mein Herr, befahl mir, über dich zu wachen. Gewiss, diese Narren von Höflingen überschütten ihn mit Geschenken, um ihr Glück bei dir versuchen zu dürfen, doch im Grunde seines Herzens befürchtet der König, du könntest einem erliegen, der stärker ist als du, der dich verletzt, bevor er in den Genuss all des Schönen gelangt, das er dir unter Zwang abverlangen würde.«

»Dann lasse meinen Bruder wissen, er mache sich unnötig Sorge um mich. Ich habe meine Fingernägel, meine Fäuste, meine Zähne, und wenn das alles nicht genügen sollte, um diese Söhne Seths zu verjagen, dann habe ich immer noch ein Messer mit spitzer Bronzeklinge, das meine Mutter mir gab, als wir noch gemeinsam in der Wüste auf Jagd gingen.«

»Ich bewundere deine Unerschrockenheit, meine Königin. Aber man sollte nie zu voreilig urteilen, sich zu selbstsicher fühlen.«

»Sollte mein Bruder dir nicht eher aufgetragen haben, mich zu überwachen, weil er fürchtet, ich könnte ihm entkommen, zu Henutsen oder Chephren?«

»Auch da irrst du. Er weiß doch, dass du aus diesem Palast gar nicht fliehen könntest, er hat doch überall Wachen aufgestellt. Wenn du die Güte hättest, deiner Dienerin zu befehlen, sich zurückzuziehen und uns einen kurzen Augenblick lang allein zu lassen, dann würde ich dir gerne etwas sagen, unter vier Augen allerdings.«

»Was denn wohl? Hoffst du vielleicht auf einen Punktgewinn, wenn meine Dienerin erst einmal draußen ist?«

»Nicht wie du denkst.«

Um ihm zu beweisen, dass sie ihn nicht mehr fürchtete als die Höflinge, die es wagten, ein Auge auf sie zu haben, schickte sie die Zofe hinaus und sagte, als diese gegangen war, doch ohne den Blick vom Spiegel zu wenden, um Upteti zu bedeuten, dass er Luft für sie war: »Sprich, ich höre.«

»Königin Chentetenka, was mein Herz empfindet und ich dir sagen möchte, sollen argwöhnische Ohren nicht hören. Sieh, ich missbillige des Königs Verhalten. Ich bin zwar sein getreuer Diener, doch er tut Dinge, die mir unwürdig erscheinen, gegen die ich einschreiten würde, wenn man mich nur ließe. Und dazu gehört, ja, ist für mich das Schlimmste überhaupt, die Art und Weise, wie der König euch, dich und Meresanch, seine Gemahlinnen und Schwestern, die Königinnen Ägyptens, zu behandeln wagt. Ich kann mir nicht erlauben, ihn zu tadeln, obwohl ich bereits mehrfach versucht habe, ihm die Ungeheuerlichkeit eines solchen Verhaltens bewusst zu machen, die entwürdigende Lage, zu der er dich zwingt, als seist du eine käufliche Dirne.«

»Was taugen deine Worte?« Sie war überrascht.

»Das zu bewerten, liegt bei dir.« Er legte die Hand aufs Herz.

»Nehmen wir einmal an, du denkst wirklich, was du sagst. Was kannst du für mich tun?«

»Das weiß ich noch nicht. Aber einer solch empörenden Situation will ich mit all meinen Kräften ein Ende setzen.«

»Und wieso befallen dich plötzlich solche Gefühle?«

»Sie haben mich nicht plötzlich befallen, selbst wenn ich sie jetzt erst aussprechen kann.«

Während er so sprach, war er vor der jungen Frau niedergekniet, ehrerbietig die Hände auf den Knien. Sie wandte ihm den Blick zu und war verwirrt. Upeti war keine alltägliche Erscheinung, er war noch jung, groß, gut gebaut, auch sein Gesicht entbehrte nicht eines gewissen Reizes, trotz der harten Züge, die aber auch Entschlossenheit ausdrücken konnten. Sein größter Fehler war seine Gewissenlosigkeit, und so schreckte er auch vor Mord als Mittel zum Zweck nicht zurück. Ihm ging es darum, Menschen zu beherrschen, ob Frauen oder Männer, auch in höchsten Stellungen, wie zum Beispiel den König, denn mit diesem Strohmann würde er, Upeti, eines Tages Ägypten beherrschen. Doch diesen wahnwitzigen Plan hielt er streng geheim, er freute sich nur insgeheim, dass der König ihm ja eigentlich alles erleichterte und ihm die Wege zur Macht eigenhändig bahnte. Und einer der wichtigsten Schritte auf diesem ihm unausweichlich erscheinenden Weg war der Schritt durch die Tür zum Schlafgemach der Königin. Begriff Chentetenka dies alles schon beim ersten Blick? Oder dachte sie nur, er sei ein gut aussehender Mann, und letztlich sei sie ja nicht abgeneigt, denen, die ihr gefielen, ihre Gunst zu erweisen?

»Upeti, ist es nur ein Gefühl von Mitleid oder Anstand, dass du so für mich Partei ergreifst und dich empörst über das Benehmen meines Bruders, der in diesem Palast regiert wie ein Schankwirt in einem Freudenhaus?«

»Mitleid gewiss nicht, meine Königin, denn so etwas gebührte doch wohl eher diesen Gimpeln von Höflingen, die deinen Bruder bezahlen, um in dein Schlafgemach zu gelangen und wie geprügelte Hunde wieder herauskommen. Es stimmt, ein solcher Kuhhandel empört mich, doch dein Diener empfindet noch ein ganz anderes Gefühl dir gegenüber.«

»Natürlich rührt mich ein solches Bekenntnis, Upeti, aber wie aufrichtig bist du wirklich?«

»Wie soll ich es dir beweisen, meine Königin? Du müsstest mir eine Gelegenheit dazu geben.«

»Ich habe deine Worte im Ohr, Upeti. Doch jetzt geh und sag meiner Zofe, sie solle wieder hereinkommen.«

Enttäuscht erhob sich Upeti, doch es war noch nicht alles verspielt, denn Chentetenka schenkte ihm ein liebenswürdiges Lächeln und fügte hinzu: »Da mein königlicher Gemahl dich mir zum Schutze beigegeben hat, würde es mir natürlich gefallen, wenn du mir täglich einen Besuch abstatten wolltest. Dann wird sich schon eine Gelegenheit ergeben, deine Aufrichtigkeit zu erproben.«

»Möge es sich so bald wie möglich ergeben.«

Als die Zofe wieder das Zimmer betrat, stellte sie überrascht fest, dass ihre Herrin nicht wie üblich streng oder missbilligend dreinsah. Sie lächelte vielmehr und trällerte ein Lied aus den Zeiten ihres Urahns Ojoser.

Und Djedefre, der Upeti bei der Königin wähnte, war ebenfalls überrascht, auf dessen Gesicht keinerlei Spuren von Krallen oder Schlägen zu entdecken. Verwundert sagte er daher: »Was ist, Upeti, ich habe dir doch erlaubt, so oft du Lust hast zu meiner Schwester zu gehen, aber du hast dich offensichtlich noch immer nicht entschlossen, diesen Vorteil zu nutzen, um den so manche der Großen dich beneiden würden.«

»Herr«, erwiderte ihm dieser, »ich war durchaus bei der Gemahlin Deiner Majestät, doch ich habe nichts unternommen, ihr Gewalt anzutun, sondern mich lieber mit ihr unterhalten.«

»Welchen Vorteil könnte dir das denn bringen?«

»Es genügt mir, andere glauben zu machen, ich sei der Liebhaber der Königin, denn – mein Herr möge mir vergeben – dein Diener empfindet keinerlei Begehr nach der Schwester Deiner Majestät. Außerdem habe ich zu viel Achtung vor Deiner Majestät, um auch nur den Gedanken zu wagen, in das Bett, das du mit ihr geteilt hast, zu schlüpfen.«

»Das ist anständig, Upeti, und diese Achtung ehrt dich. Wenn ich auch so manches gesagt oder getan habe, es würde mir in der Tat missfallen, wenn ein anderer sich mit meiner Schwester vereinigte, da es mir selbst noch nie gelungen ist. Ja, als ich beschloss, meinen Palast und insbesondere die Gemächer meiner Gemahlinnen dem Begehr der Höflinge zu öffnen, hatte meine Enttäuschung über sie den Ausschlag gegeben. Ich wollte sie damit demütigen. Keines dieser Schweine hat es gewagt, in Meresanchs Schlafgemach einzudringen. Vielleicht, weil sie Meritites' Tochter ist und in ihren Adern das Blut des Gottes fließt, das Blut von Horus und Osiris, oder aber einfach, weil sie sie zu alt oder zu hässlich finden …«

Bei dieser Bemerkung musste er selbst lachen, fuhr aber fort: »Aber Chentetenka ist eine bildschöne Frau und wie ich ja auch nur das Kind einer Fremden. Doch als ich sah, dass sie allen, die sich zu ihr vorgewagt hatten, nur bissig und gehässig den Laufpass gab, da wurde ich hemmungslos und machte mir den Spaß, ihr immer wieder neue Freier zu bescheren.«

»Herr, darf dein Diener dich fragen, was du getan hättest, wenn es einem dieser Höflinge gelungen wäre, sich mit der Königin zu vereinen, womöglich gegen ihren Willen, oder – was noch schlimmer wäre – mit ihrer Einwilligung?«

Djedefre schien nachzudenken, kratzte sich am Kopf und erklärte dann unverhohlen: »Ich hätte größte Freude bekundet und dann dich losgeschickt, damit du ihm den Schädel zertrümmerst und ihn in den Nil wirfst.«

»Das wäre wahrlich eine angemessene Antwort, Herr. Doch diese Männer rühmen sich alle, ins Schlafgemach der Königin vorgedrungen zu sein, sodass alle Welt glaubt, sie hätten mit ihr gehurt und Deine Majestät dafür bezahlt.«

»Es schert Meine Majestät wenig, dass alle Welt glaubt, es sei so gewesen, ganz im Gegenteil, denn je größer der Andrang der Anwärter, umso reicher werde ich. Für mich zählt nur, dass die königliche Lagerstatt nicht wirklich besudelt und keiner dieser Kerle mir einen Bastard unterschieben wird.«

»Und wenn doch einmal einer von ihnen die Königin zu bezähmen und ihr sein Joch überzustreifen vermöchte …«

»Damit so etwas nicht passiert, wirst du dich von jetzt an immer im Nebenraum aufhalten, sobald jemand bei ihr eingelassen wird. Dann kannst du sofort einschreiten. Sobald du siehst, dass der Besucher sich nicht abwehren lässt, dass er meiner geliebten Schwester Trotz bietet und sie gewaltsam zu nehmen versucht, dann wirfst du dich auf ihn und streckst ihn nieder.«

»Will Deine Majestät deinem Diener damit bedeuten, er solle ihn töten?«

»Du hast recht verstanden. Man tötet ja auch aus nichtigerem Anlass.«

»Doch wenn sich so etwas herumspricht, wird niemand mehr zum Palast kommen, um sich dort zu vergnügen.«

»Du wirst den Leichnam eben verschwinden lassen, damit niemand von dem Vorfall Wind bekommt. Chentetenka wird uns gewiss nicht verraten, sie wäre überglücklich, einen lästigen Kerl, den sie selbst nicht zu bändigen vermochte, loszuwerden.«

Als Upeti am folgenden Tag wieder bei Chentetenka vorsprach, schickte sie die Zofen, die bei ihr waren, sofort hinaus.

»Wie du siehst, Upeti, ist deine Gegenwart mir so angenehm, dass ich mit dir allein zu bleiben wünsche.«

»Dein Diener fühlt sich geschmeichelt, meine Königin, ob der Gunst, die du ihm gewährst.«

»Upeti, du sollst mein Auge sein, außerhalb dieser Gemächer.«

»Sprich, ich werde gehorchen.«

»Du wirst mir berichten, was sich draußen tut. Sieh, der König zwingt mich in diese Abgeschiedenheit, und so erfahre ich auch durch meine Dienerinnen nur wenig von draußen, aus der Stadt. Du hingegen könntest mir vom König erzählen, mir sagen, was er tut, was er vorhat, kurzum – mich auf dem Laufenden halten, denn als Gemahlin Seiner Majestät habe ich ja ein Anrecht, alles zu wissen.«

»Mit Freuden werde ich dein Auge sein. Und so will ich dir gleich sagen, dass der König mir aufgetragen hat, mich im Nebenzimmer zu verstecken, sobald ein Höfling bei dir Einlass begehrt. Sollte einer von ihnen dich überwältigen und das erzwingen wollen, weswegen er kam, so soll ich auf Geheiß des Königs einschreiten und ihn erdolchen.«

»Sieh an, sieh an! Sollte mein Bruder eifersüchtig sein?«

»Man könnte es meinen, meine Königin.«

»Dabei hat er selbst bei mir auch nicht mehr Glück gehabt als all die Höflinge, denen er die Tür zu meinem Schlafgemach geöffnet hat.«

»Das steigert ja seinen Groll. Wie oft hat er sich bei deinem Diener beklagt, du hättest ihn wie einen arglistigen Köter mit Füßen getreten!«

Chentetenka lachte schallend: »Was, das hat er seit all den Jahren noch nicht vergessen?«, rief sie aus. »Da muss ich ihn aber wirklich tief getroffen haben! Das freut mich.«

»Ein weiterer Grund für ihn, Prinz Chephren zu hassen, denn mit ihm sollst du dich, wie er sagt, weidlich vergnügt haben.«

»Das stimmt allerdings, ist aber schon endlos lange her!«

Sie hatte sich aus ihrem Sessel erhoben, gedehnte, wollüstige Bewegungen sollten in ihrem Besucher ganz eindeutig das Begehren wecken, doch dieser wandte sich ab und seufzte nur.

»Was hast du denn plötzlich, Upeti?«, fragte sie verwundert. »Gefalle ich dir etwa nicht?«

»Du, meine Königin, solltest mir nicht gefallen? Wie kannst du so etwas sagen? Ganz im Gegenteil! Aber das weißt du doch. Ich wende mich ab, um der Versuchung nicht zu erliegen, um das Vertrauen des Königs nicht zu missbrauchen und mich ihm gegenüber nicht der Majestätsbeleidigung und dir gegenüber nicht eines Mangels an Anstand schuldig zu machen, gleichzeitig aber auch aus Furcht, von meiner Herrin, der ich doch zutiefst ergeben bin, unter Schimpf und Schande verjagt zu werden.«

Diese Verteidigungsrede belustigte die junge Frau. Langsam und genüsslich schritt sie auf das Bett zu und streckte sich aus. Upeti erhob sich, legte die Hände auf die Knie und verneigte sich, als wolle er hinausgehen. Das hatte die Königin durch ihr Verhalten ihm doch wohl bedeuten wollen

»Wohin gehst du, Upeti?«

»Ich vermute, dass du zu ruhen wünschst und mich entlässt«, sagte er vorsichtig, obwohl er die Aufforderung in den Gesten und in ihren Worten durchaus verstanden hatte.

»Nein, Upeti, ich habe dich keineswegs ersucht, zu gehen … Komm her zu mir.«

Herausfordernd trommelte sie auf den leeren Platz neben sich im Bett, und als er ganz nahe war, setzte sie sich auf, drehte sich zu ihm hin und begann so natürlich wie keck, ihm den Schurz aufzuknoten. Erfreut, mit seinem gewagten Unterfangen so schnell Erfolg zu haben, ließ er sie gewähren.

»Upeti«, sagte sie kurz darauf, »da habe ich ja den Beweis für deine aufrichtigen Gefühle, den du mir gestern versprachst. Jetzt darfst du auch mich ausziehen und dich zu mir legen.«

26

»Erzähl mir nun endlich jene Geschichte des Königs von Uruk, dieses Gilgamesch, wie die Königin dir riet«, sagte Djedefhor zu Igibar.

»Es ist die Geschichte einer wahnwitzigen Suche nach Unsterblichkeit, aber auch des Scheiterns, eine Geschichte, die uns deutlich macht, dass wir eben doch sterblich sind und dieses Los auch annehmen müssen, denn Unsterblichkeit gebührt nur den Göttern allein.«

»Dann bezweckte die Königin also nur, dass du mich durch diese Erzählung abbringst von meinem Bestreben, das Buch des Thot, die Quelle jeglicher Weisheit und jeglicher Macht, zu finden?«

Sie saßen im Garten von Igibars Anwesen, um nach einem arbeitsreichen Tag, der sich nun neigte, das milde Licht des Sonnenuntergangs zu genießen. Auch Menlila war aus dem Palast zurück und hatte sich zu ihnen gesellt. Auf ihr Geheiß hin reichte eine Dienerin Palmwein und Bier, das man hier in Ur mit Trinkhalmen aus einem Gefäß schlürfte, das auf einem niedrigen Dreifuß stand. Djedefhor gefiel das, so konnte er doch, wenn Menlila sich hinunterbeugte, sein Gesicht dem ihren nähern und sich einbilden, ihrer beider Atem verschmelze in dem berauschenden Getränk, das sie gleichzeitig einsogen. Und wenn sie sich dann schalkhaft lächelnd wieder aufrichtete, war sein Herz voller Entzücken.

»Wenn du wirklich besessen bist vom Wunsch nach höchster Weisheit, Abimilku«, sagte nun wieder Igibar, »dann dürfte dich, wie ich vermute, auch diese Geschichte nicht davon abbringen. Dabei enthält sie schon eine tiefe Weisheit. Sie gemahnt uns, unsere Sterblichkeit anzuerkennen und einzusehen, dass unser Leben unter der Sonne recht kurz ist, unabhängig davon, welches Alter wir erreichen. Und dass echte Weisheit letztlich darin besteht, jeden Tag, der uns geschenkt ist, zu genießen, dabei nicht über die Stränge zu schlagen, sich aber auch nicht mit Gewissensbissen zu quälen, denn das nützt alles nichts. Denn wenn die Götter uns die Mittel in die Hand gegeben haben, Taten oder Stimmungen, die uns Freude bereiten, zu genießen und zu erleben, dann war es doch ihre Absicht, dass wir sie nutzen und nicht von uns weisen, denn das wäre doch eine Beleidigung der Götter, eine Bekundung von Ungläubigkeit.«

»Ich verstehe dich sehr wohl, Igibar, und du kannst mir glauben, dass meine Suche nach Weisheit keineswegs die Ablehnung der Wohltaten dieser Welt beinhaltet, denn die Freuden des Lebens, die die Götter uns gewähren, sind keineswegs unvereinbar mit der Glückseligkeit im Lichte der Ewigkeit. Ganz im Gegenteil, denn ich bin überzeugt, dass die Götter uns durch das Erleben von Freude und einen Schlaf voller Träume nur vorbereiten wollen auf das jenseitige Leben. Der Schlaf ist ein Vorgeschmack des Todes, eine Vorbereitung auf den Tod.«

»Da kann ich dir folgen, Djedefhor, aber ist ein Schlaf ohne Träume nicht schon das Nichts, wenn auch nur im Übergangsstadium? Denn wenn du die Augen schließt, der Schlaf dich entführt, setzt doch bis zum Aufwachen dein Bewusstsein aus. Später erst wird dir klar, dass eine ganze Nacht verstrichen ist. Wer sie durchwacht hat, dem schien sie recht lang, doch für dich war diese Zeitspanne ohne jegliche Dauer. Und die Träume, die den Schlafenden heimsuchen, erweisen sich doch häufig als Albträume, in denen ihm Dämonen erscheinen. Da ist man doch plötzlich in einer Welt von Gespenstern, die an die finstere Hölle erinnert, wo die unerbittliche Ereschkigal herrscht, die unbeugsame Herrin des Landes Irkalla mit den sieben Toren.«

»Das bedeutet doch nur, dass es in Wirklichkeit mehrere Wege gibt, sowohl in der Welt der Lebenden wie in der der Toten. Wenn köstliche Träume und Albträume nebeneinander bestehen, sollen wir das dann nicht als einen warnenden Hinweis des Gottes deuten, der uns klar machen will, dass es eine unterirdische Welt gibt, in die jene hinabstürzen werden, die sich Verbrechen zu Schulden kommen ließen, aber auch eine himmlische Welt, wo die Gerechten Aufnahme finden, all die, die wir in Ägypten die vor Isiris und der Maat Gerechtfertigten nennen?«

»Das kann man zwar hoffen, doch Gewissheit haben wir nicht«, entgegnete Igibar. »Man könnte doch auch befürchten, dass selbst Taten ohne weit reichende Folgen, die – wie beispielsweise Diebstahl, Ehebruch oder Totschlag – unsere Gesetze oder Gebräuche ahnden, von den Göttern dennoch viel härter bestraft werden, womöglich durch ewige Qualen im Reich von Ereschkigal, der Herrin aller Höllen.«

»Gerade weil wir Sterblichen von den Geheimnissen des Jenseits so gar nichts wissen und ich sie ergründen möchte, habe ich mir vorgenommen, das Buch des Thot zu suchen.«

»Das wollte auch Gilgamesch, als er nach Unsterblichkeit strebte«, entschied Igibar. »Dieser Gilgamesch war ein Herrscher von Uruk, der Großen, der Stadt der Kurtisanen, der Tempeldienerinnen und Dirnen. Eine Dirne war es denn auch, die der Jäger schickte, um den wilden Enkidu zu besänftigen und ihn Gesittung und Freude zu lehren.«

»Wer war denn dieser Enkidu? Den hast du noch nie erwähnt«, fragte Djedefhor.

»Ein von der Großen Göttin geschaffener Wilder, um Gilgamesch, der als König die Stadt Uruk in Angst und

Schrecken versetzte, ein wenig zu mäßigen. Er lebte mit den Tieren der Steppe, ernährte sich von Pflanzen wie sie, und war unbezähmbar. Doch als die Dirne zu ihm kam und sich entkleidete, da unterjochte er sich ihr und schlief mit ihr sieben Tage lang. So lernte er die Wonne und die Gesittung kennen. Dann zog er nach Uruk, um Gilgamesch die Stirn zu bieten. Die beiden maßen sich im Kampf, bis Ninsun, Gilgameschs Mutter, voller Mitgefühl einschritt, Enkidu adoptierte, ihm ihr Siegel in den Hals brannte und die beiden Gegner zu Freunden machte und einen Freundschaftspakt von beiden verlangte. Nun waren sie unzertrennlich und zogen gemeinsam aus, den Zederndämon Chuwawa im Westen der Welt zu bekämpfen. Sie besiegten ihn und Gilgamesch hieb ihm den Kopf ab. Was Gilgamesch weiter tat, bevor er zu seiner Suche aufbrach, werde ich dir, wenn du möchtest, ein andermal erzählen, auch von der Liebe der Göttin Inanna und von seinem Kampf mit dem Himmelsstier. Enkidu wurde von einem Dämon am Bauch gepackt, die Krankheit höhlte ihn aus und schleppte ihn ins Reich der Toten. Gilgamesch, der bei ihm wachte, wimmerte wie eine Taube, zerfetzte sich sein Gewand, riss sich das Haar aus und beweinte seinen Freund noch lange Zeit. Er lief durch die Wüste und fragte sich: Muss ich ebenfalls sterben? Muss ich wie Enkidu diese Welt verlassen? Die Angst vor dem Tod zernagte ihm die Eingeweide, Todesfurcht ließ ihn durch die Steppe jagen wie ein Verrückter.«

Igibar hielt inne, griff nach dem Trinkrohr, um seinen Durst zu stillen. Djedefhor und Menlila blickten einander schweigend an. Dann fuhr Igibar fort: »Eines Tages jedoch machte Gilgamesch sich auf den Weg zum Land des Sintfluthelden Ziusudra. Der hatte die von den Göttern gesandte Flut, mit der sie die Menschheit vernichten wollten, überlebt und hieß allgemein ›Der, dessen Tage verlängert wurden‹. Ihm hatten die Götter also wohl Unsterblichkeit gewährt, und diesem Geheimnis wollte er auf den Grund gehen. Er wanderte durch Ebenen und Wüsten, überwand Flüsse und Berge und gelangte bis zu den beiden Bergen am äußersten Zipfel der Erde, wo die Sonne auf- und untergeht. Menschengestaltige Dämonen mit Skorpionschwänzen, die den tödlichen Stachel bargen, bewachten den Zugang zu diesen Bergen. Gilgamesch wusste auf ihre Fragen zu antworten, er fand die Worte, sie zu besänftigen, und so ließen sie ihn ziehen und bestärkten ihn in seiner Suche. Er ging also weiter und gelangte in den Garten der Götter, in jenen Wundergarten, wo die Früchte der Bäume Edelsteine sind. Kornaline, Achate, Türkise, Chrysolithe hingen da in dichten Trauben. Dort wuchsen Zedern und Zypressen, Palmen, deren Früchte besser schmecken als Dilmun-Datteln, Akazien, Johannisbrotbaum, Pappeln, die durch unzählige Kanäle bewässert wurden. Diesen vor Üppigkeit strotzenden Garten durchschritt er, dabei war dies der Garten der Götter, ein wahres Paradies, in dem er hätte verweilen und glücklich leben können bis ans Ende seines Erdendaseins. Doch er machte nicht Halt, er wusste ja nicht, dass er einen Ort der Wonnen durchschritt. Er setzte seine Suche fort, am Korallenmeer entlang, bis ans Ende der Welt. So kam er ins Gebiet der göttlichen Schankwirtin Siduri. Sie saß auf einem goldenen Thron, neben sich einen Bottich und eine goldene Presse zur Zubereitung des Göttertranks. Auf Befragung erzählte er ihr alles, was ihn betraf und was er so sehnlichst suchte. Doch sie sprach diese weisen Worte: ›Das Leben, das du suchst, wirst du nie finden. Als die Götter die Menschheit erschufen, bestimmten sie der Menschheit den Tod, behielten das Leben aber selbst in der Hand! Du und mit dir alle Menschen sollt aus dem Leben ein schönes Fest machen. Pflege deinen Körper und deine Kleidung, wasche dir stets das Haar und bade deinen Leib häufig. Und dann ergötze dich, bei Tag und Nacht, tanze und musiziere. Die Geliebte schlafe an deiner Brust, erfreu dich beim Anblick des Kindes, das sie dir schenkte, des Kindes, das du bei der Hand hältst. Das alles gebührt dem Menschen, das ist das Beste für ihn, alles andere ist nur Wind.‹«

»Igibar, der Rat dieser Siduri war sicher richtig, denn ich bin ja auch der Meinung, dass man das Leben und seine Wonnen nicht verachten soll, aber dennoch kann ich nicht glauben, dass die Götter den Menschen nur zu dem Zweck geschaffen haben, dass er nach einem genussreichen Leben wieder ins Nichts zurückkehren soll. Daher verstehe ich, dass Gilgamesch seine Suche fortsetzte. Der Ratschlag der Schankwirtin hat ihn doch wohl nicht davon abgebracht, weiter nach dem Land zu suchen, wo dieser unsterblich gewordene Mann beheimatet war?«

»Er fragte in der Tat Siduri nach dem Weg zu Ziusudras Residenz. Sie bemühte sich vergeblich, ihn zu entmutigen. Sie erzählte ihm von jenem gewaltigen Meer, das zwischen ihnen liege, das Meer, das außer Utu, dem Sonnengott, noch nie jemand überschritten hatte. Eine beschwerliche Reise, zumal die Wasser des Todes den Weg abschneiden. Sie verriet ihm allerdings, dass allein Urschanabi, der den Nachen für Ziusudra, den Fernen, den Unerreichbaren steuere, ihm bei diesem Abenteuer behilflich sein könne. Doch bis er erst einmal zu ihm gelangte, müsse er noch unzählige Prüfungen bestehen! Doch der unerschrockene Held stürmte vorwärts in den Wald, der von seinen Rufen widerhallte, mit Beil und Dolch rannte er gegen die unerbittlichen Felsen an und stand dann plötzlich vor Urschanabi. Er erklärte ihm, wer er sei, woher er komme und was er alles schon vollbracht habe. Da wies ihn der Fährmann an, sich ein Boot zu bauen und mit seinem Beil dreihundert Pflöcke zu schlagen, zu entrinden und im Boot zu stapeln. Er tat es, und dann fuhren sie beide los, hinaus auf das riesige Meer. Einen ganzen und noch einen halben Monat fuhren sie dahin, bevor sie die Wasser des Todes erreichten, und dann sagte der Fährmann zu Gilgamesch: ›Leg dir die Pflöcke zurecht, sodass deine Hände die Wasser des Todes nicht berühren.‹ Gilgamesch stocherte sein Boot nun vorwärts. Doch kaum hatte er einen der Stäbe in die schwarzen Wasser gebohrt und den Grund erspürt, da hatte er nurmehr das obere Ende in der Hand, denn die Wasser hatten den Rest längst zernagt und verschlungen. Bald waren sämtliche Pflöcke verloren. Doch Gilgamesch löste seinen Leibgurt, schlüpfte aus seinem Gewand, das nur ein gerades Hemd war, befestigte es an dem Mast, und schon trieb ein leichter Wind das Boot heraus aus den Wassern des Todes. Er gelangte zu Ziusudra, dem Fernen, dem Unsterblichen, zu dessen Insel und dem Berg, auf dem er thronte. Gilgamesch sprach zu dem, den der Tod vergessen hatte, erzählte ihm, warum er bis zu ihm hierher gekommen war. Und der Ferne antwortete: ›Den Tod haben die Götter dem Menschen vorbehalten, er ist seine Bestimmung, sich selbst haben sie das ewige Leben geschenkt. Der Mensch ist bestimmt, wie das Rohr im Schilf gemäht zu werden, auch wenn der junge Mann und das junge Mädchen sich in Liebe vereinen und gemeinsam dem Tod trotzen und ihn herausfordern, wird er doch immer siegen. Denn niemand vermag den Tod zu besiegen, niemand kann ihn sehen, niemand ihm ins Gesicht blicken, niemand seine Stimme hören. Er überrumpelt uns mitten im Leben und trägt uns fort noch bevor wir ihn nahen sahen.‹«

Nun unterbrach ihn Djedefhor: »Aber dieser Ziusudra hatte doch den Tod besiegt, lebte und war unsterblich, da am Ende der Welt.«

»Es wird berichtet«, erwiderte Igibar, »dass vor sehr langer Zeit die Götter des Lärms überdrüssig waren, den die Menschen auf Erden, wo sie sich ungeheuer vermehrt hatten, veranstalteten. Und da sie auch ihre Streitigkeiten und Klagen leid waren, beschlossen sie, dieses Gesindel zu vernichten. Damit dies auch gelang, berieten und einigten sie sich darauf, Regen und Fluten zu entfesseln, die Erde zu überschwemmen und alle Lebewesen zu ertränken. Sämtliche Götter schworen, den Menschen nichts davon zu verraten, auch Ea, der Gott der Wasser, der aber auch der Gott der Weisheit und der Beschützer der Handwerker war. Er wollte den Untergang des Menschengeschlechts nicht und griff zu einer List, um nicht wortbrüchig zu werden. Einer Schilfrohrhecke sagte er, was die Götter vorhatten: »Höre, du Schilfrohrhain, du Schutzwall, höre auf meine Worte: du, Ubaratutus Sohn, rette dein Leben, verlass dein Haus und deine Reichtümer, baue dir ein Boot, fülle es an mit Vorräten, mit Öl, Wein, Bier, nimm deine Familie mit hinein und auch Tiere, die in den Lüften und auf Erden leben.« Ziusudra, Ubaratutus Sohn, der in der Stadt Schuruppak lebte, vernahm diese Worte, verstand die Botschaft. Er gehorchte und bezog sein Boot mit den Seinen und Tieren, die in den Lüften und auf Erden lebten. Dann gingen die Regen wie Sturzbäche auf die Erde nieder, der Wind blähte sich zum Sturm, sechs Nächte und sieben Tage lang. Die Flüsse traten über die Ufer, das Meer schwappte über und überschwemmte die gesamte Erde. Als der Sturm sich legte und der Regen innehielt, öffnete Ziusudra die Luke in seinem Boot und entdeckte die gewaltige Wasserfläche, die über der Erde lag. Doch die Sonne glänzte schon wieder am heiteren Himmel. Ziusudra ließ eine Taube fliegen: sie flog davon, kam aber zum Boot zurück, da sie keinen Fleck gefunden hatte, um an Land zu gehen. Nun warf er eine Schwalbe hoch, aber auch sie kam zurück, denn noch war nirgends Land in Sicht. Wieder verstrichen sechs Nächte und sieben Tage. Dann ließ er einen Raben fliegen, einen Raben, der losflog und nicht wiederkam, denn die Wasser hatten mit dem Rückzug begonnen und ließen das Land allmählich wieder zur Sonne emporsteigen. Da erschien Enlil, der große Gott, der Herr der Lüfte, der Herrscher der Stadt Nippur vor Ziusudra. Er rief die Frau herbei, ließ sie vor dem Gemahl niederknien und erklärte, Ziusudra und seine Gattin seien, obgleich bisher sterblich, von nun an unsterblich. Er verfrachtete sie auf eine Insel, ins Paradies Dilmun, in weiter Ferne, an der Einmündung eines Flusses, auf dass sie dort ewig lebten.«

»Wieso hat dieser Gott beschlossen, ihnen zur Unsterblichkeit zu verhelfen? Was hatten sie denn anderes vollbracht als jeder andere Sterbliche? Sie hatten doch nur das Glück gehabt, Eas Worte zu vernehmen.«

»Es steht den Menschen nicht zu, das Gebaren der Götter zu beurteilen. Ein mächtiger König legt ja auch keine Rechenschaft ab über sein Tun und seine Entscheidungen.«

»Ein solcher König ist aber dann auch nicht mehr der Hirte seines Volkes, sondern ein Tyrann. Er ist kein guter König mehr, und das Gleiche gilt für einen Gott«, erwiderte Djedefhor unnachgiebig.

Igibar lächelte.

»Da gebe ich dir gerne Recht, denn noch in meiner Jugend wurde unsere Stadt von einem Rat der Ältesten regiert, die, selbst wenn sie sich stritten, ihre zum Wohle der Stadt und ihrer Bewohner getroffenen Entscheidungen rechtfertigten. Als Puabis Vater hier die Herrschaft übernahm, traf er recht häufig Entscheidungen unter Missachtung der Einwände des Ältestenrats, wodurch dieser jegliches Ansehen einbüßte.«

»Wie war das noch?« Djedefhor kam wieder auf die Geschichte zurück. »Hatte Ziusudra, als Gilgamesch bei ihm eintraf, nicht zu ihm gesagt, es liege nicht in seiner Macht, ihm jene Unsterblichkeit zu verleihen, die er nach all den Mühen und Gefahren bei ihm zu finden gehofft hatte?«

»Richtig, ihm hatte sie ein Gott gewährt, aber Ziusudra, wenn auch unsterblich, war kein Gott und hatte keine göttlichen Machtbefugnisse. Doch er verriet seinem Gast, dass es da eine Pflanze gebe, die Lebenspflanze, das Kraut der Unsterblichkeit. Sie sei allerdings mit Dornen bestückt und wachse auf dem Meeresgrund. Kaum hatte Gilgamesch dies vernommen, hängte er sich auch schon ohne zu zögern schwere Steine an die Fußknöchel, wie man es von den Männern des südlichen Meeres her kennt, die in die Salzwasser hinabtauchen, um Korallen hochzuholen. So ließ auch er sich in den Abgrund ziehen, fand die Pflanze und brachte sie an die Oberfläche. Es war die Pflanze der Jugend. Aber Gilgamesch war vorsichtig. Er erklärte, er würde diese Pflanze mit sich nehmen nach Uruk und sie einem Greis zu kosten geben, und wenn der wieder jung würde, wieder zu Saft und Kraft gelange, dann wolle er selbst auch davon essen, um wieder jung zu werden. Gilgamesch verließ seinen Gastgeber und fuhr in Begleitung des Fährmanns wieder davon. Sie gelangten ans Festland und fanden eine erquickende Quelle. Gilgamesch wollte baden, zog sein Gewand aus und legte es neben die Zauberpflanze. Doch während er sich in dem klaren Wasser erfrischte, kam eine Schlange gekrochen, entdeckte die Pflanze des Lebens, verschlang sie und warf gleich danach ihre alte Haut ab, schlüpfte in eine neue und war wieder jung. Seitdem häuten sich die Schlangen, sie werfen ihre alte Haut ab und werden wieder jung, Jahr für Jahr und auf ewig. Gilgamesch war außer sich, er klagte und jammerte, begriff aber auch, dass die Götter es so gewollt hatten. Er war umsonst so weit gelaufen um das zu erlangen, was keinem Menschen zusteht: die Unsterblichkeit. Er kehrte in seine Stadt zurück, wo er noch lange

Jahre lebte, aber die Ratschläge Siduris befolgte, die da gelautet hatten, sich des Lebens zu freuen, die kurzen Augenblicke, die die Götter den Menschen gewährt haben, voll auszukosten und jeden Tag, der ihm noch zu leben vergönnt sei, wie ein Fest zu gestalten.«

Djedefhor blieb stumm, und so schwiegen auch die beiden anderen, um die Geschichte, die da erzählt worden war, nochmals zu bedenken. Schließlich sagte Igibar aber doch: »Das ist wahre Weisheit, und auch du solltest nicht in der Ferne suchen, was in Reichweite liegt. Hätte Gilgamesch das eingesehen, wären ihm doch so manche Mühen und Anstrengungen, all diese Qualen erspart geblieben, dann hätte er sich nicht vergeblich all diesen Gefahren ausgesetzt. Er wäre in seiner schönen Stadt Uruk geblieben, hätte jede verstreichende Stunde ausgekostet, den Göttern für das Licht gedankt, das er sein Leben lang jeden Morgen wiederfand, die ganze Zeitspanne, die das Leben jedem Sterblichen bemisst.«

»Aber ich habe mich doch in dieser Stadt Ur bei dir niedergelassen und gedenke nicht, nach Unsterblichkeit zu suchen«, entgegnete Djedefhor.

»Das stimmt, aber für wie lange? Denn diese Insel im Meer von Koptos hast du ja noch nicht vergessen, diese Insel, auf der, wie du uns erzähltest, das geheime Buch des Thot beschlossen liegt.«

»Ich habe sie nicht vergessen«, gab Djedefhor zu, »doch für die nähere Zukunft habe ich andere Pläne: ich will meinen Adoptivvater glücklich machen, und auch du sollst mit mir zufrieden sein.«

»Ich bin schon jetzt zufrieden mit dir, Djedefhor, bin glücklich, in meinem Haus einen Mann zu haben, der mir so tatkräftig hilft, meine Güter zu verwalten, einen Mann, der mir bereits so nahe steht wie ein Sohn.«

»Ich danke dir für dein Vertrauen, Igibar, ich werde mich bemühen, dich nicht zu enttäuschen. Doch sieh, jetzt haben wir sämtliche Waren umgeschlagen, und nun wird es Zeit, dass ich mich vorbereite, den Weg durch die Wüste zu erkunden und zu meinem Vater heimkehre, der gewiss schon mit Ungeduld auf Nachricht wartet. Er weiß ja nicht, was aus unserer Karawane geworden ist seit dem Tag, da wir Sodom verließen, und sein Herz dürfte besorgt sein.«

»Es geschehe, wie du es wünschst, Djedefhor, und die Götter mögen ihre Hände schützend über dich halten.«

Sie nahmen das Abendessen ein, und als sie sich schon trennen wollten, um ihre Schlafzimmer aufzusuchen, da seufzte Menlila, richtete ihren sanften Blick auf Djedefhor, öffnete den Mund und sagte: »Nun wirst du uns also bald verlassen, Abimilku, wirst den Beduinen die Stirn bieten und allen Gefahren der Wüste trotzen?«

»Es muss sein, ich muss eine neue Strecke finden für unsere Karawanen, zum Nutzen deines Vaters und meiner selbst.«

»Da wirst du aber sehr lange wegbleiben!«, seufzte sie von neuem.

»Nur die Tage, die notwendig sind für den Hin- und Rückweg und die Übernahme der Schätze, die uns aus dem Lande Hawila gebracht werden.«

»Zeit genug, uns zu vergessen, meinen Vater und mich.«

»Wie könnte ich dich denn vergessen, Menlila? Wisse, dass du während der ganzen langen Reise meinem Herzen nahe sein wirst und ich oft an dich denken werde.«

»Was mich anbetrifft«, sagte sie mit schwacher Stimme, »wirst du mir nahe sein den ganzen Tag über und die ganze Nacht, die Erinnerung an dich wird in meinem Herzen fortleben.«

Nach diesem Bekenntnis wandte sie sich ab und ging

hastig davon. Djedefhors Blick begleitete diese schlanke Gestalt mit dem Lichtkranz, den die Öllampe, die sie trug, um ihr Haupt rankte, bis nurmehr ein leuchtender Punkt übrig war, der die Treppe hinauflief und dann verschwand.

27

»Nun, Upeti, was bringst du für Nachrichten?«

Upeti hatte Chentetenka in dem an ihr Schlafgemach angrenzenden Hof aufgesucht. Jede von Djedefres Gemahlinnen hatte ihr eigenes kleines Reich, das *opet* oder Harem hieß. Dort wohnten auch die Dienerinnen und Zofen der Königin. In diesem Binnenhof war es dank der Bäume immer angenehm schattig, und in dem großen Wasserbecken pflegten die Frauen sich zu baden und zu waschen, oder sich einfach zu erfrischen an den glühend heißen Tagen der Überschwemmungszeit. Die junge Frau trug nur einen hautengen Schurz und übte sich im Bogenschießen: Die Zielscheibe war in recht großer Entfernung an einer der Umfriedungsmauern angebracht. Upeti bekam Gelegenheit, das Geschick der Königin zu bewundern, denn noch bevor sie ihn ansprach, spannte sie den Bogen und bohrte sich der Pfeil genau in die Mitte der Scheibe.

»Ich bewundere deine Geschicklichkeit, doch diese Begabung kannst du ja nun gar nicht mehr nutzen wie früher, als Seine Majestät diesen Palast noch nicht als Festung und Gefängnis bestimmt hatte und du nach Herzenslust jagen konntest.«

»Das stimmt, Upeti, aber Übung ist nicht schlecht. Stell dir nur einmal vor, mein königlicher Bruder hätte dort gestanden, wo die Zielscheibe hängt …«

»Der Pfeil hätte ihn mitten ins Herz getroffen.«

»Oder in die Kehle, je nachdem ob ich es darauf angelegt hätte, ihn schnell oder langsam sterben zu lassen.«

Er versagte sich eine Bemerkung, denn diese Äußerung war ein weiterer Beweis für den Hass der jungen

Frau gegenüber ihrem Gemahl, was ihn insgeheim ja nur freute. Sie legte die Waffe nieder, knotete den Schurz auf, fuhr sich mit dem Handrücken über die Stirn und tauchte ein ins Wasser. Upeti kniete sich an den Beckenrand und ließ seine Herrin nicht aus den Augen. Da schwamm sie vor ihm, und es war offensichtlich, dass er die Schönheit ihres Körpers bewundern sollte.

»Hast du heute keinerlei Nachricht für mich, Upeti?«, wiederholte sie schließlich. »Was hört man denn von der Truppe, die der König Chephren entgegengeschickt hat?«

»Wichtige Nachrichten, Chentetenka, doch ich weiß nicht, ob sie dir Freude machen werden. Man munkelt, das Heer Seiner Majestät habe die Truppe des Aufrührers in die Flucht geschlagen. Das meldete zumindest heute Morgen ein Bote dem König.«

Chentetenka hielt inne. Sie richtete sich auf, das Wasser reichte ihr bis zur Taille, sie kam auf ihn zu und sagte: »Wiederhole, was du da soeben mitgeteilt hast!«

»Ich bestätige dir, dass Chephrens Heer besiegt wurde. Es hatte allerdings auch schon Einbußen hinnehmen müssen auf der langen Reise, nachdem es zu einem Zusammenstoß gekommen war mit einer schnellen Eingreiftruppe der königstreuen Provinzfürsten Oberägyptens. Der Prinz konnte sich zwar die Herrschaft sichern, doch nur unter großen Verlusten an Kämpfern.«

»Weiß man, was jetzt mit Chephren ist?«

»Er soll geflüchtet sein, doch die Sieger sind ihm auf den Fersen und werden ihn bestimmt bald gefangen haben.«

»Dann dürfte Djedefre jubilieren.«

»Lautstark, meine Königin, lautstark. Er tanzte sogar, als er vom Sieg seines Heeres erfuhr.«

Chentetanka stieg aus dem Becken und rieb sich die

Haut ab, um auch noch die letzten Wassertropfen abzustreifen, die an ihrem Körper hinunterrannen. Sie blickte sich nach allen Seiten um, fasste dann nach Upetis Hand und zog ihn mit sich auf eine Bank im Schatten einer Sykomore.

»Upeti«, sagte sie dann, »der Augenblick ist gekommen, in die Tat umzusetzen, wovon ich dir schon sprach. Sieh, Chephren ist besiegt und auf der Flucht, Minkaf ist ein wankelmütiger Mann ohne besonderen Ehrgeiz. Jetzt musst du handeln.«

»Soll ich dich so verstehen, dass …«

Er wagte den Satz nicht zu vollenden, doch die Königin tat es für ihn: »Dass du uns Djedefre vom Hals schaffst. Sobald er tot ist, setzt du dich an die Spitze der königlichen Garde und lässt dich zum Herrscher Beider Länder ausrufen.«

»Und du bist wirklich bereit, öffentlich zu erklären, dass du mich heiraten willst, um meinen Griff nach der Macht zu legitimieren?«

»Nicht nur ich, auch meine Schwester Meresanch wird einwilligen, dich zu heiraten, aus lauter Hass auf unseren Bruder Djedefre. Legitimität erfährst du durch sie in noch viel stärkerem Maße als durch mich. Ich werde deine Königin und Geliebte sein.«

»Königin Meresanch würde wirklich einwilligen, mich zu heiraten, mich, Upeti?«

»Ja, dich, Upeti, sobald du König Beider Länder bist. Ich habe unter der Hand schon mit ihr darüber gesprochen, sie ist einverstanden. Und ihre Mutter, Königin Meritites, wird dich ebenfalls unterstützen, das kann ich dir versichern.«

»Aber wie soll ich den König inmitten seines Hofstabes und seiner Wachen denn umlegen? Zumal er immer misstrauischer wird. Sieh, selbst ich darf nie mit einer Waffe vor ihm erscheinen, und während ich früher im Raum neben seinem Gemach schlief, hat er mich jetzt, wie ich dir schon erzählte, in ein abgelegenes Zimmer verbannt. Wenn ich meinen Speer mitnähme, um bei ihm vorzusprechen, würde er sich wundern und sofort in Deckung gehen.«

»Wer sagt denn, dass du ihn in aller Öffentlichkeit töten sollst? Du wirst zu ihm gehen und ihm sagen, ich wünschte ihn zu sprechen. Dann lässt du noch durchblicken, du glaubtest einen Sinneswandel bei mir bemerkt zu haben, als du mir von Chephrens Niederlage berichtetest und hättest wirklich den Eindruck, ich sei bereit, ihm meine Bewunderung zu bekunden. Damit er sich nicht allzu sehr wundert, musst du ihm natürlich erzählen, du habest in all den Monaten, die du mich nun schon in meinen Gemächern aufsuchst, Tag für Tag Lobeshymnen auf meinen königlichen Bruder und Gemahl gesungen und mir schließlich deutlich gemacht, welch bewundernswerter Mann Seine Majestät sei, der doch alle Eigenschaften besitze, die einen wahren großen König ausmachen. Du wirst ihm erklären, meine Meinung über ihn habe sich allmählich geändert und jetzt, nach diesem großartigen Sieg sei ich wirklich völlig von ihm überzeugt.«

»Nehmen wir einmal an, ich könnte ihn überzeugen, was nicht undenkbar ist, denn trotz seines Argwohns ist der König doch auch recht leichtgläubig.«

»Und? Dann bringst du ihn hierher zu mir, da ich ja mit ihm zu sprechen wünsche. Ich werde mich schon entsprechend seiner Erwartungen verhalten. Sieh, auf diese Bank hier werde ich ihn bitten, und du wirst uns in angemessener Entfernung folgen. Dort, am Fuße dieser Persea, wirst du unter dem Kissen, das du dort liegen siehst, meinen Dolch mit der Bronzeklinge finden, den du ja kennst und den ich dort immer liegen lasse. Du brauchst nur zu warten, bis er dir den Rücken zukehrt, dann stichst du zu. Wir werden allein sein. Du hast also Zeit genug, ihm den Garaus zu machen, sofern deine Hand beim ersten Hieb gegen seine elende Majestät zittern sollte.«

»Chentetenka, würdest du wirklich zusehen, wie dein Bruder vor deinen Augen ermordet wird, würdest du nicht eingreifen, sondern ihn kaltblütig sterben lassen?«

»Mitleidlos. Denn ich verdächtige ihn des Mordes an unserer Mutter und weiß, dass er meinen ersten Gemahl Chufukaf und seinen Bruder ermorden ließ.«

»Woher weißt du das?«, fragte Upeti besorgt.

»Er prahlte damit. Hat sogar behauptet, sie eigenhändig getötet zu haben. Wie er das angestellt haben will, weiß ich nicht genau, er wollte es mir nicht sagen, behauptete, es sei sein Geheimnis. Aber wie er es gemacht hat, ist mir auch nicht wichtig. Jetzt geh, Upeti, hole ihn, denn man weiß ja nie. Ihm wäre zuzutrauen, dass er mit seiner siegreichen Truppe loszieht, um hinter Chephren herzujagen. Dann wäre alles verloren, denn eine solche Gelegenheit kommt nicht wieder.«

»Ich gehe schon, ich eile …«

Kaum hatte Upeti sich entfernt, legte Chentetenka ein Kleid an und packte eine Handvoll Pfeile, legte sie mitsamt dem Bogen auf ihr Bett und deckte ein Kissen darüber. Dann setzte sie sich in ihren Sessel und wartete. Um ihre Aufregung zu bändigen, trällerte sie ein Lied und kämmte sich das Haar.

Upeti war offensichtlich überzeugend gewesen, denn schon nach einer knappen Stunde betrat Djedefre ihr Gemach. Upeti folgte ihm.

»Ist es wahr, Chentetenka, dass du mit Meiner Majestät zu sprechen wünschst«, sagte der König zu seiner Schwester, »dass du beschlossen hast, Frieden zu schließen mit deinem Gemahl?«

Sie erhob sich, ging auf ihn zu und erwiderte: »Aus welch anderem Grunde, Djedefre, hätte ich deinen getreuen Diener ersuchen sollen, Deine Majestät zu seiner Gemahlin zu geleiten? Ja, Djedefre, mein lieber Bruder, ich gebe zu, dich falsch beurteilt, mich dir gegenüber abscheulich betragen zu haben. Ich bitte Deine Majestät um Verzeihung.«

»Chentetenka! Meinst du das ernst?«, fragte Djedefre verwundert. Belustigt hob er beide Arme.

»Hast du mich etwa schon einmal so sprechen hören, mein Bruder? Gewiss nicht. Daran kannst du ermessen, dass sich meine Gefühle dir gegenüber grundlegend geändert haben. Und das verdankst du deinem getreuen Diener, der es verstanden hat, mir vor Augen zu führen, dass ich dich falsch eingeschätzt hatte. Und wie du da jetzt vor mir stehst, im Siegerkranze, entdecke ich dich zum ersten Mal in deiner ganzen Größe und Erhabenheit.«

»Deine Worte entzücken mich, Chentetenka. Wahrhaftig, die Götter verwöhnen mich. Sie schenken mir einen Sieg, der mich nicht nur von einem Bruder, der seinem König zum Verräter wurde, befreit, sondern mir auch noch eine liebende Gemahlin zurückgibt.«

»Komm, mein Bruder, lass uns in den Garten gehen und unsere neue Verbindung besiegeln.«

Sie nahm den König bei der Hand, der sich widerstandslos in den Hof führen ließ, und geleitete ihn zu der Bank im Schatten der kleinen Sykomore.

»Wahrlich, Chentetenka, auch Meine Majestät hatte dich falsch beurteilt. Du hast dich gegenüber deinem Königlichen Bruder aber auch so streng, so unnachgiebig verhalten!«

»Jetzt werde ich mich Deiner Majestät zeigen, wie ich wirklich bin, denn bis heute hattest du mich verkannt, und ich selbst war noch nicht reif genug, deine Größe zu ermessen.«

Diesen honigsüßen, zweideutigen Worten ging er auf den Leim. An der Bank angekommen, schlüpfte sie aus ihrem Kleid, zog ihn an sich, umschlang ihn und umfing seinen Kopf mit ihren schlanken Händen, um den Atem von seinen Lippen einzusaugen.

Von Zeit zu Zeit hob sie ein wenig den Kopf, um einen Blick über die Schulter des Königs zu werfen, der sie mit der einen Hand umfasst hatte und ihre Brüste streichelte, und mit der anderen seinen Schurz löste, mit fieberhaftem und ungeschicktem Genestel. Sie sah, dass Upeti sich hinter der Persea geduckt, das Kissen hochgehoben, die Waffe gepackt hatte und sich, die Hand mit dem Dolch auf dem Rücken versteckt, allmählich heranschlich. In gieriger Ungeduld hatte Djedefre seine Gegenwart völlig vergessen, und selbst wenn er an ihn gedacht hätte, wäre er sicher gewesen, dass sein Diener sich rücksichtsvoll zurückgezogen hätte, um seinen König, wie schon so oft, in den Wonnestunden nicht zu stören. Daher riss er völlig überrascht die Augen auf, als der Hieb ihn in die Seite traf, die Klinge sich in sein Fleisch bohrte, während Chentetenka sich gleichzeitig losmachte, ihn zurückstieß und einen Satz rückwärts machte.

»Stoß zu, stoß nochmals zu!«, feuerte sie Upeti an.

Doch der getreue Diener benötigte keine weitere Aufmunterung. Er zerfetzte dem König, der sich mit irrem Blick und abwehrenden Händen zu ihm umgedreht hatte, den ganzen Oberkörper, besessen von dem Gedanken, diesen Mann, dem er zwar diente, den er aber verabscheute, endlich loszuwerden. Doch noch stärker fesselte ihn der Gedanke an den Thron, der seiner harrte. Vergeblich versuchte Djedefre, Upeti an die Kehle zu gehen, seine Finger glitten ab an der schweißnassen Haut. Er mühte sich, die mordende, von seinem Blut triefende Hand zu ergreifen, doch dabei schnitt er sich grausam ins eigene Fleisch, indem er die Finger um die scharfe Klinge schloss. Er sank zu Boden, lag im eigenen Blut, das aus all diesen tödlichen Wunden hervorquoll.

Voller Abscheu versetzte Upeti dem König noch einen Fußtritt, dann wandte er sich um und suchte den Blick seiner Herrin. Aufrecht stand sie auf der Schwelle ihres Schlafgemachs.

Der Bogen war gespannt, und da kam auch schon der Pfeil geflogen, der ihn mitten in die Brust traf. Er wankte und nun riss auch er voller Staunen die Augen auf: »Was … was tust du da?«, konnte er ihr noch zurufen.

Mit sicherer Hand legte sie einen neuen Pfeil auf, spannte langsam den Bogen und erklärte: »Ich räche Chufukaf, ich räche Kawab, ich räche meine Mutter und all die anderen, die ich nicht kenne und die du umgebracht hast, um deinem Herrn zu gefallen.«

»Chentetenka … hör auf, ich war es nicht … das hast du doch selbst gesagt …«

»Ich habe dir nicht alles gesagt. Der König selbst hat dich als den wahren Schuldigen benannt, die Hand, die zuschlug …«

»Du wusstest es also und hast dich dennoch mit mir vereint, hast meinen Samen in deinen Leib bekommen, hast mir sogar geschworen, es genossen zu haben in meinen Armen …«

»Ja, Upeti, ein widerwärtiger Genuss, ich habe es tatsächlich genossen, zumal ich dich, der du mich zu beherrschen glaubtest, auf diese Weise in mein Joch spannen konnte, denn ich wusste von Anfang an, dass ich dir eines Tages die Waffe in die Hand drücken würde, durch die mein Bruder ins Dunkel blicken sollte und ich dann mit Wonne dich richten würde, mit Pfeilen wie diesem …«

Sie schoss den zweiten ab, der Upeti diesmal in die Kehle traf. Er tat noch ein paar Schritte, öffnete den Mund, aus dem das Blut quoll und brach dann ebenfalls leblos zusammen.

Mit vollendeter Selbstbeherrschung ging Chentetenka dann auf die beiden Körper zu, um zu prüfen, ob sie auch wirklich tot waren. Dann zog sie ihr Kleid wieder an und verließ ihr Zimmer, ließ die Tür aber offen. Vom Ende ihrer Gemächer aus hörte sie gellende Schreie: eine ihrer Dienerinnen hatte offensichtlich die beiden Leichen entdeckt. Sie schritt auf den Thronsaal zu und begegnete auf dem Weg dorthin einem Offizier. Es war Hetepni, der Mann, der die Expedition nach Byblos geleitet und Djedefhor das Leben gerettet und sich seitdem das Vertrauen des Königs erobert hatte und aufgestiegen war in den Rang des Palastvorstehers. Als er sich plötzlich der Königin gegenübersah, die noch nie ihre Gemächer verlassen hatte, verneigte er sich ehrfurchtsvoll.

»Herrin«, sagte er, »es wäre nicht gut, wenn Seine Majestät dich hier in der Nähe des Audienzsaals sähe. Meiner Hochachtung und meines Wohlwollens kannst du gewiss sein, doch wenn der König entdeckt, dass ich dich ungehindert ...«

»Hetepni, meinen Gemahl hast du nicht mehr zu fürchten. Er wurde soeben von seinem treuen Upeti ermordet.«

»Was sagst du da, meine Königin?«

»Die Wahrheit, nichts weiter. Es gibt keinen König mehr auf dem Horusthron und mir als Königin gebührt es, die Palasthoheit zu übernehmen.«

»Ja, aber ... Upeti?«

»Ich habe ihn zu Boden gestreckt. Er war ein Verbrecher. Einen Verbrecher kann man doch nicht leben lassen. Weißt du, wo mein Bruder Minkaf zu finden ist?«

»Im Palast deines Vaters, des gerechtfertigten Gottes.«

»Sende einen Boten zu ihm, um ihn zu bitten, hierher zu kommen, zu uns. Und anschließend rufst du sämtliche Höflinge zusammen, alle, die zu diesem Palast gehören, hier in den Audienzsaal.«

Während Hetepni sich noch bereitwillig verneigte,

schritt Chentetenka bereits auf den Audienzsaal zu, wo all jene Höflinge herumstanden, die Djedefre kurzerhand verlassen hatte, als Upeti gekommen war, um ihm mitzuteilen, die Königin habe sich anders besonnen und wünsche ihn zu sprechen. Als sie nun eintrat, entstand bleiernes Schweigen, doch keiner wagte es, sie aufzuhalten oder vorzutreten, als sie geradewegs auf den Thron zuging und sich dort wie selbstverständlich niederließ. Schweigend und unbeweglich verharrte sie dort bis Hetepni eintrat, im Gefolge sämtliche Palastoffiziere und alle Großen des Reiches, die ihm im Palastbezirk über den Weg gelaufen waren. Nun erhob sich Chentetenka und erklärte: »Mein Bruder Djedefre, der Thronräuber, wurde soeben von seinem Diener Upeti getötet. Ich selbst streckte diese Hyäne mit Pfeilen nieder. Somit ist dieser Thron von einem verbrecherischen König befreit, vor dem ihr gezittert habt wie Lämmer vor dem Wolf. Und da meine ehrwürdige Mutter, Königin Nubet, von ihrem eigenen Sohn ermordet wurde …«

Dumpfes Geraune kam auf bei dieser Enthüllung, doch Chentetenka sagte nur umso lauter: »Spielt jetzt nur nicht den Esel, der nach Heu schreit! Ihr habt doch alle geahnt, dass sie von ihrem Sohn getötet wurde, diese Königin, die diesen Palast voller Lebenskraft betrat. Diejenigen von euch, die kurz nach ihrem Tod in ihre Nähe kamen, sahen doch wie ich und meine Schwestern den Blutfleck auf ihrem Kleid, und der war auf der Seite! Es war die Spur des Dolchstoßes, den Upeti ihr zugefügt hatte. Uns wird ein Herrscher gegeben werden, der unseres Vaters, des Gottes Cheops würdig ist, würdig der Größe des Reiches der Beiden Länder. Es wird mein Bruder Chephren sein, der aufgrund seines Rechts als Ältester der legitime Erbe des Horusthrons ist und den ihr, als mein Vater uns verließ, als König hättet bejubeln sollen. Und jetzt gestatte ich euch, in meine Gemächer und bis in den Binnenhof zu gehen, wo ihr den blutüberströmten Leichnam des Königs neben dem seines Mörders betrachten könnt.«

»Meine Königin«, wagte einer der Großen zu fragen, »wie ist es möglich, dass Upeti, der treueste Diener Seiner Majestät, die Hand erheben konnte gegen seinen König?«

»Es gibt keinen treuen Diener. Ein Diener bleibt seinem Herrn nur treu, sofern diese Treue seinen eigenen Zielen nützt. Ändert sich aber die Zielsetzung plötzlich, dann schreckt auch er vor Verrat nicht zurück. Als Upeti erfuhr, Djedefres Heer habe das von Chephren geschlagen, hielt er den Augenblick für gekommen, den König zu töten und den Thron an sich zu reißen. Diese Berechnung war falsch.«

»Ich vermute, du hast ihn darin eher bestärkt«, sagte der Maulheld von vorhin.

»Gewiss«, erwiderte sie, ohne mit der Wimper zu zucken. »Aber dich erkenne ich auch wieder: du bist einer von diesen Scheinheiligen, die bis zu mir in mein Schlafzimmer vordrangen und Ansprüche an mich zu stellen wagten. Bist du nicht voller blauer Flecken wieder hinausgestolpert, mit einer schönen Beule auf dem Kopf, von dem Möbelstück, das ich auf deinem Schädel zertrümmert habe?«

Der Mann verzog das Gesicht und alle anderen grinsten.

»Und ich bin überzeugt, dass du hinterher mächtig geprahlt hast, mit der Königin geschlafen zu haben! Berichtige mich, wenn ich lüge!«

Der Mann senkte den Kopf, fiel auf die Knie und sagte: »Vergib mir, meine Königin. Ich habe mich so geschämt, dass mir so etwas geschehen konnte, und außerdem hat der König selbst mir befohlen, alle Welt glauben zu machen, ich hätte mich mit dir verlustiert.«

»Es bleibt mir nichts anderes übrig, als dir zu verzeihen«, entgegnete sie höhnisch, »denn wisse, dass allen Höflingen, die sich rühmten, mit mir das königliche Lager geteilt zu haben, das gleiche Los widerfuhr wie dir. Kein Einziger hat mich angerührt, denn wenn es ihm gelungen wäre, hätte er das Tageslicht nie mehr erblickt. Der König hatte nämlich seinem Diener, diesem Upeti, der ihn nun getötet hat, aufgetragen, denjenigen, dem es gelungen wäre, mich zu bändigen, schnurstracks ins Jenseits zu befördern. Aber jeder von euch weiß ja nun zu Genüge, dass ich wie Sachmet bin, eine Löwin, die kein männliches Wesen gegen ihren Willen zu zähmen oder sich zu unterwerfen vermag.«

28

Seit Chephren an der Spitze seines Heeres Elephantine verlassen hatte, lebte Persenti in ständiger Angst vor der Zukunft. Nichts vermochte ihre Unruhe zu dämpfen. Vergebens führte ihr Chamernebti immer wieder vor Augen, ihr Bruder würde siegreich zurückkehren oder sie alle, nach der Eroberung von Djedefres Palast, zu sich nach Memphis rufen. Auch die aufmunternden Worte ihrer Eltern fruchteten nichts, die nicht müde wurden zu betonen, Memphis sei doch weit, und in diesem Schloss, in dieser Provinz, wo die gesamte Bevölkerung ihre Treue zu Chephren bekundet hatte, drohe ihr doch keinerlei Gefahr. Nur wenn ihr Sohn oder Chephrens Kinder um sie waren, sah man ein Lächeln auf ihren Lippen. Doch niemand von all denen, die aufmunternd auf sie einredeten, konnte ahnen, dass der Grund für ihre Traurigkeit Chephrens Abwesenheit und ihre Angst, ihn zu verlieren, war. Denn wenn sie die Versuchung, sich ihm hinzugeben, so lange von sich gewiesen hatte, dann war nicht die inzwischen verblasste Erinnerung an Djedefhor der Grund gewesen, sondern vielmehr ihre Furcht vor der in ihr aufkeimenden und reifenden Liebe zu Chephren. Und seit sie sich und ihm diese Liebe endlich eingestanden hatte, wurde ihr Tag für Tag deutlicher, wie sehr sie ihn liebte, wie kostbar er ihr war, wie eng ihr eigenes Leben mit dem des Prinzen von nun an verbunden war. Traurig war sie, weil er fort war, nicht bei ihr war, die Furcht vor der militärischen Niederlage war da zweitrangig.

In dieser Gemütsverfassung war sie auch an jenem Tag, da ein Mann am Gouverneurspalast Einlass begehrte. Chamernebti, die gewissenhaft ihr Amt erfüllte, empfing ihn im Audienzsaal. Auch Persenti war anwesend, als der Mann, ein Offizier aus Chephrens Truppe, vor der Prinzessin auf die Knie sank, mit der Stirn gegen den Boden trommelte und wehklagend ausrief:

»Elend kam über uns! Das Heer des Prinzen wurde besiegt, es wurde in die Flucht geschlagen von den Gefolgsleuten Seths. Siegreich waren wir gewesen, die abtrünnigen Provinzvorsteher hatten wir in die Knie gezwungen, die halbe Strecke hatten wir zurückgelegt auf dem Weg zur Stadt der Waage, Memphis, der Großen, doch da stand plötzlich das Heer des Thronräubers vor uns. Alle haben wir standhaft gekämpft, der Prinz an der Spitze seiner Mannen, er focht wie Horus gegen Seth in der Wüste Kerhaa, doch dieser Anzahl waren wir nicht gewachsen. Wir mussten die Flucht ergreifen, uns im Tal zerstreuen, uns in der Wüste verstecken wie Mäuse. Ich blieb an der Seite des Prinzen, wir wichen gen Süden zurück. Doch diese Hyänen blieben uns auf den Fersen, wir hatten keine Schiffe mehr, und nach etlichen Tagen Fußmarsch überrumpelte uns eine Truppe, die ein hinterhältiger Provinzvorsteher uns auf den Hals gehetzt hatte. Der Prinz wurde gefangen genommen. Mir, seinem Diener, befahl er zu fliehen, nach Elephantine zurückzukehren, seine Gemahlin von seiner Niederlage zu verständigen und Widerständler zusammenzutrommeln für den Fall, dass die Anhänger Seths es wagen sollten, diese Provinz zu stürmen.«

Als Persenti dies alles hörte, stieß sie einen gellenden Schrei aus und rannte in ihre Gemächer.

Chamernebti, die kühlen Kopf bewahrte, sagte zu dem Offizier: »Da mein Bruder dir befahl, hierher zurückzukommen, um den Widerstand aufzubauen, wirst du seine Befehle jetzt ausführen. Als vorübergehende Verwalterin dieser Provinz übertrage ich dir den Oberbefehl über die noch verbliebenen Soldaten. Wirb in allen Provinzen, die uns treu geblieben sind, neue Krieger an, während ich die nubischen Fürsten, mit denen wir ein Bündnis geschlossen haben, um Unterstützung ersuchen werde. Doch sag mir zuerst noch, was mit dem Prinzen, meinem Gemahl, geschah? Glaubst du, seine Feinde haben ihn getötet?«

»Mit Gewissheit kann ich dir nichts sagen, Prinzessin, aber ich glaube eher, dass sie ihn gefangen genommen haben, um ihn vor den König zu schleppen. Was Djedefre dann mit ihm machen wird, weiß dein Diener nicht. Zu befürchten ist allerdings, dass er ihn als Aufrührer, wenn nicht gar als Verräter Seiner Majestät mit dem Tode bestraft. Doch noch ist nichts verloren, denn du darfst nicht vergessen, dass deine erhabene Mutter, Königin Henutsen, über hervorragende und getreue Krieger verfügt. Wir dürfen sicher sein, dass sie ihren geliebten Sohn nicht so einfach abschlachten lässt.«

»Da bin auch ich mir ganz sicher, doch was wird meine Mutter mit dieser Hand voll Kriegern denn ausrichten können gegen die Vielzahl derer, die Djedefre, der ja jetzt siegbekränzt ist, als treue Mannen anhängen?«

»Die Entscheidung über die Zukunft gebührt dem Gott«, erwiderte der Offizier spitzfindig.

»Gewiss.« Chamernebti gab ihm Recht. »Doch vorerst sollten wir tun, was ich schon sagte: heb ein neues Heer aus, und dann ziehen wir gen Memphis. Der Überraschungseffekt wird uns gelingen, denn Djedefre dürfte sich selbstsicher fühlen in der Überzeugung, dass er in den Provinzen des Südens keine Gegner mehr hat.«

Sobald der Offizier gegangen war, um ihre Befehle auszuführen, eilte Chamernebti zu Persenti. Sie lag, wie zu Boden gestreckt, im abgedunkelten Zimmer, hielt ihr Kind in den Armen und übergoss es mit Tränen.

»Hör auf mit diesem Wehklagen, Persenti!«, herrschte Chamernebti sie an. »Noch ist nichts verloren. Mein

Bruder ist vielleicht gefangen, aber meine Mutter verfügt über hervorragende Krieger, und auch wir werden eine neue Truppe aufstellen. Ich selbst werde an ihrer Spitze gen Memphis marschieren. Und vergiss auch Minkaf nicht, den Wesir, er befindet sich im Palast des Königs und ist doch heimlich unser Verbündeter. Er würde seinen Bruder Chephren doch nicht einfach abschlachten lassen, sofern Djedefre solch finstere Pläne hegen sollte.«

»Nebty«, seufzte Persenti, »das sagst du alles nur, um mir wieder Mut einzuflößen, aber ich weiß nur zu gut, dass Djedefre kein Mitleid kennt und Chafre womöglich schon tot ist, bevor er nach Memphis gelangt.«

»Persenti, was meinem Bruder geschehen kann, ist eine Sache, du darfst aber auch nicht vergessen, dass du einen Sohn zu beschützen und aufzuziehen hast, dass du für ihn leben musst.«

»Wieso sagst du mir das? Als wüsste ich es nicht selbst.«

»Weil ich dich inzwischen doch sehr gut kenne, Persenti. So viele Jahre leben wir doch nun schon Seite an Seite, wie Schwestern. Ich weiß sehr wohl, dass du Chephren irrsinnig liebst. Daher fürchte ich, du könntest dich deinem Schmerz gänzlich überlassen.«

»Es stimmt, deine Befürchtungen sind nicht unbegründet«, gab sie zu. »Ja, trotz hartnäckigen Widerstandes liebe ich Chephren und bitte dich um Verzeihung, aber er hat wirklich gegen meinen Willen Horis Bild in meinem Herzen verblassen lassen. Ich weiß, dass ich ihn nicht überleben würde, trotz der Liebe zu meinem Kind. Aber ich weiß auch, dass mein kleiner Nekaure nicht allein bleiben würde, denn du bist für ihn bereits heute eine zweite Mutter, und ich bin auch überzeugt, dass Königin Henutsen ihn lieb haben wird wie ihren eigenen Enkel.«

»Persenti, du hast sicher Recht mit allem, was du da

sagst, aber das ist kein Grund, ihn allein zu lassen, du bist immer noch seine Mutter, die ihn bis zum heutigen Tag großgezogen hat. Ich flehe dich daher an: überlass dich nicht deinem Kummer, tu nichts, was nicht mehr gutzumachen wäre!«

Chamernebti bat Persentis Mutter Iu, die Tochter nicht aus den Augen zu lassen, denn wie tief greifend Persentis Verzweiflung war, hatte sie erkannt. In den ersten Tagen blieb die junge Frau stumm, in sich gekehrt, sodass ihre Schwester Nikaanch sich freiwillig mit Hilfe ihrer Mutter um den kleinen Nekaure kümmerte. In einer Nacht dann hatte Persenti einen Traum: Chephren und sein Bruder Djedefhor kamen auf sie zu, so wie damals in jenen glücklichen Tagen, als sie die beiden noch für Söhne eines Gärtners hielt und in dem Haus, wo Inkaf wohnte, aus und ein gegangen war. Das Gebäude schien ihr, wenn auch undeutlich, dieses Haus zu sein, aber sie sagten zu ihr: ›Sieh, wir wohnen in der Amenti, im Schönen Westen. Dort haben wir einen schönen Palast und duftende Gärten mit schönen Bäumen, in deren Schatten wir alle Wonnen genießen. Komm zu uns, du wirst glücklich sein, und wir auch, denn du fehlst uns.‹

Sie erwachte, doch dieser Traum hatte sich ihr eingeprägt, obgleich sie sonst alle Träume der Nacht beim Aufwachen schon vergessen hatte. Folglich musste dies ein Traum von ungeheurer Wichtigkeit sein, mussten die Seelen der beiden Brüder sie im Schlaf tatsächlich besucht haben, um sie aufzufordern, sich zu ihnen zu gesellen. Den ganzen Tag über ließ dieser Traum sie nicht mehr los, er setzte sich so fest in ihrem Kopf, dass sie abends zur Gewissheit gelangt war, dass sie sie auf diese Weise zu sich gerufen hatten. In der folgenden Nacht hatte sie den gleichen Traum: diesmal waren sie und die Brüder aber nicht in jenem alten Haus, sondern in einem schattigen Garten, wo sie wie früher für beide tanzte, wobei sie aber nicht wusste, ob sie sich aus eigenem Antrieb oder auf Geheiß so zur Schau stellte. Es machte ihr jedenfalls große Freude, und zum Schluss nahm Chephren sie in die Arme, in der eindeutigen Absicht, sich mit ihr zu vereinen. Schweißnass und keuchend wachte sie auf. Unbeweglich blieb sie im Dunkeln liegen, wollte abermals in den Traum eintauchen, um das Ende zu erleben. Als der Tag anbrach, war ihr Entschluss gefasst: die beiden Brüder befanden sich ganz eindeutig in Ialus Gefilden, sie hatten die Welt der Lebenden verlassen und ersuchten sie nun, zu ihnen zu kommen in den Schönen Westen.

Da ihr erster Selbstmordversuch im Fluss gescheitert war, sann sie auf ein zuverlässigeres Mittel. Sie ging in Chephrens Schlafraum, denn sie wusste, dass er einen Teil seiner Waffen, die er nur für die Jagd benützte, dort zurückgelassen hatte. Darunter war ein langes Messer mit Bronzeklinge, das sie nun mit in ihr Zimmer nahm. Sie kniete sich auf eine Schilfmatte, zog ihr Kleid aus, prüfte die glatte Klinge, strich mit den Fingerspitzen an ihr entlang, packte den Schaft mit beiden Händen, drehte die Schneide und setzte die Spitze an ihren Bauch. Mit leichtem Druck schnitt sie sich bedächtig ins Fleisch. Der Schmerz schien ihr nicht unerträglich. Jetzt brauchte sie nur mit beiden Händen auf einmal fester zuzustoßen, dann würde die scharfe Klinge sich unweigerlich tief in ihre Eingeweide bohren. Würde sie den Mut dazu haben? Gewiss, sie hatte Angst vor dem ersten Schmerz, doch wäre sie dann nicht bald schon bei den beiden, die sie liebte und könnte sie sich dann nicht auf ewig mit Chephren verbinden? Sie atmete tief ein, entfernte die Klinge, um Schwung zu holen und mit ganzer Kraft und beiden Händen zuzustoßen.

Da ertönte Chamernebtis Stimme vom Eingang zu Persentis Gemächern her. Sie rief ihren Namen, sie suchte nach ihr. Die junge Frau zögerte. Sollte sie jetzt nicht sofort zustoßen, damit Chamernebtis Einschreiten ihren Entschluss nicht rückgängig machte? Aber wäre es nicht auch unwürdig und grausam, sich gleichsam unter den Augen einer Frau zu töten, die doch mehr als eine Freundin für sie war, die sie wie eine Schwester bei sich aufgenommen und schließlich den größten Freundschaftsbeweis geliefert hatte, als sie sie weder Groll noch Feindschaft spüren ließ, nachdem sie entdeckt hatte, wie sehr die andere ihren Bruder und Gemahl liebte. Persenti schob die Waffe unter ihr Bett, um sie allen Blicken zu entziehen und schlüpfte hastig wieder in ihr Kleid.

»Persenti! Da bist du ja endlich! Warum hast du auf mein Rufen denn nicht geantwortet?«

Mit fröhlichem Gesicht stand Chamernebti im Zimmer.

»Ich fühle mich so elend«, seufzte Persenti. »Mir ist immer nur nach Weinen und Sterben zumute«, bekannte sie.

»Dann hör jetzt sofort auf, zu jammern und zu klagen. Freude kehre auf dein Gesicht zurück. Sieh, eine Taube kam heute Morgen und brachte Botschaft von meiner Mutter. Und weißt du, was die Königin mir mitteilt?«

»Sags schnell, es scheint doch eine gute Nachricht zu sein.«

»Und wie! Höre also: Djedefre ist tot, er wurde von seinem treuen Diener Upeti ermordet, und diesen hat Chentetenka dann mit Pfeilen zu Boden gestreckt. Angeblich hatte sie selbst diesen Aufruhr im Palast angezettelt. Anschließend hat sie dann den Hofstaat und die im Palast weilenden Großen des Reiches zusammengetrommelt und Chephren zum rechtmäßigen König Beider Länder ausgerufen. Daraufhin hat Minkaf, der sofort verständigt wurde, den Männern, die den Palast von Memphis belagerten, den Befehl zum Abzug in ihre Unterkünfte erteilt.«

»Ist das möglich?«

»Glaubst du etwa, meine Mutter hätte mir etwas Falsches berichtet? Sie hat die Mitteilung eigenhändig abgefasst, das kann ich dir versichern.«

»Gibt es Nachrichten über Chephren?«

»Noch nicht, aber auf Geheiß meiner Mutter hat mein Bruder Minkaf Boten in alle Provinzen entsandt, um den Tod des Königs zu verkünden und die Ernennung Chephrens auf den Horusthron. Ein Schiffsverband wurde gen Süden losgeschickt, der siegreichen Truppe entgegen. Ayinel persönlich befehligt sie, um den Befehl zu übermitteln, sich Chephren anzuschließen und ihn als Herrscher Ägyptens anzuerkennen. Wir müssen jetzt schleunigst unsere Vorbereitungen treffen, denn ich schlage vor, dass wir morgen schon gen Memphis aufbrechen. Die Verwaltung der Provinz überantworte ich diesem Offizier, dem ich ja auch schon den Oberbefehl über die uns verbliebenen Truppen übertrug.«

Chamernebti hatte so schnell gesprochen, sie war so voller Freude, so lebhaft, während Persenti sich immer noch fragte, ob ihr Traum eine Täuschung gewesen war. Sie hatte keinerlei Gewissheit, dass Chephren noch am Leben war, und die Freude, die sie bei den Worten Chamernebtis verspürte, war noch immer bedroht von einer schmerzlichen Enttäuschung. Der Prinz könnte doch von seinen Häschern ermordet worden sein …

Sie konnte es sich nicht versagen, Chamernebti ihre Befürchtungen mitzuteilen. Diese verstummte und sah sie verblüfft an.

»Du hast es wirklich nicht gelernt, eine Freude voll auszukosten!«, sagte sie schließlich. »Musst du dir denn jede Freude vergällen durch finstere Befürchtungen? Glaubst du wirklich, so ein jämmerlicher Soldat hätte es gewagt, einen Prinzen wie meinen Bruder, den Sohn des Königs Cheops, einfach umzulegen? Von daher haben wir nichts zu befürchten, und ich schwöre dir, dass mein Bruder lebt. Vielleicht sitzt er inzwischen gar schon auf dem Horusthron.«

Dass sie der Wahrheit so nahe war, ahnte Chamernebti nicht. Denn die Soldaten, die ihn als Gefangenen nach Memphis schaffen sollten, waren auf Ayinels Flotte gestoßen, und dieser hatte sich vor Chephren verneigt, ihm Djedefres Tod mitgeteilt und erklärt, nun sei er der Herrscher über Beide Länder. Und so war er, anstatt als Besiegter und Gefangener, umringt von einer jubelnden Menge, im Triumph in Memphis eingezogen. Denn Henutsen, die von seinem baldigen Eintreffen verständigt worden war, hatte in der ganzen Stadt verkünden lassen, der Prinz, dem die Doppelkrone gebühre, werde nun bald erscheinen. Willkommen geheißen von seiner Mutter, von Meritites, von Neferkau und deren Gemahl, war Chephren an der Spitze eines Zuges von Großen des Reiches und Priestern aus Heliopolis zum Palast von Cheops geleitet worden, wo ihn Minkaf, Peresanch, Hetep-heres und vor allem Chentetenka schon erwarteten. Dieser sollte nach Henutsens Wunsch eine besondere Ehre zukommen. Minkaf, der am Eingang des Palastes stand, um seinem älteren Bruder seine Ehrerbietung zu erweisen, bat ihn anschließend hinein in den Palast ihres Vaters. Nachdem der Prinz Cheops' gewaltigen Thronsaal betreten hatte, war er bis ans andere Ende geschritten, wo leicht erhöht ein mit Blattgold überzogener Sessel stand. Dort erwarteten ihn die Prinzessinnen, die Schwestergemahlinnen Djedefres. Als er vor den Stufen angekommen war, schritt Chentetenka diese hinunter, ihm entgegen, erhob die Hände, verneigte sich und sagte: »Mein geliebter Bruder, hier steht nun der Thron unseres Vaters Cheops für dich bereit, dieser Thron, der dir von Rechts wegen zukam und den deine Schwester und Dienerin für dich zurückerobert hat.«

Da hatte sich unter den staunenden Blicken des gesamten Hofstaats dann Chephren vor der jungen Königin niedergekniet, ihre Hände ergriffen, sie sich an die Stirn gelegt und geantwortet: »Chentetenka, meine Schwester, lass mich hier deinem Mut und der Größe der Frau huldigen, die einen fehlgeleiteten, des Throns unserer Väter unwürdigen Bruder zu Boden streckte und der ich es zu verdanken habe, nicht als Gefangener, sondern als König in diesen Palast einzuziehen.«

Chentetenka hatte ihm aufgeholfen und erwidert: »Mein Bruder und Herrscher, ich habe nur die Gerechtigkeit wiederhergestellt und dir den Thron zurückgegeben, der dir gebührt, diesen Horusthron, den, wie wir alle hier glauben, nur du zu würdigen und zu ehren vermagst, wie unsere Väter es taten.«